HEIGER OSTERTAG

Akte Verdun

ZEIT DER SPIONE Hauptmann Wedigo von Wedel kehrt im Frühjahr 1916 von einem Einsatz aus England nach Berlin zurück. Der Chef des deutschen Geheimdienstes Major Nicolai erteilt ihm einen neuen Auftrag: Von Wedel soll zur Westfront nach Verdun, um dort Sabotageakte aufzuklären und einen Spion zu entlarven. Bei seinen Recherchen gerät Wedel in französische Gefangenschaft. Ihm gelingt die Flucht nach Paris, wo er Kontakt zur Gräfin Maria Walewska aufnimmt. Die ist an die Stelle der verhafteten deutschen Spionin Mata Hari getreten. Wedigo und Walewska entwenden Militärpläne und kehren nach Berlin zurück. Hier geht der Kampf der Agenten weiter. Auf Bällen und Empfängen, im Umfeld von Abgeordneten und bei Streifzügen durch das Milieu der einfachen Leuten kommen von Wedel, die Gräfin und Major Nicolai dem Gegner immer näher. Dessen Entlarvung bringt jedoch die große Ernüchterung: Der erhoffte Sieg rückt in weite Ferne, hinter den Kulissen zeigen sich in der Gesellschaft tiefe Risse und die Revolution rückt immer näher.

Dr. Heiger Ostertag war zunächst Luftwaffenoffizier und studierte anschließend in München und Freiburg Germanistik, Geschichte und Nordgermanische Philologie. Seit den 90er-Jahren ist er als Autor und Historiker in Forschung und Lehre tätig. Nach Milieu-Romanen und Kriminalgeschichten schreibt Ostertag primär Romane mit historischem Hintergrund.

Bisherige Veröffentlichungen im Gmeiner-Verlag:
Abgründe der Macht (2015)
Operation Sarajevo (2014)
Potsdamer Affäre (2013)

HEIGER OSTERTAG

Akte Verdun

Historischer Kriminalroman

GMEINER SPANNUNG

Personen und Handlung – soweit nicht historisch – sind frei erfunden.
Ähnlichkeiten mit lebenden oder toten, nicht historischen Personen sind rein zufällig und nicht beabsichtigt.

Besuchen Sie uns im Internet:
www.gmeiner-verlag.de

Im Ehnried 5, 88605 Meßkirch
Telefon 07575/2095-0
info@gmeiner-verlag.de

1. Auflage 2016

Lektorat: Dominika Sobecki
Herstellung: Mirjam Hecht
Umschlaggestaltung: U.O.R.G. Lutz Eberle, Stuttgart
unter Verwendung eines Fotos von: © ullstein bild – Roger-Viollet / Excelsior – L'Equipe
Druck: CPI books GmbH, Leck
Printed in Germany
ISBN 978-3-8392-1975-1

Meiner Frau Angelika

INHALT

PROLOG

Das Feuer steigerte sich mehr und mehr zum Trommelfeuer. Die Luft war voll widerlichem Gestank und angefüllt mit dem Heulen und Brausen der Granaten und der Artillerieschüsse. Hauptmann von Jacobi spähte vorsichtig über die Deckung. Schlamm und Dreck, vom Feind war nichts zu sehen. Der fallende Regen nahm nahezu jede Sicht. Der ältere Reserveoffizier zündete sich eine Zigarette an, für einen Augenblick beleuchtete die Flamme sein hageres Gesicht.

Rechts begannen plötzlich Maschinengewehre zu rattern, etwas explodierte. Lehmige Erde rutschte von der Grabenwand breit herunter, jemand schrie auf, ein Treffer. Von links tönten laute Alarmrufe, der Franzmann griff an. Die Männer neben Jacobi griffen ruhig zu ihren Bajonetten und Handspaten, hängten einige Stielhandgranaten in die Gürtel und rückten ab. Der Hauptmann und zwei Gefreite blieben zurück. Der eine Soldat hantierte am Feldfernsprecher und versuchte, eine Meldung abzusetzen, vergeblich. Er wandte sich an den Hauptmann und rief etwas, das im Lärmen unterging. Tausende von Geschützen feuerten nun aus allen Rohren, ein Knäuel von Sperr- und Abwehrfeuer wälzte sich über das gesamte Gelände. Rechts und links schlugen immer neue Geschosse ein; ohne auf sie zu achten, bückte sich der Offizier, um die Kabelverbindung zu prüfen. Eine gewaltige Detonation ließ alles erzittern, Balken brachen zu Boden – eine Granate, wahrscheinlich eine Luftmine, musste direkt vor dem Graben explodiert sein. Der ungeheure Luftdruck warf Jacobi in den grünlichen Schlamm, während gleichzeitig ein Schauer harter Lehmklumpen auf ihn herabstürzte. Der

Hauptmann blieb einen Augenblick liegen. Wartete kurz, ob eine weitere Ladung käme, und als nichts weiter passierte, erhob er sich kommentarlos. Von Jacobi versuchte, sich den Dreck von der Uniform zu klopfen, was nur teilweise gelang. Das Kabel war durchgeschnitten gewesen, er hatte genug gesehen. Zeit, dem Kommandeur Meldung zu machen. Der Hauptmann nickte den Gefreiten zu, verließ den Unterstand und glitt geduckt durch den Laufgraben nach hinten. Die beiden Soldaten blieben rauchend zurück.

Während von Jacobi durch das verschachtelte Grabenlabyrinth eilte, versuchte er, die Eindrücke der letzten Stunden zu bündeln. Das Undenkbare traf zu, Major Nicolai hatte recht gehabt. Jemand, der sich unmittelbar an oder nahe der Front befand, beging Sabotage, zerstörte Nachrichtenverbindungen und machte Waffen unbrauchbar. Er stieß sozusagen den Kameraden, der kämpfenden Truppe den Dolch in den Rücken! Und es musste sich um mehrere Personen handeln, denn die Sabotageaktionen zogen sich über die ganze Frontlinie der 5. Armee hin. Die heutige war die Nummer 17 gewesen, in einer Woche wohlgemerkt, und er hatte wahrscheinlich nur einen Bruchteil entdeckt. Ein einzelner Mann konnte ein derart perfides Tun nicht allein bewerkstelligen. Der Hauptmann hatte auch bereits einen Verdacht, wer der Kopf dieser Verrätertruppe sein konnte. Falsch, er war sich leider ziemlich sicher, was diese schmutzige Angelegenheit betraf. In Berlin war ihm einiges aufgefallen, das sich an der Front bestätigt hatte. Eben zeigten sich vor ihm die Trümmer eines Gehöfts. Verrußte Mauern, ein Durcheinander von Balken. Aber für die Soldaten eine willkommene Ruhestation ohne direkten Feindbeschuss. Dorthin führte ein enger Transportweg nach hinten durch einen Hohlweg und dann ein kurzes, mörderisches Stück über eine freie Fläche. Er richtete sich auf – und stutzte.

Vor ihm zeigte sich die dunkle Silhouette eines Soldaten. Der Mann lehnte an einer der Mauern und hielt in der Hand ein Gewehr, dessen Lauf auf den Hauptmann zeigte, offenbar ein Posten.

»Nehmen Sie das Gewehr runter, ich bin Hauptmann von Jacobi«, befahl der Offizier.

Der fremde Soldat ließ gehorsam die Waffe sinken. Von Jacobi ging langsam weiter. Da riss der Mann das Gewehr plötzlich hoch und schoss. Ein lauter Knall, der Offizier fühlte einen brennenden Schmerz in der linken Brust, schwankte und stürzte zu Boden. Dunkelheit überschwemmte ihn, der Schmerz wurde stärker und stärker – und erlosch.

1. LIEB' VATERLAND, MAGST RUHIG SEIN

Es braust ein Ruf wie Donnerhall, wie Schwertgeklirr und Wogenprall: Zum Rhein, zum Rhein, zum deutschen Rhein! Wer will des Stromes Hüter sein? Lieb' Vaterland, magst ruhig sein, fest steht und treu die Wacht am Rhein!

»Herr Major, ich melde mich von der Feindfahrt zurück!« Vor dem Schreibtisch des Leiters der Abteilung III b im Kriegsministerium in der Wilhelmstraße, Major Nicolai, stand ein Offizier der Marine, dem Dienstgradabzeichen nach ein Kapitänleutnant, auf der Brust das Eiserne Kreuz I. Klasse und ein U-Boot-Fahrer-Abzeichen. Er trug das dunkelblonde Haar akkurat kurz geschnitten und sein Gesicht umgab ein Vollbart gleicher Farbe. Die Augen lagen unsichtbar hinter einer getönten Brille.

Der Major stutzte einen Augenblick, sprang dann auf und trat mit schnellem Schritt auf den Marineoffizier zu. »Herr von Wedel, fast hätte ich Sie in Ihrer neuen Uniform und mit diesem Bart und der Brille nicht erkannt!« Dabei griff er die Hand des Genannten und schüttelte sie heftig. »Wie ich mich freue, dass Sie heil zurückgekehrt sind. Nehmen Sie Platz und berichten Sie!«

Der Kapitänleutnant setzte sich, nahm die Brille ab und blickte sich ruhig um. Das Büro bestand im Wesentlichen aus zwei Räumen, denen sich, wie er wusste, ein Aktenarchiv und eine Waffenkammer anschlossen. Insgesamt jedoch war die Abteilung III b seit Kriegsbeginn enorm vergrößert worden.

Es gab jetzt drei Hauptabteilungen, die sich mit Presse, Propaganda, Nachrichtendienst und Abwehr beschäftigten und deren Räume sich auf dem gleichen Stockwerk befanden. Der Major hatte, dessen ungeachtet, seine alten Zimmer behalten. Seit dem letzten Besuch des Offiziers vor über anderthalb Jahren hatte sich auf den ersten Blick nichts verändert. Nach wie vor roch es nach Waffenöl, Akten und Nicolais Fotolaborchemikalien. In der Mitte des größeren Zimmers stand ein breiter Schreibtisch, auf dem sich jetzt mehrere Fernsprechapparate befanden, über die eine direkte Verbindung zu anderen militärischen Dienststellen ohne zivile Vermittlung möglich war. Vorn auf dem Tisch lag als Unterlage eine grüne Lederplatte, auf ihr befanden sich ein Dutzend gespitzter, akkurat in einer Reihe angeordneter Bleistifte sowie ein Füllfederhalter. Daneben standen ein Tintenfass und eine Zigarrenkiste mit der Aufschrift »Havanna«, Nicolais persönliche Ablage. An den Wänden hingen Karten: ein Stadtplan des Großraums Berlin, eine militärische Karte des Reichs mit allen Garnisonen sowie eine riesige Afrikakarte, in der die deutschen Kolonien farblich hervorgehoben waren. Neu für den Betrachter waren Karten von den verschiedenen Kriegsschauplätzen. Vor allem die Westfront, aber auch der Osten, die Balkanfront und die Südfront gegen Italien waren zu sehen. Die aktuellen Frontlinien waren durch rote und blaue Markierungen dargestellt. Auf den an der Seite stehenden, halbhohen Schränken lagerten noch immer technische Geräte und Werkzeuge, vor allem optische Instrumente und diverse Filmkameras. Darunter eine Leica von 1913.

»Ich bin ebenfalls froh, den Einsatz unversehrt und mit Erfolg beendet zu haben, Herr Major«, sagte der jüngere Offizier. »Und ich freue mich, endlich einmal wieder mit meinem ehrlichen Namen angesprochen zu werden. Und nicht mit John Clark, Robert Nathan, Franklin P. Scudder oder

Richard Hannay; manchmal wusste ich selbst nicht mehr, wie ich wirklich heiße und wer ich war und bin.«

»Übertreiben Sie nicht ein wenig, Herr von Wedel?«, erwiderte Nicolai lachend. »Wichtig ist doch, dass Sie Erfolg hatten und nicht so endeten wie im Herbst 1914 Kapitän Lody. Wobei Lody ein guter Mann war, nur leider ziemlich unvorsichtig. In seinem Jackett den Firmennamen eines Berliner Schneiderateliers zu belassen und unchiffrierte Meldungen auf Deutsch abzusenden, das ist amateurhaft. So wurde er leider von unseren Gegenspielern beim Secret Intelligence Service aufgedeckt und erschossen.«

»Das kann mir nicht mehr passieren«, antwortete Wedigo von Wedel. »Ich bin bereits tot. Sie wissen, Herr Major, höchstoffiziell wurde ich am 30. August vor anderthalb Jahren von einer Granate zerrissen.«

»Was wollen Sie, mein lieber Herr von Wedel? Sie haben überlebt, und wir haben die falsche Todesnachricht genutzt, um Sie mit einer neuen Identität auszustatten. Aber berichten Sie endlich, wie ist es Ihnen in England ergangen? Sie waren in London und, so viel ich weiß, auch in Liverpool und Dublin?«

»Im November 1914, nur wenig Tage nach der Hinrichtung unseres Agenten Lody«, begann der sogenannte Kapitänleutnant, »traf ich als kanadischer Staatsbürger in Liverpool ein. Von dort fuhr ich nach London und mietete mir eine kleine Wohnung in der Charing Cross Road. Es gelang mir, unter dem Namen Robert Nathan mit Vernon Kell in Kontakt zu treten, der mich für seinen Dienst anwarb.«

»In Grobzügen ist mir das bekannt«, unterbrach ihn Nicolai, »Sie haben mir zum Glück regelmäßig Nachrichten zukommen lassen. Zusammen mit den Berichten von Jules Silber bildeten diese die Basis in unserem Kampf gegen Englands Flottenaktivitäten in der Nordsee und im Hinblick auf die Pläne gegenüber der Türkei. Ohne Ihre Informationen wäre unserem osmanischen Verbündeten nie die Abwehr der Invasion bei Gallipoli gelungen. Nein, sagen Sie mir lieber, wie sieht es in Irland aus? Ist mit einem Aufstand zu rechnen?«

»Davon gehe ich aus«, antwortete von Wedel. »Ich konnte Anfang März in Dublin mit einem der Anführer der irischen Freiheitsbewegung, Seán Mac Diarmada, reden.«

Der Offizier berichtete die nächste halbe Stunde, was er in Dublin erfahren hatte. »Heute ist der 10. April«, endete er. »Ich rechne aufgrund der erhaltenen Informationen damit, dass in den nächsten drei Wochen, höchstwahrscheinlich zu Ostern, den Briten das irische Pulverfass mit einem lauten Knall um die Ohren fliegt. Ich habe natürlich ein umfassendes Gesprächsprotokoll angefertigt.« Von Wedel zog aus einer Aktenmappe ein schmales Heft hervor, das er auf den Schreibtisch des Majors legte. »Meine eigene Lage entwickelte sich ebenso brenzlig, ich hatte den Eindruck, Smith-Cumming, der Leiter des SIS, und seine Leute seien mir mit ihren Recherchen verdammt nah gekommen. Daher habe ich das Signal zum Rücktransport gegeben …«

»… und wurden von einem deutschen U-Boot aufgenommen. Wer war der Kommandant?«

»Kapitänleutnant Kolbe von der U 19. Er holte mich in der Ballyheigue Bay ab. Dann fuhren wir nach Wilhelmshaven. Kamerad Kolbe war ein glänzender Gastgeber und hat mir auch mit der Uniform ausgeholfen.«

»Schön, ich lese mir alles noch einmal durch und werde dann den Bericht unverzüglich weiterleiten. Wenn die Iren wirklich einen Aufstand machen, könnte dies für die aktuelle militärische Lage von großer Bedeutung sein. Wir werden sie unterstützen. Fehlen nur noch die Inder … Aber zurück zu Ihnen, Herr von Wedel. Heute erholen Sie sich erst einmal von allem. Übermorgen muss ich Sie jedoch gleich wieder in den nächsten Einsatz schicken; es brennt an allen Fronten. Dort, wo Sie hinreisen, werden Sie allerdings kaum als U-Boot-Fahrer durchgehen. Seien Sie morgen früh Punkt neun in meinem Büro. Feldwebelleutnant Schneidmann hat bis dahin alles vorbereitet, er wird Sie begleiten. Für heute hat er für Sie ein Zimmer in Ihrem Lieblingshotel, im Adlon, reserviert. Auf den Namen Hauptmann Schwieger. Dort finden Sie auch angemessene Zivilkleidung, als Kaleu können Sie wirklich nicht herumlaufen. Genießen Sie den Abend!«

»Übermorgen soll ich wieder los; wohin geht es denn diesmal?«, fragte Wedigo von Wedel nach.

Major Nicolai schüttelte nur den Kopf. »Warten Sie Ihre Instruktionen ab und genießen Sie den Abend!«, wiederholte er. »Bis morgen früh.«

Der »Kapitänleutnant« salutierte und trat ab. Auf dem Gang stieß er beinahe mit einem hageren Hauptmann in Feldgrau zusammen. Er gehörte seinen Schulterstücken nach dem Generalstab an. Der Offizier wirkte ernst, sein Blick arrogant. Auf seiner Brust war das EK I zu sehen. Unterm Arm trug er eine dicke Akte. Er nickte nur und eilte weiter. Eingebildeter Kerl, dachte Wedigo, dann vergaß er die Begegnung wieder und stieg die Treppen hinab. Vor dem Kriegsministerium winkte er eine Pferdedroschke herbei, die Automobile waren in diesem zweiten Kriegsjahr weitgehend für das Militär eingezogen worden, und ließ sich zum Hotel Adlon bringen. Das war also die Rückkehr in die Heimat, nachdem er anderthalb Jahre als Agent in England und Irland im Einsatz gewesen war. Irgendwie fühlte er sich enttäuscht. Er hatte mehr erwartet, mehr Anerkennung für sein Tun. Natürlich war es eine andere Art von Kampf gewesen als die, die er im August 1914 erlebt hatte. Die Tage des glorreichen Vorstoßes im Westen und des Sieges über die Russen in Ostpreußen. Der Vormarsch des eigenen Regiments. Die Dörfer, durch sie zogen, waren vom Gegner frei und zum größten Teil von männlicher Zivilbevölkerung entblößt. Brücken waren zerstört, schwere Steine von den Höhen gelöst und kilometerweit Bäume quer über die Chaussee gelegt worden. Rechts und links durchstreiften Ulanen und Husaren das Gelände; als ständige Musik begleitete sie auf dem Vormarsch der Kanonendonner der Schlacht von Lüttich. Es folgten die Wochen der Kämpfe und Gefechte, endlich der 29. und 30. August, die Schlacht von St. Quentin-Colonfay-Le Sourd. Sie hatten den Gegner zurückgedrängt und zum Rückzug gebracht, doch der Preis war hoch gewesen. Die Verluste des Regiments betrugen 26 Offiziere und 1.170 Mann, das war weit mehr, als in jedem anderen Regiment der Division. Zehn Offiziere seines Bataillons waren gefallen, unter ihnen einige gute Kameraden und Freunde wie der Hauptmann von Witzleben, der Freiherr von Hornstein-Bietingen und die Leutnante von Plettenberg, Freiherr von Rheinbaben und von Lyncker. Auch er, Hauptmann Wedigo von Wedel, gehörte seit dem 30. August 1914 offiziell zu dem grauen Heer der toten Helden. Noch immer konnte es sein, dass er nachts den heftigen Schlag der Granate verspürte, die direkt neben ihm explodiert war. Sein Nebenmann, Feldwebel Babuke, war sofort getötet worden. Ihm selbst riss das Geschoss die ganze linke Seite auf. Der Schmerz war entsetzlich gewesen – er brach auf der Stelle zusammen. Die Kameraden hatten ihn für tot gehalten, nur durch einen Zufall war er ins Lazarett gelangt. Dort geschah der zweite Irrtum, denn eine Schwester verstand seinen Namen falsch und trug ihn unter »Hauptmann von Weiher« in das Eingangsbuch ein. Von all dem bekam Wedigo in seinem Wundfieber nichts mit. Er lag in steter Dämmerung, die Wochen zogen wie im Nebel vorüber. Der Heilungsprozess dauerte lang und war erst nach zwei Monaten beendet gewesen.

Am Tag der Entlassung besuchte ihn Major Nicolai und berichtete, er gehöre laut amtlicher Verlautbarung bereits den Toten an. Dann schlug er vor, diese »Tatsache« zu nutzen und, mit neuer Identität ausgestattet, als Agent nach England zu gehen. Wedigo hatte nach kurzem Bedenken zugestimmt. Die Westfront war im Grabenkrieg erstarrt, und er selbst hatte dem Vaterland seinen Blutzoll, wie er glaubte, zu Genüge entrichtet und konnte Kaiser und Reich jetzt auf andere Weise dienen. So war er Spion geworden, in dasselbe Metier eingestiegen wie seine alte Liebe, die polnische Gräfin Maria Melissa Walewska. Melissa, in jenem bewegten Juli kurz vor Kriegsausbruch war sie von einem auf den anderen Tag plötzlich verschwunden. Was aus ihr wohl geworden war, dachte Wedigo. Er hätte den Major fragen sollen, wenn jemand über ihren Verbleib Bescheid wissen konnte, dann der Geheimdienstchef. Nicolai liebte es, Frauen als Agentinnen zu beschäftigen. Von der Tänzerin Mata Hari und deren Wirken hatte er ihm einmal ganz beiläufig erzählt. Weitere Frauen standen in seinem Sold, und auch die Gräfin hatte mehrmals für den Major gearbeitet.

Das Adlon war erreicht, die Droschke hielt, Wedigo stieg aus und begab sich ins Hotel. In seinen Räumen, einem Schlaf- und einem Ankleidezimmer nebst einem kleinen Salon, fand er alles Nötige vor; selbst an einen Morgenmantel und Waschutensilien hatte Schneidmann gedacht. Nach einem ausgiebigen Bad betrat Wedigo im neuen Anzug eine Stunde später den Goethegarten des Hotels. Es war ein warmer Tag, und er entschied sich dafür, hier draußen zu Abend zu essen. Auf den ersten Blick wirkte alles wie früher. Noch immer rauschte der Pagodenbrunnen und die Kellner bedienten mit leiser Eleganz. Aber es schienen deutlich weniger Gäste im Haus zu sein, und das Personal war durchweg älter; die Jüngeren dienten an der Front. Auch das Speiseangebot entsprach der allgemeinen Lage, die Auswirkungen der durch Reichskommissar Michaelis angeordneten Lebensmittelrationierung hatten mittlerweile auch die Nobelhotels der Hauptstadt erreicht. Im Adlon wurde jedoch die leidige Angelegenheit der Lebensmittelkarten dezent und sozusagen geräuschlos gelöst. Das von Wedigo gewählte Fischgericht entsprach auch völlig dem im Hause zu erwartenden Niveau, wenn auch die Portion knapp bemessen war. Zum Essen trank Wedigo einen leichten 1912er Moselwein und nahm anschließend im Rauchersalon einen Mokka, wozu er eine aus England mitgebrachte Havanna rauchte. Zufrieden lehnte er sich in seinem Sessel zurück und blies einen Rauchring in die Luft. Er war gespannt, was für ein Auftrag ihn erwartete. Ob es wieder ins Ausland ging? Ins Vereinigte Königreich sicher nicht, eher nach Russland oder Rumänien. Auf dem Balkan brodelte es mächtig seit dem Regierungsantritt des rumänischen Königs Ferdinand I., der, da mit einer englischen Prinzessin verheiratet, im Gegensatz zu seinem Onkel und deutschfreundlichem Vorgänger Carol I. deutliche Sympathien für die Alliierten hatte. Es schien nur eine Frage der Zeit, bis das Land sich in den Krieg gegen die Zentralmächte einschaltete. Oder führte ihn die neue Order in den Orient? Nun, müßig jetzt darüber zu spekulieren, morgen würde er alles erfahren. Wedigo drückte die Zigarre aus, stand auf und begab sich in die Lounge des Hotels. Der weite Raum war mit dunklen Ledersesseln und bequemen Sofas sowie hellen Lampen ausgestattet und lud geradezu zum Verweilen ein. Wedigo blickte sich um. Neben Damen in eleganter Abendgarderobe und Hüten waren vor allem Herren anwesend. Es dominierten auch hier die älteren Herrschaften, meist im Frack, dazwischen befanden sich einige Offiziere auf Urlaub oder in der Rekonvaleszenz. Soeben betrat eine Gruppe von drei Personen den Raum, bei deren Anblick die anwesenden Offiziere in Habachtstellung gingen. Zu seiner Überraschung erkannte Wedigo in einem der Herren den preußischen Kriegsminister Adolf Wild von Hohenborn. Sein Begleiter war der Generalleutnant von Stein, der Kommandierende General des XIV. Reserve-Korps. Was führte die hohen Militärs ins Adlon? Zumal die dritte Person eine dunkel gekleidete, dicht verschleierte Dame war, was die Besonderheit des Besuches noch erhöhte. Die drei schritten zügig vorüber und verschwanden in einem der inneren Räume des Hotels.

Ein Oberst, der neben Wedigo stand, starrte der Gruppe nach. Dann schüttelte er den Kopf. »Ich dachte, Prinzessinn Viktoria befände sich in Belgien auf einer Reise durch die deutschen Lazarette«, sagte er mehr zu sich als zu anderen. »Seltsam!« Damit wandte sich der Offizier ab.

Viktoria Luise von Preußen, die einzige Tochter des Kaisers; zuletzt war ihr Wedigo bei ihrer Hochzeit im Mai 1913 begegnet, allerdings nur aus der Ferne. Aber hatte es sich bei der verschleierten Dame wirklich um die Prinzessin Viktoria gehandelt? Etwas an ihr, genauer, die Art sich zu bewegen, war ihm bekannt vorgekommen. Melissa! Genau, die vermeintliche Kaisertochter hatte ihn an die Gräfin Walewska erinnert! Unsinn, er sah Gespenster, wies er sich zurecht. Eine Verbindung der Polin zum Preußischen Kriegsminister war undenkbar. Wahrscheinlich hatte es sich bei der Dame wirklich um ein Mitglied des kaiserlichen Familie oder eines anderen Fürstenhauses gehandelt. Viele Frauen aus diesen Kreisen engagierten sich im Sanitätsbereich, die Bemerkung des Obersts vorhin hatte in die richtige Richtung gezielt. Wedigo schob jeden weiteren Gedanken an die Gräfin beiseite.

Er verließ das Hotel und trat hinaus in die aufgezogene Nacht. Seit Langem sein erster und, wie es aussah, auch sein letzter Abend in Berlin. Er würde ein wenig bummeln und das Flair der Stadt genießen. Die Kameraden waren leider an der Front oder gefallen – und er selbst galt als tot. So blieb ihm nichts weiter übrig, als allein durch die belebten Straßen der Stadt zu wandern. Sein Weg führte ihn zur Prachtallee Unter den Linden. Noch immer waren auf der breiten Straße viele Menschen unterwegs. Doch die Gesichter wirkten abgezehrt und bedrückt. Das Land war im Krieg und die Lage ernst, da wollte auch in der Heimat kaum Freude aufkommen. Nach anderthalb Stunden des Umherlaufens und einem Cognac im Linden Casino kehrte er leicht unzufrieden ins Adlon zurück. Gerade als sich Wedigo dem Eingang näherte, trat die geheimnisvolle Dame von vorhin heraus. Sie begab sich zu einem Automobil, der Fahrer öffnete ihr den Schlag. Die verschleierte Dame stieg ein, der Chauffeur warf mithilfe der Kurbel den Motor an und setzte sich hinter das Steuer. Während sie losfuhren, öffnete sich das Fenster des hinteren Bereiches und für einen kurzen Augenblick hob die Dame ihren Schleier und zeigte Wedigo ihr Antlitz. Es war das schöne Gesicht der Gräfin Walewska, der Frau, die er zuletzt im Juli 1914 gesehen hatte und die dann plötzlich verschwunden war!

»Melissa!«, rief der junge Offizier und eilte dem Wagen nach. Vergeblich, der Daimler fuhr, trotz seiner Rufe, mit hoher Geschwindigkeit davon. Weder ein anderes Motorfahrzeug noch eine Droschke befanden sich in der Nähe, sodass es Wedigo unmöglich war, der Gräfin zu folgen. Einige Minuten stand er da und starrte wie benommen in die Richtung, in die das Automobil entschwunden war. Melissa lebte und sie befand sich in Berlin. Melissa, sein Herz schlug heftig, er hatte sie gesehen und sie hatte ihn, trotz des Vollbartes, erkannt – und war davongefahren. Er wusste nicht, wie er das Geschehen bewerten sollte. Endlich riss Wedigo sich zusammen und wandte sich dem Hotel zu.

Gerade wollte er mit dem Lift in den 2. Stock, in dem sein Zimmer lag, fahren, da kam einer der Pagen auf ihn zugeeilt.

»Herr Hauptmann«, rief er, »entschuldigen Sie, hier ist ein Brief für Sie. Bitte!« Und mit einem tiefen Bückling überreichte er Wedigo ein rosafarbenes Schreiben, dessen Außenseite eine kleine, goldene Grafenkrone zierte. Wedigo dankte und reichte dem Pagen einen Groschen. Er steckte den Umschlag ein und fuhr hinauf in sein Zimmer. Dort verriegelte er sorgfältig die Tür und setzte sich in einen der im Raum stehenden Sessel. Er öffnete das Kuvert und las, was die Gräfin geschrieben hatte:

Liebster, bester Wedigo!

Du lebst, Du lebst, ja, Du lebst! Mehr als anderthalb Jahre habe ich getrauert und mich gegrämt. Und nun zeigt sich, es war alles nicht wahr und dein Tod auf dem Schlachtfeld ist nur ein böser Traum gewesen. Es ist etwas Eigenartiges mit unseren Schicksalen. Wir werden zueinander geführt und wieder getrennt, gerade wie es einer der höheren Macht gefällt. Doch ich will nicht klagen, denn Du wurdest mir heute wiedergegeben. Als ich Dich dort in der Lounge sitzen saß, fast am gleichen Ort, an dem wir uns vor drei Jahren erstmals sahen, konnte ich kaum an mich halten. Nur mit größter Kraftanstrengung gelang es mir, weiterzugehen. Wichtiges liegt vor mir, ich darf Dir nicht sagen, was. Und derzeit ist es mir auch nicht möglich, Dich zu treffen. Doch ich glaube an ein Wiedersehen – habe Geduld, Liebster, habe Geduld!

Auf ewig die Deine, voller Sehnsucht,
Maria Melissa, Gräfin Walewska

Ein für Melissa absolut typisches Schreiben, dachte Wedigo, alles verheißend und ohne verbindliche Aussage. Wie oft hatte er Derartiges schon mit ihr erlebt. Die Gräfin Walewska hatte in den militärischen Spionagefällen, mit denen er vor dem Krieg im Auftrag Major Nicolais beschäftigt gewesen war, mehrfach höchst verschiedene Rollen gespielt. Ob in Berlin, Potsdam, Wien oder Baden-Baden, im Rahmen der Ereignisse hatten sich ihre Wege mehrfach gekreuzt. Ihr letzter gemeinsamer Fall war im Juni 1914 im Umfeld des Attentats von Sarajevo angesiedelt gewesen. Sie hatten eng zusammengearbeitet, und der attraktiven Frau war es gelungen, ihn und seine Gefühle kräftig zu verwirren. Vielleicht waren sie sogar ein Paar gewesen, obwohl er sich dessen nicht mehr ganz sicher war. Dann war die Gräfin in Berlin nicht aufzufinden gewesen, und er hatte Melissa zeitweise für tot gehalten. Nun, das Gleiche schien ihr auch passiert zu sein, sein Tod war sogar hochoffiziell gewesen. Nur zu verständlich, dass sie sich erst einmal von dem Schock der unerwarteten Begegnung erholen musste. Wann würde er sie wiedersehen? Hoffentlich, bevor ihn Nicolais neuer Auftrag wer weiß wohin verschlug. Wedigo ging zu Bett, und es dauerte eine Weile, bis er unter solchen und ähnlichen Gedanken zum Schlaf fand.

Am nächsten Morgen wurde er durch ein Klopfen an der Tür geweckt. Er warf sich den Morgenrock über und öffnete. Vor ihm stand ein Soldat.

»Gefreiter Paulsen, Herr Hauptmann, melde mich wie befohlen! Ich bin Ihr neuer Bursche.« Daraufhin überreichte der Mann Wedigo ein kurzes Handschreiben Feldwebelleutnant Schneidmanns, dass er Paulsen dem Herrn Hauptmann als Burschen nur empfehlen könne. Der Mann sei zuverlässig und ergeben und stehe ihm ab sofort zur Verfügung.

Paulsen brachte eine neue Ausgehuniform, Mütze, Degen und passendes Schuhwerk mit und machte sich anheischig, »den Herrn Hauptmann« zu rasieren. Eine Dreiviertelstunde später saß Wedigo, bartlos und sich wie neugeboren fühlend, am Frühstückstisch, trank Kaffee und las die Deutsche Kriegszeitung, eine Wochenschrift, die der Berliner Lokal-Anzeiger herausgab. Ganz vorn war ein Bildnis des Feldmarschalls von Hindenburg zu sehen. Der Artikel dazu befasste sich ausführlich mit der aktuellen militärischen Lage. Die Kämpfe im Westen vor Verdun verliefen erfolgreich, hieß es, und auch die russische Offensive im Osten sei an der Tapferkeit der Österreicher zerschellt. Wedigo interessierte besonders ein Abschnitt, der den 13. Luftsieg des Fliegerhelden Leutnant Immelmann vermeldete. Fliegen war seine Leidenschaft, und wenn ihn nicht im Herbst 1914 Major Nicolai für seine Abteilung verpflichtet hätte, wäre er damals gern zu den Jagdfliegern gegangen. Auch die zweite Zeitung, die er aufschlug, das Berliner Tageblatt, war voller Meldungen zum Kriegsgeschehen. Aber es gab auch andere Nachrichten, etwa den Hinweis, an der Volksbühne würde demnächst die Altberliner Posse »die Mottenburger« aufgeführt. Kurz überflog er den abgedruckten Teil des laufenden Fortsetzungsromans »Der deutsche Traum« von einem Herrn Rosner, dann beendete Wedigo das Frühstück.

Er verließ das Hotel und machte sich auf den Weg. Um 8:55 Uhr trat er durch das mit Soldatenfiguren geschmückte breite Einfahrtstor der Wilhelmstraße 86–87. Vor ihm lag das Gebäude des Kriegsministeriums, in dem Major Nicolais Abteilung residierte.

Der Major erwartete ihn schon. »Nehmen Sie Platz, Herr von Wedel. Kaffee?«

»Danke nein, ich habe soeben gefrühstückt.«

»Dann haben Sie sicher auch einen Blick in die Zeitungen geworfen und das Neueste über unsere aktuelle Lage erfahren.«

»Gewiss, Herr Major, aber ich denke …«, Wedigo brach ab, er wollte nicht über das Offensichtliche sprechen, dass die Presse natürlich nur ausgewählte Nachrichten veröffentlichte.

»Sie denken an das Thema Zensur«, sagte der Major. »Nun, natürlich achten wir darauf, dass in unseren Journalen nichts Defätistisches und dem Wohl des Landes Schadendes erscheint. Kommen Sie, ich bringe Sie in unsere Presseabteilung. Da können Sie selbst sehen, wie wir arbeiten.«

Die beiden Männer verließen den Flur und Nicolai führte den Hauptmann zwei Türen weiter in einen großen Raum, in dem auf Tischen überall Zeitungen ausgebreitet lagen. Mehrere Unteroffiziere waren mit ihrer Auswertung beschäftigt. Das Eintreten ihres Vorgesetzten schien sie nicht weiter zu stören, denn sie arbeiteten ruhig weiter. Wedigo wunderte sich erst über das Verhalten, bis ihm einfiel, dass der Major mehr Wert auf Effizienz als auf militärische Formen legte.

»Schauen Sie sich nur um!«, forderte Nicolai ihn auf. »Seit letztem Jahr ist meine Abteilung, genauer das mir zugeordnete Kriegspresseamt, für die Überwachung und Zensur zuständig. Der mir unterstellte Leiter des Amtes ist Major Deutelmoser, vorher Pressereferent im Ministerium. Wir haben gute Leute hier, kürzlich sollte Leutnant Flex bei uns anfangen, aber Flex schreibt gerade an einem Kriegsdrama und bat daher, jemand anderes zu verwenden. Natürlich bin ich der Bitte nachgekommen.«

Wedigo trat an die Tische und blätterte in den ausgelegten Zeitungen. Ausgaben aus dem ganzen Reichsgebiet waren vertreten. Sogar ein Exemplar der Deutsch-Ostafrikanischen Zeitung vom 24. März, das es auf Gott weiß welchen Wegen aus der eingeschlossenen Kolonie in die Reichshauptstadt geschafft hatte. Auf der letzten Seite fanden sich verschiedene Anzeigen unter anderem für Kaffee und Zigarren.

»Unsere Kolonisten in Daressalam leben im Vergleich zum Reich noch in guten Verhältnissen«, kommentierte Nicolai. »Ich fürchte nur, dass Kamerad Lettow-Vorbeck bald eine größere Truppe von Engländern am Hals haben wird. Doch lassen wir das Thema, ich will Sie nicht länger auf die Folter spannen, denn Sie sind sicher äußerst neugierig im Hinblick darauf, was Sie erwartet.«

Die beiden Männer kehrten in das Büro des Leiters zurück und setzten sich wieder. Der Major zog aus einer Schreibtischschublade eine grüne Kladde mit der Aufschrift »Jacobi« hervor und öffnete sie. Er entnahm ihr ein Foto und schob dieses über den Tisch Wedigo zu. Wedigo betrachtete das Bild. Es zeigte einen hageren Offizier in Feldgrau, dessen Blick ernst wirkte. Auf der Brust trug er das EK I sowie zwei andere Orden. Wedigo kam der Mann irgendwie bekannt vor, er konnte aber sein Gesicht im Augenblick nicht einordnen.

»Das ist Hauptmann Ernst von Jacobi«, erklärte Nicolai. »Ich habe ihn Anfang März an die Westfront, genauer zum Dorf Douaumont vor Verdun, entsandt. Es bestand und besteht der Verdacht, dass seit dem Beginn der Schlacht Sabotageakte an Versorgungslinien, Nachrichtenleitungen und Stellungen vorgenommen wurden und etliche gezielte Falschmeldungen weitergegeben worden sind.«

»Falschmeldungen?«, fragte Wedigo.

»Genau, so wurde am 9. März die Meldung verbreitet, deutsche Truppen hätten das Dorf Vaux genommen, seien in die Panzerfeste eingedrungen und das Fort befinde sich vollständig in unseren Händen. Doch das Feindfeuer, das wirklich eine gewisse Zeit geschwiegen hatte, setzte beim Vormarsch unserer Soldaten aus eben diesem Fort plötzlich ein und der Vorstoß geriet zu einem blutigen Gemetzel. Wir dachten zuerst, hinter all dem steckten die Franzosen, die in die deutschen Linien eingesickert seien, doch das erwies sich als Irrtum. Die Saboteure müssen aus den eigenen Reihen kommen.«

»Wer macht denn so etwas, wer verrät seine Kameraden?«

»Das sollte Hauptmann von Jacobi aufklären. Er scheint auch einiges entdeckt zu haben, nach dem, was er mir telegrafisch meldete. Nun aber habe ich seit dem 29. März von ihm keine Nachricht mehr erhalten. Da ist etwas passiert.«

»Vor Verdun ›passiert‹ zurzeit viel«, sinnierte Wedigo. »Es wird geschossen, getötet und gestorben.«

»Das ist mir bekannt«, erwiderte Nicolai scharf. »Pro Tag dürften mehr als 5.000 Soldaten ihr Leben verlieren. Ich habe natürlich daran gedacht, dass Kamerad von Jacobi während der Kampfhandlungen den Heldentod gefunden hat, ja, ich gehe als feste Tatsache davon aus, dass er nicht mehr lebt, wobei es natürlich auch sein könnte, dass sein Tod in Zusammenhang mit seiner Aufgabe steht. Doch ohne belegbare Fakten ist es müßig, zu spekulieren. Es gibt allerdings noch ein zweites Problem. In seiner letzten Meldung am 29. teilte er mit, er habe alle Ergebnisse seiner Recherchen notiert und im rückwärtigen Frontgebiet sichergestellt. Hauptmann Werner von Alvensleben, der Ordonnanzoffizier General von Gallwitz, wisse Bescheid und werde, so Jacobi fiele, die Unterlagen an mich weiterleiten.«

»Warum hat Sie Jacobi nicht vorher über alles informiert?«

»Er meinte, er sei auf etwas derart Undenkbares gestoßen, dass er erst völlig sicher sein müsse, ob das Recherchierte wirklich stimme, bevor er mir das Material zusenden könne.«

»Das klingt durchaus nach einer brisanten Entdeckung«, meinte Wedigo. »Obwohl ich persönlich zumindest einen Teil meiner Ergebnisse weitergereicht hätte. Nun, wenigstens wäre Hauptmann von Jacobis Material noch vorhanden, wenn sich Ihre Befürchtung, er sei tot, bewahrheiten würde.«

»Hauptmann von Alvensleben hat mir mitgeteilt, er sei in der Tat von Kamerad von Jacobi angesprochen worden. Doch er habe kein Material erhalten und unseren Mann seit eben diesem 29. März nicht mehr gesehen. Vielmehr habe er gehört, von Jacobi sei im Kampf getötet worden beziehungsweise er werde vermisst.«

»Von Alvensleben ist zu trauen?«

»Er stammt aus bestem niederdeutschem Adel. Als junger Offizier hat er die Kriegsakademie besucht und wurde bereits mit dem Eisernen Kreuz 1. Klasse ausgezeichnet. General von Gallwitz bezeichnet ihn als hundertprozentig verlässlich und vertrauenswürdig. Wenn von Alvensleben etwas sagt, dann stimmt das«, bekräftigte Nicolai. Es klopfte an der Tür, ein Gefreiter trat ein und salutierte. »Was ist denn?«, fragte der Major. »Wir sind in einer Besprechung, Mann!«

»Herr Major entschuldigen, aber Generalleutnant von Stein meint, es sei dringend und Sie sollten diesen Brief sofort lesen.« Der Soldat salutierte erneut und überreichte Nicolai einen blauen Umschlag.

»Gut, warten Sie draußen!« Sobald der Gefreite das Zimmer verlassen hatte, riss der Major das Kuvert auf und überflog das Schreiben. Dann las er es ein zweites Mal und blickte Wedigo an. »Die Situation hat sich verändert, Hauptmann. Der angeblich tote von Jacobi soll vorgestern im Hotel Adlon gewesen sein. Und er wurde gestern Abend hier im Ministerium gesehen. Seitdem fehlt eine Akte, zu der er Zugang hatte. Sie ist, nun, sagen wir, äußerst wichtig, und wird unter dem Namen ›Akte Verdun‹ geführt. Es handelt sich eigentlich um eine Sammelakte. In ihr befinden sich unter anderem Unterlagen über gewisse Sabotage- und Streikaktionen, welche seit einiger Zeit den Munitions- und Waffennachschub zur Front empfindlich beeinträchtigen. Zudem ein brisantes Verzeichnis von verdächtigen revolutionären Individuen.

Und, das ist wohl das Schlimmste, es befinden sich unter den Papieren auch Unterlagen, die Aufschlüsse über unsere Angriffsplanungen im Westen und speziell über die militärischen Taktiken um und in Verdun geben. Das Schreiben hier ist von Kriegsminister von Hohenborn. Er ist in heller Aufregung und ordert an, von Jacobi sofort zu suchen, zu finden und festzunehmen. Angeblich hat sich der Mann noch in der Nacht zur Westfront abgesetzt.«

»Was wissen wir über Hauptmann von Jacobi?«, fragte Wedigo. »Ist ihm ein solcher Verrat wirklich zuzutrauen?«

»Eine solche Handlung ist völlig undenkbar«, erwiderte Nicolai scharf. »Da bin ich mir ganz sicher, Verrat passt nicht zu von Jacobi. Ich selbst habe ihn immer als pflichtbewussten Offizier kennengelernt. Doch mir liegen auch Berichte vor, er sei ein Lebemann, der gern in Filmkreisen verkehre und ständig Geldsorgen habe. Das Jeu und Pferderennen, Sie verstehen. Aber welcher junge Offizier hat keine Schulden?«, fügte der Major entschuldigend hinzu.

»Jeu, Pferderennen und Filmkreise«, wiederholte Wedigo. »Und ein solcher Bonvivant soll freiwillig an die Front gegangen sein?«

»Das wäre zu überprüfen«, erwiderte Nicolai. »Hier setzt Ihr Auftrag ein, Herr von Wedel. Ursprünglich sollten Sie an der Verdunfront nach dem Verbleib von Jacobis forschen. Nach dem, was jetzt geschehen ist, werden Sie klären, ob der Mann sich tatsächlich dorthin gewendet hat, und vor allem, wo sich diese Akte befindet. Ich weiß nicht, wieso man oben sicher ist, dass von Jacobi bereits Berlin verlassen hat. Und ich glaube, wie gesagt, nicht, dass der Kamerad ein Verräter ist. Aber auf jeden Fall muss er offenlegen, warum er nach Berlin zurückgekehrt ist, ohne sich bei mir pflichtgemäß zu melden, und was er mit den verschwundenen Papieren zu tun hat.«

Wedigo betrachtete noch einmal das Bild des Hauptmanns. Jetzt fiel ihm ein, wo er dieses Gesicht schon einmal gesehen hatte. »Mit Verlaub, Herr Major. Ich glaube, ich habe von Jacobi gestern gesehen!« Knapp berichtete er von seiner kurzen Begegnung auf dem Gang.

Nicolai nickte. »Das passt gut, Sie haben ihn gesehen und werden ihn umso leichter finden. Hauptmann von Jacobi pflegte meistens im Adlon abzusteigen. Fangen Sie am besten dort an, nach dem Kameraden zu suchen. Vielleicht klärt sich alles auf. Natürlich werde ich auch noch andere Kräfte auf Hauptmann von Jacobi ansetzen. Sie müssen auf jeden Fall nach Verdun und überprüfen, was an Jacobis Meldungen dran war. Sollte der Mann tatsächlich ein Verräter sein, müssen wir davon ausgehen, dass nichts davon der Wahrheit entspricht. Sie müssen sozusagen Jacobi selbst finden und gleichzeitig sein Tun überprüfen. Viel umstellen müssen wir nicht. Sie werden unter Ihrem Namen auftreten, von Wedel, allerdings verbirgt sich dahinter einer Ihrer zahlreichen Verwandten, ich dachte an ›Hermann von Wedel‹.«

»Das ist mein Cousin, und der ist fünf Jahre jünger als ich und – so viel ich weiß – erst Oberleutnant«, protestierte Wedigo. »Hermann gehört dem Leib-Grenadier-Regiment Nr. 8 in Frankfurt/Oder an. Ich kenne dort so gut wie niemanden.«

»Keine Sorge, Ihr Vetter wurde zeitgleich mit Ihnen an der Westfront schwer verwundet. Lange Zeit lag er im Militärhospital; nach seiner Genesung versetzte der Stab ihn als Taktiklehrer zur Kadettenanstalt Plön, wo er aktuell tätig ist. Also, das passt doch wunderbar. Sie sind Ihr Vetter Hermann, ohne Bart wirken Sie ohnehin jünger, und dürfen gleichzeitig Ihren Dienstgrad als Hauptmann behalten. Bei den Leib-Grenadieren diente ein anderer Ihrer Verwandtschaft in eben diesem Rang.«

»Vetter Achim«, entfuhr es Wedigo.

»Richtig, aber Sie sind *Hermann* von Wedel«, sagte Nicolai. »Damit wäre alles geklärt. Feldwebelleutnant Schneidmann hat Ihre Papiere, den Truppenausweis und den Marschbefehl. Heute Mittag geht es ab an die Front. Schneidmann wird Sie, wie gesagt, begleiten. Sie berichten mir alle zwei Tage über eine sichere Leitung im Hinterland. Codewort ›Wacht am Rhein‹.« Er reichte Wedigo die grüne Mappe. »Den Ordner nehmen Sie mit. Er enthält Kopien der Meldungen von Jacobis, die Sie vor Ort überprüfen werden. Noch Fragen, Herr Hauptmann?«

»Nicht zum Auftrag, Herr Major.«

»Wozu dann?« Nicolai sah ihn leicht erstaunt an.

»Mir ist im Adlon die Gräfin Walewska in Begleitung von Kriegsminister Wild von Hohenborn und Generalleutnant von Stein begegnet«, begann er.

»Die Gräfin ist in Berlin?«, fragte Nicolai, und seiner Stimme war anzumerken, dass er wirklich überrascht war. »Meinen Informationen nach sollte sie in Paris oder Rom sein.« Er biss sich auf die Lippen, offenbar waren die Angaben nicht für Wedigo bestimmt gewesen. »Haben Sie etwa Kontakt zu ihr aufgenommen? Oder sie gesprochen?«, forschte er nach. »Ich hoffe, das taten Sie nicht!«

»Selbstverständlich habe ich keinen Kontakt aufgenommen«, versicherte Wedigo wahrheitsgemäß. Den Brief Melissas erwähnte er nicht. »Ich hätte nur gern gewusst …«

Wieder unterbrach ihn Nicolai. »Alles, was mit der Gräfin zusammenhängt, ist streng geheim. Je weniger Sie wissen, desto besser für Sie. Ich werde Ihnen das später einmal erklären. Bis dahin muss jede weitere Information unterbleiben. Verstanden?«

»Jawohl, Herr Major!«, erwiderte Wedigo förmlich.

»Gut, dann suchen Sie Schneidmann auf und empfangen Ihre Marschroute. Also, Adieu und viel Erfolg. Und schauen

Sie nicht so grimmig, Herr von Wedel, Ihre schöne Gräfin läuft Ihnen schon nicht weg!«

Mit diesen »tröstenden« Worten war Wedigo entlassen. Er begab sich zu Schneidmanns Büro, wo er den Feldwebelleutnant mit Handschlag begrüßte und ihm zu seiner Beförderung gratulierte. Der groß gewachsene, kräftige Mann, der immer noch einen gewichsten Kaiserbart mit hochgezwirbelten Spitzen trug, freute sich aufrichtig, Wedigo nach so langer Zeit wiederzusehen. Eine gute Stunde tauschten sie sich über ihre früheren gemeinsam bestandenen Abenteuer aus, über nächtliche Fahrten und Exkursionen in dunkle Viertel. Dann besprachen sie den aktuellen Auftrag. Schneidmann überreichte Wedigo eine zweite Mappe mit einem Bündel von Papieren und gab ihm weitere Informationen: »Der Militärzug fährt am Mittag um 14:00 Uhr vom Charlottenburger Bahnhof ab und erreicht gegen 22:00 Uhr den Bahnhof Koblenz. Dort übernachten wir, um am nächsten Morgen weiter nach Metz und von dort nach Étain zu fahren. Wen Sie dort kontaktieren, steht in den Unterlagen. Major Nicolai hat mich darüber nicht informiert. Ich hole Sie mit einem Wagen um 13:15 Uhr am Adlon ab.«

»Gut, Schneidmann, bis später!« Wedigo wollte gerade gehen, da klingelte das Telefon. Der Feldwebelleutnant nahm das Gespräch an. »Es ist für Sie, Herr Hauptmann, der Chef.«

»Nicolai, gut, dass ich Sie noch erreiche, Hauptmann. Ich habe soeben eine telegrafische Nachricht erhalten, von Jacobi sei heute früh in Koblenz gesehen worden und dort in Richtung Metz umgestiegen. Also konzentriert sich Ihre Suche ganz auf die Westfront! Gute Reise!« Nicolai hängte ein.

Wedigo verließ das Ministerium. Er blickte auf seine Taschenuhr. Jetzt war es elf. Er konnte gerade noch ins Hotel gehen, Paulsen packen lassen und eine Kleinigkeit essen, dann musste er schon aufbrechen. Wie er da noch hätte nach

Jacobi suchen sollen, war ihm schleierhaft. Zum Glück entfiel diese Aufgabe. Sein Berlinaufenthalt war überhaupt sehr kurz bemessen gewesen. Schade, eigentlich hätte er gern noch den einen oder anderen getroffen beziehungsweise zumindest von der Ferne aus gesehen. Denn offiziell gab es ihn nicht mehr. Ein komisches Gefühl, eigentlich tot zu sein. Und dazu noch die rätselhafte Geschichte um die Mission des Hauptmanns von Jacobi und vor allem die Angelegenheit mit der »Akte Verdun«. Ob der Kamerad wirklich ein Verräter war? Mysteriös schien auch die Angelegenheit zu sein, mit der die Gräfin betraut war. Ob Nicolai wirklich nicht bekannt gewesen war, dass sie sich in Berlin befand? Auf den Namen des Kriegsministers hatte er sehr überrascht reagiert. Es konnte natürlich sein, dass auch sie mit dem Fall Jacobi zu tun hatte. Oder auch nicht; bestimmt wusste der Major mehr, als er zugab. Er hatte sich, wie üblich, in einen dicken Mantel des Schweigens gehüllt und nichts weiter preisgegeben.

Wedigo erreichte das Adlon. Der betresste Portier salutierte und öffnete die Tür; der Offizier trat ein und sah sich um. Der Raum war mit Besuchern gefüllt, eine Auswahl eleganter Damen und Herren. Das Publikum schien an diesem Vormittag im Wesentlichen das gleiche zu sein wie am gestrigen Abend. Er trat zum Lift und stieg ein, zusammen mit einem älteren Ehepaar, das dem Dialekt nach aus Sachsen kam.

Wedigos Gedanken kehrten zu dem eben Erlebten zurück. Irgendwie empfand er es als unfair von Major Nicolai, derart geheimniskrämerisch aufzutreten. Sie kannten sich nun doch schon mehrere Jahre und hatten in der Zeit einiges zusammen erlebt. Ein bisschen mehr Offenheit konnte er von dem Major eigentlich erwarten! Und was wäre daran so schlimm, wenn er mit Melissa in Verbindung treten würde?

Ein leichter Ruck und ein Klingeln holten ihn in die Gegenwart zurück. Ganz mit seinen Überlegungen beschäftigt, hatte er vergessen, dem Liftboy sein Stockwerk zu nennen, und war bis in die 4. Etage mitgefahren. Er ließ das sächsische Paar aussteigen und wollte den Boy gerade darum bitten, ihn wieder nach unten zu bringen, da sah er in einem der großen Spiegel, die seitlich hingen, weiter hinten im Korridor das Bild einer Frau. Die blonden Haare, die Statur, die Art, sich zu bewegen, es konnte, nein, es musste Melissa sein! Wedigo verließ spontan den Aufzug und wandte sich in die Richtung des schönen Spiegelbildes.

Er folgte dem Gang, der sich am Ende verzweigte. War Melissa nach links oder rechts gegangen oder hatte sie eines der Zimmer aufgesucht? Er blieb stehen und lauschte. Irgendwo hörte er Schritte, dann das Zuschlagen einer Tür. Stille. Er beschloss, nach links zu gehen und bog um die Ecke. Vor ihm erstreckte sich ein anderer, langer Flur mit Türen auf beiden Seiten. Langsam schritt er vorwärts, unsicher, was er tun solle. Er konnte doch nicht mit dem Ohr an den Türen horchen! Aber vielleicht gab es irgendetwas, was auf Melissa hinwies? Oder sie verließ zufällig ihr Zimmer …

Jetzt war er am Ende des Ganges angelangt, wieder verzweigte sich dieser. Links oder rechts? Während er überlegte, hörte er hinter sich das Geräusch einer aufgehenden Tür und wandte sich rasch um. Die Tür gehörte zu dem eben passierten Zimmer. In ihrem Rahmen stand ein mittelgroßer Herr im hellen Anzug, einen Mantel umgeworfen und einen grauen Zylinder leicht schräg auf den Kopf. Aber nicht das war es, was Wedigo auffiel, sondern die großkalibrige Waffe, die der Fremde auf ihn richtete.

»Herr von Wedel, nehme ich an«, sagte er in näselndem Tonfall. »Dachte eigentlich, Sie seien tot. Nun, was nicht ist, kann noch werden. Heben Sie die Hände und kommen Sie langsam zu mir!«

Wedigo folgte der Anweisung. Der Mann dirigierte ihn in das Zimmer, aus dem er soeben getreten war. Dann schloss er die Tür. Das Innere des Appartements ähnelte den Räumlichkeiten, die Wedigo bewohnte. In einem der Sessel saß die Dame, die er wohl im Spiegel gesehen hatte. Sie war blond, schlank und sah Melissa auf den ersten Blick verblüffend ähnlich, aber es war nicht die Gräfin. Das Gesicht der Frau war viel gröber geschnitten, und auch die Augenfarbe entsprach nicht der Melissas. Wedigo hatte jedoch keine Zeit, über diese Tatsachen intensiver nachzudenken, denn der Fremde bohrte ihm die Mündung seiner Waffe schmerzhaft in die Nieren.

»Sie werden sich ruhig verhalten, ansonsten drücke ich ab. Und an einem Nierensteckschuss zu sterben ist ein äußerst unangenehmer Prozess. Verena«, sagte er zu den blonden Frau. »Reiß die Gardinenschnur runter und fessle seine Hände!«

Die Blonde erhob sich gehorsam und griff zur Schnur. Da klopfte es an die Tür: »Das Zimmermädchen!«

Der Mann drückte fester zu. »Ins Schlafzimmer und kein Laut.« Er schob Wedigo in den Nebenraum und zog die Tür zu.

In dem Zimmer, das sie gerade verlassen hatten, hörte man Stimmen. Für einen kurzen Moment war der Fremde abgelenkt, und der Druck der Waffe ließ nach. Wedigo trat nach hinten und traf den Mann hart am Knie. Dieser schrie auf und sackte unwillkürlich nach vorn. Der Offizier drehte sich um, packte die Waffe, entriss sie dem Mann mit einer schnellen Bewegung und richtete den Revolver nun auf ihn. Aber er hatte den Gegner unterschätzt. Der Fremde reagierte sofort, indem er sich mit einem Armschwung seines Mantels entledigte und diesen auf Wedigo schleuderte. Den Augenblick der Verwirrung nutzte er, um die Tür aufzureißen und in den Salon zu springen. Er stieß das völlig überraschte Zimmermädchen zur Seite und rannte hinaus auf den Flur. Wedigo wollte folgen, da warf sich ihm die Blonde entgegen und versuchte, ihn aufzuhalten.

»Sie müssen mich retten!«, rief sie mit tränenerstickter Stimme. »Lassen Sie mich nicht allein. Der Oberst wird mich umbringen!«

»Ich kümmere mich gleich um Sie. Jetzt aber lassen Sie mich los!«, fuhr Wedigo sie an. Das melodramatische Auftreten wirkte ziemlich unecht auf ihn und schien nur ein Mittel, um die Verfolgung aufzuhalten. Mit einiger Mühe löste er sich von der Frau und eilte hinaus. Von dem angeblichen Oberst war nichts zu sehen, aber er hörte das Geräusch hastiger Schritte, die sich entfernten. Ohne zu zögern, wandte sich Wedigo in die Richtung der Geräusche und folgte. Er bog um mehrere Ecken und durchquerte weitere Gänge, immer die Schritte vor sich. Endlich sah er am Ende des Flurs kurz die Gestalt des Flüchtenden und rannte ihm hinterher. Wieder eine Ecke, Wedigo hielt kurz inne. Der Gang vor ihm öffnete sich zu einem schmalen Treppenhaus, dem Notausgang. Steinerne Stufen führten zum Erdgeschoss. Ein Klappern war zu hören. Der Offizier sprang vor und beugte sich weit über das Geländer der Treppe. Unten erblickte er den Verfolgten. Der Mann befand sich bereits zwei Stockwerke unter ihm. Wedigo hastete die Stufen hinab, knapp vor ihm hörte er das Klacken der fremden Schritte. 2. Etage, 1. Etage, Erdgeschoss, Souterrain – die Stufen endeten auf einem breiten Flur. Mitten auf dem gepflasterten Boden lag der graue Zylinder, von seinem Träger war jedoch nichts zu sehen. Wedigo holte tief Luft und blickte sich suchend um. Verschiedene Türen gingen seitlich ab, insgesamt acht. Er öffnete die erste, sie führte zu den Küchen des Hotels. Auf Dutzenden von Herden dampfte und brodelte es, Köche in weißer Kleidung und hoher Mütze eilten geschäftig umher; einen Mann im Anzug konnte er in dem Gewimmel jedoch nicht entdecken. Andere Türen, die er probierte, führten zu Wirtschaftsräumen wie der Mangelstube, dem Plettzimmer, der Silberkammer und dem Wartungstrakt. Überall wurde eifrig gearbeitet, geputzt und gebügelt, doch nirgends gab es eine Spur des Fremden. Er befragte das Personal nach dem »Oberst«, keiner wollte ihn gesehen haben. Die Leute wirkten verängstigt und unsicher; da merkte Wedigo, dass er noch immer die Waffe in der Hand hielt. Er steckte sie ein, konnte aber nichts über den Verbleib des Mannes in Erfahrung bringen. Schließlich gab er das Ganze auf. Er ließ sich von einem Lehrjungen durch ein Labyrinth von Gängen in das Foyer führen. Ein komplizierter Weg, der Fremde musste sich im Adlon gut auskennen, wenn er hier herausgefunden hatte. Wedigo überlegte, ob er sich auf die Suche nach der Blonden machen sollte. Aber zum einen hatte er sich die Zimmernummer nicht gemerkt und würde das Appartement nach dem Hin- und Hergelaufe so schnell nicht finden. Zum anderen hatte sich die Dame bestimmt längst abgesetzt. Er zog seine Taschenuhr hervor, gleich zwölf. Zeit für eine ausgiebige Untersuchung hatte er ohnehin nicht mehr. Wedigo begab sich rasch in sein Zimmer, um Paulsen packen zu lassen und sich selbst umzukleiden. An die Front fuhr man in Feldgrau und nicht in Paradeuniform.

Nachdem er sich gewaschen und umgezogen hatte, ließ er sich vom Service ein kaltes Huhn und etwas Brot bringen. Er speiste mit gutem Appetit, dann untersuchte er die gewonnene Waffe. Es war ein Revolver Marke Webley Mk. VI, eine englische Waffe, die in der britischen Armee in Offizierskreisen im Einsatz war. Und sie war nicht geladen! Er war auf einen Bluff hereingefallen. Wedigo überlegte: Sollte er Nicolai über den Vorfall informieren? Vielleicht, vielleicht auch nicht, jedenfalls hatte das Ganze Zeit. Wahrscheinlich hatte es sich bei dem sauberen Pärchen ohnehin um eins der üblichen Betrügerpaare gehandelt, wie man sie häufig in den größeren Nobelhotels antreffen konnte. Die Frau, meist blond und natürlich attraktiv, spielte den Lockvogel. Der Mann, ganz als Herr auftretend, zeichnete für die pekuniäre Seite verantwortlich. Das heißt, er setzte die Opfer der Blonden, häufig »brave« Ehemänner, unter Druck und die Herren zahlten. Aber wieso hatte der Mann, der sogenannte Oberst, ihn erkannt? Ihn sogar bei seinem richtigen Namen genannt? Und was bedeutete die zwar grobe, aber auf den ersten Blick vorhandene Ähnlichkeit der Blonden, Verena hieß sie, mit der Gräfin Walewska? Hatte die Angelegenheit mit dem Fall Jacobi zu tun? Er musste Nicolai doch unbedingt über den Vorfall informieren. Feldwebelleutnant Schneidmann erschien und unterbrach seine Überlegungen. Alles war zur Abfahrt bereit. Ein Fahrer brachte die drei Soldaten nach Charlottenburg.

Auf dem Bahnsteig wartete schon der Zug. Viele Urlauber kehrten mit ihm an die Front zurück. Am Bahnsteig gab es rührende Szenen. Frauen und Kinder weinten, und die Stimmung der Männer war deutlich eine andere als vor knapp zwei Jahren, als jedermann sicher war, der Krieg werde siegreich bis Weihnachten vorüber sein. Auch anderes hatte sich verändert. Früher wäre es unmöglich gewesen, doch jetzt stellte keiner Fragen, als der junge Hauptmann seinen Feldwebelleutnant und den Burschen Paulsen einfach mit ins 1.-Klasse-Abteil nahm. Die Kampfgemeinschaft an der Front verwischte mehr und mehr die Standes- und Klassengrenzen. Im Sturmangriff zählten allein Mut, Kameradschaft und Selbstdisziplin, wer die Führung beanspruchte, musste überzeugen, und das tat man im Trommelfeuer und nicht durch silberne Sterne und geflochtenes Eichenlaub. Die neuen Helden waren Jagdflieger, Stoßtruppführer und U-Boot-Fahrer, nicht die Generäle, die für die Federstriche ihrer Angriffsplanungen den Orden Pour le Mérite verliehen bekamen.

Diese Gedanken waren gefährlich, wusste Wedigo, aber das, was er und andere an der Front in den letzten Jahren erlebt hatten, schrie nach Veränderungen in der Heimat. »Ich kenne keine Parteien mehr, ich kenne nur noch Deutsche!«, hatte der Kaiser Anfang August vor dem Reichstag verkündet. Nach dem Sieg würde einiges anders werden, daran glaubte Wedigo. Aber nicht so, wie es sich die Herrn Sozialisten vorstellten. Er jedenfalls würde den bunten Rock ausziehen und sich, mit Melissa an seiner Seite, auf einem der Familiengüter im Osten der Landwirtschaft widmen. Onkel Karl von Wedel hatte im letzten Jahr von seinem Bruder Wilhelm das Gut Piesdorf geerbt. Der Onkel, Landrat im Mansfelder Seekreis, war ein echter Hagestolz, unverheiratet und kinderlos. Er war Wedigo zugetan, und es konnte gut sein, dass er Onkel Karl später beerbte. Ach was, dachte der Hauptmann, alles Tagträumereien. Jetzt war Krieg, und er hatte eine gefährliche Aufgabe zu lösen. Ein beschauliches Leben als Gutsherr, verheiratet mit der Gräfin, lag in jeder Hinsicht in weiter Ferne. Zumal sie dieses Thema nie näher betrachtet oder besprochen hatten. Wedigo zog eine Zeitung hervor; wieder das Berliner Tageblatt, diesmal die Abendausgabe, die ihm Paulsen besorgt hatte. Er lehnte sich zurück und begann zu lesen. Das Blatt enthielt erneut eine Fülle von Lageberichten und Kommentaren zum Kriegsgeschehen. Das Beiblatt brachte unter anderem einen Artikel über die Verhaftung des ehemaligen Berliner Rechtsanwaltes Paul Bredereck und die Schilderung eines, wie es hieß, »geheimnisvollen Mordprozesses« in Schneidemühl, in dem ein früherer Lehrer und Gutspächter namens Willi Westphal die unrühmliche Hauptrolle spielte. Wedigo studierte den Bericht aufmerksam, fand ihn aber wenig spannend. Nach einer Weile legte er die Zeitung zur Seite und schlummerte ein.

Er wachte von einem plötzlichen Ruck auf, der Zug hielt. Es war kurz vor sechs, und sie befanden sich in der Gegend von Eschwege. Mehrere Munitionszüge mussten vorbeigelassen werden, dann auf der Gegenstrecke einige Lazarettzüge. Die Bahnhofskommandantur nutzte die Wartezeit und ließ, da es Abendbrotzeit war, Gulaschsuppe ausgeben. Paulsen holte ihre Portionen, die sie schweigend auslöffelten. Von dem schwarzen Kommissbrot gab es reichlich, doch das Fleisch in der Suppe war knapp und zäh.

Das Essen war vorbei, die Soldaten spülten die blechernen Essnäpfe aus. Dann spielten die Männer Karten. Die Zeit kroch dahin. Sie mussten noch immer warten. Wedigo stieg aus dem Waggon, um sich ein wenig die Beine zu vertreten. Er durchquerte das Bahngebäude und trat hinaus auf einen schlecht gepflasterten Vorplatz. Einige ältere Häuser, von deren Fassaden der Putz blätterte, begrenzten den Platz. Eine enge Straße zog sich in Kurven nach links. Rechts gab es einen Feldweg, den er einschlug und ein Stück entlanglief. Überall grünte es, eine wilde Kirsche zeigte erste Blüten. Im Schutz einer Buche rauchte er eine Juno und kehrte dann zurück. Nun begann es zu regnen, Wedigo schritt schneller aus. Im Schatten eines der Häuser lehnte eine Gestalt. Es war ein Offizier der Pioniere, im Rang eines Majors. Im Mundwinkel hatte er eine dünne Zigarette hängen, seine Stiefel waren schmutzig und über die linke Gesichtshälfte zog sich eine breite, rote Narbe. Wedigo hatte den Eindruck, als beobachte ihn der andere. Er wollte schon auf ihn zugehen und fragen, ob sie sich kannten, da ertönte von der Lokomotive her ein langgezogener Pfiff als Zeichen der Abfahrt. Eilig wandte er sich dem Perron zu und stieg in den Waggon, in dem sich sein Abteil befand. Kurz darauf fuhr der Zug mit einem Ruck los.

Draußen dunkelte es, die Lichter wurden entzündet. Wedigo suchte aus dem Gepäck den grünen Ordner hervor, den ihm Nicolai gegeben hatte, und begann im Schein einer qualmenden Petroleumlampe, sich mit dem Inhalt zu beschäftigen. »1. Bericht Hauptmann von Jacobi« lautete die Überschrift des ersten Blattes, das er in die Hand nahm:

9. März 17 Uhr. Melde meine Ankunft im Dorf Douaumont. Die Kämpfe sind heftig, westlich der Maas werden eben die im Rabenwald befindlichen Franzosennester ausgeräuchert. Östlich kämpft die Truppe um die Panzerfeste Vaux. Besonders erfolgreich sind unsere Flieger, mehrere feindliche Flugzeuge konnten abgeschossen und der Gegner in den Ortschaften westlich und südlich von Verdun mit Bomben belegt werden. Dennoch stimmt etwas nicht. Verfrüht wurde die Meldung der Einnahme der Feste Vaux bekanntgegeben, und man munkelt von Sabotageaktionen direkt an und hinter der Kampflinie. Einige Soldaten berichten von nächtlichen Überfällen, wobei der Angreifer aus dem eigenen Hinterland gekommen sein soll. Offiziell ist davon nichts. Der Kommandeur der 9. Reservedivision, General der Infanterie von Guretzky-Cornitz, hat strengstens untersagt, derartige »Lügen« weiterzugeben. Ich muss also vorsichtig vorgehen und beginne meine Untersuchung im Kreis der Offizierskameraden.

Weitere Blätter dieser Art folgten, zum Teil klangen sie nach Heeresbericht, zum anderen wurden entdeckte Sabotageaktionen akribisch aufgezählt. Zum Stand der Ermittlungen fand sich relativ wenig. Da und dort erwähnte von Jacobi, bei welcher Einheit der Division er seine Untersuchungen angestellt habe. Dazu nannte er Namen von verschiedenen »Zeugen«, die quer durch die Dienstgrade gingen und Wedigo nichts sagten. Bei einem Blatt, es war datiert auf den 21. März, hielt er inne. Der Bericht begann wieder mit einer Aufzählung der militärischen Ereignisse des Tages: »*Auf dem westlichen Ufer der Maas erstürmten nach sorgfältiger Vorbereitung bayerische und württembergische Truppen die französischen Stellungen nordöstlich von Avocourt …*« Dann hieß es, Jacobi habe mit Kameraden des 8. Württembergischen Infanterie-Regiments Nr. 126 über gewisse Vorkommnisse gesprochen und Kontakt zu einer nicht näher bezeichneten Pioniereinheit aufgenommen. Ein Name wurde genannt, Jacobi erwähnte einen Major Queisner, der ursprünglich Kommandeur des Pionier-Bataillons Fürst Radziwill Nr. 1 in Königsberg gewesen sei und an der Schlacht von Tannenberg teilgenommen habe. »*Q. hat ähnliche Beobachtungen gemacht. Er hat einen konkreten Verdacht geäußert, den ich so aber nicht glauben kann. Ob D. ebenfalls mitmischt, konnte ich leider nicht klären*«, stand am Schluss der Eintragungen. Die weiteren Tagesblätter gaben erneut die militärische Lage wieder und vermerkten weitere Sabotageaktivitäten. Unten befand sich jeweils ein Vermerk, der auf eine Chiffre hinwies. »Q.1« bis »Q.13« waren angeführt, dann endeten Hauptmann von Jacobis Aufzeichnungen. »Q.« konnte für »Quelle« stehen, also den Hinweis auf eine Zeugenaussage bedeuten, oder sich auch auf den genannten und ebenso abgekürzten Major Queisner beziehen. Und »D.«? Wo diese »Q.« zu finden waren und wer sich hinter dem Kürzel »D.« verbarg, hatte Jacobi nicht angegeben. Wahrscheinlich fanden sich diese Informationen in den geheimen Aufzeichnungen, die angeblich bei Hauptmann von Alvensleben deponiert werden sollten und die der Ordonnanzoffizier nie erhalten haben wollte. Nun, dieses Problematik konnte er nur im Einsatzgebiet klären, dachte Wedigo. Fürs Erste hatte er sich von der Arbeit Jacobis einen Eindruck verschafft, und dabei jede Menge Unklarheiten entdeckt. Ob der Mann tatsächlich ein Verräter war? Die

Berichte sahen eigentlich nicht danach aus. Und was hatte von Jacobi nur in Berlin gesucht? Müde von der Lektüre schloss Wedigo die Augen.

Er wurde erst wieder wach, als der Zug weit nach 23 Uhr mit Verspätung in den Bahnhof von Koblenz einlief. Aufgrund gewisser Truppenverschiebungen sollte die Weiterfahrt erst am späten Vormittag des nächsten Tages stattfinden. Schneidmann besorgte mit einiger Mühe eine Droschke, die sie zu ihrer Unterkunft in der sogenannten Telegraphen-Kaserne auf dem Gelände der Moselweißer Schanze brachte. Da es bis zur Klärung aller Formalitäten dauern würde und schon stark auf Mitternacht zuging, war dem Hauptmann die geplante späte Abreise am nächsten Tag ganz recht. Er begab sich in sein Zimmer, ließ sich von Paulsen die Stiefel ausziehen, kleidete sich aus und legte sich ins Bett. Kurz dachte er noch an Melissa, dann überwältigte ihn der Schlaf.

Am nächsten Morgen versuchte Wedigo zunächst den Major zu erreichen, doch die Verbindung nach Berlin schien unterbrochen. Also begab er sich zum Frühstück ins Kasino. Beim Essen blätterte er in der Kölnischen Zeitung, die dort auslag. Kampfberichte ohne Ende und Lokales aus der Stadt Köln; er legte das Blatt zur Seite und beendete rasch das karge Mahl aus Malzkaffee, Schwarzbrot und klebriger Marmelade. Die Versorgungslage schien angespannt, die Front machte sich offenbar schon bemerkbar. Anschließend kam er mit einigen Offizierskameraden des in der Kaserne beheimateten Telegraphen-Bataillons Nr. 3 ins Gespräch. Es waren ältere Reserveoffiziere, die hier die Ausbildung der Soldaten überwachten oder selbst auf ihren Fronteinsatz warteten. Die Lage vor Verdun sahen sie kritisch, waren aber überzeugt, dass der Franzmann kurz vor dem Zusammenbruch stehe.

Kurz nach elf ließ sich Wedigo mit seinen beiden Begleitern wieder zum Bahnhof bringen. Die Waggons füllten sich rasch. Ein Pfiff ertönte, pünktlich um 11:30 Uhr fuhr der Zug nach Metz ab. Metz erreichten sie um 14 Uhr. Wedigo und seine Begleiter sowie viele andere Soldaten stiegen um, 15 Minuten später ging es weiter. Sie waren eine gute Stunde unterwegs, da hörten Wedigo durch das Rattern der Räder von draußen ein dumpfes, finsteres Grollen. Dann erhellten grelle Blitze den westlichen Horizont, Widerschein des tobenden Geschützfeuers. Das Grollen wurde lauter und bösartiger; die Front rückte näher und näher.

2. DIE BLUTPUMPE VON VERDUN

Im Kampfgelände beiderseits der Maas war auch gestern die Gefechtstätigkeit sehr lebhaft. Gegenangriffe gegen die von uns genommenen französischen Stellungen südlich des Forgesbaches zwischen Haucourt und Béthincourt brachen verlustreich für den Gegner zusammen. Die Zahl der unverwundeten Gefangenen ist hier um 22 Offiziere, 549 Mann auf 36 Offiziere, 1231 Mann, die Beute auf 2 Geschütze, 22 Maschinengewehre gestiegen.

Deutscher Heeresbericht vom 11. April 1916

Sie näherten sich dem Kampfgebiet. Die Dörfer und Städte, durch die die Bahnstrecke führte, waren vielfach zerstört. Von Pionieren waren nahezu alle Kirchtürme gesprengt worden, da sie vielfach der feindlichen Artillerie als Zielpunkte gedient hatten. Den Rest hatten französische und deutsche Artillerieschläge weitgehend vernichtet, manche Dörfer waren dem Erdboden gleichgemacht worden.

Es war bereits Abend und es dunkelte schon, als der Zug endlich das Ziel erreichte. Auf der Strecke hatte es Schwierigkeiten gegeben. Mehrfach war das Gleisbett über Kilometer hinweg durch Bäche oder Regen unterspült worden und abgesackt. Mehr als zwei Stunden dauerten die Reparaturen. Und auch danach konnte der jeweilige Abschnitt nur in Schritttempo passiert werden. Sie verließen den Zug. Vom Westen her war wieder das Grollen der Geschütze zu hören, Brandgeruch lag in der Luft. Einen Bahnhof gab es nicht mehr, um sie herum war nur ein riesiges Trümmerfeld.

Die Stadt Étain war seit der Schlacht bei Longwy im August 1914 von deutschen Truppen besetzt. Da der Ort weitgehend durch Beschuss zerstört worden war, selbst der Friedhof war von Granaten durchwühlt, hatten sich die verschiedenen Verbände in den angrenzenden Wäldern eingerichtet. Feldlager entstanden und die umliegenden Bauernhöfe wurden zu Stützpunkten ausgebaut. Diese und die Lager verband ein umfangreiches Feldbahnnetz. Der Lagerbereich selbst erstreckte sich über ein breites Waldgebiet. Eine Anhäufung von Gebäuden, die feindlichen Ballon- oder Flugzeugbeobachtern aufgefallen wäre, konnte so vermieden werden. Die Baumgipfel schirmten die Sicht nach oben ab.

Nach den schweren Kämpfen der letzten Wochen war es schwierig, sich ein Bild von der realen Truppenverteilung in der Region zu machen. Den Angriff gegen Verdun, die »Operation Gericht«, hatte die 5. Armee mit insgesamt 50 Divisionen und rund einer halben Million Soldaten begonnen. Seit jenem folgenschweren Tag im Februar hatte sich die Zusammensetzung der Truppen allerdings sehr verändert. Verbände hatten sich aufgrund der hohen Verluste nahezu aufgelöst oder waren umgruppiert und verlegt worden. Man hatte andere hinzugezogen und als Nachschub herangeführt. In Étain beziehungsweise in den Ruinen, die noch von der Stadt übrig waren, traf Wedigo auf das 7. Westpreußische Infanterie-Regiment Nr. 155 unter der Führung Major Preuskers. Er meldete sich bei dem Stellvertreter, Hauptmann Steulmann, der ihn kameradschaftlich begrüßte und seinen Regimentsfeldwebel beauftragte, für Wedigo, Paulsen und Schneidmann eine Unterkunft zu beschaffen. Eine kurze Anweisung genügte und zehn Minuten später waren sie in ihrem Waldquartier. Der Hauptmann richtete sich mithilfe seines Burschen rasch ein und begab sich dann zum »Notkasino« des Regiments, einer einfachen Baracke, wohin ihn Steulmann auf einen Begrüßungstrunk eingeladen hatte. Der hoch gewachsene Offizier war ihm auf den ersten Blick sympathisch. Er hatte seine Leute gut im Griff, ohne herrschsüchtig oder herablassend zu sein. Zudem schien Steulmann ein offenes Wort zu schätzen und keine Scheu vor Fragen zu haben. Das Notkasino war für die Frontverhältnisse gut ausgestattet. Es gab mehrere Sofas und Sessel, gepolsterte Stühle und Tische. Eine breite, auf Holzböcke gelegte Tafel diente als Bar. Die beiden Offiziere setzten sich an einen der Tische. Eine Ordonnanz brachte das Abendessen, dazu eine Flasche Wein und Gläser.

»Was führt Sie an die Front, Kamerad von Wedel?«, wandte sich Steulmann an Wedigo, wobei er ein Glas füllte und ihm reichte. »Trinken Sie nur, ein roter Bordeaux, erbeutet aus dem hiesigen Pfarrhaus wie die übrige Einrichtung auch.« Er machte eine umfassende Geste. »Sozusagen neben den Weibern das Beste, was der Franzmann zu bieten hat. Ansonsten entspricht das Essen hier wohl weniger Ihren Vorstellungen. Kartoffeln, Steckrüben und ab und zu ein wenig Schweinebraten. Und ich fürchte, es wird noch schlimmer.«

Wedigo betrachtete den Teller. Was dort lag, sah wirklich nicht besonders ansprechend aus.

»Der direkte Truppeneinsatz wird es wohl nicht sein«, nahm Steulmann seine Frage wieder auf. »Sie wirken mehr wie ein Inspizient. Sollen Sie etwa den hohen Herren im Hauptquartier Bericht erstatten?«

»Ich werde sicher mit einigen höheren Dienstgraden zu tun haben«, antwortete Wedigo ausweichend. »Vorerst suche ich allerdings nach Hinweisen auf Hauptmann von Jacobi. Er stand in direktem Kontakt mit Berlin, wo man seit dem 29. März nichts mehr von ihm gehört hat.«

»Hauptmann von Jacobi«, wiederholte der Westpreuße. »Ein mutiger Mann, stets in vorderer Stellung und immer sehr neugierig.«

»Das musste er auch sein, denn Hauptmann von Jacobi sollte gewisse Probleme aufklären«, erwiderte Wedigo. Er ging davon aus, dass Steulmann der Sachverhalt längst bekannt war.

»Sie meinen die Sabotageserie«, stellte dieser fest, schob seinen Teller zur Seite und nahm einen Schluck aus seinem Glas. »Eine ziemlich üble Geschichte. Erstens das Geschehen als solches. Und dann, dass man nicht weiß, wer dahinter steckt und die eigenen Kameraden verrät.«

»Könnten es nicht die Franzosen oder Engländer sein? Oder hier verbliebene Einwohner?«

»Wir hatten zu Beginn des Krieges einige Probleme mit der hiesigen Bevölkerung. Mehrfach wurden von Étain aus den französischen Linien Lichtzeichen und Signale gegeben, die das Granatfeuer aus Verdun auf die Stadt lenkten. Nachdem wir einige Männer auf frischer Tat ertappten, an die Wand stellten und standrechtlich erschossen, endete der Widerstand. Nein, ich glaube nicht, dass von den Einwohnern jemand so etwas noch wagt. Die Mehrzahl dieser heimtückischen Akte wurde auch direkt an der vordersten Front begangen. Dort kommt kein Zivilist hin.«

»Und feindliche Späh- oder Stoßtrupps?«

»Auf der gesamten Frontlinie und im Hinterland? Das ist in dieser Breite unmöglich. Die Sabotage muss aus den eigenen Reihen kommen!«

»Hatte Hauptmann von Jacobi einen konkreten Verdacht?«, forschte Wedigo.

»Da müssten Sie ihn schon selbst fragen«, sagte Steulmann und erhob sich. »Für meine eigenen Leute wenigstens lege ich die Hand ins Feuer. Jetzt entschuldigen Sie mich, ich muss mich um die Fourage kümmern.«

Eine durchsichtige Ausrede, Steulmann wurde der Inhalt ihres Gespräches einfach unangenehm. Auch andere würden versuchen, seinen Fragen auszuweichen. Doch damit musste sich ein »Inquisitor« abfinden, dachte Wedigo. Vielleicht war er aber auch so etwas wie ein Kriminalist – ähnlich seinem alten Bekannten Kommissar Gennat. Nun, so ganz passte der Vergleich wohl nicht. Aber Gennats Methode der Deduktion konnte ihm unter Umständen nützlich sein. Sie stützte sich allerdings auf eine gewisse Materialfülle; bevor man Schlüsse zog, mussten Fakten eruiert und gesammelt werden. Wedigo leerte sein Glas und erhob sich. Am besten, er machte sich erst einmal mit der Umgebung vertraut. Schneidmann konnte parallel mit der Nachforschung nach Jacobi beginnen. Und er selbst würde sich bei der ersten Gelegenheit an die vorderste Front begeben, dorthin, wo der Vermisste am häufigsten gewesen war.

Der Offizier kehrte in sein Quartier zurück. Vor dem Eingang erwartete ihn bereits der Feldwebelleutnant. Neben ihm stand ein Mann, in dem Wedigo Feldwebel Wierczoch, den früheren Bataillons-Tambour des I. Bataillons seines alten Garderegiments, erkannte. Der Unteroffizier strahlte, als er ihn sah. »Sie sind es wahrhaftig, Herr Hauptmann. Dass Sie am Leben sind, ein wahres Wunder!«

Wedigo brachte es nicht übers Herz, dem Mann seine neue Identität als Vetter Hermann zu verkaufen, zumal dieser ihn erkannt hatte. Wierczoch war bereits in Friedenszeiten stets ein guter Unteroffizier gewesen. In den ersten Gefechten dann hatte er sich als aufrechter, tapferer Soldat gezeigt, der loyal zu seinen Vorgesetzten stand. Auch war es sicher nützlich, einen Verbündeten zu haben, jemanden, der sich mit den hiesigen Verhältnissen gut auskannte. Wedigo sah sich um, niemand war in der Nähe, der ihr Gespräch hören konnte. »Hören Sie, Feldwebel«, sagte er mit gedämpfter Stimme. »Mein Tod ist eine ›Tatsache‹, aus bestimmten Gründen bleiben wir dabei. Ich bin Hermann von Wedel vom Leib-Grenadier-Regiment Nr. 8 in Frankfurt/Oder. Das werden Sie gegenüber jedem, der Sie fragt, bestätigen. Im Übrigen freue ich mich, Sie zu sehen, und gratuliere zur Ihrer Beförderung zum Feldwebel!«

»Danke, Herr Hauptmann. Herr Hauptmann sind jetzt Grenadier, ich habe verstanden. Sicher geht es um eine geheime Angelegenheit, Herr Hauptmann waren ja schon früher mit derartigen Dingen beschäftigt, so wurde jedenfalls im Regiment gemunkelt. Wenn ich Herrn Hauptmann helfen dürfte, das wäre famos. Ich habe nahezu alle Hefte ›Aus den Geheimakten des Welt-Detektivs‹ gelesen. ›Mord im Harem‹ oder ›In der Anarchistenloge‹ zum Beispiel.«

»Um einen Harem wird es schwerlich gehen«, antwortete Wedigo lachend. »Mit den Anarchisten könnten Sie eher ins Schwarze getroffen haben, Wierczoch.« Dann wandte er sich, wieder ernst geworden, an Schneidemann: »Aber warum haben Sie den Feldwebel mitgebracht?«

»Hören Sie, was der Kamerad zu berichten hat«, antwortete dieser ruhig.

»Aha?«, Wedigo zog eine Braue hoch. »Dann kommen Sie mit in meine Unterkunft, meine Herren. Wir sollten ein breiteres Publikum vermeiden.«

Die linke Seite der schmalen Baracke war dem Hauptmann zugeteilt worden, neben einem Feldbett gab es einen Tisch mit vier Stühlen. Schneidmann hatte zusätzlich für eine Fernsprechverbindung gesorgt. Die Männer setzten sich.

»So, dann erzählen Sie!«, forderte der Offizier Wierczoch auf. Dieser berichtete, er habe mitbekommen, dass sich Schneidmann nach Hauptmann von Jacobi erkundigte. Er habe den Herrn Hauptmann mehrfach nach vorn in die Stellungen geleitet. Dieser sei vor seinem Eintreffen in Étain bereits an verschiedenen anderen Frontabschnitten gewesen und habe dort rekognosziert. An diesem Fronabschnitt habe der Hauptmann vor allem das 8. Württembergische Nr. 126 aufgesucht, und dort sei er auch zuletzt gesehen worden. »Hauptmann von Jacobis Verschwinden ist also bemerkt worden? Wann?«

»Nein, da habe ich mich falsch ausgedrückt«, korrigierte sich der Feldwebel. »Sein Fehlen wurde nicht bemerkt. Der Herr Hauptmann war ein strikter Einzelgänger. Er konnte überall auftauchen. Wann er wo war und was er trieb, wusste eigentlich niemand. Also wurde er auch nicht vermisst. Erst als Ende letzter Woche die Anfrage aus Berlin kam, hat Hauptmann Steulmann einen Unteroffizier beauftragt, sich nach Hauptmann von Jacobi zu erkundigen.«

»Und mit welchem Ergebnis?«, hakte Wedigo nach, als der Feldwebel nicht weitersprach.

»Das kann ich nicht sagen«, antwortete Wierczoch. »Ich habe mit dem Kameraden Müller nicht gesprochen. Und ich werde mit ihm auch nicht mehr sprechen können. Feldwebel Müller wurde vor drei Tagen durch einer Granate getötet.«

Es klopfte, und Hauptmann Steulmann trat ein. Als er den Feldwebel sah, runzelte er die Stirn.

»Danke für die Grüße von meinem Vetter, Feldwebel«, sagte Wedigo rasch. »Sie können gehen!«

Wierczoch stand auf, salutierte und verließ den Raum.

»Was kann ich für Sie tun, Herr Kamerad?«, wandte sich von Wedel an Steulmann.

»Um zwei Uhr geht unter der Führung von Oberleutnant Schulz die 7. Kompanie als Ablösung nach vorn in die Stellungen. Um 2:30 Uhr folgt die 6. unter Oberleutnant Rößing. Wenn Sie wollen, können Sie sich einer der Trupps anschließen. Nachts ist die Gefahr, entdeckt zu werden und unter Beschuss zu geraten, nicht ganz so groß wie am Tage.«

»Ich gehe mit der 7. Kompanie nach vorne – Schneidmann?«

»Schließe mich an, Herr Hauptmann.«

»Gut«, meinte Steulmann und seine Stimme klang, als sei er über Wedigos schnelle Antwort überrascht. »Treffpunkt ist Block C, der liegt von hier aus 200 Meter zur Linken. Ein Stück weiter führt ein Gleis bis zwei Kilometer vor die Front. Sie sollten Ihre Waffen vorher überprüfen und einige Handgranaten mitnehmen.«

»Danke für Ihre Hinweise, Herr Kamerad«, erwiderte Wedigo lächelnd. »Ich habe Fronterfahrung.«

»Ich dachte, da Sie aus Berlin …«, Steulmann brach verlegen ab. »Sie glauben, ich sei ein Etappenhengst«, ergänzte Wedigo. »Da muss ich Sie enttäuschen, ich war von Anfang an dabei. Schneidmann«, wandte er sich an den Feldwebelleutnant. »Veranlassen Sie alles Notwendige!«

»Jawohl, Herr Hauptmann!« Der Unteroffizier grinste und verließ den Raum.

»Kann ich noch etwas für Sie tun?«, fragte Wedigo den Westpreußen, da dieser keine Anstalten machte, ebenfalls zu gehen.

»Ich hatte einen Mann beauftragt, sich nach von Jacobi zu erkundigen. Aber der wurde, bevor er mir Meldung machen konnte, durch Feindfeuer getötet. Das wollte ich Ihnen noch mitteilen.«

»Danke«, erwiderte Wedigo knapp, und dem anderen blieb nichts weiter übrig, als aufzustehen und den Raum zu verlassen. Wedigo blickte ihm nach. Warum hatte ihm Steulmann nicht vorhin schon von den Nachforschungen berichtet? Vielleicht, weil er ihn für einen Schreibtischmenschen gehalten hatte? Dann war sein »Mitnehmangebot« ein Test gewesen. Oder steckte noch etwas anderes dahinter? Aber Steulmann hatte nicht den Eindruck gemacht, er würde etwas verbergen. Wahrscheinlich mochte er es nur nicht, dass jemand in seinem Regiment herumschnüffelte. Der misstrauische Blick, mit dem er Feldwebel Wierczoch gemustert hatte, hatte Bände gesprochen. Es klopfte, Schneidmann kehrte mit einer Kiste Handgranaten und einiger Munition zurück.

»Danke«, sagte Wedigo. »Wir werden uns nachher aufrüsten. Es ist zehn, legen wir uns noch ein wenig hin. Sie liegen mit Paulsen nebenan?«

»Korrekt!«

»Dann treffen wir uns hier um 1:45 Uhr!«

Um zwei Uhr morgens ging es ohne Tritt los. Wedigo hielt sich neben Oberleutnant Schulz, der vorne mit dem I. Zug der Kompanie marschierte. An seinem Gürtel schaukelten vier Stielhandgranaten, in den Taschen steckten Munitionsschachteln und seitlich trug er eine gefüllte Wasserflasche. Der Durst, wusste er, war an der Front oft das größte Problem. Es regnete und es war kalt, die Männer fröstelten. Zuerst brachte sie die Feldbahn an Fromzey vorbei bis zum Gognons-Wald, wo die Schienen endeten. Von dort sollte die Truppe weiter über die Dörfer Moranville und Grimaucourt bis zu den Stellungen vor Blanzée vorgehen. Der Boden zwischen dem Waldstück und den Ortschaften war sumpfig, beim Graben war man schon in 20 Zentimeter Tiefe auf Grundwasser gestoßen, teilte Schulz Wedigo flüsternd mit. Ein Stellungsbau war schier unmöglich gewesen, man behalf sich durch Tarnmaßnahmen und Maskenbau, um die flachen Mulden, in denen die Männer tagsüber regungslos kauerten, der feindlichen Sicht zu entziehen. Dennoch gab es täglich Verluste durch gelenktes Feindfeuer.

Es mochte gegen halb vier sein, als die Soldaten das von Tausenden von Granaten in ein Trümmerfeld verwandelte Grimaucourt erreichten. Ab und zu krachte es und von Norden her ertönte Artilleriefeuer. Hier war es weitgehend ruhig, nur der Regen fiel immer stärker und durchnässte alles.

»Alles irgendwie zu ruhig«, raunte Schulz Wedigo zu. »Das gefällt mir nicht, der Franzmann bereitet etwas vor, das spüre ich. Und dann noch dieser Drecksregen!« Rasch lief er weiter.

Auch die Soldaten schienen unruhig. Gebückt eilten sie voran, sich dabei immer wieder nach allen Seiten umschauend. Besonders auf einem kurzen Wegstück, das über eine freie Fläche führte, erhöhte sich die Spannung – doch nichts geschah. Jetzt erreichten sie einen engen Hohlweg, der zu den Resten eines Gehöftes führte. Dort waren sie angelangt, als es plötzlich losbrach. Ein wahres Inferno von Vernichtungs- und Abwehrfeuer wälzte sich über das Gelände. Granaten zerbarsten heulend in den Reihen der Männer. Ein Volltreffer zerschmetterte unweit von Wedigo ein halbes Dutzend, das hinter einem Mauerstück Schutz gesucht hatte. Mehrere Soldaten wurden von tonnenschweren Erdmassen zugewalzt. Gellende Schreie ertönten. Der Oberleutnant sackte, von einem Splitter am Kopf getroffen, zusammen, Wedigo versuchte ihn aufzufangen. »Nein«, stieß Schulz noch hervor, dann war er tot. Leuchtkugeln fuhren hoch und loderten auf. Rechts von ihnen war der Nachthimmel voller roter und gelber Lichter, die tanzten und zitterten. Einige Soldaten rannten geduckt zur Seite, andere krochen nach vorn. Dicke Qualmschwaden umhüllten alles, unaufhörlich krachte und donnerte es.

»Herr Hauptmann, hierher!« Schneidmann tauchte neben Wedigo auf und riss ihn mit sich. Beide Männer jagten durch den Sturm aus Stahl und Eisen, dann nahm sie ein Graben auf. Unten hasteten Gestalten geschäftig hin und her, das Dunkel der Stellung wurde durch gespenstisches Rot und loderndes Gelb aufgerissen.

Ein Offizier, ein Leutnant, kam auf Wedigo zu. »Ihr kommt gerade noch rechtzeitig, der Franzmann ist in die Stellung eingedrungen. Wir müssen ihn vertreiben, sonst sind wir erledigt!« Er eilte nach rechts, Wedigo und Schneidmann folgten. Vor ihnen Schreie und fauchendes Feuer.

»Zurück!«, schrie der Leutnant. »Flammenwerfer!«

»Sind noch Leute von uns dort?«

»Wenn, dann sind sie tot!«

»Weg, die bekommen eine geballte Ladung!« Wedigo löste hastig die vier Stielhandgranaten vom Gürtel und hängte sie aneinander. Schneidmann machte es ihm nach. Das tödliche Fauchen rückte näher und näher.

»Auf drei! Eins, zwei!« – mit »drei« schleuderten die beiden Männer ihre tödliche Last in die Tiefe des Ganges und warfen sich gleichzeitig zu Boden. Unmittelbar danach ging die Handgranatenladung hoch. Eine Druckwelle wirbelte durch den Gang und warf sie wie Blätter zur Seite. Splitter und Lehmbrocken prasselten von den Wänden. Es folgten weitere Explosionen tiefer im Gang, die Flammenwerfer hatte es erwischt. Eine alles verzehrende Lohe schoss durch den Gang und über die Soldaten hinweg. Fetter, rußschwarzer Rauch folgte und nahm die Luft zum Atmen. Schwarzes Öl floss aus und verbreitete sich rasch im Grabenstück. Wieder kam es zu Explosionen, dann endlich verstummte das Krachen und Donnern, nur noch vereinzelt waren Schüsse zu hören. Der Angriff schien abgewehrt. Halb taub von dem Lärm erhob sich Wedigo. »Alles in Ordnung, Schneidmann?«

Auch der Feldwebelleutnant rappelte sich auf. »Jawohl, Herr Hauptmann.«

»Leutnant?« Wedigo sah sich suchend um. Rechts lag eine verkrümmte Gestalt, die stöhnte, der Leutnant.

Schneidmann wollte ihm zu Hilfe kommen, da stemmte sich der junge Offizier von allein mühsam in die Höhe. Sein linker Uniformärmel war zerfetzt und über die Stirn zog sich ein breiter Riss. »Ich war kurz weg. Sonst ist alles in Ordnung, Herr von Jacobi!« Er fuhr sich mit der Hand über die blutige Stirn. »Wir müssen in den Gang und nach der Einbruchstelle schauen.« Schon rannte er los.

»Schneidmann, Sie holen Verstärkung und kommen nach!«, befahl Wedigo und eilte dem jungen Kameraden hinterher. Auf dem Boden brannten da und dort noch Öllachen und erhellten den Gang. Alles war in ein gespenstisch rotgelbes Licht getaucht. Dazu stank es widerlich nach verbranntem Fleisch und Öl. Vom eingedrungenen Feind waren aufgrund der Explosion nur noch Fetzen übrig geblieben. Kurz fühlte Wedigo Entsetzen über das Ergebnis seines Handgranatenwurfes. Dann dachte er an die Flammenwerfer, und Bilder brennender Menschen traten vor sein inneres Auge. Wenn nicht die, dann wir … Er schüttelte die beklemmende Vorstellung ab und rannte weiter. Der Gang öffnete sich nach oben hin zu einer halbhohen Stellung. Überall lagen Leichen, Franzosen und Deutsche, im Tode vereint. Ein Maschinengewehr ratterte plötzlich los. Es war der Leutnant, der inmitten der toten Soldaten in aller Ruhe das Visier ausgerichtet hatte und das Vorfeld mit einem Streufeuer eindeckte. Wedigo griff nach dem Gewehr eines Gefallenen und schoss zwischen einzelnen Lücken der »Brüstung« hindurch in das dämmrige Grau. Das Gegenfeuer war seltsam matt, es schien, als habe der Gegner seinen Mut verloren und zöge sich zurück. Endlich kam Schneidmann mit einem Trupp nebst zwei Unteroffizieren und löste sie ab.

»Der Einbruch ist abgewehrt, die Gräben sind gesäubert. Der dritte Zug ging zum Gegenstoß über und hat einige Gefangene gemacht, an den Telefonverbindungen wird noch gearbeitet«, meldete der ältere der beiden Unteroffiziere. Draußen dämmerte es, das Trichterfeld lag ohne eine Spur von Leben vor den Stellungen. Weitere Soldaten kamen und begannen, die Toten beiseitezutragen.

»Kommen Sie!«, sagte der Leutnant, »Wir werden hier im Moment nicht mehr gebraucht.« Er führte Wedigo und den Feldwebelleutnant über mehrere Biegungen in einen ummauerten Raum. »Ein ehemaliger Weinkeller«, erklärte er, »und derzeit unser Gegenstück zum Großen Hauptquartier in Charleville-Mézières.« Der Leutnant entzündete eine Petroleumlampe und holte aus einer Kiste eine Flasche mit französischem Cognac sowie drei Gläser hervor und goss jedem ein. »Prost!«, sagte er und leerte sein Glas in einem Zug. Dann sah er Wedigo genauer an. »Oh, entschuldigen Sie, Sie sind gar nicht Hauptmann von Jacobi. Im Dunkel habe ich Sie verwechselt.«

»Von Wedel«, stellte sich Wedigo kurz vor.

»Leutnant Magenau«, erwiderte sein Gegenüber.

»Sie kennen Herrn von Jacobi?«, forschte Wedigo.

»Er war ein paarmal hier vorne und kam dabei meist, wie Sie, genau im rechten Augenblick.«

»Hat er Sie bei seinen ›Besuchen‹ zu etwas befragt?«

»Komisch, dass Sie das ansprechen, Herr Hauptmann. Herr von Jacobi war in der Tat sehr wissbegierig. Wir hatten einige Probleme mit den Verbindungen, die Apparate gingen nicht oder die Kabel waren zerschnitten. Ich dachte, dass die Franzosen dahinterstecken. Aber Herr von Jacobi war offenbar anderer Ansicht. Er wollte jedes Detail wissen und sprach von Sabotage.«

»Wann war der Hauptmann zuletzt hier?«

»Was haben wir heute für einen Tag?«

»Donnerstag, 13. April.«

»Dann muss das vor gut zwei Wochen gewesen sein, am 28. oder 29. März«, überlegte der Leutnant. »Ich glaube, es war der 29., denn am Tag davor war Jacobi mit einem Generalstabsoffizier hier.«

»Ein Generalstäbler ganz vorne?«, wunderte sich Schneidmann.

»Das gibt es schon«, erwiderte der Leutnant mit einem Grinsen. »General von Deimling war Mitte März im Gefechtsstand unseres Regiments drüben in Grimaucourt unter der Scheune des Hofes des früheren Bürgermeisters, um zum zweihundertjährigen Jubiläum zu gratulieren.«

»Kennen Sie den Namen von Jacobis Begleiter?«, fragte Wedigo.

»Nein, er hat sich mir als kleinem Leutnant nicht vorgestellt. Ein Oberst, ziemlich arrogant und absolut von sich eingenommen.«

»Aber er war vorne bei der Truppe, wie Sie sagen.«

»Das stimmt«, räumte Magenau ein. »Dennoch, er wirkte sehr unangenehm. Böse Augen, wenn Sie verstehen, was ich meine.«

»Ich kann es mir vorstellen«, sagte Wedigo. »Wie war das beim letzten Besuch Hauptmann von Jacobis? Gab es irgendwelche Besonderheiten? Kam er allein?«

»Wir hatten an dem Tag wieder einige Leitungsausfälle, das hat er untersucht und sich Notizen gemacht.«

»Welche Art von Notizen?«

»Er führte immer ein schwarzes Büchlein mit sich«, erläuterte der Leutnant. »Am Mittag hat er, wie die Tage zuvor, die Leitungen untersucht und etwas von Sabotage gemurmelt und gesagt, warten Sie«, Magenau überlegte, »dass er jetzt Bescheid wisse. Dann ging er.«

»Allein?«

»Ja, er war ohne Begleitung gekommen, was äußerst gefährlich ist, und er kehrte allein in das rückwärtige Gebiet zurück, wo er sicher angekommen sein muss. Andere Meldungen liegen mir nicht vor.«

»Wie war die Lage an diesem Tag?«, fragte Wedigo, ohne auf das Thema »Rückkehr« einzugehen.

»Es war relativ ruhig. Drüben vor Douaumont knallte es

etwas, ansonsten …«, er zuckte mit den Achseln. »Im Regimentskriegstagebuch dürften Sie genauere Angaben finden. Ich muss jetzt die Tagwachen in meinem Frontabschnitt kontrollieren. Dann will ich eine Mütze Schlaf nehmen. Oder haben Sie noch Fragen?«

»Danke, Herr Kamerad«, sagte Wedigo. »Was Sie mir berichtet haben, reicht mir fürs Erste.«

»Sie sollten sich auch hinlegen«, riet Magenau. »Vor dem Abend können Sie hier nicht weg. Die freie Fläche zu überqueren ist bei Tageslicht äußerst gefährlich.«

»Nochmals Danke«, wiederholte der Hauptmann, dann verließ er mit dem Feldwebelleutnant das Kellerquartier.

»Und nun?«, fragte Schneidmann.

»Wir verschaffen uns einen Überblick über das, was Jacobi überprüft hat. Er war hier vorne, sicher nicht, um nur Kabel und Leitungsverbindungen zu prüfen. Er muss eine Spur gehabt haben.«

»Wer wohl der Oberst war?«

»Das müsste im Kriegstagebuch des Regiments verzeichnet sein. Entweder in dem der Westpreußen oder in dem der Württemberger«, sagte Wedigo. Geduckt eilten die beiden durch den oberen Stellungsbereich zum nächsten Kompaniegefechtsstand, der aus einer schlammigen, mit Balken überdachten Grube in der Größe eines Wohnzimmers bestand. Sie hatten kaum den Unterstand erreicht, als draußen erneut der ohrenbetäubende Lärm von starkem Granatbeschuss einsetzte. Der Beschuss wurde stärker und stärker, bald deckte ein wahnwitziges Trommelfeuer alles zu. Wedigo sah sich um. Ein Dutzend Leute kauerte am Boden, am Telefon befand sich ein Fähnrich, womöglich noch jünger als Magenau, der offenbar hier die Führung hatte.

»Wo ist Ihr Kompaniechef?«, fragte er ihn. Der Mann antwortete etwas, das in dem Lärmen nicht zu verstehen war.

Das Feindfeuer wurde stärker, es schlug auf sie herab wie die Dampfhämmer einer ganzen Fabrik. Dann ein ungeheurer Schlag, die Balken riss es auseinander, ein direkter Treffer. Wedigo lag auf dem Bauch und konnte an nichts mehr denken oder irgendetwas fühlen. Eine Granate krachte auf den oberen Rand der Stellung und schleuderte ihm Dreck und Lehm ins Gesicht. Mund und Augen wurden völlig bedeckt. Mit dem Ärmel wischte er sich den Schmutz ab. Es regnete ununterbrochen. Jetzt lief von allen Seiten Wasser in die Grube und verwandelte den Boden in Schlamm. Er kroch aus dem Loch in den Stellungsgang. Von irgendwoher klatschten Maschinengewehrgeschosse direkt hinter ihm in den matschigen Dreck. Er zog sich vorsichtig hoch und warf einen Blick nach draußen. Der Lehm und die Erde wurden lebendig, die Luft und der Regen bewegten sich. Schemen und nebelhafte Gestalten lösten sich aus dem Grau und rannten auf ihre Stellung zu! Verdammt, ein Angriff: »Sie kommen!« Wedigo packte, er wusste nicht woher, einen Karabiner und riss den Sicherungsflügel herum. Neben ihm waren plötzlich andere Männer, darunter der junge Fähnrich. Alles, was noch schießen konnte, lag am Graben- und Stellungsrand und feuerte. Maschinengewehre knatterten los. Die Franzosen stapften in schwerfälligem Laufschritt voran. Einige fielen getroffen, andere rannten weiter, manche versuchten selbst zu schießen. Wedigo zielte, nahm die Köpfe und Oberkörper in Kimme und Korn und zog ab. Wieder und wieder. Endlich, sie stoppten, drehten um und liefen zurück. Wurden von Regen und Nebel verschlungen. Abgewehrt! Im Norden donnerte es weiter. Den Himmel durchzuckte immer wieder ein rotes Glühen.

»Das sind die 42er«, erklärte eine Stimme neben ihm. Sie gehörte Leutnant Magenau. »Die Unsrigen beschießen Fort Vaux.«

Der Rest des Tages verlief ähnlich. Feuerschläge, Angriffe, Gegenangriffe, dazwischen endloses Warten. Auch in der Nacht ließen das gegnerische Feuer und die Angriffe nicht nach. Trommelfeuer und Stahlgewitter. Und am folgenden Morgen ging es weiter. Mittags schaffte es der Spieß, an die ausgehungerten Männer eine dünne Suppe auszugeben.

Erst am Abend des zweiten Tages konnten Wedigo und Schneidmann nach Étain zurückkehren. Von den 190 Soldaten der beiden Kompanien, die vor über 36 Stunden mit ihnen zur Ablösung ausgerückt waren, waren noch 82 Mann kampffähig. Die anderen Soldaten waren im Gefecht getötet, verschüttet, schwer verwundet worden oder wurden vermisst. Neben Oberleutnant Schulz waren drei weitere Offiziere gefallen. Oberleutnant Rößing hatte man mit anderen Soldaten schwer verwundet ins Lazarett abtransportiert. Während der zwei Tage regnete es zudem unaufhörlich. Vier Angriffe und ebenso viele Gegenangriffe hatte es gegeben und das Artilleriefeuer nie enden wollen. Wie sie es bei der Ablösung zurückgeschafft hatten, wusste Wedigo nicht. Sie waren durchgekommen, ein wahres Wunder. Bis auf zwei Streifschüsse und eine völlig zerfetzte Uniform war ihm nichts passiert, das zweite Wunder. Feldwebelleutnant Schneidmann hatte es entschieden schlechter erwischt. Am zweiten Tag traf ihn eine Kugel in den Oberschenkel und gleichzeitig riss ihm ein Splitter die linke Schulter auf. Auch er musste ins Lazarett, wann er wieder einsatzfähig sein würde, wussten die Sanitäter nicht zu beantworten. Der Hauptmann sah sich bis auf Weiteres ohne Unterstützung und völlig auf sich allein gestellt. Er ließ die Kratzer verbinden und warf sich auf sein Bett. Wie ein Stein schlief er fast acht Stunden durch, an der Front ein wahrer Luxus.

Er erwachte mit einem Bärenhunger, bis auf die Wassersuppe und eine Scheibe Graubrot hatte er in den letzten

48 Stunden nichts gegessen. Wedigo stand auf, wusch sich und schlüpfte in die ihm von Paulsen zurechtgelegte saubere Felduniform. Dann ging er zum Notkasino und frühstückte. Dort traf er Hauptmann Steulmann an, der ihn zu einer Tasse echten Bohnenkaffee einlud.

»Mein Bruder ist U-Boot-Fahrer und hat neulich einen englischen Frachter aufgebracht. Neben jeder Menge Waffen und Munition aus ›neutraler‹ amerikanischer Produktion hatte der Kahn auch Bohnenkaffee und Tabak geladen. Auf jeden der Besatzung kamen jeweils acht Kilo, und er hat mir zwei Pakete an die Front geschickt.«

»Das ist nobel«, erwiderte Wedigo. »Und Ihre Einladung nach dem kargen Frühstück weiß ich zu schätzen.«

Auf einen Wink brachte die Ordonnanz jedem einen großen dampfenden Becher und stellte dazu eine kleine Schale mit Zucker und ein Kännchen Milch auf den Tisch.

»Ein echter Luxus«, lobte Wedigo, »wo selbst in Berlin der Zucker knapp geworden ist.«

»Wer weiß, ob wir morgen noch Kaffee trinken können«, entgegnete Steulmann düster. »Heute rot, morgen tot. Ich denke vor allem an Oberleutnant Schulz, ein guter Mann und guter Kamerad. Sie sollen dabei gewesen sein, als er getroffen wurde?«

Wedigo nickte. »Er hatte so etwas wie eine Vorahnung.«

»Das kenne ich«, sagte Steulmann. »Ich habe das schon ein paarmal erlebt.«

»Wie war das bei Hauptmann von Jacobi? Hatte der auch Ahnungen?«

Der Westpreuße sah Wedigo aufmerksam an. Dann winkte er der Ordonnanz. »Bring uns von dem Pflaumenschnaps, am besten gleich ein Flasche und zwei Gläser.«

Bis das Getränk kam, schwieg er. Erst als er Wedigo und sich ein Glas eingegossen und seines umgehend geleert hatte, sprach Steulmann weiter. »Ich würde Ihnen nichts erzählen, Herr Kamerad, wenn ich nicht den Eindruck hätte, dass Sie unser militärisches Handwerk verstehen und nicht bloß ein Klugscheißer aus der Etappe sind.« Er schenkte nach. »Jacobi«, fuhr er fort, »war jedenfalls einer, der sich auskannte. EK I und EK II und, so kam mir zu Ohren, er soll als Spähtruppführer mit seiner Gruppe eine halbe französische Kompanie gefangen genommen haben. Jedenfalls war er einer üblen Sache auf der Spur. Dabei ging es nicht nur um Sabotage, nein, da war noch etwas anderes. Er muss mit seinen Recherchen auch irgendwo ganz oben Unruhe erzeugt haben. Denn da tauchte plötzlich dieser Oberst i. G. auf. Übrigens ein eigenartiger Mann; mutig und kalt. Stellen Sie sich vor: ein Generalstäbler, der sich an die vordere Front wagte und sogar mit den Männern nach ganz vorne ging. Eine absolut seltenes Exemplar seiner Spezies.«

Wedigo ließ die Aussagen unkommentiert. Die Frontsoldaten schienen der Führung, die sich in der weit rückwärtig von der Front liegenden Etappe befand, wenig zuzutrauen. »Wie hieß der Oberst?«, fragte er nach.

»Da weiß ich nicht. Der Mann war, wie gesagt, auf einmal da. Ziemlich arrogant und eiskalt. Der wusste, was er wollte. Er schien eine Art Inspizient zu sein und ließ sich drei Tage lang über alles und jedes informieren. Er wollte auch von Jacobi wissen, was er hier mache. Dieser muss sich wohl geweigert haben, dem Oberst nähere Auskunft zu geben. Es gab Gerüchte, dass es draußen in den Stellungen deswegen Ärger gegeben habe. Ob das stimmt, weiß ich nicht. Aber hier im Kasino sind Jacobi und der Oberst eines Abends kräftig aneinandergeraten.«

»Haben Sie mitbekommen, worum es ging?«

»Das war kaum zu überhören«, erwiderte Steulmann. »Sie stritten sich über die Marine!«

»Über die Marine?«, wiederholte Wedigo überrascht.

»Genau!« Steulmann genoss Wedigos Verblüffung. »Beide hatten sich den ganzen Abend mit Zahlen bombardiert. Produktionsziffern, Munitionsverbrauch, Truppenstärken, Reserve und dergleichen. Ich habe nicht alles mitbekommen, weil ich zwischendurch wegen neu ankommender Verbände zur Bahnstation musste. Ich war gut zwei Stunden mit Marschkoordinierungen beschäftigt, und als ich zurückkehrte, waren der Oberst und Jacobi immer noch am Diskutieren. Es ging jetzt um die Amerikaner und deren Haltung zum Krieg, speziell um die US-Waffen- und Munitionsproduktion und die steigenden Schulden der Briten und Franzosen. Wirtschaftsfragen, von denen ich wenig verstehe. Dann kam plötzlich unsere Kaiserliche Marine ins Spiel.« Steulmann stoppte. Er trank und schien zu überlegen. »Genau, Jacobi kritisierte die Tatenlosigkeit der Hochseeflotte und lobte den U-Boot-Krieg. Darauf konterte der Oberst, die deutsche Flotte könne nichts unternehmen, denn sie sei der Grand Fleet der Royal Navy absolut unterlegen. Zudem bestünde die Gefahr, dass die Matrosen sich im Ernstfall einem Kampfauftrag verweigerten.«

»Das hat der Oberst wirklich behauptet?«, fragte Wedigo entsetzt.

»Nun, er sagte, wenn erst mal eine Schlacht verloren gegangen sei, werde kein Matrose mehr kämpfen wollen!«

»Das klingt aber etwas anders.«

»Warten Sie ab. Hauptmann von Jacobi fragte: ›Sprechen Sie von einer Revolution?‹ Und der Oberst antwortete: ›Gewiss!‹ Dagegen protestierte Jacobi heftig, der Oberst aber lachte, stand einfach auf und ging.«

»Warum haben Sie mir von dem Vorfall nicht eher berichtet?«

»Ich habe nicht mehr dran gedacht, und überhaupt maß ich dem Ganzen keine Bedeutung bei. Es wird viel gesagt, wenn die Leute trinken.«

»Na, hören Sie mal, Herr Kamerad, ein Oberst, der defätistische Reden schwingt und dessen Gesprächspartner bald darauf spurlos verschwindet. Sie selbst haben sogar einen Unteroffizier damit beauftragt, Nachforschungen anzustellen. Dass da möglicherweise ein Zusammenhang zwischen dem Streit und dem Verschwinden besteht, liegt doch auf der Hand.«

»Genau, das wollte ich erzählen«, sagte Steulmann, ohne auf Wedigos Vorhaltungen einzugehen. »Kamerad Jacobi hat an dem Vorabend des Tages, an dem er zum letzten Mal im Kasino war und von mir gesehen wurde – es war ein oder zwei Tage nach dem Streit – gesagt, er spüre, es werde in den nächsten Tagen etwas geschehen. Und als Oberleutnant Schulz kommentierte, das wisse er längst, der Franzose schlage wieder einmal zu, widersprach Jacobi. Nein, das meine er nicht, korrigierte er Schulz. Aber ganz gleich, was geschehe, er habe vorgesorgt.«

»Was sollte das bedeuten?«

»Das habe ich ihn auch gefragt. Jacobi sagte nur, man werde das schon sehen. Dann traf ihn draußen wohl eine Kugel oder eine Granate. Muss ein schweres Kaliber gewesen sein, Jacobis Leichnam wurde jedenfalls nicht gefunden. Tja, ›es wird etwas geschehen‹, das hat er gesagt.«

»Und das wissen Sie alles noch?«, forschte Wedigo. »Wortwörtlich?«

»Als Jacobi am Abend des 29. März nicht zurückkehrte, haben Kamerad Schulz und ich uns am nächsten Tag über den Abend und Jacobis Worte unterhalten. Übrigens auch über den Streit Jacobis mit dem Oberst, Schulz war nämlich die ganze Zeit dabei. Daher erinnere ich mich.«

»Bedauerlich, dass Oberleutnant Schulz nichts mehr berichten kann. Mich hätten die Details interessiert.«

»Vor Verdun stirbt es sich eben schnell«, erwiderte Steulmann. »Die reinste Knochenmühle. Ein Drecksort!« Er kippte den nächsten Schnaps in sich hinein, dann schwieg er. Wedigo wartete eine Weile, aber Steulmann trank nur noch und antwortete auf keine Frage mehr. Die Augen wurden immer glasiger und die Bewegungen fahriger; schließlich kippte er vom Stuhl. Die Ordonnanz schien die Situation zu kennen und ließ den Hauptmann durch zwei Gefreite in sein Quartier bringen.

Wedigo kehrte ebenfalls in seine Unterkunft zurück. Eine merkwürdige Begegnung, dachte der junge Offizier, während er das Koppel ablegte, die Uniformjacke aufknöpfte und sich an den Holztisch setzte. Saufen bis zum Umfallen, wahrscheinlich blieb einem nichts anderes übrig, wenn man angesichts des grauenhaften Geschehens vor Verdun nicht völlig durchdrehen wollte. Die plötzliche Mitteilsamkeit Steulmanns war allerdings eine Überraschung gewesen, obwohl natürlich der Alkohol eine Rolle spielte. Vielleicht hatte er auch reden müssen, um anderes zu vergessen. Seltsam, diese Geschichte mit dem Oberst. Der Mann, der ihn im Adlon mit der Waffe bedroht und seinen Namen gekannt hatte, war angeblich auch ein Oberst gewesen. Er musste herausfinden, wer sich hinter dem Dienstgrad verbarg. Ein Oberst im Generalstab, der offenbar an der Qualität der eigenen Waffen und damit am Sieg zweifelte! Und der gleichzeitig die Truppe inspizierte. Bei der Angelegenheit stimmte etwas nicht. Und der Oberst hatte mit dem verschwundenen Hauptmann zu tun gehabt. Jacobi, was hatte er wohl mit seiner Aussage, er habe vorgesorgt, gemeint? Es gab jede Menge Klärungsbedarf. Vor allem, es sah ganz danach aus, als sei Jacobi hier an der Front getötet worden. Wer aber, zum Teufel, war der Mann in Berlin gewesen? Wedigo selbst glaubte, den Kameraden erkannt zu haben. Konnte Jacobi einen Doppelgänger haben? Am besten, er versuchte, eine Verbindung nach Berlin zu Major Nicolai zu bekommen. Wedigo griff zum Hörer und läutete die Vermittlungsstelle an, doch die Leitung war tot. Dann musste er eben in den Regimentsgefechtsstand. Er erhob sich, knöpfte die Jacke wieder zu, legte das Koppel um und verließ die Baracke.

Draußen krachte und donnerte es infernalisch, ein erneuter Angriff? Unwillkürlich bückte sich Wedigo. Jetzt wurde der Beschuss immer heftiger. Es handelte sich eindeutig um einen groß angelegten Feuerschlag, offenbar war das Lager trotz der Bäume in den Blick der feindlichen Aufklärer geraten, die die Artillerie hierher dirigiert hatten. Links und rechts schlugen Dutzende von Geschossen ein und setzten die Holzbauten in Brand. Soldaten rannten umher und versuchten zu löschen. Viele der Männer wurden dabei getroffen oder von herumfliegenden Holzsplittern verletzt. Mit Mühe erreichte Wedigo den Gefechtsstand, in dem ein riesiges Durcheinander herrschte. Von allen Seiten kamen Meldungen herein von Fronteinbrüchen und Ausfällen und der dringenden Bitte um Entsatz. Zu einzelnen Stellungen gab es keine Verbindungen mehr und die nachgeschobenen Verstärkungen blieben zum Teil im mörderischen Feindfeuer liegen. Melder kamen und gingen, Munitionskisten wurden gebracht und Waffen und Gurte mit Patronen bestückt.

Mitten in dem Gewühl stand der Kompaniechef Major Preusker und trug in aller Ruhe mit einem Stift die gemeldeten Feindbewegungen auf der an einer Bretterwand befestigten Stellungskarte ein. »Die Franzosen sind bei Moranville eingedrungen«, rief er Wedigo zu, »unsere Stellungen in Grimaucourt und Blanzée könnten abgeschnitten werden! Ich muss jeden Mann einsetzen, nehmen Sie also die 7. und vertreiben Sie die Kerle!«

Wedigo nickte, Berlin musste warten. Er ließ sich von einem Unteroffizier zum Sammelplatz der Kompanie des gefallenen Oberleutnants Schulz bringen, übernahm dort das

Kommando und führte dann die Truppe so schnell es ging ins Gefechtsfeld. Unter großen Verlusten gelang es ihm, mit seinen Soldaten Moranville zurückzugewinnen. Dort nagelte sie allerdings die französische Artillerie am Boden fest. Verbindungen nach rückwärts waren nicht möglich, sie verkrochen sich in den Trümmern, erst nach 24 Stunden ließ das Feuer nach und es kam Entsatz.

Wedigo führte die Reste seiner erschöpften Männer nach Étain zurück. Er selbst fühlte sich ebenfalls völlig ausgelaugt. Wie er unter diesen Umständen ermitteln sollte, war ihm schleierhaft. Wie auch immer Hauptmann von Jacobi ums Leben gekommen war – wenn er das war, was nicht völlig sicher schien –, es würde nahezu unmöglich sein, seinen Leichnam zu finden. Und sollte ihn jemand wirklich ermordet haben, dann war der Tatort gut gewählt worden. Ein Mord, der unter dem großen Töten und Schlachten stattgefunden hat, würde nur schwer aufzuklären sein.

Bei der Rückkehr zu seinem Quartier erwartete Wedigo eine böse Überraschung. Die Baracke war getroffen und zum größten Teil zerstört worden. Sein Bursche Paulsen hatte sich zum Zeitpunkt des Einschlags zum Glück nahe dem unterirdisch geschützten Nachschubdepot aufgehalten. Wedigo ließ sich von Sanitätern eine Stirnwunde verbinden, wieder nur ein Kratzer, der jedoch stark geblutet hatte. Dann half er Paulsen dabei, ihre Sachen aus den Trümmern zu bergen. Sie fanden das eine oder andere Kleidungs- und Ausrüstungsstück. Nur seine mitgebrachten Papiere und Unterlagen waren verschwunden. Das konnte kein Zufall sein. Jemand in Étain beobachtete sein Tun genau und hatte seine Abwesenheit genutzt, die Dokumente an sich zu bringen. Ein Fehler, jetzt wusste er, dass sich hier irgendwo ein »Feind« befand. Gut, er würde handeln.

Wedigo ließ sich zunächst von Paulsen beim Kammerbullen eine andere Uniform besorgen, während sich Feldwebel Wierczoch um ein Ersatzquartier kümmerte. Dort zog der Hauptmann die zerfetzten Kleidungsstücke aus und wusch sich den Dreck der letzten 36 Stunden vom Leib. Paulsen rasierte ihn und er schlüpfte in die frische Uniform. Daraufhin kehrte er in den Gefechtsstand zurück und versuchte, Berlin zu erreichen. Der Gefreite mühte sich über eine Stunde, dann endlich gelang es, die Verbindung mit Major Nicolai herzustellen. Es rauschte und krachte in der Leitung, und nach drei Minuten brach die Kommunikation zusammen. Aber Wedigo konnte zumindest einen knappen Überblick der Ereignisse der letzten Tage geben und vor allem auf den Oberst verweisen.

»Nehmen Sie unbedingt Kontakt mit Major Queisner vom Pionierbataillon auf«, riet Nicolai, »um diesen Oberst werde ich mich selbst kümmern.« Dann endete abrupt das Gespräch.

Wedigo fragte Major Preusker nach Queisner und seinem Pionierbataillon.

»Kamerad Queisner führt das Württembergische Pionier-Bataillon Nr. 13. Die Einheiten müssten zum größten Teil in Bereitschaft liegen. Fragen Sie drüben bei den 126er in Grimoucourt nach, Oberstleutnant Ströhlin steht in engem Kontakt mit den Pionieren. Gefreiter Nauens stellt Ihnen eine Verbindung her.«

Grimoucourt lag um einiges näher als Berlin, und so konnte Wedigo längere Zeit störungsfrei mit einem Hauptmann Hiller sprechen. Hiller meinte, die Pioniere befänden sich wahrscheinlich in den Bereitschaftstellungen der Brûle-Schlucht. Diese war eine der mehr als 20 Schluchten, die zum Schlachtfeld vor Verdun gehörten. Sie verlief außerhalb des ehemaligen Dorfes Bezonvaux und unterhalb der Vaux-Kreuz-Höhe nach Westen. Von ihr zweigte in Richtung Fort Douaumont die Hassoule-Schlucht ab. Die Brûle-Schlucht durchfloss ein Bach. An ihrem Südhang, den die Franzosen nicht einsehen konnten, befanden sich in Hunderten mit Zeltplanen und Wellblech verschlossenen Erdlöchern und Stollen die Bereitschaftsräume der Soldaten und etliche Regimentsgefechtsstände. Hiller meinte weiter, es könne auch sein, dass Teile der Pioniere zur Erholung und Auffrischung in die Etappe hinter der Front verlegt worden seien. »Das Rauch-Lager für die Pioniere«, erklärte er, »finden Sie südlich von Mangiennes im Mangiennes-Wald.«

Wie Wedigo erfuhr, war das Pionierbataillon tatsächlich in die Etappe verlegt worden, und der Hauptmann nutzte den Abtransport einiger Verwunderter in einem der seltenen Lastkraftwagen, um ebenfalls dorthin zu gelangen. Von Étain zum Etappenlager von Mangiennes waren es knapp 30 Kilometer Fahrt. Aufgrund des Beschusses und des schlechten Zustandes der Straßen waren sie fast zwei Stunden unterwegs, bis das Ziel erreicht war.

Mangiennes war ein sogenanntes Etappendorf. Diese Dörfer lagen zumeist nahe dem Aufmarschgebiet vor Verdun. Die völlig erschöpften und vom Dauerfeuer abgestumpften Soldaten wurden regelmäßig in diese Wechselquartiere transportiert. Das zivilere Leben dort sollte die Einsatzfähigkeit wieder herstellen. Kinos, Theater, Musikhallen und Bordelle sorgten für Abwechslung. Es gab Zulagen an Tabak, Schnaps, Schokolade und besondere Fleischkonserven. Die Freiräume für die Soldaten waren groß, das Halten von Tieren war erlaubt, und die angesetzten militärischen Dienste wurden auf das Minimum beschränkt.

Es war nicht leicht, sich in dem Gewimmel von Baracken und Unterständen zurechtzufinden. Wedigo irrte einige Zeit umher, bis er jemanden fand, der ihn zu Major Queisner brachte. Der Kommandeur der Pioniere residierte in einem eigens für ihn von seiner Truppe erstellten Holzhaus, zu dem neben einem Schlaf- und Büroraum auch eine schmale Küche sowie eine Holzveranda gehörten. Dort traf Wedigo den Major an. Der saß an einem Tisch und studierte eine Frontkarte. Ein Gefreiter meldete den Hauptmann und Queisner erhob sich, um ihn zu begrüßen. Er war ein großer, hagerer Mann, über dessen Gesicht sich eine rote Narbe zog. Erstaunt erkannte Wedigo in dem Major den Offizier wieder, der ihn während seines kurzen Aufenthaltes in Eschwege beobachtet hatte.

»Hauptmann von Wedel«, stellte sich Wedigo vor.

»Queisner«, antwortete der Major. »Nehmen Sie Platz, Herr Hauptmann. Wir haben uns, glaube ich, bereits einmal getroffen. Vor einer knappen Woche in Eschwege. Sie kamen mir damals bereits bekannt vor – sind Sie einmal geflogen?«

»Ja, in Johannisthal«, erwiderte Wedigo überrascht. »Ich besitze den Pilotenschein des Deutschen Luftfahrerverbandes.«

»Da also muss ich Sie gesehen haben. Ich bin begeisterter Ballon- und Motorflieger und war vor dem Krieg häufig in Johannisthal. Was führt Sie zu mir, Herr Hauptmann?«

»Ich komme direkt von der Front aus Étain und bin auf der Suche nach Hauptmann von Jacobi. Er soll mit Ihnen in Kontakt gestanden haben?«

»Gehen wir hinein«, forderte der Major ihn auf. »Über Jacobi und seine Recherchen spreche ich ungern in aller Öffentlichkeit.«

Die beiden Offiziere begaben sich ins Holzhaus. Drinnen standen ein Sofa und mehrere Sessel.

»Leihgaben aus dem hiesigen Pfarrhaus«, erklärte Queisner. »Hochwürden hatte wie alle Honoratioren in dieser Gegend einen gut gefüllten Weinkeller.«

Sie setzten sich.

»Ich weiß, worum es bei Jacobis Untersuchungen ging. Ich selbst habe einen guten Freund im Kriegsministerium auf gewisse Schadenshäufungen hingewiesen, und der hat offenbar Kamerad Nicolai eingeschaltet. Ich gehe davon aus, Sie gehören seiner Abteilung an. Nun, Jacobi untersuchte Fälle von Sabotage und Zersetzung, sprechen wir die harten Vokabeln offen aus. Er vermutete eine Organisation dahinter und ist offenbar fündig geworden. Auch ich hatte und habe einen gewissen Verdacht. Aber vielleicht erzählen Sie mir erst einmal, was Sie wissen, ich muss mich nicht wiederholen.«

Wedigo gab einen Abriss seiner Erkenntnisse. Dann fragte er: »Hat sich Hauptmann von Jacobi über die Ergebnisse seine Recherchen geäußert? Er soll, wie ich hörte, Aufzeichnungen angefertigt haben?«

Major Queisner nickte. »Jacobi hat mir von seinen Entdeckungen, wie gesagt, berichtet, auch kurz von dem Besuch eines Obersts erzählt. Das würde zu meinen Vermutungen passen, dass in die Geschichte, so unglaublich das auch sein mag, höhere Offiziere verwickelt sind. Ich habe Jacobi auf eine Beobachtung zu Beginn der Offensive hingewiesen. Da gab es einige unerklärliche Verzögerungen beim Munitionsnachschub. Papiere tauchten auf, die ganz offensichtlich falsche Verteilerwege angaben und alle von einem Oberst Müller unterschrieben waren. Nur, den Mann gab und gibt es nicht in der zuständigen Trainabteilung. Das erzählte ich Jacobi. Er ging meinen Hinweisen nach und sprach davon, auch selbst Entdeckungen gemacht zu haben. Aber er hat keine Namen genannt und sich auch sonst nicht über Details geäußert. Ich dachte allerdings, dass Berlin, das heißt wohl Ihre Dienststelle, bereits Genaueres erfahren hätte.«

»Details sind in Berlin nicht bekannt«, erwiderte Wedigo, wobei er sich plötzlich nicht ganz sicher war, ob Nicolai nicht doch mehr wusste, als er ihm mitgeteilt hatte.

»So? Das wundert mich«, entgegnete der Major. »Hauptmann Jacobi hat doch seine gesamten Aufzeichnungen einem Kurierflieger übergeben.«

»Wann soll das gewesen sein?«, hakte Wedigo nach.

»Am 28. März«, antwortete Queisner.

»Wissen Sie, wer der Kurier war oder zur welcher Staffel der Flieger gehörte?«

Der Major überlegte einen Augenblick. »Nein«, sagte er dann und schüttelte den Kopf. »Bedauere, beides ist mir nicht bekannt. Aber es dürfte relativ einfach sein, den Namen der Einheit und damit den des Piloten festzustellen. In unserem Frontabschnitt ist das Kampfgeschwader 5 im Einsatz. Beim Stab gibt es sicher Einsatzpläne und man wird Ihnen mitteilen können, welche Kampfstaffel am 28. März geflogen ist.«

»Welcher Feldflugplatz kommt denn für den Verdun-Einsatz infrage?«

»Es gibt viele Standorte, die je nach Frontverlauf wechseln. Meines Wissens ist Ars-sur-Moselle derzeit ein zentraler Platz. Aber noch mal zurück zu Ihren Rechercheergebnissen. Der Sachverhalt mit dem fremden Oberst erscheint mir äußerst bedenklich. Weniger wegen der angeblichen defätistischen Äußerungen; Jacobi ließ sie nämlich unerwähnt, das heißt, er hielt sie wohl nicht für wichtig. Oder Ihr Gesprächszeuge hat etwas missverstanden. Nein, was mich beunruhigt, ist die Tatsache, dass niemand zu wissen scheint, wer der Mann war und welchem Stab er zugehörig ist. Auch die Kriegstagebücher erwähnen ihn nicht, ich habe das selbst überprüft. Und dazu die ›Angelegenheit Müller‹, von der ich Ihnen erzählte. Etwas stimmte mit diesem Oberst nicht. Eine Uniform lässt sich schnell anziehen und die nötigen Papiere finden sich auf einem Schlachtfeld überall.«

»Sie denken an einen Spion?«, fragte Wedigo.

»Reine Spekulation«, antwortete der Major. »Aber ich könnte mir vorstellen, dass Hauptmann von Jacobi mehr über den Oberst gewusst hat.«

»Und deshalb sterben musste?«

»Denkbar wäre es, wenn er denn tot ist. Aber vielleicht besteht auch gar kein Zusammenhang. Eigentlich können nur die Aufzeichnungen Jacobis weiterhelfen. Doch jetzt entschuldigen Sie mich. Morgen früh geht ein Teil der Truppe zurück an die Front und ich muss noch einige Papiere zusammenstellen.«

Wedigo verabschiedete sich und ließ sich von Mangiennes zurück nach Étain fahren. Auf der Rückfahrt ließ er das Gespräch Revue passieren. Wenn Jacobi getötet worden war, dann vielleicht, um ihn durch ein Doubel zu ersetzen. War das denkbar oder ging Wedigos Fantasie mit ihm durch? Wenn er die Papiere fände, wüsste er sicher mehr. Vielleicht auch über die »Akte Verdun«, wobei er mittlerweile kaum mehr glaubte, dass diese an die Front geraten war. Nein, wer immer die Akte geraubt hatte, hatte dafür gesorgt, dass sie auf dem schnellsten Weg nach Frankreich kam. Eine andere Möglichkeit war, dass die Papiere sich noch immer im Berlin befanden. Mist, jetzt hatte er ganz vergessen, nach dem Kürzel »D.« zu fragen. Dann würde er Queisner wohl noch einmal anrufen müssen.

Sie erreichten Étain. Dort versuchte Wedigo, über die Fernsprechleitungen eine Verbindung zum Major sowie eine zum Feldflugplatz Ars-sur-Moselle zu bekommen. Den Flugplatz zu kontaktieren gelang erst am nächsten Vormittag. Den Major erreichte er überhaupt nicht.

In Ars lag zurzeit die Kampfstaffel 30. Dort wurde er mit einem Leutnant Deilmann verbunden. Der Offizier teilte ihm mit, dass er mittags einen Angriff auf französische Stellungen bei Dugny-sur-Meuse fliegen und anschließend nach Étain kommen und ihm Auskunft zu Jacobi geben werde.

»Sie sprechen von Ihrem Einsatz, als wäre der ein gemütlicher Spazierflug«, sagte Wedigo. »Der Feind scheint Sie nicht weiter zu beunruhigen.«

»Zugegeben, der Franzmann ist nicht ohne«, erwiderte Deilmann lachend. »Drüben fliegt gerade ein gewisser Leutnant Deullin umher, ein wilder Bursche, der schon einige unserer Maschinen heruntergeholt hat. Aber warum sich Sorgen machen, der Gegner ist gut, doch die Unsrigen sind besser«, antwortete Deilmann unbekümmert. »Wir sehen uns nachher zum Kaffeetrinken!«

Tatsächlich tauchte gegen 16 Uhr am westlichen Horizont eine Fokker E.IV auf, die elegant auf einem Wiesenstück landete. Ihr entstieg Deilmann.

»Am liebsten würde ich mit Ihnen tauschen«, begrüßte ihn Wedigo.

»Sie können morgen mitfliegen«, bot der Leutnant an.

»Gern, aber erst einmal habe ich ein paar Fragen. Gehen wir ins Kasino.«

Im Notkasino tranken beide Männer einen Kaffee, der leider nicht aus der Lieferung von Hauptmann Steulmanns Bruder stammte und entsprechend dünn war. Der dazu gereichte französische Beutecognac versöhnte jedoch mit der miesen Kaffeequalität.

»Sie sagten, Sie hätten Fragen?«, wandte sich Deilmann an Wedigo. »Zu Hauptmann Jacobi? Worum geht es?«

»Kannten Sie den Kameraden?«

»Ich habe Jacobi einmal in Mangiennes getroffen. Er suchte nach einem Kurierflieger, dem er eine Sendung von Briefen zur Weiterleitung mitgeben wollte.«

»Und«, fragte Wedigo, »wurde er fündig?«

»Ein Gefreiter Becker aus der Fokker Staffel A der Feldfliegerabteilung 17 war mit Jacobi im Gespräch. Jacobi erzählte mir später, der Mann habe sich bereit erklärt, den Transport zu übernehmen.«

»Wissen Sie, wo ich die Staffel finde?«

»Die Einheit lag in Bouligny, keine zehn Kilometer von

hier, Richtung Osten. Aber wo die Staffel heute ist, kann ich Ihnen nicht sagen. Den Gefreiten Becker werden Sie allerding nicht mehr sprechen können. Der Mann ist am 30. März mit seiner Maschine abgeschossen worden. Eigentlich sollte der Kamerad nach Charleville-Mézières fliegen. Dann kam ein Angriff der Franzosen und alle mussten zur Front. Becker hat es dann erwischt. Seine Fokker liegt irgendwo im Niemandsland zwischen unseren Gräben und den französischen Stellungen.«

»Und im Wrack könnten die Papiere sein, wenn sie nicht verbrannt sind.«

»Aus diesem Grund transportieren wir die Post meist in Metallbehältern«, erklärte Deilmann. »Nehmen Sie doch an einem Ballonaufklärungsflug teil. Von oben lässt sich das Schlachtfeld besser überblicken, zumal wir erst kürzlich von den Franzosen einen Caquot-Ballon erbeutet und diesen nachgebaut haben. Zusammen mit unserer Kodak-Ballonkamera hat sich der neue Ballon in der Aufklärung bisher ausgezeichnet bewährt. Natürlich ist das Ganze verdammt gefährlich, denn der Franzmann liebt es, auf unsere Ballons Zielschießen zu veranstalten.«

»Was ist hier schon ohne Gefahr?«, entgegnete Wedigo. »Ich wollte schon immer einmal in einen Ballonkorb steigen.«

Der Ballon stieg hoch und höher. Aufmerksam beobachtete Wedigo das unter ihnen liegende Terrain. Etwas mulmig war ihm schon gewesen, als er zusammen mit dem Ballonführer, Leutnant Klast, in den engen Korb kletterte.

»Keine Sorge, Herr Hauptmann«, meinte der erfahrene Leutnant. »Runter kommen wir bestimmt.«

»Das ist mir klar, ich bin oft genug geflogen. Aber so ein Ballon ist für die feindlichen Flieger und die Artillerie ein ideales Zielobjekt. Und rausspringen bringt wenig.«

»Das stimmt, aber nur auf den ersten Blick. Eine entfernte Verwandte hat eine Art Schirm entwickelt, mit dessen Hilfe ein Luftschiffer bei Gefahr aussteigen und sicher zu Boden gelangen kann.«

»Meinen Sie Frau Paulus?«, fragte Wedigo überrascht. Er hatte die eifrige Ballonfahrerin in Johannisthal kennengelernt, wo sie Flugstunden genommen hatte. Eine unbeschreibliche Frau, die schon über 100-mal mit einem Fallschirm aus einem Ballon abgesprungen war.

»Genau, die meine ich. Sie hat darauf bestanden, mir zwei solcher Schirme mitzugeben, falls einmal etwas passieren sollte. Die Heeresverwaltung hat sich bisher leider nicht dafür interessiert.« Klast deutete auf zwei tornisterartige Pakete in der Mitte des Korbes, auf die Wedigo bisher nicht geachtet hatte. »Diese Paketfallschirme werden in Reinickendorf hergestellt. Schnallen wir sie am besten um, dann kann nichts schiefgehen.«

Wedigo folgte dem Ratschlag, und auch wenn das Ganze ziemlich unbequem war, fühlte er sich mit dem Schirm auf dem Rücken irgendwie sicherer. Dann konzentrierte er sich wieder auf die Beobachtung des Erdbodens und spähte aufmerksam in die Tiefe. Unten zeigte sich die mit Narben übersäte Mondlandschaft Verduns. Abschussfeuer im Westen, die Franzosen, rollende Salven im Osten, die eigene Artillerie. Auf einmal Rauchwolken und laute Detonationen direkt unter ihnen, Wedigo schetzte den Abstand auf maximal zehn Meter.

»Die haben noch immer nicht gelernt, unsere Flughöhe richtig zu erkennen«, sagte Klast. »Obwohl man die Franzosen nicht unterbewerten darf. Erst letzte Woche ging einer unserer Ballone durch direkten Beschuss verloren.«

Das Artilleriefeuer ließ nach und der Ballon glitt ruhig weiter.

»So«, der Leutnant zeigte nach unten, »wir müssten etwa über der Gegend sein, wo der Gefreite Becker mit seiner Fokker abgeschossen wurde.«

Wedigo versuchte, in dem Gewirr von Linien, Gräben und anderen Objekten irgendetwas zu entdecken. Trotz der eigenen Fliegererfahrung gelang ihm dies nur bedingt; zu sehr war die Landschaft durch den Dauerbeschuss und die Kämpfe der letzten zwei Jahre eingeebnet und gleichförmig geworden.

Klast, der mit einem Feldstecher den Boden betrachtet hatte, reichte Wedigo die Gläser. »Ich glaube, auf der rechten Seite, etwa drei Handbreit von der Kirchturmruine entfernt, könnte das Wrack liegen, schauen Sie selbst!«

Wedigo blickte durch das Fernglas und richtete es nach den Angaben des Leutnants aus. Da sah er etwas, das einem Holzhaufen im Wald ähnelte, doch mitten im Haufen konnte Wedigo auf weißem Grund das Baltenkreuz entdecken. Kein Zweifel, bei dem Objekt dort unten handelte es sich um die Überreste eines deutschen Flugzeugs.

»Sie haben recht, Leutnant, das könnte die gesuchte Maschine sein.«

»Die Position stimmt jedenfalls«, erklärte Klast. »Das ist sicher die Fokker. Aber das Flugzeug wird sich kaum bergen lassen, der Absturzort befindet sich mitten in der Kampfzone.«

»Ich muss an die Unterlagen kommen, die der Kurier transportierte«, sagte Wedigo. »Die einzige Chance ist, im Wrack selbst zu suchen.«

»Das ist schier unmöglich, selbst nachts dürfte man es von unseren Stellungen kaum hierher schaffen. Die davorliegende Ebene bietet keinerlei Schutz oder Deckung.«

»Bleibt nur der direkte Weg von oben«, erwiderte Wedigo. »Mithilfe des Paulus-Schirms müsste es gelingen. Lässt sich die Flugbahn bei einem Absprung steuern?«

»Es gibt die Tragseile, mit deren Hilfe man Einfluss nehmen kann. Der Fallschirmspringer zieht an den Seilen und bewegt dadurch den Schirm nach links oder rechts. Aber dazu braucht es Übung; Sie wollen doch nicht etwa springen? Die Franzosen werden Sie sofort entdecken und noch in der Luft abschießen.«

Wedigo antwortete nicht, sondern nahm mit dem Glas die französischen Linien ins Visier. Dort war gerade die Sonne untergegangen. Ein letzter roter Schein war am Horizont zu sehen, während aus dem Osten die Dunkelheit heraufzog.

»Wir müssen umkehren«, bemerkte Leutnant Klast. »Nachts ist die Landung mit dem Ballon nahezu unkalkulierbar.«

»Kehren Sie ruhig zurück«, sagte Wedigo. »Ich wage es und springe. Anders geht es nicht. Eine Lampe für die Suche habe ich und mit der Pistole werde ich mich schützen. Irgendwie komme ich schon zurück.«

»Ich kann Sie wohl nicht aufhalten«, erwiderte Klast. »Es war jedenfalls nett, Sie kennengelernt zu haben. Am besten, Sie lassen sich über den Korbrand fallen und reißen dann an diesem Seil.« Er zeigte auf die betreffende Stelle am Paket. »Hals- und Beinbruch, Herr Hauptmann!«

Wedigo tat wie geraten. Er kletterte über den Rand des Ballonkorbes und stieß sich ab. Noch im Absprung trat Wedigo der Wahnsinn seiner Handlung in schrecklicher Klarheit vor Augen. Was hatte er getan? Er sprang in den sicheren Tod! Nein, dachte er, nein, der Schirm wird mich retten. Wedigo zog kräftig an der Reißleine. Doch nichts geschah, und er stürzte weiter wie ein Stein der grauen Tiefe entgegen. Das ist das Ende, schrie es in ihm. Du hast dich auf eine Chimäre verlassen! Und alles in ihm zog sich zusammen, wenn er an den schrecklichen Aufschlag dachte. Die Luft sauste vorbei, er wurde immer schneller und schneller. Auf einmal ruckte es kräftig, eine Riesenhand schien ihn zu packen und riss ihn mit einem schmerzhaften Ruck nach oben. Der Schirm hatte sich doch noch geöffnet, er war gerettet! Langsam schwebte Wedigo der Erde entgegen, da setzte plötzlich Artilleriebeschuss ein, und er glitt mitten hinein in einen brodelnden Schlund von Feuer und Qualm: Von beiden Seiten donnernden die Geschütze und ein tödlicher Teppich von Stahl und Eisen fegte durch die Luft. Er hielt den Atem an, jeden Augenblick konnte ihn ein Geschoss treffen oder eine Granate zerfetzen. Dann setzte er mit einem harten Schlag auf der Erde auf; wie durch ein Wunder war er unverletzt dem stählernen Inferno entkommen. Hastig schlüpfte Wedigo aus den Seilen des Schirms und ging in Deckung. Rote und gelbe Leuchtkugeln erhellten das dämmrige Dunkel, es krachte und knallte unentwegt. Er lag in einer schlammigen Mulde und wartete, dass die schreckliche Kanonade enden würde. Wie lange er so lag, vermochte er nicht zu sagen. Die Nacht war inzwischen angebrochen, und ihre Schwärze wurde immer wieder durch grelle Blitze und Feuergarben aufgerissen. Ein oder zwei Stunden oder länger dauerte der Beschuss. Dann wurde es schlagartig still und dunkel.

Wedigo wartete noch einige Minuten, bis er zum Grabenrand emporkroch, sich vorsichtig über diesen zog und sich umsah. Alles wirkte auf den ersten Blick formlos. Wo befand er sich genau? Wo war der Feind? Wedigo zog seinen kleinen Taschenkompass hervor und klappte den Deckel auf. Die Markierungen und die Nadel waren fluoreszierend; er richtete ihn aus. Westen und damit die feindlichen Stellungen befanden sich links von ihm. Rechts lagen die eigenen Leute und direkt vor sich – er hatte wahrhaftig immenses Glück –, direkt vor sich konnte er im Licht einer soeben aufsteigenden Signalkugel in etwa 100 Metern Entfernung einen größeren Haufen erkennen, dessen Konturen denen eines Flugzeugs ähnelten. Geduckt machte sich der Hauptmann auf den Weg. Der schlammige Boden erschwerte ihm das Vorankommen und mehrmals glitt er aus und stürzte in den Schlamm, erreichte aber schließlich das Wrack. Von hier, direkt aus der Nähe, konnte er Details erkennen. Es handelte sich in der Tat um eine deutsche Fokker-Maschine. Links und rechts lagen die zerbrochenen Flügel, die Aufhängung war zerrissen und Drähte bildeten ein wirres Knäuel. Der Platz des Piloten war überraschenderweise leer. Konnte es sein, dass Becker den Absturz überlebt hatte? Nein, das war leider nicht der Fall, wie Wedigo sogleich erkannte. Rechts von ihm lag ein aufgedunsener Leichnam, das musste der Gefreite sein, den es offenbar aus dem Flugzeug geschleudert hatte. Da war nichts mehr zu machen. Und er musste sich seiner Aufgabe widmen. Kurz lauschte er in die Nacht. In der Ferne war einiges Schießen zu hören, der Abschnitt, in dem er sich befand, war dagegen still, erstaunlich still. Gut, er würde die Gefechtspause nützen.

Der Hauptmann beugte sich über die Maschine, um im Innern nach einem Metallkasten zu suchen, wie ihn Leutnant Klast erwähnt hatte. Mit dem Oberkörper schlüpfte er ins Innere und ließ dann vorsichtig das Licht seiner Lampe aufblitzen. Und tatsächlich, inmitten von Kabeln, Motorteilen und Metallsplittern entdeckte Wedigo nach einigem Suchen einen silberfarbenen Kasten. Er zog ihn hervor und öffnete ihn mit fiebernden Fingern. Im gelblichen Schein der Lampe sah er einen Stapel Papier. Das konnten nur die Aufzeichnungen Jacobis sein. Er griff hinein und zog einige eng beschriebene Blätter hervor. Im gleichen Augenblick traf ihn ein gewaltiger Schlag auf den Kopf und ihm wurde schwarz vor Augen.

3. DIE GEHEIMNISSE VON PARIS

Links der Maas drangen unsere Truppen in vorspringende französische Verteidigungsanlagen westlich von Avocourt ein. Der Feind hatte sie unter dem Eindruck unseres Feuers aufgegeben; sie wurden zerstört und planmäßig wieder geräumt. Südöstlich von Haucourt wurden mehrere französische Gräben genommen und Gefangene eingebracht. Ein gegen den Westausläufer der Höhe »Toter Mann« wiederholter feindlicher Angriff brach völlig zusammen. Rechts der Maas kam es besonders nachts zu starker Artillerietätigkeit.

Deutscher Heeresbericht vom 5. Mai 1916

Wedigo erwachte in einem grauen Loch vom Geräusch schwerer Stiefel und Stimmen. Sein Kopf schmerzte, und als er sich aufrichten wollte, wurde ihm schwindlig und er sank mit einem Stöhnen zurück. Eine Weile blieb er liegen, dann hörte er das Quietschen einer Tür und eine Stimme forderte ihn auf Französisch auf, aufzustehen. Wedigo erhob sich schwankend, nur mit großer Mühe kam er in die Höhe. In der Tür stand ein Offizier im Rang eines Majors, wie er an den Schulterstücken erkannte. Neben ihm befand sich ein Sergeant, dessen barsche Stimme er gehört hatte.

»Ich habe mit Ihnen zu reden«, erklärte der Offizier in einem nahezu akzentfreien Deutsch. »Folgen Sie mir, doch ich warne Sie: Beim geringsten Versuch zu fliehen, wird mein Sergeant Sie erschießen! Verstanden?«

»Oui!«, erwiderte Wedigo. Er fühlte sich viel zu schwach, als dass er an eine Flucht nur hätte denken können. Man führte ihn durch einen mit Holzbohlen verstärkten Gang in einen gemauerten Raum. Auf dem Weg waren immer wieder laute Detonationen und Schussfolgen zu hören. Sie mussten sich noch immer nahe der Front befinden. Im Raum standen ein Tisch und mehrere Stühle. Dort bot ihm der Major höflich einen Stuhl an. Wedigo setzte sich, der Offizier nahm auf der anderen Seite Platz, während der Sergeant eine Position in der Ecke des Raumes bezog.

»Mein Name ist Georges Ladoux und ich bin, wie Sie wissen, Nachrichtenoffizier im Deuxieme Bureau, Herr von Wedel. Sie können sich vorstellen, dass mir Ihre Gefangennahme sehr gelegen kommt, besonders, da ich bisher davon ausging, Sie wären Ende August 1914 im Kampf getötet worden. Was führt Sie zu uns, Herr Hauptmann? Geht es um die gefundene Namensliste? Sie werden mir diese sicher bald erklären, oder?«

Das war eine schöne Bescherung. Ausgerechnet Ladoux war er in die Hände geraten, einem Mitglied des französischen Geheimdienstes. Mit dem Mann hatten Major Nicolai und er vor dem Krieg mehrfach zu tun gehabt. Ja, er war seitens der Franzosen ihr Hauptgegner gewesen. Ladoux galt im Geheimdienstgeschäft als erfahrener Profi; wie würde er wohl vorgehen, um an die gewünschten Informationen zu gelangen? Wedigo vermied es, sich Details vorzustellen. Und wieso kannte der Franzose ihn? Getroffen hatten sie einander nie. Dann kam er auf eine Lösung. Ladoux musste seinen Militärausweis geprüft haben. Aber dort lautete sein Name zwar von Wedel, doch nicht Wedigo, sondern Hermann. Er beschloss, frech zu bluffen. »Verzeihen Sie, Major, ich muss Sie enttäuschen«, entgegnete er ruhig. »Ich bin *Hermann* von Wedel, vom Leib-Grenadier-Regiment Nr. 8 in Frankfurt/Oder. Mein Vetter Wedigo war in Potsdam stationiert und ist, worauf Sie leider zu Recht hinwiesen, Ende August gefallen.«

Ladoux nickte, als ob Wedigo seine Überlegungen bestätigt hätte. »Das ist denkbar, Herr von Wedel, Sie könnten Vetter Hermann sein. Nur haben Sie offenbar ganz vergessen, dass wir beide vor ziemlich genau zwei Jahren eine kleine Begegnung auf Ihrer Reise nach Baden-Baden hatten. Ich habe Sie gleich erkannt. Sie sind der ›echte‹ Wedel, da bin ich mir ganz sicher!«

Wedigo schaute in das glattrasierte, lächelnde Gesicht Ladoux'. Jetzt erinnerte er sich wieder an das Geschehen im Mai 1914, als er mit der Gräfin Walewska nächtlich im Zug unterwegs gewesen war. Er war Ladoux und jener Belgierin, Mademoiselle Schwartz, ohne sie zu kennen, im Speisewagen begegnet. Beide brachen noch in der gleichen Nacht in sein Abteil ein, um an geheime Unterlagen zu kommen. Der Franzose hatte damals einen Schnurrbart getragen, deswegen war der Mann ihm heute fremd gewesen.

»Ich sehe Ihrem Gesicht an, Sie erinnern sich ebenfalls«, sprach sein Gegenüber weiter. »Und bald werden Sie mir alles Mögliche erzählen. Zum Beispiel, was mit der ›Akte Verdun‹ geschehen ist. Wir haben jede Menge Zeit. Sergeant, bringen Sie den Hauptmann in seine ›Unterkunft‹ zurück!«

In seiner Zelle gingen Wedigo allerlei Gedanken durch den Kopf. Die Situation schien ziemlich übel zu sein. Ladoux ging über Leichen und seine Methoden waren gnadenlos. Nun war Wedigo allerdings ein Kriegsgefangener und es galt die Genfer Konvention. Aber ob sich der Franzose daran halten würde? Andererseits, beide waren Offiziere … Ein ohrenbetäubendes Krachen unterbrach seine Gedanken. Der Boden bebte und die Wände wankten. Dann flog die Tür auf und gelblicher Qualm quoll ins Innere. Draußen brüllte es laut: »Feu! Alert!«

Wedigo sprang auf und eilte hinaus. Auf dem Gang war kaum etwas zu sehen, alles war voll graugelber Rauchschwaden. Mittendrin sah er die Schemen von Menschen, die irgendetwas brüllten. Den Wortfetzen, die zu ihm drangen, entnahm Wedigo, dass der Gefechtsstand, zu dem er offenbar gebracht worden war, einen Volltreffer abbekommen hatte und ein Munitionslager in Brand geraten war. Hustend rannte er weiter und kam an eine Art Kreuzung; rechts stand alles in hellen Flammen. Geduckt hastete er weiter, nur raus aus diesem höllischen Inferno. Ununterbrochen krachte und knallte es, Erdbrocken fielen von den Wänden und beißender Rauch quoll aus seitlichen Schächten und Ritzen. Vor ihm lag jetzt ein langer, leerer Stollen, an dessen rechter Seite sich mehrere, mit Holz verschlossene Einbuchtungen oder Räume befanden. Wedigo achtete nicht darauf, er wollte nur aus dem ganzen Schrecken rauskommen, und das so schnell wie möglich. Er war fast am Ende des Ganges, als wieder ein donnerndes Geräusch ertönte und die Deckenbalken hinabstürzten. Instinktiv warf sich der Offizier in eine der Öffnungen, wobei er die Bretter zur Seite stieß. Er landete in einem breiten Raum, der offenbar für Gefangene bestimmt war. Überall auf der Erde saßen Männern in deutschen Uniformen. Ein Trupp Franzosen bewachte sie, wiewohl beide Seiten, Bewacher und Bewachte, damit beschäftigt waren, sich mit Decken und Brettern gegen die von oben herabstürzende Steine und Erdbrocken zu schützen. Der Anführer der Franzosen, ein Caporal, entdeckte Wedigo und riss seine Waffe hervor: »Les mains en l'air!«

Wedigo hob die Arme, seine Flucht schien vorerst zu Ende zu sein.

Zwei Tage später war er mit einem Transport unterwegs nach Fougères, Ille-et-Vilaine, einem Offiziersgefangenenlager in der Bretagne in der Nähe von Rennes. Er hatte Glück im Unglück gehabt, er war rasch von der Front weggebracht worden, ohne dass er nochmals Georges Ladoux begegnet war. Ob dieser ihn für tot hielt oder selbst dem Angriff zum Opfer gefallen war, wusste Wedigo nicht, und es war ihm auch aktuell ziemlich gleichgültig. Er konzentrierte sich auf die Gegenwart und darauf, wie er so bald wie möglich den Franzosen entkommen konnte. Aber ihr Transport wurde gut bewacht, und auch auf der anschließenden Zugfahrt im geschlossenen Waggon gab es keine Gelegenheit, bei der der Offizier hätte fliehen können. Eintönig erklang das Rattern der Räder, die Luft im Innern des Waggons war stickig und mit den Ausdünstungen der Gefangenen angefüllt. Neben Wedigo gab es lediglich drei andere Offizieren. Zwei von ihnen waren blutjunge Flieger, die Leutnante von Bieber und Krämer. Der dritte war ein Hauptmann der Pioniere, dem beim Anbringen einer Mine eine Bombe explodiert war und der dabei den rechten Arm und ein Bein verloren hatte. Brechtel, so hieß er, wurde auf einer Trage transportiert. Er lag meist in Fieberträumen und wurde mit Morphium versorgt. In Fougères sollte bald eine Krankenschwester hinzukommen, um sich dort um den Schwerverletzten zu kümmern. Auch hieß es, dass die Franzosen bereit seien, ihn gegen einen vergleichbaren französischen Gefangenen auszutauschen. Insgesamt war man ihnen bisher durchaus anständig begegnet. Nur beim Umsteigen in Paris waren die Männer von etlichen Frauen aus der Unterschicht beschimpft und mit faulem Gemüse beworfen worden; doch die Gendarmerie hatte sofort eingegriffen und die wütende Menge zurückgedrängt.

Die beiden Leutnante drängten sich an Wedigo, den sie wegen seines Ranges und wegen der Ruhe, die er ausstrahlte, als Leiter ansahen. Krämer berichtete, wie er im Luftkampf in Brand geschossen worden sei und hinter den feindlichen Linien habe landen müssen. Leutnant von Bieber erzählte mit sorgenvoller Miene von seinen Eltern und seiner Braut Lilly.

Zu Beginn des Krieges seien diese knapp dem russischen Einmarsch und Wüten in Ostpreußen entkommen, und er hoffe sehr, dass es ihnen gut gehe. Wedigo hörte geduldig zu, während er fieberhaft überlegte, wie er sich aus der Gefangenschaft retten und zurück nach Deutschland durchschlagen könne. Sonst beschäftigte sich sein Denken mit der fehlgeschlagenen Bergung der Aufzeichnungen Jacobis. Wie hatte es nur sein können, dass man ihn direkt am Flugzeugwrack überrascht hatte? Waren die Franzosen informiert worden? Und er erinnerte sich daran, dass am Tag nach dem Beschuss ihrer Unterkünfte seine eigenen Unterlagen verschwunden gewesen waren. Alles deutete darauf hin, dass sich der von Jacobi vermutete Verräter oder ein Helfershelfer noch immer an der Front befand. Wer dieser Oberst wohl war? Zu schade, dass er keinen Blick in Jacobis Papiere hatte werfen können. Seine Gedanken kehrten zum Anfang zurück: Wie konnte er fliehen?

Das Lager Fougères bestand aus einer Ansammlung von einfachen Holzbaracken und war von einem hohen Bretterzaun umgeben und an den Ecken durch Wachtürme umfassend gesichert. Zusätzlich patrouillierte tags und nachts eine Streife um das Gelände, die Wolfshunde mit sich führte. Eine Flucht schien unmöglich. So verging eine Woche, die Wedigo wie eine Ewigkeit vorkam. Da es sich um ein Offizierslager handelte, gab es keine Arbeitseinsätze und auch sonst fehlte jede Abwechslung. Insgesamt waren sie 30 Gefangene, meist abgeschossene Piloten, aber auch einige Offiziere der Handelsmarine, deren Schiffe aufgebracht worden waren. Man erzählte sich zur Ablenkung Geschichten, deren Inhalte oft derb und deftig waren, was Wedigo wenig schätzte. Die Marineerlebnisse waren mehr nach seinem Geschmack und er ließ sich geduldig von Horn, einem Kapitän seines Alters, die unterschiedlichen nautischen Begriffe und Kommandos erklären. Dennoch, die Untätigkeit machte ihn nervös, und er zermarterte sich den Kopf, wie er aus dem Lager gelangen könnte. Endlich aber trat ein Ereignis ein, das die Wende bedeuten sollte.

Um Hauptmann Brechtel zu versorgen, dem es nach einer scheinbaren Besserung plötzlich wieder schlechter ging, wurde endlich eine belgische Krankenschwester ins Lager geholt. Die ältere Dame, die zusammen mit einem französischen Sanitäter die Pflege übernahm, entsprach ganz den Vorstellungen, die die Männer sich vorab gemacht hatten. Zwar war sie kein Dragoner, wie Leutnant von Vessel keck behauptet hatte, oder Drachen, so Leutnant zur See Bodelschwing, aber die grauhaarige und überaus runde Person ließ Männerfantasien keinen Spielraum. Wedigo fiel jedoch auf, dass das Gesicht Madame Schragels in unbeobachteten Momenten weitaus jünger wirkte und auch ihre Bewegungen weniger ihren 50 Jahren, sondern mehr denen einer halb so alten Frau entsprachen. Aber vielleicht täuschte er sich auch. Von Medizin verstand sie jedenfalls etwas. Madame sprach Deutsch, allerdings mit einem schweren Akzent. Dennoch war dies für die Kranken eine große Hilfe, da sie verstanden wurden. Unter den pflegenden Händen der Schwester ging es dem Pionierhauptmann etwas besser und auch anderen Patienten tat ihre Gegenwart sichtlich wohl. Gewiss war dies der Grund, warum der begleitende Sanitäter sie respektvoll mit »Madame Docteur« ansprach.

Drei Tage später, zur Mittagszeit, die Männer saßen gerade beim Essen, es gab eine wässrige Fischsuppe mit einem Stück Weißbrot und dazu einen Becher verdünnten Rotweins, trat überraschend der französische Sanitäter zu Wedigo und forderte ihn auf, unverzüglich mit ihm zu Madame Schragel zu kommen. Er führte ihn in eine separat liegende Baracke, die als Krankenstation diente und in der der Pionierhauptmann untergebracht war. Brechtel lag bleich auf seinem Lager. Seine Stirn war mit Schweiß bedeckt und der ganze Körper zuckte und zitterte.

»Ich fürchte, mit Ihrem Kameraden geht es zu Ende«, sagte die Schwester ruhig. »Er wollte Sie noch einmal sprechen. Ich lasse Sie beide kurz allein.«

Wedigo setzte sich auf einen Hocker ans Bett des Todkranken. Dieser tastete nach seiner Hand. »Nehmen Sie das, Kamerad«, bat Brechtel und drückte ihm eine schmale Brieftasche in die Hand. »Bringen Sie alles meiner Familie und sagen Sie meiner Frau, wie gern ich sie noch einmal gesehen hätte.« Der Atem des Hauptmanns wurde heftiger, er bäumte sich plötzlich auf und fiel dann starr zur Seite. Tot. Erschüttert schloss ihm Wedigo die Augen und legte ihm die linke Hand auf die Brust. Die Brieftasche steckte er ein und stand langsam auf.

»Ich danke Ihnen, Madame, dass Sie mich geholt haben«, sagte er zur Schwester. »Sie haben Hauptmann Brechtel damit einen letzten Dienst erwiesen.«

»Ich danke Ihnen ebenfalls«, antwortete Madame Schragel. »Heute Abend transportiert man den Leichnam aus der Baracke ab. Die Toten des Lagers werden auf dem Friedhof vom Beaucé beerdigt.« Damit gab sie ihm die Hand. Wedigo fühlte, wie ihm ein zusammengerolltes Stück Papier zugesteckt wurde. Dann wandte die Frau sich ab.

Ohne eine Reaktion zu zeigen, kehrte er in die Essensbaracke zurück. Unterwegs hielt er kurz im Schatten eines Lagerhauses inne und öffnete den Zettel.

»9 Uhr« stand darauf, sonst nichts. Wedigo zerriss das Papier und ließ die Fetzen zu Boden fallen. Die Botschaft überraschte ihn. Was bezweckte die Belgierin damit? Es konnte sich ja wohl nicht um eine Einladung zu einem Stelldichein handeln. »9 Uhr«, eine Ortsangabe fehlte. Oder doch nicht? Die Krankenschwester hatte erklärt, Brechtels toter Körper werde noch am gleichen Abend abtransportiert. Sollte dies um neun Uhr stattfinden? Wenn ja, was hatte diese Tatsache mit ihm zu tun? Wedigo hatte keine Ahnung, aber wenn er sich zu der angegebenen Uhrzeit in der Krankenbaracke einfand, würde er es sicher herausfinden.

»Na, was wollte der Drache von Ihnen? Oder ist es indiskret, nach Ihrem Rendezvous zu fragen?«, begrüßte ihn Leutnant von Vessel.

»Hauptmann Bechtel ist soeben verstorben«, erwiderte Wedigo knapp, und Stille senkte sich über die Männer.

Für den Rest des Tages herrschte eine bedrückte Stimmung. Die Gespräche wurden leise geführt und die Soldaten gedachten des Hauptmanns und anderer toter Kameraden. Wedigo seinerseits überlegte immer noch, was die geheimnisvolle Zeitangabe zu bedeuten hatte, gelangte aber zu keinem Ergebnis.

Am Abend zogen Wolken auf und es begann, wie aus Kübeln zu gießen und zu schütten. Die ungepflasterten Wege des Lagers versanken bald in Schlamm. Die Temperatur fiel drastisch. Die Männer in den ungeheizten Baracken froren und legten sich ihre klammen Schlafdecken um die Schultern. Kurz vor neun erhob sich Wedigo und schlüpfte hinaus.

Der Regen hatte etwas nachgelassen, doch die Sicht blieb schlecht. Dunst vermischte sich mit der Dämmerung und der Hauptmann gelangte ungesehen zur Krankenstation. Die Tür zur Baracke war angelehnt, und er schlüpfte hinein. Drinnen stand, wie er es fast erwartet hatte, Madame Schragel.

»Keine Zeit für lange Erklärungen«, sagte sie und ihr Deutsch war plötzlich akzentfrei. »Georges Ladoux hat Ihren Aufenthalt ausfindig gemacht. Sie müssen fliehen, und zwar noch heute Nacht. Legen Sie sich auf die Bahre, Sie tauschen mit Hauptmann Bechtel. Es wird etwas unbequem werden. Man wird Sie in einem Leichensack gehüllt zum Friedhof bringen und dort bestatten. Aber keine Sorge, ich habe einen Kontaktmann vor Ort, der dafür sorgt, dass Sie Ihr Begräbnis überleben. Er wird Ihnen weitere Informationen geben und für Ihr Fortkommen sorgen.«

»Wohin werde ich gebracht?«

»Nach Paris. Der Major braucht Sie fürs Erste mitten im Brennpunkt des Geschehens.«

»Und Sie?«

»Ich habe noch andere Aufträge. Grüßen Sie Nicolai von Elisabeth, wenn Sie ihn sehen. So, und jetzt auf die Bahre!«

Rasch kam Wedigo der Aufforderung nach. »Madame« half ihm, in einen groben Leinensack zu schlüpfen, den sie daraufhin oben locker zuband. »Keine Bewegung, und atmen Sie so flach wie möglich!«, schärfte sie ihm noch ein.

Kurz darauf klopfte es, und Wedigo hörte, wie schwere Stiefel in den Raum traten. Eine Bassstimme schimpfte auf Französisch über das Wetter: »Merde!« Dann packten grobe Fäuste den Sack, trugen ihn hinaus und warfen ihn auf die harte Ladefläche eines Pferdekarrens. Der Aufprall war heftig und schmerzhaft; Wedigo konnte gerade noch ein Stöhnen unterdrücken. »Alors, fait vite!« Die Männer bestiegen den Karren, knallten mit der Peitsche und fuhren los. Der Weg war schlecht und holprig, Wedigo fühlte jeden Stoß der Räder und jeden Stein, über den sie fuhren. Ein eigentümliches Gefühl, zu seiner eigenen Beerdigung zu fahren, dachte er, hoffentlich wird das Grab auf dem Friedhof von Beaucé nicht wirklich zu meiner letzten Ruhestätte.

Der Karren rumpelte eine gute halbe Stunde über die schlechten Wege. Dann hielt er abrupt. Nun wurde der Sack mit dem angeblichen Toten angehoben. Die Träger warfen ihn zum Glück nicht in das ausgehobene Grab, sondern ließen ihn einfach seitlich in die Grube rutschen. Kurz danach schlugen Sandbrocken auf den Sack. Wedigo merkte, wie in ihm die Angst aufkeimte, lebendig begraben zu werden, und Panik überkam ihn. Er wollte schreien, die Männer sollten aufhören, er lebe und man solle ihn aus dem Grab holen. Mit großer Mühe unterdrückte er dieses Verlangen und zwang sich unter Aufbringung all seiner Kräfte zur Ruhe. Da plötzlich stoppten die »Totengräber«.

»Plus jamais«, sagte einer der Männer. »Sollen die morgen den Rest zuschippen. Ich bin durstig.«

»Moi aussi«, meinte sein Kumpan. »Gehen wir zu Vater Joseph. Der Boche wird nicht mehr frieren, der Sack hält ihn warm.«

Schritte waren undeutlich zu hören, dann ein Quietschen von Rädern und ein lautes »Alors!«, dann das Traben von Hufen und endlich Ruhe. Die Kerle waren abgezogen.

Raus hier! Wedigo warf sich hin und her, um die Erdbrocken abzuschütteln. Dann versuchte er, mit den Fingern ein Loch in den Sack zu bohren. Vergebens, der Stoff erwies sich als zu fest. Wieder fühlte er kalten Schrecken aufsteigen. Wenn er es nun nicht schaffte und in der Grube blieb!

»Keine Sorge, Kamerad. Ich hole dich raus«, hörte er eine deutsche Stimme. »Vorsicht, ich schneide den Sack auf!«

Keine Minute später kroch er aus der scheußlichen Hülle. Er versuchte, sich aufzurichten und knickte sofort in den Knien ein. Die Beinmuskeln gehorchten ihm nicht mehr. Beherzt griff ihm der Befreier unter die Arme und zog Wedigo aus dem Grab nach oben. Inzwischen war es dunkel geworden, sodass er seinen Retter nur in Umrissen erkennen konnte. Er war kleiner als Wedigo, schien aber von kräftiger Statur zu sein. Seiner Aussprache nach stammte er aus dem Elsass.

»Ruhe dich aus«, sagte er soeben. »Ich muss noch rasch die Grube etwas auffüllen, damit morgen niemand merkt, dass du fehlst.«

Der Hauptmann gehorchte dankbar und konzentrierte sich darauf, seine durch das Liegen unterbrochene Blutzirkulation wieder zum Fließen zu bringen. Er spürte sich völlig zerschlagen und von der Fahrt auf dem Karren buchstäblich wie gerädert. Der Elsässer war bald fertig, und, gestützt auf seine Schulter, gelang es Wedigo, mit ihm bis zu einem Nebentor des Friedhofs zu gehen, wo ein einfacher Einspänner auf sie wartete. Er stieg mit seinem Helfer auf und sie fuhren so schnell es möglich war in die Nacht davon. Eine Viertelstunde später erreichten sie einen einsamen Hof. Der Mann brachte den Hauptmann ins Haus, zeigte ihm eine Kammer und stellte ihm einen Krug Wasser sowie eine Schüssel zum Waschen hin. Wedigo schlüpfte aus seinen Kleidern, wusch sich Gesicht und Hände. Dann warf er sich, so wie er war, aufs Bett und schlief umgehend ein.

Zwei Tage später fuhr ein Zug, in dem Wedigo von Wedel saß, im Pariser Gare de l'Ouest ein. Der Offizier war sichtlich verändert. Sein blondes Haar war durch den Einsatz gewisser Mittel schwarz geworden. Auch sein Gesicht wirkte, dank eines Nussextraktes, dunkler, deutlich gebräunt. Seine Papiere lauteten auf den Namen John Boswell, Vertreter von John Rigby & Co (Gunmakers) Ltd, London, gebürtig in Birmingham und lange Zeit in Indien lebend, der sich wegen Fragen des Munitionsnachschubs mit Monsieur Jean Hallaure, einem Beamten des Kriegsministeriums, treffen sollte. Entsprechende Unterlagen führte Wedigo mit sich. Der Agent in Beaucé war in dieser Hinsicht bestens ausgerüstet gewesen. Woher er die täuschend echten Papiere und Stempel hatte, war dem Hauptmann, wie auch der ganze Mann selbst, ein

Rätsel geblieben. Vielleicht konnte Major Nicolai ihm dieses beizeiten einmal klären. Jedenfalls wirkte »Boswell« in jeder Hinsicht echt, besonders da sein Englisch aufgrund der Tätigkeit der letzten Jahre absolut britisch klang.

Der Zug hielt. Der Hauptmann, in einen grauen Anzug gekleidet, setzte seinen breiten Hut auf, nahm den Koffer und die Aktenmappe und verließ den Waggon. Der Bahnhof lag am Ende der Rue de Rennes am Place de Rennes. Wedigo trat hinaus auf den Platz und winkte einer Droschke, um sich zu einer Kontaktadresse in die Rue Greuze bringen zu lassen, wo er nähere Informationen zum weiteren Verlauf seines Fluchtwegs erhalten sollte.

Eine Viertelstunde später hielt die Kutsche vor einem großen, gutbürgerlichen Wohnhaus. Wedigo stieg aus und begab sich zur Concierge, die er nach Madame Caillaux fragte. Die Concierge, eine ältere, füllige Frau, die gerade in einer Illustrierten geblättert hatte, legte diese eilig zur Seite.

»Madame Caillaux' Wohnung befindet sich im 2. Stock, Monsieur«, gab sie zur Auskunft. »Sie sind gewiss der englische Gast, den Madame erwartet«, fuhr die Frau eifrig fort. »Einen Augenblick, mein Sohn Antoine wird Ihnen sogleich den Koffer hinauftragen. Antoine!«, rief sie laut. »Komm sofort her!«

Ein schmächtiger Knabe von vielleicht 13 oder 14 Jahren erschien, ergriff auf die Anweisung seiner Mutter hin den Koffer und trug diesen nach oben. Wedigo folgte, wobei er nicht versäumte, der Concierge eine reichliche Donation zu geben. Antoine stellte oben den Koffer ab und klingelte. Er bekam ebenfalls Trinkgeld und ging unter Bücklingen davon. Nach einigen Augenblicken wurde die Tür von einem adrett gekleideten Dienstmädchen geöffnet.

»John Boswell«, stellte sich Wedigo vor, »Madame Caillaux erwartet mich.« Er überreichte eine Visitenkarte.

Das Mädchen knickste und bat Wedigo, ihr in den Salon zu folgen. »Ich melde Madame Ihre Ankunft, Monsieur. Wenn Monsieur bitte Platz nehmen und sich einen Moment gedulden würden.«

Wedigo setzte sich. Während er wartete, musterte er aufmerksam die Einrichtung des Salons. Den größten Raum nahmen ein breites, gelbes Sofa und eine um einen Lacktisch stehende Sesselgruppe ein. Die Wände zierte eine Tapete, die mit Blumen und Früchten geschmückt war. Den Boden bedeckten schwere Orientteppiche, die ebenfalls lebhafte Muster zeigten. Vor den Fenstern hingen seidene Vorhänge mit blauen Bordüren. Die meisten Möbel waren neuere Anfertigungen nach der Art nouveau. Nur an der hinteren Wand stand eine ältere Anrichte im Empirestil, auf der sich allerlei altes Silberzeug, Meißener Porzellan und verschiedene Nippesfiguren stapelten. Wedigo trat ans Fenster und warf einen prüfenden Blick hinunter auf die Straße, als das Rascheln von Seide den Eintritt seiner Gastgeberin verkündete. Rasch drehte er sich um und wandte sich zur Tür. Vor ihm stand – die Gräfin Walewska!

»Melissa!«, rief er.

»Still, Wedigo, hier heiße ich Maguerite …«

Doch bevor sie weitere Erklärungen geben konnte, schloss er sie in die Arme, drückte sie fest an sich und küsste sie. Es verging eine kleine Ewigkeit, dann lösten sie sich voneinander und nahmen auf dem gelben Sofa Platz.

»Du bist im Auftrag Nicolais in Paris?«

»Es gibt noch andere Personen, die sich für Nachrichten aus Frankreich interessieren«, wich Melissa aus. »Ansprechpartnerin für den Major ist in Paris die Agentin H 21.«

»Trotzdem, du musst doch irgendwie informiert worden sein«, hakte Wedigo nach.

»Major Gempp, du kennst ihn wahrscheinlich nicht, er ist

Abwehroffizier beim Chef des Generalstabs, bat mich, bei einem Rücktransport nach Deutschland behilflich zu sein.«

»Und dann nahmst du Kontakt zur Agentin H 21 auf?«

»Nein, ich halte nichts von ihr, und ich fürchte auch, dass die Frau sich zu sehr exponiert hat. Letztes Jahr reiste H 21 unter dem Namen Gertrud Benedix nach Spanien und von dort nach England. In Southampton nahmen sie überraschend die Briten fest. Die Polizei brachte sie nach London, wo ›Gertrud Benedix‹ von Sir Basil Thomson verhört wurde.«

»Sir Thomson? Der gehört zum Secret Intelligence Service«, sagte Wedigo. »Mit dem Mann hatte ich auch schon zu tun. Ich glaube, ich weiß, wen du meinst. H 21 ist die Tänzerin Mata Hari. Nicolai berichtete mir von ihr. Ich verstehe nicht, was er sich von ihrem Einsatz verspricht. Sie ist absolut auffällig. Eine Frau der Skandale, geldgierig und ohne Hemmungen.«

»Eine Frau, die euch Männer sehr schätzt«, ergänzte Melissa lächelnd. »Angeblich soll sie ein Verhältnis mit einem russischen Offizier, mit dem früheren Kriegsminister Messimy und dem deutschen Militärattaché in Madrid von Kalle gleichzeitig unterhalten haben.«

»Auf welche Quellen stützt du dich?«, fragte Wedigo.

»Ich habe meine Kontakte, und damit wären wir wieder bei dir. Frau Dr. Schragmüller ließ mir über gewisse Kanäle mitteilen, sie bemühe sich, einen wichtigen Agenten Nicolais freizubekommen, der vor Verdun gefangen worden sei und sich jetzt in der Bretagne befinde. Wenn dies gelinge, solle der Offizier nach Paris reisen und sich mit mir in Verbindung setzen. In der Nachricht wurde das Kürzel ›WvW‹ verwendet, sodass es nicht schwer war, dich mit der Angelegenheit in Verbindung zu bringen. Auf ›Madame Docteur‹, wie sie genannt wird, ist Verlass und deine Anwesenheit hier der Beweis dafür. Aber sag, wie bist du nur in Gefangenschaft geraten? Wie wäre es mit einem kleinen Bericht? Und warum du für tot galtest und dies zum Glück nicht bist, könntest du mir bei dieser Gelegenheit auch erzählen.«

»Gut«, meinte Wedigo. »Offenheit gegen Offenheit. Ich berichte, was ich erlebt habe, und du revanchierst dich, indem du deinerseits alles erzählst. Und am besten fängst du mit deinem geheimnisvollen Verschwinden im Juli vor zwei Jahren an.«

»Warum nicht?«, erwiderte die Gräfin locker. »Doch zunächst sollten wir essen gehen. Ich kenne am Quai de la Tournelle ein Restaurant, dessen Eigentümer trotz aller Kriegsbewirtschaftung nach wie vor die wunderbarsten Menus zaubert. Zieh dich um; in deinem Zimmer, zu dem dich Louise führen wird, findest du alles Nötige – auch eine Brieftasche!«

Eine Stunde später fuhren die Gräfin und Wedigo am Ufer der Seine entlang über die Île de la Cité zum Quai de la Tournelle ins Restaurant La Tour d'Argent. Es war dunkel, nur vereinzelt leuchteten Laternen, denn man hatte die Stadt aus Angst vor einem Zeppelinangriff weitgehend verdunkelt. Dennoch ging die Fahrt schnell vonstatten, und die Droschke hielt schließlich vor einem grauen Eckhaus. Der Hauptmann half Melissa galant aus dem Wagen und führte sie ins Lokal. Während der Fahrt hatte die Gräfin erzählt, dass das Restaurant vor über 300 Jahren gegründet worden sei und als die erste Adresse für Feinschmecker gelte.

»Selbst französische Könige haben schon im ›Silbernen Turm‹ gespeist«, erklärte sie. »Ich denke, dass die Qualität uns zusagen wird.«

Nun saßen sie im Speisesaal des 6. Stockwerkes. Auf Melissas Anraten bestellte Wedigo Canard à la Rouen. Zu dieser servierte der Kellner eine mit der Entenpresse erstellte Sauce, die mit Rotwein aufgekocht und mit Cognac vermischt war, sowie Gemüse und Lebkuchen. Eine wirkliche Delikatesse, die Zunge und Gaumen kitzelte. Als Nachtisch nahmen sie Crêpes Belle Epoque mit Mandarinen und Cointreau, flambiert mit Grand Marnier, ebenfalls ein wahrer Genuss. Während des Speisens gab Wedigo in leisem Ton und auf Englisch einen knappen Abriss seiner Abenteuer. Deutsch zu sprechen war im Paris des Jahres 1916 nicht angebracht. Man konnte nie wissen, ob nicht ein zufälliger Zuhörer ein Wort aufschnappte und seine Schlüsse zog.

»Nun, Melissa«, sagte er am Ende seines Berichts, »ich halte Jacobi jedenfalls für unschuldig und fürchte, er ist längst getötet worden. Schade, dass es mir nicht gelang, seine Aufzeichnungen zu bergen. Was mich allerdings tröstet, Ladoux scheint die Akte ebenfalls nicht zu haben, sonst hätte er mich nicht nach ihr befragen wollen. Nun hast du alles gehört. Lass uns eine Flasche Champagner ordern und auf meine gelungene Flucht anstoßen. Dann erzählst du, was du in den letzten Jahren erlebt hast.«

Der Champagner kam, der Kellner füllte zwei langstielige Glaskelche und zog sich zurück. Wedigo und Melissa stießen an. »Auf uns und unser Wiedersehen!«

Eine laute Stimme übertönte das leises Klirren der Gläser: »Madame Caillaux! Sie hier, welche Freude!« Ein etwas dicklicher, gut gekleideter älterer Herr mit breitem Schnurrbart trat plötzlich an ihren Tisch und ergriff sogleich Melissas Hand, die er küsste.

»Und Sie, mein Herr, müssen John Boswell sein«, fuhr er ebenso laut auf Englisch fort. »Madame hat Sie bereits angekündigt.«

»Nehmen Sie doch Platz, Monsieur Cambon«, forderte die Gräfin ihn mit einem Lächeln auf. »Sie hier zu sehen ist eine wahre Überraschung. Vorhin erst habe ich Mr. Boswell von Ihrer hervorragenden Arbeit in Washington erzählt.«

»Ja, die Vermittlung zwischen den Amerikanern und den Spaniern ist mir gut gelungen«, erwiderte der Franzose selbstgefällig und setzte sich. »Ihr Briten hättet mich auch wegen der irischen Frage konsultieren sollen. Aber nun habt Ihr das Problem militärisch lösen können. Zu Ostern einen Aufstand machen, während sich das Königreich im Krieg befindet, das kann nur einem Irishman einfallen.« Cambon lachte laut und winkte dem Ober, um sich ein Glas bringen zu lassen. Dann ließ er sich, ohne zu fragen, ebenfalls von dem Champagner einschenken und prostete der Gräfin zu.

Wedigo missfiel die ungezwungene Art des Franzosen. Melissa musste Gründe haben, den Herrn an den Tisch zu laden. Er warf ihr einen fragenden Blick zu.

»John, also Mr. Boswell, soll morgen oder übermorgen Monsieur Hallaure treffen«, erklärte sie dem »Gast« und damit auch Wedigo. »Es geht um den Munitionsnachschub für die geplanten Sommer- und Herbstoffensiven.«

»Die Herren im Kriegsministerium machen sich gern wichtig«, entgegnete Cambon. »Sie können auch zu mir ins Ministerium des Äußeren kommen. Ich kann das alles viel unbürokratischer regeln, zumal die liebe Maguerite, pardon, Madame Caillaux, Sie wärmstens empfiehlt, Mr. Boswell.«

»Sagen Sie John zu mir«, erwiderte Wedigo, der allmählich verstand, was hier gespielt wurde.

»Gerne, John. Ich bin Jules!« Und damit leerte der Ministerialbeamte sein Glas. Wedigo gab dem Ober einen Wink und dieser schenkte Cambon unverzüglich nach und brachte dann eine weitere Flasche. Der Franzose trank und redete in einem fort, wobei er sich prächtig amüsierte. Er erzählte Anekdoten aus seiner Zeit als Botschafter in Berlin und Madrid und schließlich auch von seiner aktuellen Arbeit im Ministerium. »Sie kommen am Montagmorgen zum Quai d'Orsay in mein Büro, John. Da können wir uns ausführlich über Ihr

Angebot unterhalten. Aber erst sehe ich Sie beide am Samstag auf dem kleinen Empfang, den ich gebe. Ich feiere meinen Geburtstag nach.«

Cambon trank mit gierigen Schlucken ein weiteres Glas, dann erhob der Beamte sich. »Sie entschuldigen, ich muss noch zu einer Sitzung. Der leidige Krieg. Die Boches haben wieder eine große Zahl unserer Flugmaschinen abgeschossen. So geht es nicht weiter, es muss unbedingt etwas geschehen. Madame Caillaux, Mr. Boswell, pardon, John. Ich erwarte Sie morgen Abend um neun in meinem Haus in Neuilly, in der Rue Delabordère.« Damit ging Cambon davon.

»Du scheinst dir rasch einen Bekanntenkreis aufgebaut zu haben, liebe Maguerite«, spöttelte Wedigo, »wenn mir dein Verehrer auch stark auf die 70 zuzugehen scheint und wenig von guten Manieren hält.«

»Cambons Benehmen ist mitunter sehr freimütig«, bestätigte die Gräfin, »aber gerade das macht den Mann für unsere Zwecke interessant. Er und sein Bruder Paul waren jahrelange engste Mitarbeiter Außenministers Delcassé. Sie sind die eigentlichen Initiatoren der Entente Cordiale. Jules schätzt mich sehr und neigt zudem zur Geschwätzigkeit, wahrscheinlich das Alter. Du hast erlebt, wie offen er über Militaria spricht. Nicolai wird sich freuen, wenn du ihm die eine oder andere Informationen mitbringst.«

»Also arbeitest du doch für den Major«, sagte Wedigo. »Aber lassen wir das fürs Erste. Du wolltest gerade erzählen, was du erlebt hast, als uns dein Jules so rüde unterbrach.«

»Gewähre mir einen Aufschub bis morgen«, erwiderte Melissa. »Cambon war sehr anstrengend und ich bin müde. Morgen werde ich berichten, jetzt lass uns zurückfahren.«

Wedigo winkte dem Garçon, ließ sich die Rechnung bringen und beglich diese. Der Portier besorgte eine Droschke und sie fuhren heim in die Rue Greuze. Melissa legte den

Kopf an seine Schulter. Er roch den Duft ihres Haares und das Odeur ihres Parfüms. Spürte die berückende Wärme ihres Leibes, ihre ganze prickelnde Nähe. Die Gräfin indes schlummerte ein und erwachte erst wieder, als der Kutscher hielt. Die Concierge war längst zur Ruhe gegangen, und Wedigo öffnete die Tür mit dem Schlüssel, den ihm Melissa gegeben hatte. Sie stiegen in die Belletage, wo er sie bis zu ihrem Schlafgemach geleitete. An der Tür gab Melissa ihm einen Kuss, wünschte eine gute Nacht und zog sich allein zurück.

Wedigo blieb einen Augenblick stehen, wandte sich dann kopfschüttelnd ab und begab sich in sein Zimmer. Dort kleidete er sich aus und legte sich, leicht enttäuscht, zu Bett. Nach so langer Zeit hatte er sich das Wiedersehen anders vorgestellt. Er war gerade am Einschlafen, da wurde leise die Tür geöffnet und jemand schlüpfte unter seine Decke.

»Melissa!«, rief er.

»Still, Liebster«, antworte sie. »Ich bin eine ehrbare Frau …«

Am nächsten Morgen erwachte Wedigo von einem Klopfen an der Tür. Der Platz neben ihm war leer. Auf sein »Herein!« trat Louise ins Zimmer und meldete, das Bad sei eingelassen. Und im Vorzimmer warte der Barbier, um den Herrn zu rasieren. Der Hauptmann warf den Morgenmantel um und folgte Louise. Nach der Rasur legte er sich eine gute Stunde in das mit duftenden Essenzen angereicherte, heiße Wasser, welches durch den Sohn der Concierge immer wieder nachgefüllt wurde. Wedigo entspannte sich, fast einen Monat war es her, dass er zuletzt im Adlon den Luxus eines Bades genossen hatte. Der Krieg, die Front und das ganze Geschäft der Spionage und Sabotage schienen ihm Dinge aus einer anderen Existenz zu sein. Das Leben konnte so angenehm sein, vor allem, wenn man sich in Paris befand. Warum nur alles immer so kompliziert und schwierig sein musste? Und dieser Krieg. Aber das war die Realität, dachte er und erhob sich seufzend.

Das Frühstück nahm er allein ein. Madame Caillaux, erfuhr er, sei zur Modistin zwecks einer Anprobe gefahren und werde erst zum Tee zurückkehren. Ob Monsieur Boswell sonst noch Wünsche habe? Wedigo bat um die Zeitung. Louise brachte ihm Le Petit Parisien und Le Figaro, die er beim Trinken seines Kaffees durchblätterte. Beide Zeitungen berichteten groß über den Abschuss zweier deutscher Zeppeline und über den Konflikt zwischen den USA und dem Reich in der Frage der Seekriegsführung. In Le Figaro wurde zudem genüsslich über die Festnahme des Reichstagsabgeordnete Liebknecht informiert, der in Berlin auf dem Potsdamer Platz gegen den Krieg protestiert hatte. Über Flugzeugverluste der Alliierten fand sich keine Zeile. Dafür entdeckte Wedigo einen kurzen Artikel in Le Petit Parisien, der die Hinrichtung von vier »Rebellen« in Dublin vermeldete. Der Kampf der Iren um ihre Freiheit, den die Deutschen gefördert hatten, schien mit einer Niederlage geendet zu haben. Unterm Strich waren seine Bemühungen des letzten halben Jahres somit gescheitert. Und genauso wenig war es ihm bisher gelungen, den letzten Auftrag Nicolais zu erfüllen. Stattdessen war er gefangen genommen worden und nur mit der Hilfe einer hiesigen Agentin wieder freigekommen. Auch wenn er für das irische Scheitern nicht verantwortlich war, Wedigo hatte das Gefühl, dass er dringend einen Erfolg zum Ausgleich benötigte. Cambon hatte vage von künftigen Offensiven gesprochen. Wenn es ihm gelänge, darüber genauere Informationen zu erhalten und diese rechtzeitig nach Berlin zu übermitteln, wären die letzten Misserfolge ausgebügelt. Die Frage war nur, wie er an die Pläne gelangen konnte, ohne aufzufliegen. Wedigo legte die Zeitungen zur Seite. Vielleicht würde der Besuch heute Abend Möglichkeiten aufzeigen.

Bis zur Rückkehr der Gräfin vertrieb sich der Hauptmann die Zeit mit Lesen. Im Salon hatte er einige Bücher entdeckt, in denen er blätterte, darunter La Débâcle von Émile Zola, dessen Darstellungen des Krieges von 1870/71 er gern auf die Gegenwart übertragen hätte: »Mac-Mahon bei Fröschweiler geschlagen … alles verloren, in Unordnung, in Panik, Frankreich liegt offen da« – leider war die Gegenwart anders.

Gegen halb vier kehrte endlich Melissa zurück, gefolgt von einem mit Paketen beladenen Träger. Sie verschwand mit Louise in ihrem Ankleidezimmer, um sich eine Viertelstunde später in ihren Neuerwerbungen zu präsentieren.

»Ich war bei Coco«, verkündete sie Wedigo, »nur dort findet eine Dame die neueste Mode!«

Er betrachtete sie genau, Form und Farbe wirkten elegant, gleichzeitig aber auch schlicht und vom Stofffall her sehr locker. Die Rocklänge schien jedenfalls kürzer geworden zu sein und Verzierungen fehlten. Nachdem er verschiedene Kleider gehörig bewundert hatte, nahmen sie ihren Tee. Diesen servierte Louise im Salon. Dazu gab es Eclairs. An Mangel litt Paris offensichtlich nicht.

»Du wolltest mir deine Geschichte erzählen«, erinnerte Wedigo. Melissa nickte. »Eigentlich gibt es nicht viel zu berichten. Ich bin bereits im Juli 1914 nach Rom und später nach New York gereist. Meine Kontakte dort in der Wirtschaft und Politik waren mir gegenüber stets sehr offen, sodass ich Major Nicolai gutes Material liefern konnte. Vor rund drei Wochen bin ich auf abenteuerlichen Wegen, unter anderem über Bukarest und Athen, nach Frankreich gelangt, um die Quellen von Agentin H 21 zu überprüfen, zum Teil zu übernehmen und auszubauen. Das ist mir gelungen. Viel mehr gibt es nicht zu berichten. Vielleicht noch, dass ich plane, mich zusammen mit dir ins Reich abzusetzen. Ein gewisser Polizeikommissar Priolet macht mir Sorgen. Der Mann hat in meinem Bekanntenkreis Erkundigungen eingezogen und ich fürchte, er steht in enger Verbindung mit Georges Ladoux.«

»Das Beste wäre also, gleich am Montag nach meinem Besuch bei Jules Cambon zu verschwinden«, sagte Wedigo. »Aber zu deiner Geschichte. Du erinnerst dich, dass wir damals verabredet waren, als du einfach verschwandest. Warum? Was war geschehen? Und was hast du mit Kriegsminister von Hohenborn und Generalleutnant von Stein zu tun, mit denen ich dich vor vier Wochen im Hotel Adlon gesehen habe? Deine Geschichte hat allzu viele Lücken.«

»Sei nicht so kleinlich, Liebster«, entgegnete Melissa und legte ihre Hand auf seinen Arm. »Was gewesen ist, ist nicht mehr wichtig. Es zählt einzig die Gegenwart, und das heißt erstens: Wie kann uns Cambon nützlich sein? Und zweitens: Wie kommen wir zurück nach Berlin?«

Die nächste Stunde verbrachten sie damit, verschiedene Überlegungen anzustellen und wieder zu verwerfen. Die Frontlinie war heiß umkämpft und bot kein Durchkommen. Zur See waren alliierte wie auch neutrale Schiffe dem U-Boot-Krieg ausgesetzt. Es blieb eigentlich nur der Weg über die Schweiz. Allerdings wurde die Grenze von beiden Seiten stark kontrolliert, und in der Romandie herrschten zudem große Sympathien für Frankreich. Dies hatte erst Anfang des Jahres die sogenannte Obersten-Affäre gezeigt. Wedigo kannte die Zusammenhänge nicht und die Gräfin informierte ihn kurz. Die Militärattachés Deutschlands und Österreich-Ungarns waren von zwei hochrangigen Offizieren mit verschiedenen Interna des Schweizer Generalstabs und des Schweizer Nachrichtendienstes versorgt worden, was Empörung bei den französischsprachigen Bewohnern der Westschweiz ausgelöst hatte.

»Ich habe einen der Offiziere, die in den Fall verwickelt waren, auf einem Ball kennengelernt. Oberst Egli war ein überaus guter Tänzer und amüsanter Kavalier. Und ich bin auch mit General Wille, dem Oberbefehlshaber der Schweizer Armee, bekannt«, erklärte die Gräfin. »Genauer gesagt, ich bin seiner Frau Clara, die eine geborene Gräfin von Bismarck ist, auf verschiedenen Wohltätigkeitsveranstaltungen und Modeschauen begegnet. Sie ist eine nette, ältere Dame; wir kamen ins Gespräch und haben uns gut verstanden. Vielleicht könnte sie uns weiterhelfen. Ihr Mann wenigstens ist sehr deutschfreundlich. Ich werde ihr schreiben.«

Wedigo hatte von General Willes Hang zum Preußischen ebenfalls gehört. Aber dass Melissa ihn beziehungsweise seine Frau kannte, verwunderte ihn doch. Vom Schreiben hielt er nichts, die Militärbehörden kontrollierten sicher die Post ins Ausland. Die Gräfin aber lachte und meinte, sie habe ihre eigenen Kanäle. Sie ließen das Thema fallen, denn es war an der Zeit, sich für den Empfang umzuziehen.

Um zehn nach neun fuhren sie in einer für den Abend gemieteten Droschke an der Villa vor, die Jules Cambon in Neuilly bewohnte. Der zum Anwesen gehörende Park war, trotz aller Verdunklungsmaßnahmen, durch zahlreiche Fackeln und Lampions hell illuminiert. Parallel zu ihrer Ankunft trafen weitere Kutschen sowie einige Kraftwagen ein, denen eine Vielzahl von Gästen entstieg. Diener geleiteten sie in den Ballsaal des Hauses, in dem Cambon sie persönlich empfing. Heute trug er einen tadellos sitzenden Smoking und eine kleine blaue Blume am Revers. An seiner Seite stand eine junge Frau von höchsten Mitte 20; seine Nichte Claudette, wie er gegenüber der Gräfin behauptete. Die Gäste waren überaus illuster. Neben hohen Offizieren und etlichen Geistlichen waren vor allem Männer der Wirtschaft und der Politik sowie einige Künstler und Literaten geladen, wie Melissa, die sich in der Pariser Gesellschaft gut auskannte, erklärte. Einige der Herren befanden sich in der Begleitung überaus eleganter und attraktiver Damen, meist in einem Alter, das eher an »Nichten« denn an Ehefrauen denken ließ. Nach der Begrüßung durch Cambon zogen sich Wedigo und Melissa an eine der Seiten des Saals zurück, um ungestört die Gäste beobachten zu können.

»Die beiden Herren, die da drüben stehen, der kleine mit dem Schnurrbart und der etwas fülligere, sind die Minister Briand und Painlevé, Justiz und Bildung«, erläuterte die Gräfin. »Weiter rechts steht Louis Renault, der ein bekannter Automobilfabrikant ist.«

»Und wer ist die ältere Dame neben dem Offizier?«

»Madame Cécile Chaminade, eine Klaviervirtuosin, die erste Komponistin, die Mitglied der Ehrenlegion geworden ist. Der Offizier ist übrigens General Goybet.«

Ein Orchester begann zu spielen, und Wedigo führte die Gräfin zum Tanz. Leicht drehte sie sich im Takt der Musik, wie eine Feder lag sie in seinen Armen. Er hätte stundenlang mit ihr durch den Saal schweben können, doch sie waren nicht wegen des Amüsements zum Fest Monsieur Cambons gekommen. Nach einigen Tänzen führte der Hauptmann seine Partnerin zu einem der seitlich befindlichen Sofas und eilte davon, um ihr eine Erfrischung zu holen.

Während Wedigo an der kleinen Hausbar stand und auf das Öffnen des Champagners, um den ihn Melissa gebeten hatte, wartete, trat ein Herr zu ihm. Er war sehr schlank und von mittlerer Größe, das streng wirkende Gesicht hatte schmale Lippen und eine spitze Nase. Dazu trug der Herr sowohl einen Schnurr- als auch einen Knebelbart. Er war überaus elegant gekleidet und von vornehmer, sehr militärischer Haltung. »Sie sind der englische Mr. Boswell von John Rigby & Co, nehme ich an«, sagte er in einem mit hartem Akzent versehenen Englisch. »Mein Name ist Graf Armand.«

»Graf, was verschafft mir die Ehre?«, fragte Wedigo mit einer Verbeugung, während er fieberhaft überlegte, wo er den Namen des Herrn schon einmal gehört hatte.

Der Graf lächelte kalt. »Wir vom Nachrichtendienst interessieren uns schon immer sehr für Gäste aus dem Ausland, insbesondere wenn sie mit militärischen Fragen zu tun haben.«

Jetzt fiel es Wedigo ein. Graf Armand war Offizier der Nachrichtenabteilung des französischen Generalstabs. Er war in London einmal auf diesen Namen gestoßen. Armand war ein Mann, der im Kampf der Nachrichtendienste der deutschen Seite schon mehrfach Probleme bereitet hatte.

»Oh, ich glaube, ich habe von Ihnen bereits gehört, Graf«, erwiderte er leichthin. »Kann es sein, dass Sie mit Sir Thomson bekannt sind?«

Die finstere Miene des Franzosen hellte sich auf, Wedigo schien mit dem Namen des Secret-Intelligence-Service-Leiters ins Schwarze getroffen zu haben.

»Monsieur Cambons Empfehlung war offenbar korrekt«, erwiderte der Graf. »Ich werde Sie Monsieur Delcassé vorstellen. Mit ihm können Sie alles Weitere besprechen. Kommen Sie bitte mit mir, mein Herr.«

Wedigo blickte in Richtung der Gräfin, die die Szene aufmerksam verfolgt hatte und leicht nickte.

»Gern«, sagte er zu Graf Armand gewandt. »Wenn Sie erlauben, bringe ich Madame Caillaux noch rasch den gewünschten Champagner.«

»Selbstverständlich, Mr. Boswell, zu Damen immer galant, das ist auch meine Devise. Ich warte hier.«

Wedigo begab sich eilig zu Melissa und reichte den Kelch.

»Sei vorsichtig«, sagte sie leise, »Graf Armand kenne ich gut. Ihm ist nicht zu trauen und ich denke, ich werde mich vorsichtig zurückziehen.«

Wedigo verneigte sich nur und kehrte zu dem Franzosen zurück. Dieser geleitete ihn, ohne ein weiteres Wort zu verlieren, in die 1. Etage des Hauses. Hier befand sich ein breiter Flur, an dessen Ende eine kleine Bibliothek lag. Dort hinein führte er Wedigo und schloss die Tür. Ringsherum befanden sich hohe Regale mit in Leder gebundenen Büchern, deren Titel der Deutsche nicht zu erkennen vermochte. In einer Ecke in der Nähe eines breiten Fensters standen um einen flachen Tisch herum mehrere Ledersessel. Aus einem erhob sich ein mittelgroßer Herr, in dem Wedigo Théophile Delcassé erkannte. Das Bild des früheren Ministers, der die verschiedensten Resorts vom Kolonialamt bis zum Ministerium des Äußeren innegehabt hatte, war ihm von Zeitungsberichten geläufig. In der Vorkriegszeit hatte er lange die französische Außenpolitik geprägt.

Der Franzose begrüßte ihn überaus freundlich und bat Mr. Boswell, Platz zu nehmen. »Wir werden uns sogleich über den Auftrag unterhalten, der Sie zu uns geführt hat, mein Verehrtester. Sie wissen, ich übe derzeit kein offizielles Amt aus, bin allerdings im Geheimen für den Nachrichtenbereich zuständig. Und da treffen unsere Aufgabengebiete ja aufeinander.«

»Gewiss, Herr Minister«, erwiderte Wedigo. In Gedanken aber verfluchte er den Einfall, Cambon aufgesucht zu haben. Das gerade begonnene Gespräch hatte einen gänzlich anderen Hintergrund, als er und Melissa gedacht hatten. Offensichtlich ging es nicht um Nachschubfragen, sondern um geheimdienstliche Absprachen. Und er hatte von dem besagten Hintergrund nicht die geringste Ahnung. Dazu schien dieser John Boswell, dessen Identität er angenommen hatte, aus einem völlig anderen Metier zu kommen, als er gedacht hatte. Verdammt, das konnte, ja, das musste ins Auge gehen. Die Gräfin und er waren nahe davor, aufzufliegen. Hoffentlich hatte Melissa ihre Ankündigung wahrgemacht und den Ball verlassen.

»Wir warten noch auf Colonel Chabert«, fuhr Delcassé fort. »Chabert ist gestern erst von einem Einsatz in Berlin und Wien zurückgekehrt, von wo er sicher interessante Neuigkeiten mitbringt. Ich hoffe, unsere Agitation an der Front und unter den deutschen Sozialisten zeigt Erfolg, bevor die Unruhe in der französischen Armee sich weiter ausbreitet. Aber Chabert wird uns gleich davon berichten. Zuvor darf ich Ihnen noch zur Niederschlagung des verräterischen Aufstands in Irland gratulieren. Die deutsche Rechnung, einen Dolchstoß in den Rücken des Vereinigten Königreichs zu führen, ist zum Glück nicht aufgegangen.«

Bei diesen Worten ging die Tür auf und herein trat ein Mann, in dessen harten Zügen Wedigo zu seinem Erschrecken das Gesicht des Mannes erkannte, der ihn vor Wochen im Adlon bedroht hatte. Das war also Colonel Chabert! Die Blondine hatte ihn demnach zu Recht als Oberst bezeichnet. Chabert begrüßte zuerst Delcassé und dann Wedigo. Zwar musterte er ihn dabei scharf, schien ihn aber, dank der gefärbten Haare und der getönten Haut, nicht wiederzuerkennen. »Sie sind also Mr. Boswell«, sagte er nur. »Ich schätze mich glücklich, den Mann kennenzulernen, der dazu beigetragen hat, den deutschen Spion Lody zu entlarven.«

Carl Hans Lody! Wedigo musste sich beherrschen, um nicht erleichtert aufzuatmen. Über den unglücklichen Kapitän hatten Major Nicolai und er in Berlin gesprochen. Auf diesem Feld kannte er sich aus.

»Nun, es war nicht sehr geschickt, in seinem Jackett den Firmennamen eines Berliner Schneiderateliers zu belassen«, erwiderte Wedigo. Chabert lächelte. »Ich sehe, Sie kennen sich aus«, sagte er. Offenbar war auch dieses Thema eine Überprüfung der Identität »Boswells« gewesen.

»Kommen wir zur Sache, meine Herren«, schaltete sich Delcassé ungeduldig ein. »Ihre Erinnerungen, mein lieber Hugo, können Sie später mit Mr. Boswell austauschen. Also, wie lautet Ihre Empfehlung, wo soll unsere nächste Aktion ansetzen?«

»Ich empfehle eine kombinierte Aktion aus militärischer Offensive, Sabotage und innerer Zersetzung. Und dies gleichzeitig an der Ostfront, im Westen und maritim.«

»Da sind wir uns einig, aber wo setzt unsere Zange am besten an?«, hakte der Ex-Minister nach. Unwillkürlich beugte sich Wedigo vor, die Sache wurde interessant.

»Es gibt mehrere Möglichkeiten«, antwortete Colonel Chabert. »Es wäre leichter, zu einem Entschluss zu kommen, wenn wir Einsicht in die deutschen Planungen hätten.« Er öffnete eine Ledermappe, der er ein Blatt entnahm. »Die erste sehe ich …«

Ein lauter Knall unterbrach ihn. Schüsse folgten.

»Das kam von draußen!«, rief Chabert. Er und Wedigo sprangen auf und eilten ans Fenster. Chabert riss die Fensterflügel auf und trat auf den davor befindlichen, schmalen Balkon; Wedigo folgte. Von hier hatten sie einen guten Blick auf den Park der Villa. Vorne rechts, in der Nähe der Zufahrt, wie der Hauptmann vermutete, loderten rotgelbe Flammen empor und schwarzer Qualm stieg auf. Schreie waren zu hören, Laternen blitzten auf und Menschen rannten umher.

»Das ist ein Anschlag!«, rief der Colonel. Seiner Stimme war anzuhören, dass ihn das Geschehen völlig überraschte. »Ich muss wissen, was genau passiert ist.« Er drehte sich um und hastete, ohne auf seinen Gast zu warten, zurück ins Haus. Dabei entfiel ihm die Mappe, die er unwillkürlich mit nach draußen genommen hatte. Wedigo hob sie auf und wollte schon dem Colonel nach, da sah er unmittelbar links aus einem Gebüsch eine helle Gestalt halb hervortreten, die ihm zuwinkte. Er beugte sich über das Geländer und erkannte zu seiner Verblüffung die Gräfin. Jetzt kam sie noch weiter aus ihrer Deckung hervor und lief auf das Haus zu, bis sie unmittelbar unter dem Balkon stand. »Wedigo«, rief sie halblaut. »Du musst sofort von hier verschwinden. Major Ladoux befindet sich im Haus! Ich erwarte dich auf der Straße!« Melissa drehte sich um und eilte davon, wobei sie Bäume und Büsche als Sichtschutz nutzte.

Ladoux hier, das war in der Tat eine gefährliche Nachricht. Der Hauptmann wandte sich zurück zur Bibliothek – und hielt in der Bewegung inne. Von drinnen waren Stimmen zu hören: »Boswell war eben noch hier ... Wo sind die Unterlagen?«

Suchte man bereits nach ihm? Kurz entschlossen steckte Wedigo die Mappe in seine Weste, kletterte über das Balkongitter und ließ sich an einem direkt daneben befindlichen Regenwasserrohr entlang nach unten gleiten. Dort schlüpfte er rasch unter das Blattwerk eines Holunders.

»Im Garten ist niemand zu sehen«, es war Chabert, der wohl auf den Balkon getreten war.

»Sind Sie sicher? Wir sollten Haus und Gelände intensiv durchsuchen. Ihr sogenannter Gast und seine Begleiterin können noch nicht sehr weit gekommen sein!« Die Stimme gehörte Georges Ladoux. »Der echte Mr. Boswell befindet sich nach Aussage von Sir Thomson aktuell in London. Der Kerl, der sich unter seinem Namen hier eingeschlichen hat, muss ein deutscher Spion sein.«

»Und Madame Caillaux?«

»Wir haben einen Brief abgefangen. Es könnte sich bei der Dame um die sogenannte Agentin H 21 handeln.«

Dann traten die beiden Franzosen zurück in die Bibliothek. Es wurde höchste Zeit, sich zurückzuziehen, bald würde es von Verfolgern nur so wimmeln. Im Schutz des

Buschwerks gelang es Wedigo, ungesehen bis zu der hohen Mauer zu gelangen, die das Anwesen umgab. Er kletterte einen Baum hinauf und wollte sich gerade zur Straßenseite an der Mauer hinabgleiten lassen, als sich von dort ein Uniformierter näherte.

»Halt, Bursche. Denkst wohl, du könntest so mir nichts dir nichts verschwinden? Hiergeblieben und die Hände hoch!« Mit diesen Worten zog der Mann eine Pistole hervor und zielte auf den Flüchtigen.

Resigniert kam Wedigo der Aufforderung nach. Da fuhr eine Limousine vor und stoppte mit laufendem Motor. Die Tür wurde aufgerissen und heraus sprang die Gräfin. Sie hielt einen Revolver in der Rechten, den sie auf den Polizisten richtete. »Waffe fallen lassen!«, befahl sie.

Zur Antwort riss der Mann seine Pistole hoch, und es knallte zweimal. Doch Melissas Schuss war besser gezielt. Mit einem Schrei ließ der Polizist seine Waffe los, die Gräfin hatte den Arm getroffen. Wedigo verließ seinen Mauerplatz, stieß den Mann zur Seite, hob seine Pistole auf und sprang mit der Gräfin in den Wagen. Mit aufheulendem Motor brausten sie davon.

»Was ist bei dir passiert?«, fragte Wedigo.

»Du warst gerade mit dem Colonel verschwunden, da sah ich Georges Ladoux den Saal betreten«, berichtete die Gräfin. »Er sprach kurz mit Cambon und wollte ebenfalls nach oben gehen, wurde aber zum Glück von General Goybet aufgehalten. Beide blieben an der Treppe stehen, sodass kein Vorbeikommen möglich war. Also eilte ich hinaus, um dich auf anderem Wege zu warnen.«

»Du hast ein Automobil angezündet?«

»So ähnlich, und dabei mit dem Revolver, den ich stets mit mir führe, ein paarmal in die Luft geschossen.«

»Und dieses Fahrzeug?«

»Das wurde entliehen«, erklärte Melissa knapp.

Sie schwieg und beide hingen ihren Gedanken nach. Wedigo überlegte, wie es nun weitergehen sollte, nachdem sie aufgeflogen waren. Die Gräfin dagegen schien ganz auf die Fahrt konzentriert. Eine Zeitlang fuhren sie schweigend durch die Nacht. Der Wagen befand sich gerade auf der Höhe des Bois de Boulogne, als Melissa plötzlich in einer Kurve derart Gas gab, dass das Fahrzeug ins Schlingern geriet und Wedigo hin und her geworfen wurde.

»Was ist los?«, fragte er, nach Halt suchend.

»Ich fürchte, wir werden verfolgt!«

Hinter ihnen tauchten auf einmal Scheinwerfer auf. Sie waren noch entfernt, kamen aber langsam und stetig näher.

»Könnte es nicht ein völlig anderes Fahrzeug sein, das mit alldem nichts zu tun hat?«

»Nein, das sind unsere Verfolger. Wir müssen sie abhängen!«

Die Gräfin riss in der nächsten Kurve das Steuer nach rechts und bog in einen kleinen Pfad ein, der zum Boulogne-Park führte. Sie fuhr rund 50 Meter, hielt unter einer Baumgruppe, stellte den Motor ab und schaltete das Licht aus. Beide wandten die Köpfe zur Straße hin. Gerade schoss ein schwerer, dunkler Wagen mit großer Geschwindigkeit vorbei, dem zwei kleinere Automobile folgten.

»Sie sind vorbeigefahren, werden aber sicher bald ihren Irrtum bemerken und uns hier suchen«, sagte Wedigo. »Wir sollten unser Fahrzeug stehen lassen.«

»Willst du zu Fuß weiter? Droschken gibt es hier nicht und die Metro fährt nicht mehr um diese Uhrzeit.«

»Dann wechseln wir den Wagen.«

»Wie denn? Willst du etwa ein Automobil kapern?«

»Genau daran denke ich, Melissa. Komm, schalte das Licht an. Das wird die Verfolger anlocken!«

»Wenn sie uns suchen.«

»Sie werden«, erwiderte Wedigo. »Aber lass uns in Deckung gehen. Ich höre einen Motor.«

Sie eilten ein Stück vor und verbargen sich dann hinter dem breiten Stamm einer Eiche. Wenig später bog ein Wagen in den Weg ein und fuhr an ihrem Versteck vorbei, ein kleiner Peugeot, gefolgt von einem Renault.

»Der dritte Verfolger fehlt. Wenn er hinzukommt, dürfte es schwierig werden«, stellte der Hauptmann ruhig fest.

Die beiden Automobile hielten und ein Trupp Uniformierter sprang heraus und rannte auf den stehengelassenen Wagen zu.

»Beim zuletzt angekommenen Fahrzeug läuft der Motor noch«, flüsterte Wedigo. »Komm, wir versuchen unser Glück!«

Geduckt eilten sie im Schatten der Bäume auf den weiter oben stehenden Renault zu. Im Wagen saß ein Mann hinter dem Steuer und hielt die Stellung. Wedigo sprang vor, riss die Tür auf und zerrte den überraschten Polizisten heraus. Bevor dieser wusste, wie ihm geschah, hatte der Hauptmann ihm die Waffe entwunden und ihn ins Gebüsch gedrängt. Gleichzeitig war die Gräfin eingestiegen und wendete das Automobil. Die übrigen Verfolger bemerkten nun, dass etwas nicht stimmte und liefen zurück. Wedigo gab drei Schüsse auf das andere Fahrzeug ab, der letzte traf den linken Pneu. Während er schoss, warfen sich die Uniformierten zu Boden. Wedigo jagte zwei weitere Kugel in Richtung der Angreifer, die jetzt das Feuer erwiderten, und sprang in den Renault. Melissa gab Gas und der Wagen raste davon.

Sie erreichten die Hauptstraße und bogen nach rechts in Richtung der Innenstadt ab. Da kam ihnen der schwere Wagen entgegen, der sie am Anfang verfolgt hatte. Der Lenker reduzierte sein Tempo, gab ein Lichtsignal und stoppte schließlich;

offenbar war der Renault erkannt worden und, nahm Wedigo an, man wollte Informationen austauschen. Die Gräfin hielt ebenfalls an. Wedigo stieg aus und lief auf das fremde Automobil zu. Dort wurde auf der Fahrerseite die Scheibe herabgekurbelt. Er eilte vorbei, zog seine Waffe und schob diese in den Kühler. Er drückte ab, etwas explodierte im Motorraum, es knallte und zischte und Dampf stieg auf. Wedigo drehte sich um und rannte zurück zum Renault. Aus dem anderen Wagen sprangen Leute. Schüsse fielen und eine Kugel pfiff haarscharf an seinem Kopf vorbei, dann war er bei Melissa im Wagen. Ein weiteres Projektil ließ die hintere Scheibe zerbersten, Glassplitter flogen umher, doch schon rasten sie davon.

»Das war knapp«, sagte die Gräfin, »und ziemlich tollkühn. Was, wenn du getroffen worden wärest?«

»Wie hättest du dich in diesem Fall verhalten?«

»Ich wäre weitergefahren, was sonst?«

»Das dachte ich mir«, erwiderte Wedigo. »Wohin geht's jetzt?«

»Ich muss noch einmal in die Rue Greuze. Wir brauchen Geld und andere Kleidung; dazu lagern dort einige Papiere, die ich gerne mitnehmen würde.«

»Meinst du nicht, dass wir dort bereits erwartet werden? Ladoux und Chabert haben bestimmt die örtliche Polizei verständigt.«

»Zum Nachbarhaus gibt es einen Zugang von der Parallelstraße her«, erklärte Melissa. »Ich habe dort eine kleine Wohnung als Ausweichquartier gemietet. Alles, was wir brauchen, ist dort vorhanden. Nur die Papiere befinden sich in der anderen Wohnung.«

»Wie willst du da herankommen?«

»Da hoffe ich auf deine Geschicklichkeit, Wedigo. Du müsstest über das Dach steigen, es gibt einen speziellen Zugang für Kaminkehrer.«

»Ich soll den Schornsteinfeger spielen? Nicht übel. Ein deutscher Offizier kann offenbar wirklich alles!«

»Ich würde dich nicht darum bitten, wenn die Papiere nicht so wichtig wären«, antwortete Melissa. »Es handelt sich um eine Dokumentation zu den amerikanischen Waffenlieferungen seit 1915.«

Wedigo stieß einen Pfiff aus. »Das ist in der Tat brisantes Material.«

»Das denke ich auch. Aber das ist noch nicht alles. Es ist mir gelungen, einige Briefe abzufangen, die Hinweise auf eine Verbindung zwischen halboffiziellen französischen Stellen und deutschen Sozialisten enthalten.«

»Das wäre Landesverrat!«, rief Wedigo empört.

»Getarnt sind diese Kontakte als Friedensinitiativen, wobei ich beim ersten Lesen den Eindruck hatte, die deutsche Seite glaube wirklich, sie habe in Frankreich Ansprechpartner für einen sogenannten Verständigungsfrieden gefunden.«

»Werden Namen genannt?«

»Ich habe nicht alle im Kopf, ich kann mich lediglich an die Namen Haase und Liebknecht erinnern. Auf französischer Seite wurden ein gewisser Jaurès und ein Herr Vaillant erwähnt. Beide sind Sozialisten.«

»Dann handelte es sich vielleicht doch um einen Austausch linker Traumtänzer«, sagte Wedigo verächtlich. »Männer, die nicht wissen, was sie mit ihrem Defätismus anrichten.«

»Das glaube ich nicht. Ich habe mich erkundigt. Vaillant ist letzten Dezember verstorben und Monsieur Jaurès wurde wegen seiner Friedensbemühungen kurz vor Kriegsausbruch ermordet.«

»Also ein bewusster Versuch, die deutsche Seite irrezuführen und für die eigenen Zwecke einzuspannen. Das dürfte Nicolai tatsächlich brennend interessieren.«

Sie erreichten die Einmündung zur Rue Greuze und ließen das Thema vorerst ruhen, anderes war jetzt wichtiger. Die Gräfin fuhr in die Parallelstraße und hielt dort. Wenig später befanden sie sich in der kleinen Wohnung, die Melissa als Ausweichquartier gemietet hatte. Hastig packte sie einige Kleidungsstücke zusammen und entnahm einer Schublade ein größeres Geldbündel.

»Wir sollten den Morgen abwarten«, sagte Wedigo. »Im allgemeinen Tagesverkehr werden wir, auch wenn Sonntag ist, weniger auffallen.«

Melissa stimmte zu. »Ich habe für den Fall einer plötzlichen Flucht einige Identitäten vorbereitet. Ich werde als Köchin gehen und du könntest als Arbeiter auftreten.«

»Als Köchin müsstest du dich aber ziemlich verändern«, meinte Wedigo lachend. »Ein paar Pfund mehr würden die Rolle sicher glaubhafter machen.«

»Keine Sorge, ich habe alles vorbereitet. So, und während ich mich umziehe, sei so gut und hole die Papiere. Sie befinden sich unter der Schreibplatte des kleinen Sekretärs, der im Salon direkt am Fenster steht. Hier ist der Schlüssel. Du musst vom Dachboden über eine Luke aufs Dach und auf dem First weiter nach links. Am dritten Kamin befindet sich der Zugang zum Haus in der Rue Greuze.«

»Woher weißt du das?«

»Ich habe den Weg selbst erkundet, nur, das muss ich zugeben, wurde mir etwas schwindlig und ich fürchte, ein zweites Mal könnte ich die Balance nicht halten.«

Wedigo schüttelte den Kopf bei der Vorstellung, die Gräfin habe sich wie eine Katze über die Dächer von Paris bewegt. Andererseits verblüffte ihn kaum noch etwas, das sie tat, getan hatte oder tun würde. Melissa war eigentlich alles zuzutrauen. Er schlüpfte in eine alte Hose und in eine Jacke, die aus Melissas Fundus stammten, und machte sich auf den Weg. Wenigstens würde seine Kleidung durch diese Aktion die richtige Patina bekommen. Im Mansardenbereich fand er problemlos die betreffende Luke, die aufs Dach führte. Auch dort nahm er seinen Weg ohne Mühe. Als Flieger und Ballonfahrer kannte er keinen Schwindel, und so erreichte er nur wenige Minuten später den Zugang zum Haus in der Rue Greuze. Mit einem Eisenstück öffnete er die schmale Zugangstür, blockierte diese und schlüpfte, das Eisen mitnehmend, auf den dahinterliegenden Dachboden. Wenig später befand er sich im unbeleuchteten Treppenhaus. Die Wohnung der Gräfin lag zwei Stockwerke tiefer. Wedigo lauschte in die Dunkelheit hinein. Nichts war zu hören. Er schlüpfte aus den Schuhen und schlich langsam auf Strümpfen die Stufen hinab. Immer wieder blieb er stehen, um zu prüfen, ob etwas Verdächtiges zu hören sei. Er war beinahe auf dem Absatz der 3. Etage angelangt, als dort die Tür geöffnet wurde und einige mit Lampen versehene Personen herauskamen. Wedigo duckte sich und drückte sich, so eng es ihm möglich war, an die hölzernen Stufen. Aber die sich laut unterhaltende Gruppe achtete nicht auf die Umgebung, sondern machte sich, ohne ihn zu entdecken, auf den Weg nach unten. Dann stockten plötzlich die Schritte, und eine Stimme fragte: »Wollen Sie zu Madame Caillaux?« Ein tiefer Bass antwortete barsch, er warte nur und man solle weitergehen. Eindeutig, vor der Wohnungstür stand eine Wache, der Zugang war auf dem normalen Weg nicht möglich. Da bemerkte Wedigo, dass die Tür, aus der die Gruppe gekommen war, halb offenstand, denn ein Lichtstrahl fiel hinaus in das Dunkel. Beide Wohnungen besaßen Balkone, das hatte er von außen gesehen. Vielleicht gab es auf diesem Weg einen Zugang. Rasch eilte er zum Eingang, schob die Tür vorsichtig auf und schlüpfte in die fremde Wohnung.

Er gelangte in einen langen Flur. Rechts hinten klapperte Geschirr, dort musste sich die Küche befinden. Offenbar war die Raumeinteilung identisch mit der in der unteren Wohnung. Dann lag der Salon, zu dem der Balkon gehörte, auf der linken Seite in der Mitte. Wedigo zog sachte eine Tür auf, vorbereitet, auf jemanden zu stoßen. Mehrere Lampen erleuchteten den Raum, aber zum Glück befand sich niemand im Zimmer. Ohne Zeit zu verlieren, begab sich Wedigo auf den Balkon. Er beugte sich über das Geländer und schätzte die Entfernung zur nächsten Etage. Sie war etwas weiter, als er gehofft hatte. Aber der Abstand war nicht so groß, als dass es unmöglich schien, ihn im Sprung zu überwinden, wenn er sich zunächst hinabhangelte. Also kletterte er über die Balustrade und ließ sich vorsichtig nach unten gleiten, bis er an der untersten Querstange der Balkonbegrenzung frei in der Luft hing. Schon spürte er, wie die Kraft der Arme nachließ. Wedigo schwang sich kühn nach vorne und ließ los. Er landete hart und schmerzhaft, doch was zählte, war, er hatte sein Etappenziel erreicht.

Einen Augenblick wartete Wedigo ab, ob jemand sein Tun bemerkt hatte. Aber es blieb alles ruhig. Nun spähte er durch die Scheibe der Balkontür ins Innere. Der dahinterliegende Raum lag vollständig im Dunkeln und es gab keine Anzeichen dafür, dass sich dort jemand aufhielt. Also zog er wieder das Eisenstück hervor und stemmte die Türe auf. Das Geräusch, das dabei entstand, kam ihm laut wie ein Pistolenschuss vor. Jedoch folgte keine Reaktion, offenbar war sein Tun nach wie vor unbemerkt geblieben. Jetzt trat er in den Salon und bemerkte den Fehler in seinem Plan: Er hatte keine Lampe dabei, und den Kronleuchter anzuschalten war zu riskant, denn man hätte das Licht von der Straße aus sehen können. Also war er ganz auf seinen Tastsinn angewiesen. Den Standort des Sekretärs zu finden – er befand sich auf der anderen Seite unter dem Fenster –, war einfach, auch wenn sich Wedigo dabei an einem Sessel das Knie anstieß. Aber als er die Lade öffnete, fühlte er mehrere Stöße von Papier, die er weder sichten noch alle auf seinem Weg zurück mitnehmen konnte. Überhaupt der Rückweg. Ihm war nicht ganz klar, wie sich dieser gestalten sollte. Über den Balkon nach oben zu steigen war unmöglich, zumal das 3. Stockwerk bewohnt war. Ein Außenabstieg wie in der Villa in Neuilly ließ sich ebenfalls nicht durchführen. Blieb nur die Etagentür. Und die wurde soeben geöffnet. Wedigo packte wahllos einige der Unterlagen und steckte sie in die Weste. Dann zog er das Eisen hervor und platzierte sich direkt neben dem Zugang zum Salon, entschied sich aber im letzten Moment dafür, hinter dem Ecksofa in Deckung zu gehen. Kaum war er im Versteck abgetaucht, wurde die Tür aufgerissen und das Licht im Salon entzündet. Verschiedene Personen betraten den Raum.

»Los, alles durchsuchen!«, befahl eine barsche Stimme. Es war Oberst Chabert. Schubladen wurden geöffnet, Papier raschelte, zahlreiche Menschen liefen hin und her. Wenn sie hinter das Sofa blickten, war er erledigt.

»Einpacken!«, kam das Kommando. »Ein Mann bleibt in der Wohnung, einer bezieht Posten bei der Concierge, der Rest abrücken!«

Der Salon leerte sich und der Trupp rückte ab. Wedigo wartete noch etwa zehn Minuten, dann verließ er vorsichtig sein Versteck. Zuerst wandte er sich zum Sekretär, vergeblich, die Schublade war vollständig geleert worden. Nichts zu machen, am besten, er zog sich zurück. Wo befand sich die Wache, von der Oberst Chabert gesprochen hatte? Wedigo schlich zur Tür, die nur angelehnt war, und spähte durch die Öffnung in den Flur. Weiter hinten war Licht, offenbar hatte sich der Posten in die Küche begeben. Das war seine Chance. Er durchquerte den Flur, öffnete sacht die Etagentür und verließ die Wohnung. Draußen blieb er horchend stehen. Alles schien ruhig, weder von unten noch aus den eben verlassenen Räumen war ein Laut zu hören. Leise stieg er nach oben und kehrte über den gleichen Weg, den er vorhin genommen hatte, zur Gräfin zurück. Inzwischen war mehr als eine Stunde vergangen.

Als er die Tür aufschloss und eintrat, kam ihm eine dicke, ältere Frau entgegen, die ihn packte und fest umarmte. »Wedigo, ich begann schon, mir Sorgen zu machen!«

»Melissa, war ich so lange weg? Du hast dich sehr verändert!«

»Man kann nicht ewig schlank und jung sein und als Köchin schon gar nicht!«, erwiderte sie lachend. Wedigo betrachtete die Gräfin genauer. Das vorher blonde Haar war jetzt dunkelbraun, von grauen Strähnen durchzogen und zu einem Dutt, wie ihn Bedienstete trugen, zusammengesteckt. Das Gesicht zeigte einige Falten und ihre Gestalt hatte an den Hüften beträchtlich zulegt und war zudem um einen stattlichen Bauch erweitert. Dazu trug Melissa ein einfach geschnittenes Kattunkleid und klobige Stiefelletten. Unmöglich, sie in dieser Aufmachung wiederzuerkennen. Eine halbe Stunde später war auch Wedigo neu gestaltet. Sein Haar war jetzt vollständig grau, dazu trug er eine große Hornbrille und der linke Ärmel hing leer herab. Seine abgetragene Kleidung zeigte zudem Spuren seines Dachausfluges und machte deutlich, dass er zur einfachen Volksschicht gehörte. Nach dieser Arbeit gönnten sie sich einige Stunden Ruhe, dann brachen sie, ausgestattet mit einer großen Reisetasche, zum Gare de Lyon auf.

Es war am späten Vormittag, als sich Monsieur und Madame Dupont, entsprechende Ausweise befanden sich im Besitz der Gräfin, in einen der wenigen, überfüllten Züge nach Lyon setzten. Ohne Probleme überstanden sie verschiedene Polizeikontrollen und gegen 17 Uhr erreichten sie ihr Ziel. Monsieur und Madame nahmen in einer kleinen Pension ein Zimmer und fuhren am nächsten Morgen weiter mit der Bahn nach Genf. Erstaunlicherweise gab es an der Schweizer Grenze ebenfalls keine größeren Schwierigkeiten. Zwar mussten alle Reisenden aussteigen und sich einer ausgiebigen Kontrolle unterziehen. Doch der Schweizer Zöllner prüfte nur kurz die ihm von Wedigo gereichten Papiere, warf einen gelangweilten Blick in Melissas Reisetasche und wühlte ein wenig in der darin befindlichen Kleidung. Dann winkte er sie weiter. Ihrer beider Erscheinung war einfach zu bieder und harmlos, als dass sie Misstrauen geweckt hätten.

4. HEIM INS REICH

Westlich der Maas wurde die Gefechtshandlung auch gestern nicht zu Ende geführt. Besonders war die Artillerie auf beiden Seiten sehr tätig. Östlich des Flusses ist in der Frühe ein französischer Angriff in Gegend des Gehöftes Thiaumont gescheitert.

Deutscher Heeresbericht vom 7. Mai 1916

Im Gastzimmer des Bären im Genf legten sie ihre Verkleidung ab und stellten mithilfe von Wasser, Seife und gewissen kosmetischen Mitteln ihren ursprünglichen äußeren Zustand weitgehend wieder her. Nur »Monsieur Duponts« Haarfarbe wollte nicht weichen, sodass Wedigo notgedrungen bei dem Grauton blieb. Daraufhin nahm das Paar Kontakt zum deutschen Konsul auf. Mit neuen Papieren und frischem Geld ausgestattet, ging es am nächsten Morgen weiter nach Berlin. Auf der Fahrt dorthin fanden sie endlich die nötige Ruhe, um zu prüfen, welche Papiere Wedigo vor dem Zugriff Chaberts hatte retten können. Es handelte sich ausschließlich um Schiffslisten, die amerikanische Warenlieferungen an England belegten sowie die Namen bewaffneter britischer Handelsschiffe enthielten. Zu denen zählten unter anderem die New Zealand, die Federal, die Shaw und die Turnbull. Auch tauchten die Namen zweier US-Schiffe auf, Housatonic und Eavestone, welche, gechartert von der britischen Firma Brown, Jenkinson & Company, angeblich Weizen nach England brachten.

»Das ist äußerst brisant«, sagte Wedigo. »Vor allem, da die Engländer behaupten, unsere U-Boote würden ohne Vorwarnung unbewaffnete Schiffe versenken. Trotzdem bedauere ich, dass ich die Briefabschriften nicht mitnehmen konnte. Aber ein wenig Beute habe ich dennoch gemacht.«

Wedigo zog die Mappe hervor, die Colonel Chabert auf dem Balkon verloren hatte und zu deren Prüfung sie bislang noch nicht gekommen waren. Sie erhielten zu ihrer Enttäuschung allerlei Belanglosigkeiten und Adressen wie Montmartre, rue Feutrier 21 sowie Hôtel Moderne 3, rue de l'Etoile, mit denen sie nichts anzufangen wussten. Erst die letzten beiden Blätter schienen von größerer Bedeutung zu sein, denn sie waren codiert. Auf einem war unten ein Ortsname notiert: »Dorrenbach«.

»Damit wird man sich im Ministerium beschäftigen«, meinte Wedigo. »Ich hoffe, dass sich der Inhalt lohnt. Einen Ort namens Dorrenbach kenne ich nicht.«

»Höchstwahrscheinlich ein Codewort«, meinte Melissa.

Den Rest der Fahrt beschäftigten sie sich mit anderen Dingen, bis sie am Mittag des 11. Mai Berlin erreichten. Mittlerweile war auch der Grauton im Haar dem Braunton gewichen, sodass sich Wedigo zumindest jünger fühlte, obwohl das alte Blond noch nicht zurückgekehrt war.

Überraschenderweise verabschiedete sich die Gräfin am Bahnhof mit der Aussage, sie müsse sich zunächst um ihre Wohnung und um weitere, dringende Angelegenheiten kümmern. »Wir können uns morgen Nachmittag um vier im Kranzler sehen. Dann kannst du mir erzählen, wie das Gespräch mit Nicolai verlaufen ist. Bringe ihm die Papiere mit und entschuldige mich. Er wird Verständnis haben, dass ich terminlich eingebunden bin.« Melissa übergab ihm die Mappe mit den aus ihrer Pariser Wohnung geretteten Unterlagen, winkte einer Droschke und fuhr davon.

Wedigo hatte gar nicht erst versucht, sie umzustimmen. Er ließ sich umgehend von einer zweiten Droschke zur Wilhelmsstraße bringen und begab sich zum Büro Nicolais in der Abteilung III b.

»Herr Major. Hauptmann von Wedel, zurück von der Westfront!«, meldete er.

»Schön«, erwiderte dieser knapp. »Offenbar hat Frau Dr. Schragmüller ganze Arbeit geleistet und Sie konnten den Franzosen entkommen. Hatten Sie sonst noch Erfolg, Herr Hauptmann? In Sachen Jacobi ganz sicher nicht.«

»In Teilen gewiss«, erklärte Wedigo, nur auf die Frage und nicht auf den Tadel eingehend, und legte Nicolai die erbeuteten Papiere vor. In der nächsten Stunde gab er dem Abteilungsleiter einen detaillierten Bericht über seine Erlebnisse vor Verdun, in der Gefangenschaft und besonders auch über das Pariser Abenteuer.

»Ich fasse zusammen«, meinte der Major am Schluss. »Sie gehen davon aus, dass Jacobi tot ist. Wer ihn getötet hat, konnten Sie nicht aufklären, es scheint aber deutlich, dass Colonel Chabert seine Finger dabei im Spiel hatte. Die Papiere der ›Akte Verdun‹ sind nicht aufgetaucht, die Franzosen scheinen diese ebenfalls zu suchen, aber offenbar nicht in ihren Händen zu haben. Dafür sieht es laut Ihrer Informationen danach aus, als versuchten die Franzosen, die Kampfmoral unserer tapferen Truppe durch Agitation und konspirative Aktivitäten zu zersetzen. Hoffen wir, dass die von Ihnen in Neuilly mitgenommen Aufzeichnungen Weiteres enthalten. Ich setze gleich die Dekodierungsabteilung auf die Texte an. Was mir gar nicht gefällt, ist der Umstand, von dem die Gräfin berichtet hat: dass Reichstagsabgeordnete der Sozialdemokraten in das Geschehen involviert sein könnten. Bedauerlich, dass die Briefe nicht vorliegen. Aber diese Adressen in den Papieren, die Colonel Chabert gehörten, die sagen mir etwas. Warten Sie!« Der Major griff zum Telefon, ließ sich mit der Archivabteilung verbinden und forderte von dort die Bände

AD-P zu den Jahren 1890 bis 1914 an. Kurz darauf erschien ein Gefreiter, der Nicolai zwei dicke Ordner übergab.

»Diese Bände enthalten die Adressdaten politisch verdächtiger Personen, die das Ausland besucht oder dort bestimmte Zeit gewohnt haben. ›P‹ steht für ›Paris‹. An die Arbeit, nehmen Sie sich auch einen Ordner vor, vielleicht werden wir fündig.«

Es war genau so, wie sein alter Bekannter Kommissar Gennat immer gesagt hatte, dachte Wedigo, Aufklärung bestand zum großen Teil aus Lese- und Recherchearbeit. Penibel gingen sie die Angaben durch, und nach gut einer Stunde gab es den ersten Erfolg. »Reisetätigkeit der sozialistischen Agitatorin Dr. Rosalie Luxemburg nach Frankreich nebst Adressangaben: Paris, 12. März 1894: 7, Faubourg St-Denis, Chambre 11; Paris, 11. April 1894: Montmartre, rue Feutrier 21; Paris (Familie Adolf Warski), 21. März 1895: Avenue Reille 7, au 3ème; Paris, 24. September 1900: Hôtel Moderne 3, rue de l'Etoile, Chambre 2«, las er laut vor.

»Zwei der Adressen nennt das Papier Chaberts«, kommentierte Nicolai. »Das ist kein Zufall.«

»Wer ist diese Frau Dr. Luxemburg? Eine Ärztin?«, fragte Wedigo.

»Die Dame ist 1871 in Russisch-Polen geboren. Sie lebt seit 1898 in Berlin und wurde im gleichen Jahr Mitglied der Sozialdemokraten«, erklärte der Major. »1904 hat man sie wegen Majestätsbeleidigung zu drei Monaten Gefängnis verurteilt, zwei Jahre später zu zwei Monaten Haft wegen ›Anreizung zum Klassenhass‹. Ein Jahr vor dem Krieg rief sie zur Kriegsdienstverweigerung auf, was das Gericht mit einem Jahr Gefängnis ahndete. Aktuell befindet sich die Dame auf freiem Fuß, aber es ist nur eine Frage der Zeit, bis sie wieder einsitzt. Luxemburg kann nicht aufhören, zu agitieren und gegen den Staat und vor allem gegen die Armee zu hetzen. Wenn sie sich jetzt noch mit dem Feind eingelassen hat …« Nicolai beendete den Satz nicht. »Ich denke, dieser Spur sollten wir sofort nachgehen. Die Angelegenheit hat absolute Priorität. Ich habe heute Abend ohnehin schon einen Termin mit den Herren Scheidemann und Ebert wegen gewisser Streikgerüchte, die mir zu Ohren gekommen sind. Ich wollte die Herren Sozialdemokraten eigentlich nur an den Burgfrieden erinnern. Jetzt sieht aber das Ganze etwas anders aus. Sie kommen mit. Wir konfrontieren die ›Genossen‹ mit den französischen Kontakten ihrer Kollegen. Ich bin gespannt, wie die Herren reagieren. Vielleicht können sie uns auch Auskunft zu Frau Luxemburg geben. Wir treffen uns um acht am Reichstag. Bis dahin bringen Sie Ihr Wissen über das politische Geschehen in Berlin und im Reich auf einen aktuellen Stand. Zeitungsmaterial finden Sie in der Presseabteilung. Und ziehen Sie sich um, die Mitarbeiter meiner Abteilung laufen nicht in Zivil umher wie irgendein ministerialer Bleistiftstemmer. Ihre braune Haarfarbe können Sie belassen, der nächste Einsatz kommt bestimmt, aber ein Offizier hat rasiert zu sein. Ihr Bursche, der Gefreite Paulsen, ist von Verdun zurück und steht Ihnen sofort wieder zur Verfügung. Noch Fragen, Herr Hauptmann?«

»Nein, Herr Major!«

»Gut, Sie können gehen. Über den Fall Jacobi sprechen wir morgen.«

Wedigo grüßte bewusst korrekt und verließ das Büro. Heute war ihm der Major ziemlich auf die Nerven gegangen. Er war an dem Fall Jacobi nahe dran gewesen, seinen Recherchen zufolge schien der Mann unschuldig zu sein. Ihn für seine Gefangennahme und den Verlust der Unterlagen verantwortlich zu machen, war nicht korrekt. Und seine Bemerkung über die Rasur … Aber Nicolai hatte sich nie besonders fair verhalten, die Tätigkeit, die der Major ausübte, färbte eben auf ihn ab. Der Hauptmann hatte keine Zeit, weiter seinem Selbstmitleid nachzuhängen, der Gefreite Paulsen trat ihm entgegen und meldete, unten stehe ein Kraftfahrzeug für Herrn Hauptmann bereit. Zuerst ließ sich Wedigo in die Borsigstraße fahren, um sein Versprechen gegenüber dem verstorbenen Hauptmann Brechtel einzulösen und seiner Frau die Brieftasche des Toten zu übergeben. Sie dankte ihm unter Tränen und bat, von den letzten Augenblicken ihres Mannes zu erfahren. Wedigo erfüllte ihr den Wunsch und war froh, als er sich wieder verabschieden durfte. Das Leid der Hinterbliebenen schien ihm schlimmer als der Tod selbst. Dann brachte ihn das Automobil zum Spittelmarkt und von dort zur Adlerstraße. Dort hielt der Wagen vor einem ansehnlichen Haus mit breiter Front, die in einem hellen Gelbton leuchtete.

»Was wollen wir hier, Paulsen?«, fragte Wedigo, der, in Gedanken verloren, nicht weiter auf den Weg geachtet hatte.

»Der Herr Major hat Feldwebelleutnant Schneidmann befohlen, Herrn Hauptmann hier eine Wohnung zu mieten«, antwortete der Gefreite. Und wirklich trat aus der Tür der Unteroffizier hervor, der offenbar auf ihre Ankunft gewartet hatte. Wedigo sprang aus dem Fahrzeug und eilte auf den Feldwebelleutnant zu.

»Mensch, Schneidmann, wie freue ich mich, Sie zu sehen. Alles gut überstanden?«

»So einigermaßen, Herr Hauptmann. Ich muss das Bein noch etwas schonen, sonst geht's. Darf ich Herrn Hauptmann das neue Quartier zeigen? Es ist zwar nicht das Adlon oder Bristol und sieht im Treppenhaus etwas heruntergekommen aus, die Wohnung ist jedoch ganz komfortabel.« Er stieg die Vortreppe empor, Wedigo folgte, und die Männer traten in den ziemlich finsteren Hausflur. Von diesem aus führte eine Holztreppe mit abgelaufenen Stufen nach oben zur 1. Etage. Dort befand sich eine breite Entréetür, die mit einer als »Spion« oder auch »Guckloch« bezeichneten Öffnung versehen war. Daneben hing ein poliertes Emailschild, auf dem »Hauptmann von Wedel« zu lesen war. »Alles ist bereits vorbereitet!«, meldete Schneidmann stolz und stieß die Etagentür weit auf. »Immer rein in die gute Stube, Herr Hauptmann!« Er trat zur Seite, um den Weg zum Entrée freizugeben.

Doch ehe Wedigo der Einladung nachkommen konnte, öffnete sich eine Tür am Ende des Ganges und die Gräfin Walewska kam ihm, gekleidet in ein helles, überaus reizvolles Sommerkleid, entgegen und führte den Überraschten in das zur Straße gelegener Vorderzimmer. Dieses war ein großer, hoher Raum, in dem nur wenige Möbel standen, dafür eine Vielzahl von Blumen und Topfpflanzen, sodass man sich unwillkürlich an einen Wintergarten erinnert fühlte, zumal die Jalousien herabgelassen waren und vor den Fenstern weitere Blumenestraden mit Pfingstrosen und Flieder platziert waren. Vor dem breiten Sofa an der rechten Wand befand sich ein Tisch, auf dem Teegeschirr bereitgestellt worden war. Melissa schloss die Tür. »Nimm Platz, mein Lieber! Ich sehe, meine kleine Überraschung ist gelungen.«

»Das ist sie in der Tat«, erwiderte Wedigo und setzte sich. »Wie um alles in der Welt hast du …«

»Gedulde dich noch ein wenig«, unterbrach ihn Melissa, ergriff ein Glöckchen und läutete. Die Tür öffnete sich und Minna, ihr altes Dienstmädchen, kam herein. »Bring uns den Tee und das englische Gebäck. Und vergiss nicht, Feldwebelleutnant Schneidmann und den Gefreiten ebenfalls zu versorgen!«

»Sehr wohl, Frau Gräfin!« Minna knickste und verließ den Salon, um bald mit einer dampfende Kanne und einer großen Schüssel voller Backwerk zurückzukehren. Letztere platzierte sie auf den Tisch, dann schenkte sie Wedigo und der

Gräfin ein, stellte die Teekanne auf einen Rechaud, knickste erneut und verschwand wieder.

»Also, Melissa, wie hast du die Wohnung mieten können, Paulsen sagte, Nicolai habe dies angeordnet?«

»Ich habe meine Beziehungen spielen lassen und bereits in Genf dafür gesorgt, dass in Berlin die notwendigen Arrangements getroffen wurden. Der Major konnte gar nicht anders, er musste mieten.«

»Das erklärt vielleicht, warum er sich mir gegenüber heute derart distanziert und förmlich verhalten hat«, sagte Wedigo, »er fühlt sich nicht gerne gedrängt.« Er erzählte kurz den Verlauf seines Besuchs bei Nicolai.

»Dem Namen Rosa Luxemburg bin ich bereits begegnet«, sagte die Gräfin nachdenklich. »Es war vor dem Krieg, da habe ich einmal einen Text von der Dame gelesen. Es ging um das Frauenwahlrecht.«

»Du hast doch nicht etwa mit den Suffragetten sympathisiert?«, fragte Wedigo.

»Ich halte Emmeline Pankhurst für eine vernünftige Frau«, erklärte Melissa. »Oder bist du etwa der Meinung, Männer seien die besseren Menschen?«

Die Aussage traf in der Tat Wedigos Einstellung, wobei er dazu noch überzeugt war, dass an der Spitze der Gesellschaft der Adel beziehungsweise der Offizier stand. Aber er spürte, dass es unklug war, diese Meinung gegenüber Melissa zu äußern. Auch, da die Gräfin sich in den unterschiedlichsten Situationen äußerst mannhaft gezeigt hatte. »Jedenfalls halte ich Brand- und Bombenanschläge für keine gute Form, um sich in politischen Streitfragen Gehör zu verschaffen«, sagte er daher nur.

»Ich denke, ich werde mit Frau Luxemburg in Verbindung treten«, erwiderte die Gräfin, ohne weiter auf seine Antwort einzugehen. »Ich kann nicht glauben, dass sie verräterische Beziehungen zu Frankreich unterhält, dafür ist die Dame zu klug.«

»Sei bitte vorsichtig, vom radikalen Sozialismus bis zu den Anarchisten ist es nur ein kleiner Schritt«, mahnte Wedigo.

»In Berlin gibt es keine Anarchisten«, konterte die Gräfin. »Wenn du heute Abend vom Reichstag zurückkommst«, wechselte sie das Thema, »lass uns ausgehen und unsere glückliche Rückkehr von dem Pariser Abenteuer feiern.«

»Gehen wir ins Metropol, du erinnerst, wir haben es früher gern besucht«, schlug Wedigo vor, und Melissa stimmte zu.

Es klopfte an der Tür und auf das »Herein« der Gräfin trat Paulsen ein, der eine Nachricht des Majors überbrachte: »Treffen heute Abend verschoben, sehe Sie morgen früh um acht im Ministerium.«

»Der Abend gehört uns ganz allein, Melissa«, sagte Wedigo, »Nicolai hat abgesagt.«

Nach einem aufgrund der neuesten Rationierungsmaßnahmen sehr einfachen Abendessen fuhren sie gegen neun Uhr mit einer Droschke in die Behrensstraße. Wedigo trug seine Uniform, an der Seite seinen Degen, die Gräfin nur ein leichtes Abendkleid. Aus einem Instinkt schnallte er zusätzlich seine Dienstwaffe um.

»Willst du mit mir an die Front?«, neckte ihn Melissa.

»Nein, aber man kann nicht vorsichtig genug sein, wie du weißt.«

»Berlin ist nicht Paris oder London, wenn du mich allerdings unbedingt schützen willst …« Die Gräfin ließ den Satz offen und lachte.

Sie kamen rasch vorwärts, doch Unter den Linden stoppte der Kutscher plötzlich. Wedigo lehnte sich aus dem Fenster, um zu sehen, was der Grund für den Halt war. Er erblickte ein gutes Dutzend berittener Schutzleute, die die Straße versperrten. Der Anführer, ein Wachmeister mit gewaltigem Schnurrbart, lenkte sein Pferd zur Kutsche und grüßte militärisch, als er den Offizier erkannte.

»Guten Abend, Wachmeister«, erwiderte Wedigo freundlich den Gruß. »Was ist denn hier los? Erwarten Sie, trotz der bösen Zeiten, einen hohen Staatsgast?«

»Nein, Herr Hauptmann, vom Alex her kommt ein Demonstrationszug, und wir wollen versuchen, die Menge vom Weitermarsch abzuhalten. Wenn ich Herrn Hauptmann bitten dürfte, rasch weiterzufahren, es könnte für ihn und die Dame gefährlich werden.«

Der Mann hatte recht, und Wedigo befahl den Kutscher, loszufahren. Doch daran war nicht mehr zu denken, denn auf einmal tauchten von allen Seiten Menschen auf, die johlten und pfiffen. Die Schutzleute reagierten sofort und ritten auf die Menge los, versuchten, die Leute auseinanderzutreiben. Weitere Menschen kamen hinzu, immer größer wurde die Masse. Die Polizisten zogen blank und ritten jetzt, nach allen Seiten schlagend, mitten durch die Menschen. Inzwischen war es dem Kutscher durch das Ausnutzen einiger Lücken gelungen, aus dem Hauptstrom an die Seite bis zum Café Bauer zu gelangen. Wedigo und die Gräfin verließen die Droschke und eilten in das Lokal. Hier war bereits eine große Anzahl von erschreckten Bürgern versammelt, und hinter Wedigo und der Gräfin wurde die Tür sorgfältig verschlossen.

»Das ist die Revolution!«

»Unsinn, die Leute haben nur Hunger!«

»Genauso hat es 1906 in Sankt Petersburg auch angefangen!«

»Alles Drückeberger, Vaterlandsverräter und Sozis.«

»Und warum sind Sie nicht an der Front, mein Herr?«

Während hier im Café die Bürger hitzig miteinander diskutierten, wurde draußen die Stimmung immer beunruhigender. Die Aufregung wuchs, als mit aufgepflanztem Bajonett

Militär anrückte. Eine maßlose Wut ergriff die Massen. Alles schrie und brüllte: »Brot! Brot! Wir wollen Brot!« Wedigo sah, wie eine Gruppe von Soldaten vorbeilief und mehrere ältere Männer, der Kleidung nach Arbeiter, festnahm. Der Lärm steigerte sich, Steine und harte Gegenstände flogen gegen die Fenster der Häuser. Ein Wurfgeschoss traf auch die Scheibe des Cafés und diese zersprang in hundert Stücke. Wedigo packte Melissa und zog sie entschlossen zum Hinterausgang, durch den sie in die Friedrichstraße traten.

Auch hier hörten sie das Lärmen und Brüllen der zornigen Massen. Das Geschrei wurde wilder, vermischte sich mit schrillem Gezeter und mit dem lauten Geheule von Frauen und Kindern. Eilig liefen beide weiter, denn das Geschehen breitete sich nun auch in die Friedrichstraße aus. Sie gelangten auf ihrer Flucht zum Admiralspalast, wo das Personal gerade den Zugang verriegeln und verrammeln wollte. Im letzten Augenblick konnten Wedigo und die Gräfin noch eintreten. Bevor er hineinging, blickte der Hauptmann noch einmal zurück. Aus Angst vor den Soldaten und Polizisten stob jetzt das Volk nach allen Seiten auseinander und staute sich auf der Flucht in den Seitenstraßen. Verwundete schrien, Verwünschungen wurden gebrüllt. Schutzleute zu Fuß hieben mit ihren Waffen um sich. Rufe wie »Frieden, Frieden! Schluss mit dem Krieg! Gebt uns Brot!« erschollen überall. Die Menge wogte näher. Wedigo trat rasch ein und die schweren Türen des Eingangs schlossen sich und wurden von Bediensteten fest verriegelt.

Im Haus herrschte trotz des Krieges, der Not und des Geschehens auf der Straße ein großer Amüsierbetrieb. Das ehemalige Admiralsgartenbad aus der Gründerzeit war in den letzten 40 Jahren zu einem riesigen Unterhaltungstempel geworden. In dem imposanten Gebäude befanden sich eine Schwimmhalle, ein Salonbad, zwei elektrische Bäder und ein russisch-römisches Bad, das im klassischen Stil mit Mosaikbildern und Majolikaplastiken geschmückt war. Dazu gab es Wannenbäder und Solebäder sowie eine Naturheilanstalt. Darüber hinaus beherbergte das über 900 Zimmer und Säle fassende Haus verschiedene Kegelbahnen, ein großes Café und ein hochmodernes Lichtspieltheater. In einer über 1.000 Quadratmeter großen, elektrisch illuminierten Eis-Arena wurden zudem »Eisballette« aufgeführt.

Die Gräfin schien sich auszukennen, denn sie führte Wedigo zielstrebig in die 1. Etage, ins Café des Hauses. Der an einer Seite braun getäfelte Raum lag in einem dezenten Dämmerlicht. Die übrigen Wände zierten farbenfrohe Tapeten. Teppiche bedeckten den Boden, vor den Fenstern hing schwerer Damast. An einem Flügel spielte ein Pianist gängige Tagesmelodien. Es roch überraschenderweise nach Kaffee und frischem Backwerk.

Ein distinguierter Ober begrüßte Melissa mit einer tiefen Verbeugung und geleitete sie zu einem Tisch am Fenster. »Unser Haus hat heute eine Lieferung frischer, exquisiter Waren erhalten, und wir schätzen uns daher glücklich, unseren Gästen heute Abend verschiedene Kuchen und Torten sowie besten Bohnenkaffee anbieten zu können«, verkündete er und überreichte ihnen die Speisekarte. »Wenn Sie bitte so freundlich wären, Frau Gräfin, und rasch wählten, die Nachfrage ist groß!«

»Ich nehme das Eclair sowie die Nougatcremetorte und dazu einen russischen Tee«, entschied Melissa.

Wedigo bestellte dagegen lediglich einen Cognac. Es schien ihm unmoralisch, Kuchen zu speisen, während die Menschen auf der Straße nach Brot verlangten.

»Du bist und bleibst ein wahrer Tugendbold, Wedigo«, meinte die Gräfin, als der Kellner gegangen war. »Dadurch, dass du verzichtest, hilfst du den Menschen auch nicht.«

»Ich fühle mich wenigstens innerlich besser.«

»Wie du meinst, ich jedenfalls lasse mir die Freude an der Süße nicht verderben.«

Ihre Bestellung kam und Melissa widmete sich genussvoll ihrer Torte. Wedigo sah sich im Saal um. Die Tische waren nahezu alle besetzt. Bei den Gästen handelte es sich ausschließlich um Damen und Herren der guten Gesellschaft, die meisten im Abendkleid und Smoking, nur wenige in Uniform. An einem Tisch erkannte er zu seiner Überraschung einen etwas fülligen Herrn, Oberst von Bredow, den Onkel seiner früheren Verlobten Ilse von Bredow. Neben ihm saß, eine weitere Überraschung, Walter Rathenau. Wedigo hatte den Industriellen vor zwei Jahre auf einer Jagdveranstaltung des Herrn von Pannwitz kennengelernt.

Von Bredow bemerkte den Hauptmann. Er erhob sich und kam an ihren Tisch. »Kamerad von Wedel, Sie leben. Ich hatte gehört, Sie seien an der Westfront gefallen, und jetzt sitzen Sie hier, lebendig und unversehrt. Das ist eine wirkliche Freude! Erzählen Sie doch, was passiert ist. Am besten, Sie wechseln zu uns an den Tisch, und bringen Sie Ihre reizende Begleiterin mit!«

»Oberst von Bredow, Ilses Onkel«, stellte Wedigo vor. »Gräfin Walewska.«

Der Oberst verbeugte sich und küsste Melissa galant die Hand. »Es ist mir eine Freude, die Bekanntschaft einer derart charmanten Dame zu machen, Gnädigste!«

Wedigo hatte sich mit Ilses Onkel immer gut verstanden. Die beiden Männer waren vor einigen Jahren bei einem militärischen Wettkampf Partner gewesen, lange vor der Begegnung mit Ilse. Zwar wurde ihr Trio, bestehend aus dem Oberst, einem Major und dem blutjungen Leutnant Wedigo, in dem aus Fechten, Distanzreiten und Schießen bestehenden Wettbewerb nicht Erster, sondern nur Dritter. Von Bredow war trotzdem mit dem Platz sehr zufrieden gewesen und hatte anschließend im Kasino für die Kameraden eine Runde nach der anderen geschmissen.

»Haben uns ja leider seit der dummen Sache damals mit Ilse nicht mehr gesehen. Wie das Mädchen nur an diesen Freiherr von Buol-Berenberg geraten konnte. Na ja, Schwamm drüber, jetzt ist sie Witwe. Doch lassen wir das Thema, Sie haben sich offensichtlich zu trösten gewusst – eine gute Wahl!«, raunte er Wedigo zu. »Kommen Sie mit, ich möchte Ihnen Herrn Rathenau vorstellen.«

»Das wird nicht nötig sein, Herr von Bredow. Die Gräfin und ich sind Herrn Rathenau bereits bekannt«, erklärte Wedigo. »Aber wir setzen uns gerne zu Ihnen.«

Kurz darauf hatten sie am Tisch der beiden Herren Platz genommen. Rathenau begrüßte sie freundlich; er konnte sich gut an ihre letzte Begegnung erinnern und fragte, ob der Hauptmann noch mit Major Nicolai zu tun habe. Wedigo bestätigte dies, ging aber nicht näher auf seine Tätigkeit in der Abteilung ein. Währenddessen bestellte von Bredow Champagner. »Immerhin haben wir Ihre Auferstehung zu feiern. Und jetzt erzählen Sie schon.«

»Gern«, Wedigo gab einen knappen Bericht, hütete sich aber, die näheren Umstände seines »Todes« zu erläutern, und erklärte die Meldung, er sei im Kampf getötet worden, für die Folge einer Verwechslung.

Bald kam man auf die militärische Lage im Allgemeinen und, als die Gräfin von der erlebten Hungerdemonstration erzählte, speziell auf die Situation in der Heimat zu sprechen.

Rathenau übernahm das Wort und überraschte die anderen damit, dass er versicherte, er glaube an ein nahes Ende des Krieges. »Wahrscheinlich«, sagte er, »kommt es bereits im Spätherbst zu Friedensverhandlungen. Die Lage der Engländer ist schlecht, das seit Monaten eingeschlossene britische

Expeditionskorps hat vor Kurzem bei Kut el Amara vor den osmanischen Truppen kapitulieren müssen. Die Briten werden nicht abwarten wollen, dass die Amerikaner sie retten. Das ist gegen ihr Interesse und besonders widerspricht eine solche Rettung ihrem Nationalgefühl. Und natürlich wirkt sich auch der U-Boot-Krieg aus.«

»Ich glaube aber, London wird die Franzosen nicht einfach im Stich lassen, es verliert sonst seinen Einfluss auf Frankreich«, entgegnete Wedigo.

»Da haben Sie wahrscheinlich recht. Vielleicht sollten wir einfach Lothringen hergeben und gegen Kolonialbesitz eintauschen, es wird so oder so auf eine rectification de frontières herauslaufen.«

»Was halten Sie von dem Vorfall heute?«, fragte die Gräfin. »Die Begeisterung von 1914 scheint mir verflogen.«

»Die Lage ist wirklich bedenklich«, mischte sich der Oberst ein. »Ich muss Ihnen, Gräfin, zustimmen. Niemand meldet sich mehr freiwillig, die neuen Rekruten sind fast noch Kinder, oft schlecht genährt und schwächlich.«

»Das ist leider wahr«, sagte Rathenau. »Man versucht oft vergeblich, den jungen Männern im vaterländischen Unterricht Begeisterung einzupauken. Doch sie hören nicht auf die Worte der Ausbilder, denn die Gerüchte, die umgehen, sind stärker. An der Front sollen ganze Regimenter gemeutert haben, wird erzählt. Und in Österreich kippe die Stimmung mehr und mehr. Schon gebe es dort Fälle, wo sich Soldaten weigerten, ins Feld zu fahren. Strafen schreckten die Männer nicht. Die Frontsoldaten hätten den Krieg satt, ›Besser im Zuchthaus hungern als draußen verrecken‹, heißt die Parole, auch im Reich.«

»Das ist ja schrecklich«, sagte Wedigo entsetzt. »Wo haben Sie das her? Ich war vor Verdun, dort tut jeder seine Pflicht und fragt nicht nach dem Warum und Wieso.«

»Nun, ich sprach von Gerüchten«, erklärte der Industrielle. »Die meisten Ereignisse, von denen erzählt wird, sind zum Glück Einzelfälle. Aber was mich wirklich beunruhigt, ist die Haltung der Parteien. Wenn Sie wüssten, was ich in den letzten Wochen mit den Sozialdemokraten an Auseinandersetzungen gehabt habe. Es übersteigt alle Begriffe, man kann sich kein Bild davon machen, wenn man es nicht erlebt hat. Ich glaubte, dass sie während der Kriegsjahre für höhere Ideen gewonnen worden seien, doch jetzt scheint die Partei in sich uneins und unberechenbar zu werden. Es gärt! Dazu kommt das Verhalten einzelner Abgeordneter, auch der anderer Parteien. Erzberger vom Zentrum zum Beispiel weiß nicht, Maß zu halten. Er redet und redet. Erst kürzlich kritisierte er unsere Politik gegenüber dem Osmanischen Reich. Dazu zeigt Erzberger Verständnis für, wie er sagt, kritische Stimmen an der Front. Und er soll, zusammen mit führenden Sozialdemokraten, an einer neuen Mehrheit aus Linksliberalen, dem Zentrum und der SPD für einen ›Frieden der Verständigung‹ arbeiten; angeblich bestehen über die Schweiz sogar Kontakte zu französischen Sozialisten. Durch Streiks der Soldaten sollen beide Seiten an den Verhandlungstisch gezwungen werden.«

»Das grenzt an Landesverrat«, rief der Oberst zornig.

Auch Wedigo konnte sich eines mulmigen Gefühls nicht erwehren, obwohl ihm nach seinen Erlebnissen vor Verdun ein Verständigungsfrieden als durchaus vertretbare Lösung erschien. Was ihn aber irritierte, war das Wort »Streik«. Um dieses Thema zu klären, war Kamerad Jacobi an die Front gegangen. Dort war er auf Oberst Chabert gestoßen, davon war Wedigo überzeugt, und hatte sterben müssen. Mochten die Sozialisten und offenbar auch Politiker des Zentrums glauben, sie würden mit ihren Aktionen den Frieden herbeiführen. Die Franzosen jedenfalls dachten nicht an eine Verständigung, für sie waren Streiks und Gehorsamsverweigerung nur Mittel, um die deutsche Seite zu schwächen. Das war für ihn nach der Begegnung mit Graf Armand und Colonel Chabert offensichtlich.

Nach einer Weile entschuldigte sich von Bredow, er fahre morgen Mittag zu seinem Regiment an die Ostfront und wolle noch das eine oder andere vorbereiten. Auch Rathenau meinte, er müsse aufbrechen, schien aber noch zu zögern. Melissa bemerkte dies und wechselte kurz einen Blick mit Wedigo. Dann bat sie die Herren, sie einen Augenblick allein lassen zu dürfen. Damit erhob sich die Gräfin, ergriff ihre Handtasche und begab sich hinaus.

»Hören Sie, Herr von Wedel, Sie stehen doch noch immer in Verbindung mit Major Nicolai?«, fragte Rathenau, sobald Melissa gegangen war.

Wedigo nickte.

»Gut, dann informieren Sie ihn, dass mir zu Ohren gekommen sei, in Wilhelmshafen braue sich bei der Flotte etwas zusammen. Der frühere SPD-Abgeordnete Dittmann, letztes Jahr stimmte er gegen die Kriegskredite und wurde aus der SPD-Fraktion ausgeschlossen, sowie seine Genossen von der Sozialdemokratischen Arbeitsgemeinschaft, die Abgeordneten Haase und Ledebour, bereiten eine Aktion vor. Was das sein soll, konnte ich nicht ermitteln. Mir als Vertreter der Industrie und früherem Leiter der Kriegsrohstoffabteilung vertraut die Linke nicht, doch habe ich meine Informanten. Ich hätte den Major demnächst selbst aufgesucht, muss aber morgen nach Düsseldorf. Ich fürchte, die Angelegenheit ist dringlich, also informieren Sie bitte Nicolai. Der Major wird wissen, was zu tun ist.«

Die Gräfin kehrte zurück und Rathenau verabschiedete sich.

»Was hat unser Freund aus der Wirtschaft denn Dringliches zu besprechen gehabt?«

»Die Thematik ist dieselbe, die uns die ganze Zeit über beschäftigt. Die Sozialisten planen Aktionen, die den Krieg beenden sollen, aber unseren Gegnern in die Hände arbeiten.«

»Wie könnten diese Aktionen aussehen?«

»Die Arbeiter der Munitionsfabriken streiken«, erklärte Wedigo. »Oder es wird zu Befehlsverweigerung aufgerufen. Einheiten desertieren oder drehen womöglich die Waffen um.«

»Das wäre Revolution«, rief Melissa.

»Das ist doch das Ziel der Sozialisten. Jedenfalls werde ich gleich morgen früh Nicolai informieren. Ich bin gespannt, was er von der Angelegenheit hält.«

Wedigo zahlte, ließ eine Droschke rufen, und dann brachen sie zur Wohnung in der Adlerstraße auf. Die Fahrt verlief schweigsam, jeder hing seinen Gedanken nach. In den Straßen brannten aus Sparsamkeitsgründen kaum Laternen, und nur wenige Fahrzeuge waren unterwegs. Berlin wirkt dunkel, dachte Wedigo, ganz ohne Licht, irgendwie einsam und leer. Eine seltsame Melancholie überkam ihn, alles wirkte auf einmal sinnlos und vergeblich. Nur mit Mühe konnte er sich der Stimmung erwehren.

Nach einer Viertelstunde erreichten sie ihr Ziel, und die Droschke hielt. Wedigo half der Gräfin beim Aussteigen und trat dann zum Kutscher, um diesen zu entlohnen. Während er einige Münzen aus dem Portemonnaie nahm, hörte er plötzlich das Aufheulen eines Motors. Vom unteren Ende der Straße kam ein dunkler Kraftwagen in hohem Tempo herangerast. Blendende Scheinwerfer strahlten auf und tauchten die Kutsche, den Hauptmann und die Gräfin in helles Licht. Instinktiv sprang Wedigo zur Seite und riss Melissa mit sich. Da krachte schon eine Salve und ein Dutzend Geschosse schlug an der Stelle ein, an der sich die beiden eben noch befunden hatten. Das Automobil fuhr ein kurzes Stück weiter, hielt mit quietschenden Reifen an und zwei Männer sprangen heraus, die auf sie zuliefen und erneut schossen. Die Gräfin schrie auf, griff an ihre Schulter und sank zu Boden. Wedigo umfasste Melissas Leib und zog die halb Ohnmächtige in den Schutz eines Kellerabgangs. Dann riss er seine Waffe hervor und jagte den Angreifern mehrere Kugeln entgegen. Einer der Männer stürzte im Lauf, daraufhin wandte der andere sich zur Flucht. Wedigo wollte ihm schon nacheilen, da ließ ihn ein Stöhnen Melissas innehalten. Er beugte sich zu ihr. Eine Kugel schien sie knapp unterhalb der linken Schulter getroffen zu haben. Im Licht einer Laterne sah er, wie dunkles Blut der Wunde entströmte. Er presste ein Taschentuch darauf und wollte die Gräfin gerade aufheben, da öffnete sich die Haustür und der Gefreite Paulsen und das Mädchen Minna eilten ihnen zu Hilfe. Gemeinsam trugen sie Melissa zur zum Glück noch vor dem Haus stehenden Droschke.

»Zur Charité!«, rief Wedigo. »Tempo!«

Die Kutsche raste durch die Nacht. Wedigo hielt Melissa umfangen, ihr Atem ging flach, ab und zu durchlief ein Beben ihren schlanken Körper. Endlich fuhren sie am Krankenhaus vor. Zwei Sanitäter eilten zu Hilfe, und die Verwundete wurde in die Notaufnahme gebracht. Eine Ärztin kümmerte sich umgehend um die Gräfin und versorgte die Wunde. Frau Doktor Hirsch, sie kannte Melissa überraschendeweise persönlich, ließ die Verwundete sofort in den Operationssaal bringen, um das eingedrungene Projektil operativ zu entfernen. Danach wurde die Patientin, die mittlerweile stark fieberte, auf die Station verlegt. Die energische Ärztin schickte Wedigo, der die ganze Zeit auf dem Gang des Krankenhauses auf und ab gelaufen war, nach Hause. Er gab nach, befahl aber dem Gefreiten Paulsen, zum Schutz vor Ort Posten zu beziehen. Eine andere Droschke brachte den Hauptmann heim.

Dumpf starrte er während der Fahrt in die schwarze Nacht. Die ganze Zeit hatte sich sein Denken um Melissa gedreht, jetzt erst kam er dazu, sich Fragen nach dem Grund des Attentats und nach der Identität der Angreifer zu stellen. Woher waren die Kerle gekommen? Hatte man ihn und Melissa beobachtet? Oder war bekannt, wo sie wohnten? Wenn ja, hieß das doch wohl, dass mit weiteren Angriffen zu rechnen sein musste. Und wer konnte Melissa schützen? Reichte Paulsen? Morgen würde er zusätzlich Polizisten zu ihrer Sicherheit anfordern. Steckten die Franzosen, das heißt Ladoux und seine Helfershelfer, hinter allem? Oder die Roten? Aber die konnten von ihm und seinen Recherchen nichts wissen, oder doch? Er musste mit Nicolai darüber sprechen. Der vermochte sicher zu beurteilen, inwieweit der Anschlag einen politischen Hintergrund haben konnte. Der von ihm verletzte Angreifer war in dem Durcheinander, das durch die Verwundung Melissas entstand, entkommen oder abtransportiert worden. Wedigo hatte leider nicht bemerkt, wann sich das Automobil vom Ort des Geschehens »verabschiedet« hatte. Auch die Autonummer hatte er dummerweise nicht notiert, noch nicht mal an den Fahrzeugtyp konnte er sich erinnern. Dunkel war der Wagen gewesen, mehr wusste er nicht. Es war alles viel zu schnell gegangen.

Es war weit nach drei, als Wedigo endlich im Bett lag, und gegen vier, als er endlich in einen unruhigen Schlaf verfiel.

Doch um sechs Uhr morgens wurde er durch ein Schütteln seiner Schultern geweckt. Mühsam öffnete er die Augen. Vor seinem Bett stand Feldwebelleutnant Schneidmann und salutierte. »Herr Hauptmann, entschuldigen Sie, dass ich Sie geweckt habe«, sagte er, »aber Sie sollen unverzüglich zu Major Nicolai kommen. Es ist im Ministerium eingebrochen worden. Ein Wagen steht draußen bereit.«

Der Major erwartete sie schon ungeduldig an der Tür seines Büros. »Das sind Sie ja endlich, Herr Hauptmann. Wird Zeit, dass Sie kommen!«

Wedigo entgegnete darauf nichts. Wenn der Major in dieser Stimmung war, reagierte er vehement auf jeden Widerspruch. Er folgte ihm ins Büro und warf nur einen kurzen Blick auf die Uhr, die auf Nicolais Schreibtisch stand. Sie zeigte 6:45 Uhr. Dem Major war der Blick nicht entgangen, er nickte grimmig und wies auf die Stühle vor seinem Schreibtisch.

»Nehmen Sie Platz, Sie auch, Schneidmann. Gut, gut, Herr von Wedel. Sie haben recht. Es ist noch früh, früher als von mir gestern festgelegt. Aber während Sie sich den Abend mit unserer schönen Gräfin angenehm vertrieben haben, wurde hier eingebrochen. Sehen Sie sich um. Das reinste Chaos haben die Verbrecher hinterlassen.«

Erst jetzt fiel Wedigo auf, dass in dem sonst so akribisch aufgeräumten Raum eine erstaunliche Unordnung herrschte. Schubladen standen offen, Akten lagen am Boden und eine der Karten hing halb von der Wand. Dazu mussten mehrere der optischen Instrumente beschädigt worden sein, den Glasscherben nach zu urteilen, die er in einer Ecke sehen konnte.

»Ich habe alles so gelassen, wie ich es heute Morgen vorgefunden habe«, erklärte der Major, »und ich will, dass wir drei gemeinsam die Spuren untersuchen und klären, was geschehen ist.«

»Ich fände es zunächst wichtig, festzustellen, was der oder die Einbrecher gesucht haben und was verschwunden ist. Und, gleich vorab: Die Gräfin Walewska liegt in der Charité! Auf uns wurde gestern Abend ein Anschlag verübt.«

»Und das erfahre ich erst jetzt?«, rief Nicolai. »Ein Anschlag, das verschärft die Sachlage ungemein! Berichten Sie, auch was vorher geschehen ist. Ich will alles wissen.«

Wedigo gab einen Überblick des Abends, erzählte dabei auch von ihrer Begegnung mit Walter Rathenau und von dessen geheimnisvollen Hinweisen und endete mit dem Angriff.

»Ich habe Paulsen zum Schutz der Gräfin vor Ort gelassen. Der Mann müsste abgelöst und der Posten eventuell verstärkt werden.«

»Schneidmann, Sie übernehmen das«, befahl der Major, »und informieren Sie Kommissar Gennat, der soll sich mit dem Fall beschäftigen und sich in der Adlerstraße umschauen. Wir machen uns erst einmal zu zweit an die Arbeit, Sie können später hinzustoßen.«

Der Feldwebelleutnant erhob sich, grüßte und verließ das Büro. Erst jetzt fiel Wedigo auf, dass der Mann leicht hinkte; ein Andenken an Verdun.

Nun begannen die beiden Offiziere mit der Untersuchung des Raumes. Nicolai brachte das altbewährte Puder zum Einsatz, um Fingerabdrücke zu sichern. Vergeblich, der oder die Täter mussten Handschuhe getragen haben, denn nirgends gab es einen Abdruck, der nicht dem Major oder Schneidmann gehörte. Was im Eigentlichen verschwunden war, blieb ebenfalls unklar. Besser gesagt, es sah ganz danach aus, als sei zwar alles durcheinandergeworfen und durchsucht, aber nichts entwendet worden.

»Verdammt«, fluchte der Major, »was haben die Kerle nur hier gewollt?«

»Sind Sie sicher, Herr Major, dass es sich bei den Einbrechern überhaupt um ›Kerle‹ handelt?«, fragte Wedigo und hielt ein langes, schwarzes Haar in die Höhe. »Dieses Indiz weist eher auf eine Frau hin.«

»Damit dürften Sie richtig liegen«, sagte Nicolai. »Die Franzosen und Russen beschäftigen ebenfalls Frauen als Agentinnen. Aber ob Frauen oder Männer, ich frage mich, was sie zu finden hofften? Bei den Unterlagen fehlt nichts.«

»Was ist mit den Papieren, die wir aus Frankreich mitgebracht haben?«

»Die sind noch in der Dekodierungsabteilung.«

»Eben, nach denen werden die Eindringlinge gesucht haben.«

»Das ist denkbar«, meinte der Major nach kurzer Überlegung. »Ich will gleich mal anrufen, ob man dort ebenfalls ›Damenbesuch‹ erhalten hat.«

Er griff zum Sprechapparat auf seinem Schreibtisch und ließ sich von der Vermittlung verbinden. Nicolai trommelte mit den Fingern auf der Tischplatte, er hasste es, auf etwas zu warten.

»Der gewünschte Teilnehmer meldet sich nicht«, gab nach einigen Minuten das Fräulein vom Amt bekannt. »Kann ich sonst noch etwas für Sie tun?«

»Nein!«, knurrte der Major und hängte den Hörer auf. »Gleich 7:15 Uhr, und die Dienststelle ist nicht besetzt. Das ist eine echte Schlamperei!«

»Ich dachte, die Krypto-Abteilung wäre hier im Hause?«, fragte Wedigo.

»Das war sie auch. Aber aus irgendwelchen verwaltungstechnischen Gründen befindet sie sich jetzt in der Jebensstraße, im selben Gebäude wie das Kasino des Offizierscorps der Landwehr-Inspektion, direkt gegenüber dem Bahnhof Zoologischer Garten. Am besten, wir fahren gleich hin.«

Der Major ließ einen Wagen vorfahren, einen neuen Mercedes 28/60 HP, und befahl dem Fahrer, die Jebensstraße anzusteuern. Unterwegs berichtete Wedigo weitere Details von seinem Gespräch mit Walter Rathenau.

»Rathenau sprach also von sozialistischen Umtrieben. Interessant, bei den Sozialdemokraten gibt es eine Vielzahl von Frauen«, überlegte Nicolai. »Vielleicht handelt es sich bei der dunklen Dame, deren Haar Sie gefunden haben, nicht um eine Agentin, sondern um eine linke Agitatorin? Was meinen Sie?«

»Ich denke an den Fall der Baronesse Odilie im Mai vor drei Jahren. Das Attentat auf den Hochzeitszug der Kaisertochter scheiterte nur knapp. Eindeutig, auch Frauen wenden zur Durchsetzung ihrer politischen Überzeugungen Gewalt an.«

»Wir müssten uns also unsere hiesigen Sozialistinnen anschauen«, sagte der Major. »Allen voran Amalie von Kretschmann, besser als Lily Braun bekannt, sodann Frau Dr. Luxemburg und eine gewisse Clara Zetkin. Die hat im letzten Frühjahr die sogenannte ›Internationale Konferenz sozialistischer Frauen gegen den Krieg‹ in Bern organisiert.«

»Wenn Sie meinen«, erwiderte Wedigo, für den das Ganze Neuland war und der außer der Aussage Melissas über Frau Luxemburg von all diesen Frauen und ihren »Umtrieben« nie etwas gehört hatte. Er sah auch keinen unmittelbaren Zusammenhang zwischen den Friedensaktivitäten und dem Einbruch in das Kriegsministerium und wartete, dass ihm der Major seine Sicht erklärte.

Dies tat Nicolai umgehend. »Ich bin sicher«, sagte er, »dass all diese Sozialistinnen es nicht bei Worten belassen. Das sind Überzeugungstäterinnen, die vor nichts zurückschrecken. Ich könnte Ihnen noch weitere nennen, die bereits durch antimilitärische Aktionen aufgefallen sind. Da wäre eine Frau Schuch, eine sogenannte Korrespondentin aus dem Arbeitermilieu. Oder Frau Zietz, die bei den Sozialisten als Sekretärin für Frauenfragen agitiert und mehrfach Streiks organisiert hat. Ein gefährliches Weib.«

»Und was ist mit der ersten Person, die Sie nannten?«, fragte Wedigo, der merkte, dass der Major offenbar ein neues Lieblingsthema entdeckt hatte. »Diese adlige Dame?«

»Sie meinen Lily Braun. Nun, sie propagiert die absolute Gleichheit von Männern und Frauen, was natürlich Unsinn ist. Aber ich glaube, als Tochter eines Generals würde sie nie in das Ministerium einbrechen, zumal Frau Braun fest zum Burgfrieden steht und ihr Sohn Kriegsfreiwilliger ist. Aber die Dame könnte in ihrem Umfeld etwas gehört haben oder etwas wissen, daher halte ich eine Befragung für angemessen.«

Das Kasino des Offizierscorps der Landwehr-Inspektion war erreicht und ihr Automobil stoppte. Beide Männer stiegen aus und begaben sich hinein.

»Die Abteilung befindet sich oben im Verwaltungstrakt«, informierte Nicolai, »um die Ecke, dann die Treppe hoch und oben den Gang entlang.«

Sie wandten sich nach links und stiegen hinauf. Plötzlich knallte es zweimal in der 1. Etage.

»Das waren Schüsse!«, rief der Major und rannte die letzten Stufen hoch und oben weiter in die Richtung, aus der geschossen worden war, Wedigo folgte.

Wieder krachte es, dann war ein Klirren wie von zerbrechendem Glas zu hören. Die Geräusche kamen aus einem Raum am Ende des Ganges. Nicolai riss die Türe auf und stolperte fast über einen am Boden liegenden Körper. Es war ein Gefreiter, Blut quoll dem Mann aus einer Wunde an der rechten Seite hervor, aber er lebte, wie Wedigo feststellte. Der Major beugte sich über einen zweiten Mann, der vor einem Aktenregal lag und anscheinend tot war. Wedigo schaute sich um. Der Raum war mit Papieren und Akten angefüllt; wenn das die Codierungsabteilung war, dann hatten die Männer hier viel zu tun. Ob etwas geraubt worden war, würden sie später feststellen. Jetzt ging es darum, die Täter zu stellen. Aber wo war derjenige, der geschossen hatte? Da sah er, dass ein Fenster offenstand und ein zweites zerbrochen war. Der Hauptmann sprang zur Öffnung und lehnte sich hinaus. Eine dunkel gekleidete Gestalt erreichte eben den Boden und rannte zu einem etwas abseits stehenden Fahrzeug. Wedigo hatte das Gefühl eines Déjà-vu. Er war in Neuilly, kletterte vom Balkon hinab und eilte davon – nur, dass er in Berlin und es heller Tag war. Und er hatte mit dem Unbekannten die Rolle getauscht: Nun war er der Verfolger! Der Flüchtende stieg eben in das Automobil, Wedigo riss seine Waffe hervor, zielte kurz und drückte zweimal ab. Mit Genugtuung sah er, dass er das linke Hinterrad des Fluchtfahrzeugs getroffen hatte. Dennoch gab der Fahrer des Wagens Gas und brauste davon.

»Hinterher!«, befahl der Major, der das Geschehen mitverfolgt hatte und rannte los. »Die Kerle kriegen wir!«

Beide Männer eilten aus dem Raum und hasteten die Treppe hinab und hinaus zu dem geparkten Mercedes.

»Anlassen!«, brüllte Nicolai dem am Wagen stehenden Gefreiten zu. Dieser kurbelte rasch die Maschine an, der Major sprang hinters Steuer, Wedigo und der Gefreite folgten und der Wagen fuhr los.

»Was meinen Sie, Hauptmann, wo sind die Verbrecher hin?«

»Ich würde versuchen, irgendwie zum Tiergarten und zur Spree zu kommen. Von dort ist es nicht weit nach Moabit. Im Gewirr der kleinen Straßen dürften wir leicht abzuhängen sein.«

»Ihr Wort in des Kaisers Ohr«, sagte Nicolai, »probieren wir auf dieser Strecke unser Glück.« Er drückte das Gaspedal durch, und das Automobil sprang regelrecht vorwärts. Sie jagten auf dem holprigen Pflaster in Richtung Tiergarten davon. Doch so schnell der Major auch fuhr, vom Fluchtfahrzeug war nichts zu sehen. Schließlich erreichten sie das Spreeufer auf der Höhe der Moabiter Brücke, Nicolai bremste. »Und nun?«, fragte er.

»Die müssen hier irgendwo sein«, erwiderte der Hauptmann. »Ganz sicher. Ich wundere mich überhaupt, dass ihr Wagen noch fahren konnte. Der Hinterreifen wurde getroffen.«

»Da!«, rief Nicolai und deutete auf einen dunklen Wagen, der mit einem eigenartigen Schlingern über die Steinbrücke fuhr. »Das muss das Fahrzeug sein!« Wieder nahm er die Verfolgung auf und überquerte ebenfalls den Fluss.

Das fremde Automobil behielt trotz des beschädigten Reifens, ohne Rücksicht auf andere Fahrzeuge und Fußgänger, sein hohes Tempo bei. Dennoch holten sie sichtlich auf, und in der Bugenhagenstraße konnte ihr Mercedes bis auf wenige Meter aufschließen. Sie erreichten die Markthalle am Arminusplatz, da steuerte der Lenker des verfolgten Fahrzeugs seinen Wagen scharf nach links, bremste und hielt am Eingang der Halle an. Zwei Männer sprangen heraus und verschwanden im Innern des Eisen- und Backsteingebäudes.

Der Major bremste ebenfalls vor der Halle. »Sie folgen, ich suche einen Wachtmeister. Herr Gefreiter, Sie bleiben am Wagen!«, befahl er.

Wedigo eilte hinein. Vor ihm öffnete sich der hohe Stahlbau der Halle. Der Vormittag ging allmählich zu Ende, der Mittagseinkauf hatte begonnen. Um diese Zeit war die Markthalle ziemlich gefüllt. Frauen drängten sich an den Ständen. Bäckerjungen scherzten mit Dienstmädchen, die, mit einem Korb am Arm, die Gänge auf der Suche nach Waren durchwanderten. »Kohl, Rüben und Wurzeln!« oder »Kartoffeln, Kapern, Holzäpfel!« wurden laut angepriesen, manchmal auch Stoff oder Brennmaterial. Zumeist war das Warenangebot karg und dürftig, nahezu alles wurde jetzt auf Karte bewirtschaftet und war im freien Handel kaum erhältlich. Doch trotz des Krieges gab es da und dort noch seltene Lebensmittel zu erwerben. An einem Stand drängte sich die Menge besonders. Hier verkaufte Frau Schlachtermeister Lüdtke »echte Fleischpastete«, das Viertelpfund für nur acht Groschen.

Lautes Stimmengewirr und Getöse. Über allem dazu der starke Geruch nach Käse, faulem Gemüse, Gewürzen, Fisch und verschüttetem Schnaps. Ein schier undurchdringliches Gewimmel. Wedigo stand mitten im Geschehen und sah sich suchend um. Sein Interesse galt nur der Frage, wo sich die Flüchtenden befanden. Sie konnten doch nicht so schnell verschwunden sein! Da bemerkte sein suchender Blick links hinter dem Schlachterstand im Gang eine scheinbar ganz gewöhnliche Szene. Eine dicke Frau leerte gerade Wasser über den mit Unrat verschmutzten Boden aus, um diesen dann mit einem großen Besen zu bearbeiten. Ein dunkel gekleideter Mann hatte dies übersehen und rutschte in der Pfütze aus. Leute blieben stehen und lachten. Der Mann erhob sich verärgert und fluchte laut: »Merde!« Ein Franzose – Wedigo rannte los. Der andere sah sich um und erblickte den Hauptmann; er duckte sich umgehend und tauchte im Kreis der Zuschauer unter. Für einen Moment verlor ihn Wedigo aus den Augen, dann nahm er seitlich bei den Kolonnaden in der Menge eine Bewegung wahr und hörte, wie eine Frau laut über den »Flegel« schimpfte. Dort musste der Flüchtling sein, er folgte ihm nach. Doch es war nicht leicht, durch das Gedränge zu kommen, schon gar nicht, den Franzosen einzuholen. Er stolperte über Kisten, musste Schubkarren und anderen Hindernissen ausweichen; kurz, er kam an den Mann nicht ran. Über die Köpfe einer Gruppe von Fuhrleuten, die an einem Ausschank standen, hinweg sah er schließlich, dass der Kerl in den Seitenausgang einbog und nach draußen verschwand. Als Wedigo nur wenige Sekunden später ebenfalls das Tor erreichte, war jedoch vom Flüchtling nichts mehr zu sehen.

Er befragte zwei Dienstmädchen, ob sie einen flüchtenden Mann gesehen hätten und beschrieb ihn, soweit es ihm möglich war: »Mittelgroß, dunkel gekleidet, kein Hut. Ein breiter Schnurrbart.«

Die beiden schüttelten den Kopf.

»Wir haben uns unterhalten«, erklärte die ältere von ihnen,

»da achten wir auf sonst weiter nichts«, was ihre Freundin kichernd bestätigte. Die reinsten Gänse, dachte Wedigo verärgert, nichts zu machen, der Franzose war entkommen. Aber was war mit dem zweiten Mann?

»Einen haben wir«, hörte er die Stimme Nicolais, der in Begleitung zweier Polizisten zu ihm trat. »Allerdings ist der Kerl zurzeit nicht ansprechbar. Er hat sich seiner Festnahme widersetzt und ist dabei verwundet worden. Ich lasse ihn gerade ins nächste Krankenhaus abtransportieren. Wo ist Ihr Flüchtender?«

Wedigo wollte gerade von dessen Entkommen berichten, da sah er am Boden eine schwarze Brieftasche liegen. Er hob sie auf und blickte hinein. In ihr befanden sich einige Hunderterscheine sowie ein Schweizer Pass auf den Namen Jacques Barrelet. Und ein Programm der Rennbahn Karlshorst, auf der das Wellgunde-Jagdrennen angestrichen war. Daneben stand auf Französisch »50 M auf Sieg ›Burkhard‹«. Stumm hielt er dem Major seinen Fund hin. Der prüfte den Inhalt ebenfalls.

»Sieht so aus, als würde Ihr Fund uns für das Entkommen des zweiten Mannes umfassend entschädigen. Wir haben das Auto, seinen Spießgesellen, seinen Pass und sein Geld. Er wird seine Finanzen aufbessern müssen. Wenn ich mich richtig erinnere, hat das Pferd ›Burkhard‹ das Jagdrennen gewonnen. Wegen verschiedener Einsprüche, gestern war in Karlshorst der Tag der Stürze, wurde die Auszahlung der Platzwetten aber auf morgen verschoben.«

»Das heißt, wenn also Monsieur Barrelet tatsächlich gewettet und gewonnen hat, wird er versuchen, seinen Schein, wenn er ihn noch hat, einzulösen. Der Mann braucht schließlich Geld.«

»Richtig, Herr von Wedel«, entgegnete Nicolai kühl, der es wenig schätzte, wenn man ihm ins Wort fiel. »Ich werde

Kommissar Gennat bitten, dass er uns ein paar Zivilbeamte zur Beobachtung abstellt. Der Pass zeigt sein Bild, es dürfte nicht schwer sein, den Mann zu erkennen. Wir lassen den sauberen Herren observieren, um etwaigen Helfern und Mittätern auf die Spur zu kommen. Es ist jetzt«, der Major zog seine Taschenuhr hervor, »kurz nach halb zwölf. Sie wollen sicher auf Krankenbesuch in die Charité. Nehmen Sie den Mercedes, ich lasse mich von der Polizei ins Ministerium bringen. Wir sehen uns um halb drei.« Der Major gab den Polizisten ein Zeichen, ihm zu folgen, drehte sich um und ging.

Wedigo sah Nicolai erstaunt nach. Sein Chef überraschte ihn immer wieder. Eben noch war er brummig und überkorrekt, dann zeigte er sich einfühlsam und geradezu freundlich. Der Hauptmann kaufte an einem Blumenstand einen großen Strauß Frühlingsblumen, kehrte zum Kraftwagen zurück und ließ sich vom dort wartenden Gefreiten zum Krankenhaus fahren.

Die Gräfin hatte die Entfernung des Projektils gut überstanden, war aber noch sehr blass. Wedigo überreichte ihr den Strauß. Dann berichtete er über den nächtlichen Einbruch im Ministerium, den Angriff auf die Codierungsabteilung sowie die Verfolgungsjagd und ihr Ende in der Markthalle.

»Du hast ein schwarzes Haar gefunden, sagst du?«, fragte Melissa. »Und der Major vermutet sofort, dass sich hinter dem Einbruch eine sozialistische Frauenverschwörung verbirgt? Entschuldige, Wedigo, aber das ist doch albern. Wer weiß, wann und wie das Haar in Nicolais Büro geraten ist. Von Frau Luxemburg oder Frau Braun stammt es sicher nicht. Die Spur mit dem Wettschein scheint mir dagegen vielversprechender. Halte mich bitte auf den Laufenden. Jetzt entschuldige mich, ich muss schlafen, ich bin so müde.« Melissa schloss die Augen und schlief sofort ein.

Wedigo betrachtete eine Weile die Schlafende, gab ihr dann einen sanften Kuss auf die Stirn und verließ leise das Krankenzimmer. Er bat die Oberschwester um die entfernte Kugel. Die aufzutreiben nahm einige Zeit in Anspruch, da sie erst gesucht werden musste. Dann verließ er die Charité und befahl dem Gefreiten, ihn zum Alex zu fahren, wo er zu Mittag speisen wollte. Rings um den Platz standen die großen Warenhäuser Tietz, Wertheim und Hahn. Kreuz und quer fuhren Straßenbahnen und Pferdekutschen sowie einige wenige Automobile. Menschen eilten vorüber. Trotz der schweren Zeiten war das Gedränge noch immer enorm. Allerdings waren überwiegend Frauen unterwegs. Doch nach wie vor war der Alexanderplatz das Zentrum Berlins. Neben dem gewaltigen Backsteinbau des Polizeipräsidiums befand sich der Gastronomiebetrieb Aschinger, das größte Bierunternehmen Berlins, wo man mittags Buletten und Kartoffelsalat ohne Karte bekommen konnte. Als er das Lokal nach einer Dreiviertelstunde wieder verließ, stieß er überraschend auf den Major.

»Gut, dass ich Sie treffe, Hauptmann. Sie können mich gleich zu Kommissar Gennat begleiten«, begrüßte ihn dieser. »Wir haben einiges zu besprechen. Der Überfall auf die Kryptoabteilung hatte Folgen. Teile der von Ihnen mitgebrachten Papiere sind offenbar geraubt worden.«

Sie betraten das Präsidium, wo sie ein Wachtmeister empfing und sogleich in den 1. Stock zu Gennat führte. Der Kommissar residierte wie früher in einem kargen, nur mit einem Schreibtisch und einigen Stühlen ausgestatteten Büro. Ein Kaiserbild hing an der Wand und ein Foto des jungen Gennat in Uniform. Der heutige Gennat glich, wie er breit hinter seinem Tisch thronte, eher einer orientalischen Figur, sozusagen einem Buddha. Die Herren setzten sich, und Nicolai informierte den Kommissar über den aktuellen Sachstand.

Dann zog er ein Behältnis hervor, das er öffnete. »Hier ist eines der Projektile aus der Waffe, mit der man auf die Kameraden aus der Dechiffrierabteilung geschossen hat. Vielleicht sagt Ihnen die Kugel etwas.«

»Ich darf dieses Geschoss hinzufügen«, ergänzte Wedigo und legte die Papiertüte mit der Kugel Melissas auf den Tisch. Der Major sagte nichts, nickte aber anerkennend. Gennat holte eine Lupe hervor und betrachtete eine Weile beide Projektile. »Eindeutig, die Geschosse wurde aus derselben Waffe abgefeuert. Es handelt sich meines Wissens nach um Zentralfeuerpatronen Kaliber 9 mal 29, wie sie bei der Smith & Wesson, genauer beim Model .38 Special, dem Nachfolger des Long Colt, verwendet werden.«

»Der Angreifer benutzte also eine amerikanische Waffe?«, vergewisserte sich Nicolai.

»Im Prinzip kann die jeder kaufen, eine Smith & Wesson bedeutet nicht, dass der Täter ein Amerikaner ist«, erklärte der Kommissar. »Dieses Modell ist seit mehr als einem Dutzend Jahren auf dem Markt, es kann sonst woher stammen.«

»Das hilft uns nicht weiter«, meinte der Major. »Uns bleibt nur die Chance, dass sich dieser saubere Monsieur Barrelet morgen in Karlshorst sehen lässt. In diesem Zusammenhang brauchen wir Ihre Hilfe, Gennat. Wir müssen in der Nähe der Wettbüros Leute postieren, die darauf achten, wer einen Wettschein auf den Sieg ›Burkhards‹ einlöst.«

»Und die Sie dann informieren, ich verstehe«, sagte Gennat. »Eine personalaufwendige Angelegenheit, es gibt viele Wettannahmen. Ich versuche, einige Leute zusammenzubekommen. Aber personalmäßig sind wir knapp; es ist Krieg, Herr Major, viele meiner Männer stehen an der Front.«

»Weiß ich«, knurrte Nicolai, »ich werde zusätzlich Soldaten in Zivil einsetzen. Es sind wichtige Papiere verschwunden. Wenn wir sie finden wollen, müssen wir den Burschen fassen, der andere Kerl ist inzwischen leider verstorben.«

Man wurde sich einig, dann fuhren alle drei Männer mit dem vor dem Gebäude wartenden Mercedes ins Ministerium, da sich Gennat ebenfalls die Einbruchsspuren ansehen wollte. Doch auch der Kommissar konnte nichts Neues finden oder feststellen, und er verabschiedete sich bald.

»So«, sagte Nicolai, als der Beamte gegangen war, »mehr können wir heute nicht tun. Das Treffen mit den Herren von der Sozialdemokratie ist auf unbestimmte Zeit verschoben. Reichskanzler Bethmann Hollweg hat mir über Generalmajor Groener mitteilen lassen, er verbäte sich jegliche Einmischung von Militärs in die Innenpolitik, und Abgeordnete, ganz gleich welcher Partei, wären meiner Abteilung nicht zur Auskunft verpflichtet. Sie wissen es nicht, Hauptmann, aber der Kanzler ist seit einiger Zeit ziemlich schlapp, was Militärfragen betrifft.«

»Was meinen Sie damit, Herr Major?«

»Der Kanzler ist vom Pazifismus infiziert. Nicht genug, dass er letzten September den Sozialdemokraten Scheidemann im Reichskanzleramt empfangen hat. Bethmann Hollweg hat, wie ich aus sicherer Quelle weiß, den amerikanischen Botschafter in Berlin, Gerard, um Friedensvermittlungen durch den Präsidenten Wilson gebeten. Und das zu einem Zeitpunkt, da sich unsere Kameraden im Kampf um Verdun befinden.«

»Ich habe keinen Überblick über die allgemeine Lage«, bekannte Wedigo, »aber aufgrund dessen, was ich an der Westfront mitbekommen habe, und ich war ganz vorne, Herr Major, sieht es nicht so aus, als ob die Franzosen demnächst zusammenbrechen würden. Und nach den Erlebnissen gestern Abend, ich meine die Hungerdemonstration, habe ich den Eindruck, es gärt im Volk. Vielleicht wäre ein Verständigungsfrieden der Situation durchaus angemessen.«

»Unsinn«, erwiderte Nicolai scharf, »wir werden sowohl den Franzmann als auch die Engländer zur Räson bringen. Und der Russe ist so gut wie geschlagen, meine Nachrichten sind eindeutig. Warten Sie es ab, bis Ende des Jahres, spätestens im nächsten Frühjahr gibt der Zar auf, sonst rebelliert sein Volk.«

»Ich hoffe, Sie haben recht.«

»Ganz sicher, und jetzt wollen wir den Tag mit einem Bier und einem Imbiss im Kasino des Garde-Füsilier-Regiments ausklingen lassen. Morgen liegt einiges an.«

Sie ließen sich in die Chausseestraße zur sogenannten Maikäferkaserne fahren. Dieses befand sich an der Ecke Kesselstraße, direkt neben dem Kriegervereinshaus. Die Räume des Kasinos waren einfach, aber gediegen möbliert. Ein Dutzend Tische in Mahagoni, seitlich Polstersofas und elektrisches Licht. Jetzt, in Kriegszeiten, waren kaum Offiziere da. Hauptsächlich Ersatz- und Verwaltungsoffiziere und Kameraden der Landwehr, meist invalid, sowie einige Rekonvaleszenten, die ihren letzten Abend in Berlin verbrachten und morgen an die Front abfuhren. Von einem Tisch winkte Wedigo ein Offizier zu. Er erkannte zu seiner Verwunderung Hauptmann Steulmann vom 7. Westpreußischen Regiment. Der linke Arm hing in einer Schlinge.

»Wer ist der Hauptmann?«, fragte Nicolai.

»Ein Kamerad von der Verdun-Front.«

»Von Verdun? Stellen Sie mir den Hauptmann vor!«

Die beiden Offiziere traten an Steulmanns Tisch, und Wedigo machte Nicolai mit dem Hauptmann bekannt. Steulmann forderte sie auf, sich zu ihm zu setzen.

»Ich war überrascht, Sie hier zu sehen, Herr von Wedel. Nach den letzten Meldungen hat Sie der Franzmann am Wickel gepackt.«

»Mir ist die Flucht gelungen«, antwortete Wedigo ohne weitere Erklärungen, »aber Sie haben offenbar auch etwas abbekommen.«

»Ein sauberer Durchschuss, noch zwei Wochen, dann bin ich wieder fronttauglich. Bis dahin bin ich hier in Berlin. Nachschubplanung, Sie kennen das, Wedel. Behörde, viel Papierkram und wenig Effizienz.« Steulmann lachte, wurde dann schnell wieder ernst. »Sie haben doch nach Hauptmann Jacobi geforscht. Seine Leiche wurde inzwischen gefunden. Ein reiner Zufall, und kein schöner Anblick. Wenn er nicht seine Erkennungsmarke umgehabt hätte …«

»Sie sind sicher, dass es sich bei dem Toten um Hauptmann Jacobi handelt?«, hakte der Major nach.

»Wie ich sagte, um den Hals des Leichnams hing Jacobis Marke, sonst war nicht mehr viel zu identifizieren. Er wurde bei einer Frontinspektion gefunden.«

»Eine Frontinspektion?«

»Ein paar hohe Tiere von der Generalität wollten wissen, ob unser Angriff vorwärtskäme und wie die Lage vor Ort sei. Haben sich ziemlich weit vorgewagt, alle Achtung. Auch dieser Oberst war wieder dabei, Sie wissen«, wandte er sich an Wedigo, »der mit Kamerad Jacobi diskutiert hat.«

»Und der hat Hauptmann Jacobi entdeckt?«, fragte Nicolai.

»Nicht direkt. Ich war bei der Inspektion als Begleitung mit vorne«, erläuterte Steulmann, »in einer Ruine bei Blanzée brach ein Keller ein und dadurch zeigten sich die Körper von Toten, die bislang nicht hatten geborgen werden können, da der Fundort unbekannt war. Der Oberst bestand darauf, sie zurückzutransportieren. Eine unangenehme Sache und eigentlich Irrsinn, ich habe dabei meine Kugel abbekommen. Aber er legte selbst Hand an und half mit, hatte keine Berührungsängste. Anständiger Mann!«

»Wann genau wurde Hauptmann Jacobi anhand seiner Marke identifiziert?«, forschte der Major weiter.

»Nach dem Rücktransport, bevor wir ihm und den anderen Kameraden ein anständiges Begräbnis zuteilwerden ließen. Aber warum fragen Sie?«

»Details haben mich schon immer interessiert«, wich Nicolai aus. »Was ist aus dem Oberst geworden?«

»Der kehrte am Tag darauf ins Große Hauptquartier nach Charleville-Mézières zurück. Jetzt muss er in Berlin sein, jedenfalls glaube ich, ihn vor ein paar Tagen gesehen zu haben. Er trug allerdings keine Uniform. Und da Sie bestimmt gleich danach fragen, ich bin ihm in der Nähe des Reichstags begegnet.«

»Vielen Dank, Kamerad. Sie haben uns sehr geholfen.« Der Major wandte sich an Wedigo.

»Es sieht fast so aus, als hätten Sie recht. Jacobi wurde an der Front ermordet und jemand anderes, der ihm sehr ähnlich sieht, hat seinen Platz eingenommen.«

»Das heißt, wir müssen hier in Berlin nach dem Doppelgänger suchen?«, fragte Wedigo.

»Richtig, das sollten wir – aber nicht mehr heute.« Nicolai winkte der Ordonnanz, »Ich werde für uns eine Runde bestellen. Vom vielen Reden wird die Kehle ganz trocken. Morgen gehen wir der Angelegenheit weiter nach; für heute reicht es.«

Im Laufe des Abends stießen weitere Offiziere zu der immer vergnügter werdenden Runde. Zum einen Dr. iur. Trauber, ein ehemaliger, mit Schmissen übersäter Korpsstudent und Hauptmann der Reserve, ein Mann in den Fünfzigern, der nicht mehr mit seinem Kriegseinsatz gerechnet hatte. Ein guter Sänger und Kenner der aktuellen Tagescouplets. Zum anderen die beiden Leutnante Hollenius und von Kolwowski – beide aus der Provinz –, deren Kommando am nächsten Tag zur Ostfront nach Brest abging und die ein geradezu mörderisches Tempo in der Sektvertilgung vorlegten. Außerdem der Oberleutnant von Plogow, der in die Gegenrichtung nach Verdun musste und die Gesellschaft durch schlüpfrige Geschichten aus der belgischen Etappe unterhielt. Man griff zur Zigarre, mehr und mehr hüllte sich der Raum in blauen Rauch, Trauber sang und alles versank in feuchter, leicht melancholischer Fröhlichkeit.

Nicolai war plötzlich verschwunden, wie Wedigo bemerkte, also zog er sich ebenfalls zurück, zumal es auf Mitternacht zuging. Den Mercedes hatte der Major genommen und eine Droschke war nirgends zu sehen. So machte sich der Hauptmann, innerlich über Nicolais Egoismus schimpfend, zu Fuß auf den Weg in Richtung Oranienburger Tor auf, wo er eine Kutsche zu finden hoffte.

5. BERLINER NÄCHTE SIND LANG

Zwischen Argonnen und Maas fanden an einzelnen Stellen lebhafte Handgranatenkämpfe statt. Versuche des Feindes, in den Wäldern von Avocourt und Malancourt Boden zu gewinnen, wurden vereitelt. Ein feindlicher Nachtangriff südwestlich des »Toten Mannes« erstarb in unserem Infanteriefeuer.

Deutscher Heeresbericht vom 13. Mai 1916

Der Weg zog sich hin, er kam an der Germania Bäcker-Innung vorbei, an der Zigarettenfabrik Karelli und am Hotel Pommerscher Hof. Der Fußmarsch und die für Mai kühle Nacht ließen Wedigo etwas nüchterner und allmählich auch müde werden. Schließlich gelangte er zu einem Haus mit einer roten Sandsteinfassade. Dort war trotz der späten beziehungsweise frühen Stunde Licht, und fröhlicher Lärm klang aus dem Innenhof des langgestreckten Baus. Eben hielt eine Droschke an, aus der mehrere Personen stiegen, die zum Eingang des hinteren Hauses eilten. Rasch trat Wedigo näher, um die unerwartete Transportchance zu nutzen. Er wollte gerade den Kutscher ansprechen, da fühlte er an seiner Schulter eine sanfte Berührung und drehte sich überrascht um. Vor ihm stand ein Fräulein, welches, soweit er es im unsicheren Hoflicht sehen konnte, sehr hübsch war. Ihr dunkles Haar trug sie offen, und ihre Locken fielen weit bis zu den Hüften herab. Sie trug einen langen, tiefblauen Mantel und auf dem Kopf ein mit Federn geschmücktes Hütchen. Die Hände steckten in weißen Lederhandschuhen und die Schuhe schienen aus einem ähnlichen Material gefertigt.

Kurz, ihre Kleidung wirkte auf ihn gediegen, aber auch ziemlich extravagant.

»Mein Herr«, sprach ihn das Fräulein an, »Sie schickt mir, weiß Gott, der Himmel. Heute findet hier ein kleines Filmfest statt und ich habe keinen Tänzer. Seien Sie ein Kavalier und begleiten Sie mich!«

»Ein Filmfest?«, wiederholte Wedigo überrascht.

»Wussten Sie das nicht? Das hier sind die Bioskop-Ateliers, in denen bereits mehrere Filme gedreht wurden.«

»Und Sie sind Schauspielerin?«

»Aber ja, und jetzt kommen Sie, hier draußen ist es kühl und Sie wollen doch nicht, dass ich mir den Tod hole!«

Während des kurzen Gesprächs war die Droschke weitergefahren, und Wedigo entschied, sich auf das kleine Abenteuer einzulassen. »Hauptmann von Wedel«, stellte er sich vor und bot dem Fräulein den Arm. »Mit wem habe ich die Ehre?«

»Ich bin Franzi Salmonova, die jüngere Schwester Lyda Salmonovas«, antwortete das Fräulein, als ob damit alles gesagt sei. Wedigo, der mit dem Namen nichts anfangen konnte, ließ es dabei bewenden und führte Fräulein Salmonova ins Haus. Drinnen herrschte die Atmosphäre eines Atelierfestes, wie sie der Hauptmann in der Kunstszene der Stadt vor Jahren mehrfach erlebt hatte. Vom Treppenhaus kam man gleich in einen großen Saal. Hier waren die Wände mit farbigen Stoffen und Filmplakaten dekoriert. Ein buntes Völkchen tanzte ausgelassen zur Musik einer Damenkapelle, überall wurde gelacht und getrunken. Sein Fräulein ließ ihren blauen Mantel unachtsam zu Boden gleiten, ergriff Wedigos Hand und zog ihn auf die Tanzfläche. Jetzt zeigte sich, dass sie nur ein leichtes, sehr knappes Kostüm anhatte, das mehr an ein Nachtgewand denn an ein Abendkleid erinnerte. Ihr Anblick war allerliebst, auch wenn Wedigo die viele nackte Haut, die Fräulein Salmonova zeigte, leicht peinlich war. Mehr noch genierte ihn, dass er Uniform trug. Doch niemand sonst störte sich am militärischen Feldgrau und auch die spärliche Bekleidung seiner Tanzpartnerin schien nichts Außergewöhnliches zu sein, wie ihm der Anblick anderer Damen zeigte. So tanzten sie einige Zeit, vor allem Walzer und Tango. Ihr Haar wirbelte, ihr straffer Leib schmiegte sich fest an ihn und ihr Parfum umhüllte beide mit einem Duft von Flieder und Rosen. Die Situation mochte bizarr sein, aber Wedigo musste sich eingestehen, dass ihm die Angelegenheit mehr und mehr zusagte, zumal das Fräulein wirklich eine Schönheit war. Nach vier oder fünf Tänzen bat sie ihn um eine Pause.

»Ich muss etwas trinken, sonst verdurste ich. Im Nebenraum gibt es Schampus, lass uns hinübergehen.«

Er verneigte sich und führte seine Tänzerin in besagtes Zimmer, wo eine improvisierte Bar aufgebaut worden war. Der Barmann war ein »originaler Neger, ganz schwarz, direkt aus Ostafrika«, wie ihm das Fräulein flüsternd erklärte. Wedigo ließ sich von dem Afrikaner eine Flasche Sekt und zwei Gläser geben und führte seine Dame an einen seitlichen Tisch. Dort schenkte er ihnen ein und sie stießen mit einem leichten Klirren an.

»Bist du eigentlich echt, ich meine, wirklich ein Offizier?«, fragte das Fräulein. »Ich bin, wie gesagt, die Franzi, und wie heißt du?«

Wedigo blieb bei seiner Legende und stellte sich als »Hermann« vor. »Du bist Schauspielerin«, sagte er dann, sie ebenfalls duzend, »in welchen Filmen hast du denn schon mitgewirkt?«

»Meine Schwester hat in ›Der Student von Prag‹ gespielt und ich habe sie an mehreren Tagen, als sie krank war, vertreten. Damals trug ich mein Haar allerdings kürzer«, erzählte »Franzi« stolz und ließ sich das Glas neu füllen.

»Im ›Golem‹ durfte ich auch in einigen Szenen als Statistin mitwirken.«

»Eine Hauptrolle hast du also noch nicht gehabt?«, fragte Wedigo, dem das junge Fräulein und ihre muntere Art zusehends gefielen. »Bei deinem Talent!«

»Du brauchst mich nicht zu necken, auch wenn ich erst 20 bin, habe ich doch große Filmerfahrung. Als der ›Student‹ gedreht wurde, war ich erst 17! Und nun hat man mich wegen einer Hauptrolle angesprochen, in einem Spionagefilm!«

»So, so«, meinte Wedigo unverbindlich und schenkte ihr nach.

»Wir haben sogar schon eine Probeszene gedreht. Gestern Nacht in der Wilhelmstraße!«

»Ein Nachtfilm, das klingt aufregend«, meinte er, »und wo war das in der Wilhelmstraße?«

Das Fräulein wollte eben zu einer Erklärung ansetzen, da wurde ihr Gespräch durch einen Dritten unterbrochen. Ein junger Mann, etwas jünger als der Hauptmann, gekleidet wie ein einfacher Arbeiter und mit einem roten Tuch um den Hals, griff nach einem Stuhl und setzte sich ungefragt an ihren Tisch.

»Bist du also doch gekommen?«, herrschte er Franzi an, ohne Wedigo zu beachten. Er sprach korrektes Deutsch, dem Sprachklang nach war er aber wohl slawischer Herkunft. »So kannst du mit mir nicht umgehen, so nicht!«, rief er laut. »Du begleitest mich, und zwar sofort!« Mit diesen Worten sprang er auf, packte das Fräulein grob am Arm und versuchte, sie mitzuziehen.

»Lassen Sie das umgehend sein!«, forderte Wedigo ihn auf. »Was unterstehen Sie sich? Sie tun der Dame weh!«

»Schnauze, sonst kümmere ich mich gleich um dich, du aufgeblasener Schmierenschauspieler«, drohte der Kerl und hob seine Faust zur Bekräftigung, wobei er das Fräulein zur

Seite stieß. Der Hauptmann trat ohne Zögern auf ihn zu, packte den Burschen am Arm und warf den Verblüfften in einer Drehung nach links, wodurch dieser gegen einen Stuhl geschleudert wurde und zu Boden ging. Dann nahm er Franzis Arm und führte sie, bevor der Mann sich von seiner Überraschung erholt hatte, aus dem Zimmer zurück in den Tanzsaal. Dort nahm er ihren Mantel von einer Garderobe, an die ihn ein fürsorglicher Gast gehängt hatte, legte ihn Franzi um und brachte sie aus dem Haus. Zu ihrem Glück wartete dort eine Droschke, in die sie umgehend stiegen.

»Wohin?«, fragte Wedigo das vom Geschehen ganz benommene Fräulein.

»In die Auguststraße«, lispelte sie. »Zwei Häuser neben Clärchens Ballhaus.«

Die Kutsche fuhr im zügigen Tempo davon.

»Das war Josef«, erklärte sie nach einigen Minuten des Schweigens. »Unser Vetter aus Prag. Er bildet sich ein, ein Recht auf Lyda und mich zu haben und uns an Vatersstatt kontrollieren zu dürfen. Dazu hasst er die Schauspielkunst und alles, was damit zusammenhängt.«

Wieder schwieg sie, dann hob Franzi den Kopf und sah ihn an. Ihre Augen füllten sich mit Tränen und ihre Lippen bebten. »Halte mich bitte fest, mir ist so kalt!« Und wirklich zitterte sie am ganzen Leib. Wedigo nahm das Fräulein in seine Arme und fuhr mit der Hand sacht über ihr Haar. Franzi lehnte sich an ihn und schloss die Augen. Wieder roch Wedigo jenen zarten Duft von Frühling, und auch er schloss die Augen. Eine Viertelstunde später erreichten sie ihr Ziel.

»Bring mich hinauf«, bat sie. »Das Treppenhaus ist so dunkel und ich weiß nicht warum, aber heute fürchte ich mich.«

Der Hauptmann entlohnte den Kutscher, sie öffnete die Haustür und beide stiegen hinauf in den 3. Stock, wo das

Fräulein zwei kleine Zimmer bewohnte. Oben wollte sich Wedigo verabschieden.

»Trink doch noch ein Glas Wein mit mir«, sagte Franzi und zog ihn einfach mit sich in die Wohnung. Dann schloss sie die Tür. »Ich habe mich noch gar nicht richtig bei dir bedankt!« Franzi stellte sich auf die Zehenspitzen und küsste ihn zärtlich. Wedigo konnte nicht anders und erwiderte sanft den Kuss.

Dann löste er sich sacht von ihr. »Ich glaube, ich gehe jetzt besser.«

»Aber du hast versprochen, noch ein Glas Wein mit mir zu trinken«, gab sie fast trotzig zurück.

Ein Glas Wein konnte er schlecht ausschlagen, dachte Wedigo und setzte sich auf das Sofa. Franzi ging – und brachte zu seiner Überraschung eine Flasche echten Champagners.

»Ich habe nichts anderes mehr gehabt. Öffnest du bitte, ich hole die Gläser.«

Wedigo kam der Bitte nach. Er ließ den Korken knallen und schenkte ihnen ein. Sie tranken, alberten herum und leerten dabei die Flasche; doch plötzlich überkam ihm eine absolute Müdigkeit. Er schloss kurz die Augen, nur für einen winzigen Moment – und schlief ein.

Wedigo erwachte vom hellen Schein der Sonne, der direkt auf sein Gesicht fiel. Er blinzelte und sah sich benommen um. Er befand sich in einer Schlafkammer und in einem Bett. Neben ihm ruhte die schlafende Franzi. Das schwarze Haar umfloss wie eine dunkle, samtene Wolke ihr schönes Haupt. Die roten Lippen waren halb geöffnet, und das blitzende Weiß ihrer Zähne leuchtete. Ihr Laken war halb zur Seite gerutscht. Wedigo sah, wie sich ihre feste, volle Brust hob und senkte. Meine Güte, was war heute Nacht nur passiert?

Er konnte sich an nichts erinnern. Sein Kopf schmerzte, eindeutig, er hatte in der Nacht zu viel getrunken. Und im trunkenen Zustand hatte er mit Franzi …? Da lag sie neben ihm und lächelte im Traum. Wedigo beugte sich zu dem schönen Bild und gab ihr einen Kuss auf die Stirn. Dann stand er leise auf, schlüpfte in seine Kleider und verließ rasch die kleine Wohnung.

Die Straßen waren noch leer, die Uhr zeigte gerade halb sieben. Eine Droschke brachte ihn nach Haus, wo er sich wusch, rasieren ließ und in frische Wäsche schlüpfte. Paulsen servierte ihm einen Kaffee, den er hastig trank. Dann brach er ins Ministerium auf.

Das Geschehen der Nacht ging ihm weiter durch den Kopf. Verdammt, wenn er nur wüsste, was wirklich geschehen war. Und er fragte sich, was Melissa zu seiner filmischen Eskapade sagen würde. Alkohol hin wie her, es würde Ärger geben. Das Ganze musste in einer Katastrophe enden, da konnte er sicher sein. Er schob den Gedanken an die Begegnung mit ihr und eine Aussprache vorerst zur Seite – nicht jetzt und heute. Die Kutsche hielt, er war am Ziel angelangt. Um acht Uhr betrat Hauptmann von Wedel das Büro des Majors und meldete sich mit militärischem Gruß.

»Morgen«, grüßte ihn Nicolai locker zurück, »übertreiben Sie mal nicht, so zackig wirken Sie heute früh nicht auf mich. Sie waren offenbar gestern Abend noch länger aktiv.« Er lachte. »Fideles Haus, Ihr Kamerad Steulmann. Glauben Sie, er hat wirklich diesen Oberst gesehen?«

»Steulmann ist ein guter Beobachter und hat sich bestimmt nicht getäuscht. Nur, das hilft uns nicht weiter.«

»Immerhin wissen wir so, dass der Mann sich in Berlin aufhält und dass von Jacobi tot ist und sicher kein Verräter war. Und dieser Oberst, na ja, vielleicht ist das alles auch harmlos. Aber ich glaube es nicht.« Nicolai griff nach einem Blatt.

»Zu unserer heutigen Arbeit. Um neun Uhr öffnen die Wettbuden in Karlshorst. Die Truppe dürfte jetzt schon aufgezogen sein. Wir fahren später rüber und schauen uns das Spektakel an, Kommissar Gennat wird zu uns stoßen. Bis dahin prüfen Sie die Nachrichten, die uns die Dechiffrierabteilung heute früh geschickt hat.«

Der Major reichte Wedigo einen Hefter mit mehreren Blättern. Der Hauptmann setzte sich und begann, den Inhalt der dekodierten Texte zu studieren. Nach einer Weile blickte er auf.

»Viel verständlicher ist das Ganze nicht. Mir kommt es vor, als handle es sich um Truppenlisten, aber welcher Art sie sind und warum sie zusammengestellt wurden, bleibt offen.«

»Es könnten Einheiten sein, die als Offensivkräfte eingesetzt werden sollen«, mutmaßte Nicolai. »Zum Beispiel bei Verdun oder an einer anderen Stelle, etwa in der Mitte oder im Süden der Front, um die Franzosen in Flandern zu entlasten. Zu schade, dass Ihnen nicht mehr von diesem brisanten Material in die Hände gefallen ist. Ich werde die Unterlagen unverzüglich den Herren vom Planungsstab zukommen lassen. Möglicherweise können die mehr mit dem Inhalt anfangen als unsereins.« Major Nicolai erhob sich. »Lassen Sie uns aufbrechen!«

Bis Karlshorst war ihr Wagen eine gute Dreiviertelstunde unterwegs. Nahe dem Platz fanden sich auf den Litfaßsäulen und an Zäunen und Hauswänden Plakate in schrillen Farben, die die Rennen ankündigten. Ein Stück ging der Weg durch die freie Natur. Die Chaussee war staubig und überfüllt. Alles drängte zum Rennen, an diesem schönen Maisamstag staute sich geradezu der Verkehr. Pferdewagen, ganz selten auch Automobile, schoben sich dicht auf dicht hinaus, und sie kamen kaum vorwärts.

Schließlich zeigte sich vor ihnen der weite Platz. Das Rot und Gelb der Zelte leuchtete in der warmen Sonne, ein lautes Stimmengewirr war zu hören. Die Tribüne selbst lag breit und glänzend inmitten der zahlreichen Holzbuden und Ställe. Der Gefreite stellte den Wagen ab, und der Major und Wedigo begaben sich zum Tor. Dort präsentierten sie ihre Ausweise und traten ein. Über dem Meer aus Hüten und Köpfen ertönten die Klänge einer Kapelle, bunte Wimpel wehten im Frühlingswind. Der Geruch von Zigarren, Heu und Pferden erfüllte die Luft. Sie drängten sich durch die Menge, vorbei an zahlreichen Wagenreihen und wandten sich zu den Buchmacherbuden. Weiter hinten lag der weite Platz der Hindernisbahn.

»Unsere Leute sind auf den Posten«, meinte Nicolai und wies auf einige Gestalten, die in der Nähe eines Wettbüros herumstanden. »Schauen wir uns erst einmal um.«

Er schlug die Richtung zum Sattelplatz ein. Dort blieb der Major stehen, um die Pferde genauer zu betrachten. Einige Tiere sahen sehr vielversprechend aus, dachte Wedigo, er hätte unter anderen Umständen vielleicht auf sie gesetzt. Nicolai zog nun aus einem Futteral ein Fernrohr hervor, mit dem er die Umgebung systematisch absuchte.

»Ich sehe nirgends jemanden, der mir verdächtig erscheint«, meinte er dann und reichte das Glas Wedigo. »Versuchen Sie Ihr Glück!«

Der Hauptmann ließ den Blick über die Tribüne wandern. Diese war gut besucht, aber im Publikum fiel ihm niemand besonders auf. Eben zeigte ihm das Glas einen älteren Herrn mit weißem Backenbart, ein Monokel im Auge. Neben ihm saß zu Wedigos Überraschung Ilse von Bredow, seine frühere Verlobte. Ihr zur Seite ein kräftig gebauter Mann in der Uniform eines Oberst der Kavallerie, der ihr gerade die Hand auf die Schulter legte. Mit der anderen wies er auf die Bahn hinaus, als ob er die einzelnen Hindernisse erklärte. Beide wirkten sehr vertraut, offenbar hatte sich Ilse neu orientiert.

Ein lautes Signal erklang und ringsherum wurde es still. Das wilde Stimmengebrodel endete, es war wie ein kollektives Atemholen von Tausenden von Menschen. Dann ertönten laute Rufe und Schreie, das Rennen war gestartet. Wedigo richtete das Rohr auf die Bahn. Er sah das Feld galoppieren, Staubwolken wirbelten unter den Hufen auf und die Pferde setzten über die Hürden.

»Kommen Sie, Hauptmann, unser Rennen findet anderen Ortes statt«, unterbrach Nicolai seine Betrachtungen. Er wies auf den Sattelplatz. Dort bot sich immer noch das gleiche Bild. Knechte führten Pferde herum, Jockeys gingen zur Waage. Doch da trat hinter einem Stall ein dunkel gekleideter Mann hervor, der sich mit gemessenen Schritten einer der Wettbuden näherte. Er begab sich zum Ausgabefenster, tippte kurz an seinen runden Hut und verhandelte einige Augenblicke mit dem Buchmacher. Dieser gab ihm endlich ein Bündel Scheine, und der Mann wandte sich eilig zum Gehen. Etwas an ihm kam Wedigo bekannt vor, er stieß Nicolai an. »Herr Major, ich glaube, da drüben ist unser Mann.«

Der Major reagierte sofort und gab einem Herrn, der seitlich der Bude stand, ein knappes Zeichen. Dieser setzte sich in Bewegung, wobei er einem zweiten Beobachter ebenfalls kurz zunickte; beide folgten dem Mann mit dem runden Hut.

»Lassen Sie uns hintenherum gehen, wir schneiden damit dem Burschen den Weg ab, falls er zu flüchten versucht.«

»Wollten Sie ihn nicht beschatten lassen, damit er uns zu seinen Spießgesellen führt?«

»Nein, ich habe meine Meinung geändert. Ich denke, es ist sicherer, ihn festzunehmen und scharf zu verhören, bevor er erneut entkommen kann. Der Kerl wird schon auspacken, verlassen Sie sich darauf!«

Die beiden Männer wandten sich zur anderen Seite und durchquerten den Boxenbereich. Sie standen direkt vor einem

Stall, ein Dunst von Pferden, Heu und Mist lag über allem. Ein Schecke wurde soeben herausgeführt. Sein braunrotes Fell glänzte glatt und samtig, der Hals war elegant gewölbt und die Fesseln wirkten schmal und kräftig zugleich. Das Tier trug bereits einen Sattel und tänzelte aufgeregt. Da kam aus dem Schatten der Mann mit dem runden Hut hervor. Er blickte sich prüfend um und schien sie erkannt zu haben, denn er reagierte umgehend. Der Mann wandte sich zum Rennpferd, riss dem Reitknecht die Zügel aus der Hand und schwang sich in den Sattel. Dann sprengte er im Galopp quer durch die Reihen der zur Seite springenden Polizisten davon. Wedigo überlegte nicht lang und warf sich auf einen dunkeln Braunen, der ebenfalls für das nächste Rennen der Dreijährungen vorbereitet worden war. Er trieb das Tier mit den Stiefeln an und schoss dem Flüchtenden hinterher.

Vor ihm lag im hellen Sonnenlicht die Rennbahn. Eine weite Ebene, gelbbraun, nur da und dort mit gelblichem Grün bewachsen. Der Reiter auf dem Schecken bog soeben in die Strecke ein. In diesem Augenblick senkte sich auf der anderen Seite die Fahne, und das zweite Wettrennen startete. Ganz klar, der Kerl nutzte den Lauf, um zwischen sich und den Verfolger das Teilnehmerfeld zu bringen. Wedigo zögerte nicht und jagte ihm weiter nach. Schon war er mitten auf der Rennstrecke, ein wilder Ritt begann. Der Hauptmann spornte sein Tier an und lenkte es über Hindernisse, Hürden und Wassergräben dem Schecken hinterher. Wedigo war ein guter Reiter und holte rasch auf; der Fremde war nur noch rund zehn Längen vor ihm. Doch nun erschienen von hinten andere Reiter, die in rasendem Galopp zu siegen suchten. Mit Armen und Füßen trieben sie ihre dampfenden Pferde an, einige überholten und jagten im gestreckten Lauf immer schneller vorwärts. Die meisten blieben auf gleiche Höhe, schonten die Kräfte des Pferdes und ihre eigenen. Weitere

Hindernisse folgten. Nun ging es im Sprung über eine Hecke, Wedigo fiel beim Landen fast vornüber, sammelte sich aber rasch. Mehr und mehr holte er auf, kam dem anderen immer näher und konnte ihn fast berühren. Doch der Reiter musste seine Nähe gespürt haben. Er riss abrupt sein Tier herum und setzte über den weißen Holzzaun, der die Bahn begrenzte. Der Sprung führte ihn mitten unter die Zuschauer, die in Panik zur Seite sprangen. Wedigo zögerte, die gleiche Strecke zu nehmen, zu leicht konnte ein Unbeteiligter verletzt werden, und zügelte den Braunen. Da hörte er einen Schuss und kurz darauf einen zweiten. Der Reiter, dessen Kontur am Ausgang der Boxen noch zu sehen war, stoppte schwankend und fiel dann in einer langsamen, gleitenden Bewegung mitsamt seinem Tier zu Boden. Wedigo ritt im Bogen zur Stelle des Sturzes und traf dort gleichzeitig mit dem von der anderen Seite kommenden Major ein. Auf der harten Erde wälzte sich der verwundete Schecke. Daneben lag der runde Hut des Fremden, doch er selbst war erneut verschwunden.

»Verdammt«, fluchte der Major. »Welches Rindvieh hat gemeint, auf ein Rennpferd schießen zu müssen? Und wo ist unser Flüchtling hin?«

Alles Suchen war vergeblich, der mutmaßliche Spion schien erneut entkommen zu sein. Zudem wollte niemand geschossen haben und somit für den Tod des wertvollen Tieres verantwortlich sein.

Der Major geriet fast außer sich, derart verärgert hatte Wedigo seinem Chef noch nie erlebt. »Wo ist Gennat? Ich muss wissen, wer der Schütze war! Wenn man den Mann braucht, ist er nicht da, ein bodenlose Schweinerei das Ganze!«, schimpfte und fluchte Nicolai.

»Nur mit der Ruhe, Herr Major«, meldete sich der hinzukommende Kommissar. »Ich habe noch anderes zu tun, als Rennplatzbesucher zu beschatten, und eben komme ich von einem hässlichen Mord in der Auguststraße. Also, was gibt es?«

Der Major zückte statt einer Antwort seine Taschenuhr. »Du meine Güte, gleich zwölf. Ich muss sofort ins Ministerium.« Er wandte sich an Wedigo. »Herr Hauptmann, informieren Sie den Kommissar und klären Sie die Chose. Ich habe noch anderes zu tun.« Abrupt drehte sich Nicolai um und eilte in Richtung Ausgang.

»Da geht er hin«, meinte Gennat. »Immer in Eile. Also gut«, wandte sich der Kommissar an Wedigo. »Dann erzählen Sie mir bitte, was sich genau ereignet hat.«

»Ein Mord in der Auguststraße, wer ist das Opfer?«, forschte Wedigo, ohne auf die Frage des Kommissars einzugehen.

Dieser blickte ihn erstaunt an. »Ein junges Fräulein, es wäre im August 20 geworden. Ein bildschönes Ding. Sie wurde heute früh um acht von der Zugehfrau gefunden, die uns gleich informiert hat. Wir suchen in diesem Zusammenhang nach einem Offizier, mit dem das Fräulein bei einem Filmfest in der Chausseestraße zuletzt gesehen wurde.«

Wedigo erblasste.

»Heißt die Tote Salmonova?«

»Ja, Franziska Salmonova. Ihre Schwester ist eine erfolgreiche Schauspielerin. Kannten Sie die Frau, Herr von Wedel? Oder sind Sie vielleicht sogar der gesuchte Offizier?«

Ein Stich durchfuhr Wedigo. Franzi, mit der er die Nacht verbracht hatte, war ermordet worden. »Ich habe Fräulein Salmonova heute Nacht nach Hause begleitet«, hörte er sich sagen, »und sie um halb sieben verlassen. Als ich ging, schlief das Fräulein noch und sie war lebendig.«

Gennat pfiff durch die Zähne. »Nun, wenn Ihre Aussage stimmt, dann wurde das Fräulein zwischen halb sieben und acht ermordet. Jemand hat ihr in dieser Zeit mit einem Rasiermesser die Kehle durchgeschnitten. Der Mörder ließ das Messer am Tatort zurück. Sie vermissen nicht zufälligerweise ein Rasiermesser?«

Wedigo riss sich zusammen. »Nein, das tue ich nicht, und ich habe mich auch nicht in den Räumen Fräulein Salmonovas rasiert. Das besorgte mein Bursche Paulsen, als ich meine eigene Wohnung aufsuchte.«

»Es ist viel Blut geflossen und es könnte durchaus sein, dass die Kleidung des Täters davon deutliche Spuren zeigt.« Er deutete auf Wedigos Kleidung. »Ist das die gleiche Uniform, die Sie heute Morgen anhatten?«

»Ich habe selbstverständlich meine Uniform gewechselt. Die alte wird mein Bursche wohl schon ausgebürstet haben.«

»So schnell lässt sich Blut nicht entfernen«, erwiderte der Kommissar gelassen. »Hat Sie sonst jemand heute früh gesehen?«

»Eine Droschke brachte mich nach Hause. Der Kutscher wird sich wahrscheinlich erinnern.«

»Ich lasse das überprüfen«, sagte Gennat ungerührt. »Wohlgemerkt, ich glaube nicht, dass Sie der Täter sind, aber ich muss sichergehen. Es gab keine Einbruchsspuren, das Opfer hat den Mörder offenbar in die Wohnung gelassen oder er war im Besitz eines Schlüssels. Kannten Sie den Freundeskreis Fräulein Salmonovas oder haben Sie einen Verdacht, wer Grund gehabt haben könnte, das Mädchen zu ermorden?«

»Ich hatte das Fräulein gestern Abend erst kennengelernt«, antwortete Wedigo, »kann also über Freunde oder Bekannte nichts sagen. Aber auf dem Fest war ein junger Mann. Franzi, also Fräulein Salmonova, sagte, er sei ihr Vetter aus Prag. Der machte ihr vor allen Leuten eine unangenehme Szene, sodass ich eingreifen musste.«

»Das ist mir bekannt«, erklärte der Kommissar. »Der Mann wurde heute Nacht von einer Streife sturzbetrunken aufgegriffen und in eine Ausnüchterungszelle verfrachtet. Er hat also ein Alibi.«

»Warten Sie«, sagte Wedigo. »Fräulein Salmonova erzählte mir von einem Spionagefilm, in dem sie mitspiele. Sie hätten in der Wilhelmstraße eine nächtliche Probeszene abgedreht.«

»Sehen Sie eine Verbindung zum Einbruch vorletzte Nacht im Ministerium? Fanden Sie nicht ein langes, schwarzes Haar? Vielleicht besteht wirklich ein Zusammenhang.«

»Die Drahtzieher könnten mich mit dem Fräulein gesehen haben und fürchteten, sie würde reden. Und dann ...«

»Spekulationen, Herr von Wedel«, unterbrach ihn Gennat. »Reine Mutmaßungen. Vorerst sind Sie mein Hauptverdächtiger. Aber ich will nicht ausschließen, dass etwas an Ihren Überlegungen dran sein könnte. Doch zunächst werde ich Ihre Angaben überprüfen, wobei ich Sie, wie gesagt, aber das bleibt unter uns, nicht für den Mörder halte«, fügte er augenzwinkernd hinzu. »Nun zu dem hiesigen Geschehen!«

Wedigo berichtete, was sich ereignet hatte. Der Kommissar schüttelte den Kopf. »Ich bin überzeugt, niemand von unseren Leuten hat auf das Pferd geschossen. Der Täter muss sozusagen von außen agiert haben. Ich lasse gleich die Projektile untersuchen, dann sehen wir weiter.«

Wedigo sah keinen Grund, länger zu bleiben. Er verabschiedete sich von Gennat und ging, in Gedanken ausschließlich mit Franzi beschäftigt. Die junge Schauspielerin war tot, und er hatte Grund zu vermuten, dass er die Ursache für den Mord an dem Fräulein gewesen war. Dass der Kommissar ihn verdächtigte, nahm er nicht ernst. Viel ernster war das, was sich ereignet hatte. Was würde Nicolai zu dem Ganzen sagen? Und was die Gräfin? War derjenige, der auf Melissa geschossen hatte, der gleiche, der dem Fräulein die Kehle aufgeschlitzt hatte? Wie war der Täter in ihre Wohnung gelangt? Vielleicht gab es in ihren Räumen irgendeinen Hinweis auf ihn?

Der Hauptmann winkte einer Droschke und ließ sich aus einem spontanen Impuls heraus in die Auguststraße fahren. Dort fragte er nach dem Hausmeister.

Er forderte diesen, einen älteren Mann namens Jakobowski, auf, ihm die Wohnung des Fräuleins aufzuschließen.

»Da war vorhin schon mal ein Offizier da«, meinte der Mann, »am besten, Sie nehmen den Schlüssel an sich, da brauch ik nicht immer zu lofen.«

Das musste Nicolai gewesen sein. Wie der Major es geschafft hatte, so schnell informiert zu sein, war ihm ein Rätsel. Jedenfalls schien sein Vorgesetzter die gleiche Idee gehabt zu haben, trotzdem würde er einen Blick in die Wohnung werfen. Vier Augen sahen oft mehr als zwei. Jakobowski öffnete und hielt Wedigo die Tür auf. »Immer rin in die jute Stube, Herr Hauptmann. Ik geh denn mal, wenn Se mir nich mehr brauchen.«

»Danke, Jakobowski, Sie können gehen!« Wedigo drückte dem Mann ein Trinkgeld in die ausgestreckte Hand und trat in den Flur.

Von da begab er sich in das kleine Empfangszimmer und blieb wie angewurzelt stehen. Der ganze Raum war ein einziges Chaos. Die Polster des kleinen Sofas und der Sessel waren aufgeschnitten. Das Geschirr aus der Anrichte lag in Trümmern am Boden. Auch im Schlafzimmer, in das sich Wedigo sogleich begab, bot sich ein ähnliches Bild. Kleider waren aus dem Schrank gerissen worden, die Matratzen und das Bettzeug hatte man ebenfalls aufgeschlitzt. Überall flogen Bettfedern umher und der Nachtschrank lag zerbrochen in der Ecke. Es sah ganz so aus, als habe hier jemand rücksichtslos nach etwas gesucht. Wedigo eilte zurück ins Treppenhaus und rief nach dem Hausmeister.

Nach ein paar Augenblicken erschien der Mann. »Wat is denn, Herr Hauptmann? Brauchen Se Hilfe?«

»Das kann man so sagen«, erwiderte Wedigo. »Kommen Sie her und schauen sich das an. War die Wohnung vorhin im gleichen Zustand?«

Der Hausmeister schaute sich in Ruhe um. »Nee«, sagte er dann, »als ich den anderen Offizier einließ, muss alles in Ordnung gewesen sein. Bisschen laut war es, aber ich dachte, der Herr Oberst würde was suchen. Jedenfalls hat sich der Herr nicht über den Zustand beschwert.«

Schon wieder der »Oberst«! Wedigo hatte das Gefühl, als sei der Mann allgegenwärtig. Er verständigte den Major telefonisch von dem Geschehen und von dem denkbaren Zusammenhang mit dem Einbruch ins Ministerium. Der fand diese neue Spur höchst interessant und traf eine halbe Stunde später zusammen mit Schneidmann in der Auguststraße ein.

Der Feldwebelleutnant machte sich sofort daran, die Spuren zu sichern, fand aber weder Fingerabdrücke noch andere verwertbare Hinweise. Wedigo und Nicolai untersuchten ebenfalls die Wohnung. In den Schubladen eines schmalen Damensekretärs entdeckten sie schließlich einige Briefe und andere Papiere. Doch unter diesen war nichts von Belang.

»Ich habe den Eindruck, als wären Unterlagen entfernt und mitgenommen worden«, meinte der Major. »Um was es sich dabei wohl gehandelt hat?«

Nur ließ sich dies und ob der ominöse »Oberst« fündig geworden war, nicht mehr feststellen. Sie beendeten die Untersuchung und fuhren in die Wilhelmstraße. Schneidmann begab sich in das Labor, und die Offiziere zogen sich in Nicolais Büro zurück.

Der Major nahm hinter seinem Schreibtisch Platz und forderte Wedigo auf, sich ebenfalls zu setzen. »Einen Cognac? Es sieht mir ganz so aus, als gäbe es noch mehr, das Sie mir zu berichten hätten.« Nicolai holte aus einem Schubfach eine

Flasche »Beutecognac« hervor und schenkte sich und Wedigo ein Glas ein.

Der Hauptmann trank einen Schluck und informierte dann schweren Herzens den Major über seine Verstrickung in den Fall des ermordeten Fräulein Salmonova und darüber, dass Kommissar Gennat ihn für verdächtig halte.

Nicolai, der mit hochgezogenen Augenbrauen zugehört hatte, lachte laut auf. »Dass Sie die Gunst der Stunde nutzten und sich mit einem hübschen Filmfräulein amüsierten, ist in meinen Augen nichts Verwerfliches. Auch wenn Ihnen Gennat schon einmal einen Mord anhängen wollte, wissen wir beide, Mord gehört nicht zu Ihren Gepflogenheiten. Doch das Zusammentreffen mit Fräulein Salmonova scheint mir kaum ein Zufall zu sein. Das Ganze riecht nach einer geplanten Lockvogelaktion.«

»Wie soll das gegangen sein? Niemand wusste von unserem Abend im Kasino der Garde-Füsiliere und auch nicht, dass ich mich zu Fuß auf den Heimweg machen würde.«

»Im Kasino waren viele Leute«, gab der Major zu bedenken.

»Ich glaube nicht, dass einer der Kameraden mit dem Geschehen zu tun hat«, erwiderte Wedigo. »Obwohl, wenn ich an diesen angeblichen Oberst denke – vielleicht war der Mann in der Nähe?«

»Es ist ein Leichtes, sich eine Offiziersuniform und entsprechende Papiere zu besorgen«, bestätigte Nicolai. »Ob es nun dieser ›Oberst‹ oder eine andere Person war. Es muss Ihnen jedenfalls jemand vom Kasino gefolgt sein. Oder die Verfolgung könnte sich auch aus einer zufälligen Begegnung ergeben haben.«

»Das alles ist denkbar, aber warum das Fräulein ein Lockvogel gewesen sein soll, das erschließt sich mir nicht«, wandte Wedigo ein. »Sie hat an diesem ›Spionagedreh‹ mitgewirkt, wusste aber sicher nicht, was wirklich gespielt wurde. Nein, Franziska Salmonova hat mit dem Ganzen nichts zu tun. Vielleicht sollte ich mir das Bioskop-Atelier genauer ansehen, möglicherweise hat jemand mitbekommen, wer der Auftraggeber für den ›Probefilm‹ gewesen ist. Es müssen auch noch andere Personen vom Film beteiligt gewesen sein, Kameraleute, Techniker und so weiter.«

»Tun Sie das«, meinte der Major, »und nehmen Sie Schneidmann mit. Der kennt sich in technischen Dingen gut aus, was eine Hilfe sein könnte. Gefreiter Bolle wird Sie fahren.«

Es war gegen fünf, als der Hauptmann und seine Begleiter in den Innenhof des Bioskop-Ateliers einfuhren. Die Räume der Filmgesellschaft lagen im Hinterhaus. Ein Hausmeister führte Wedigo und Schneidmann in das Studio beziehungsweise Atelier. Dieses bestand aus einer großen Fläche unter einem riesigen Glasdach. Ein älterer Herr im Frack kam auf sie zu.

»Direktor Zeiske«, stellte er sich vor, »was kann ich für Sie tun, Herr Hauptmann?«

»Von Wedel, ich bin auf der Suche nach jemandem, der mir sagen kann, ob in den letzten Tagen mit Fräulein Salmonova gedreht wurde.«

»Wir arbeiten gerade an einem Streifen mit dem Titel ›Yoghi‹, der im Spätsommer oder Herbst in die Lichtspiele kommen soll. Aber am besten fragen Sie Herrn Seeber, unseren Kameramann. Er steht dort drüben.«

Der Direktor wies auf die andere Seite des Saals, wo vor einer Quecksilberdampflampen-Anlage ein rundlicher Mann von etwa 40 Jahren an einer Kamera hantierte. Wedigo und Schneidmann begaben sich zu ihm. Vor der Kamera war ein Paar dabei, eine dramatische Szene zu spielen. Der Mann, gekleidet in eine Art Kaftan, trug einen langen, falschen Bart und auf dem Kopf einen Turban. Er hob gerade die Arme und schien eine magischen Beschwörung auszustoßen, während die Frau, ebenfalls orientalisch gewandet, verzweifelt ihre Hände rang.

»Und halt!«, rief Seeber, dann drehte er sich zu Schneidmann und Wedigo um. »Was wollen Sie denn hier? Ich habe keine Soldaten bestellt. Ich brauche Sklaven, ziehen Sie sich um!«

»Bedauere, mein Herr, wir sind echt«, gab Wedigo zurück. »Wir wollen Sie auch nicht lange aufhalten. Es geht um Fräulein Salmonova.«

»Was ist mit mir?« Die »Orientalin« wandte sich ihnen zu und der Hauptmann erkannte zu seiner Überraschung Franzi. Also lebte sie! Nein, er täuschte sich. Diese Salmonova war ebenfalls eine wahre Schönheit, aber älter und trug ihre Haare anders, es musste sich um Franzis Schwester Lyda handeln. »Gnädiges Fräulein entschuldigen«, sagte er und verbeugte sich. »Meine Frage bezieht sich auf Ihre Schwester Franzi, nicht auf Sie.«

»Was ist mit Franzi?«

Jetzt stand er vor der unerwarteten Aufgabe, dem Fräulein die Nachricht vom Tod Franzis überbringen zu müssen. »Ihre Schwester«, begann er und hielt sogleich inne. Dann riss Wedigo sich zusammen. »Ich bedauere«, sprach er weiter, »Ihnen mitteilen zu müssen, dass Ihre Schwester heute früh Opfer eines Gewaltverbrechens geworden ist. Wir sind auf der Suche …« Rasch sprang er vor und fing die Taumelnde auf, bevor diese zu Boden sinken konnte.

Gemeinsam mit dem hinzugeeilten Kameramann führte er die Halbohnmächtige zu einem seitlich stehenden Sofa. Lyda Salmonova setzte sich, trank einen Schluck Wasser aus einem Glas, das ihr gereicht wurde. Dann drehte sie ihr schönes Gesicht Wedigo zu. Tränen liefen ihr über die Wangen, doch die Stimme, mit der sie ihn ansprach, klang ruhig und, trotz eines leichten Zitterns, fast gefasst. »Sagen Sie mir, Hauptmann, was passiert ist. Erzählen Sie alles und lassen Sie nichts aus.«

Wedigo gab einen kurzen Bericht, wobei er gewisse Details und insbesondere seine Art der Bekanntschaft mit der Toten überging. Schneidmann sah sich währenddessen im Haus um.

Als der Hauptmann endete, nickte die Schauspielerin. »Ich bin sicher, Sie haben das eine oder andere weggelassen, um mich zu schonen. Aber was ich gar nicht verstehe, was haben Sie mit dem Fall zu tun? Normalerweise ermittelt doch bei einem Mord die Polizei, oder?«

»Es könnte sein, dass ein Zusammenhang zu einem militärischen Zwischenfall besteht«, formulierte Wedigo vorsichtig. »Uns wurde berichtet, Ihre Schwester habe erst kürzlich an Probeaufnahmen für einen Film, der im Militär spiele, teilgenommen.«

»Ah, ich verstehe, das erklärt Ihre Anwesenheit. Aber ich fürchte, ich kann Ihnen nicht helfen. Und jetzt entschuldigen Sie mich bitte.« Mit diesen Worten erhob sich das Fräulein und eilte hinaus. Als sie an ihm vorbeilief, hörte Wedigo, wie sie schluchzte. Ihre bis dahin ruhige Haltung schien sich schlagartig aufgelöst zu haben. Er fühlte sich verpflichtet, ihr zu folgen und beizustehen, zumal ihr Schauspielerkollege wie auch der Kameramann ihr Weggehen völlig ungerührt verfolgt hatten.

Er fand sie draußen vor dem Eingang, wo Lyda Salmonova an der Wand lehnte und in die Ferne starrte. Aus ihren großen dunklen Augen liefen Tränen und ihre Schultern zitterten.

»Kann ich etwas für Sie tun, gnädiges Fräulein?«, fragte er.

Sie schüttelte stumm den Kopf.

»Oder soll ich Sie nach Hause fahren lassen?«

»Sie können mich nach Hause bringen«, sagte sie leise und blickte ihn direkt an. »Dabei erzählen Sie mir alles über Franziska. Sie haben meine Schwester gekannt. Carl hat gesagt, Franzi habe gestern Abend mit einem Offizier getanzt. Carl Ebert«, fügte sie hinzu, »das ist ein enger Freund. Sie sind Hauptmann und Sie kommen hierher. Ich spüre, dass Sie etwas wissen. Mehr wissen, als Sie bisher berichtet haben. Ich bitte Sie, Hauptmann, sagen mir alles!«

»Gut, ich werde Ihnen nähere Auskunft geben«, versprach Wedigo nach kurzem Zögern, »aber nicht hier.« Er bot dem Fräulein den Arm und führte sie zum Mercedes, in dem der Gefreite Bolle wartete. »Bolle, werfen Sie den Wagen an, und dann gehen Sie und suchen Feldwebelleutnant Schneidmann. Richten Sie ihm aus, er solle sich eine Droschke nehmen. Ich brauche den Mercedes!«

»Jawohl, Herr Hauptmann!« Bolle wartete, bis das Fräulein in das Fahrzeug eingestiegen war und der Offizier hinterm Lenkrad Platz genommen hatte. Er kurbelte den Motor an, salutierte und trat ab.

»Wohin soll ich Sie bringen?«

»Ich wohne in Schöneberg in der Potsdamer Straße.«

Während der Fahrt berichtete Wedigo, wie er gestern Abend Franziska getroffen, mit ihr getanzt und sich unterhalten habe. Auch die Begegnung mit dem Vetter aus Prag ließ er nicht unerwähnt. »Nach dem Vorfall brachte ich Franziska nach Hause, und sie lud mich ein, noch ein Glas Wein bei ihr zu trinken. Dabei erzählte Ihre Schwester von dem Probendreh in der Wilhelmstraße. Dort wurde vor Kurzem eingebrochen, und meine Dienststelle vermutet einen Zusammenhang zwischen dem Dreh, dem Einbruch und der Mordtat.« Wedigo endete.

Das Fräulein dachte einen Augenblick über das Gehörte nach. Dann wandte sie sich mit einer heftigen Bewegung an ihn: »Geben Sie mir Ihr Offiziersehrenwort, dass Sie mit dem Mord nichts zu tun haben?«

»Das gebe ich Ihnen«, sagte der Hauptmann ernst, »aber bedenken Sie, der feige Täter wäre zu allem fähig, auch zu einem Meineid.«

»Ich vertraue Ihnen«, erwiderte Lyda Salmonova und nahm seine Hand. »Versprechen Sie mir, dass Sie alles tun werden, um den Mörder zu finden!«

»Das tue ich, nur müssen Sie mir und der Polizei dabei helfen. Wir suchen nach den Personen, die Ihre Schwester zu der Drehprobe eingeladen haben. Ich bin sicher, dass wir, wenn wir diese haben, bald auf den Täter stoßen werden.«

»Ich weiß, wie gesagt, davon nichts. Aber ich werde mich in unseren Kreisen umhören. Zumindest einen Kameramann und einen Beleuchter wird man eingesetzt haben, dazu Helfer für die Maske und die Kostüme. Das erfordert die Mitarbeit von Profis. Das können doch nicht alles Verbrecher gewesen sein, oder?«

»Sicher nicht, das Fachpersonal wird wahrscheinlich auch getäuscht worden sein. Aber es gibt bestimmt einen Auftraggeber und einen Regisseur. An die müssen wir herankommen.«

»Ich treffe morgen Mittag meinen Kollegen Paul Wegener. Wir haben zusammen im ›Golem‹ gespielt. Wegener kennt jeden und jede in der Filmwelt und kann sicher weiterhelfen.«

Sie erreichten die Wohnung des Fräuleins und Wedigo stoppte. Lyda Salmonova stieg aus.

»Paul wird mir sicher einen Hinweis geben können. Wo können wir uns treffen, wenn ich Neues in Erfahrung gebracht habe?«

»Morgen Abend im Kranzler?«

»Gern«, sagte das Fräulein. »Um acht?«

»Um acht Uhr – und seien Sie vorsichtig, wir haben es mit Mördern zu tun!«

»Ich bin gut in der Lage, auf mich aufzupassen«, erwiderte sie. »Und dann ist auch mein Mädchen im Hause. Vroni kommt aus Bayern. Ihre Eltern haben einen Bauernhof. Sie kann kräftig zupacken, an Vroni kommt so leicht kein Einbrecher vorbei. Also, seien Sie unbesorgt, mir geschieht so schnell nichts. Wir sehen uns morgen!« Damit trat Fräulein Salmonova ins Haus.

Wedigo machte sich auf den Heimweg. Er war sich nicht sicher, ob er klug gehandelt hatte, die Filmdiva in die Ermittlungen einzubeziehen. Andererseits kannte sie sich im Filmmilieu aus; schaden konnte es nicht, am Innenwissen der Branche teilzuhaben.

Die Fahrt ging rasch vonstatten. Er näherte sich bereits dem Potsdamer Platz, als ihm ein schwarzer Opel Phaidon entgegenkam. Am Steuer des Wagens glaubte er im Vorbeifahren das Gesicht des Mannes zu erkennen, den er zuletzt auf der Rennbahn gesehen hatte. Und wenn er sich nicht völlig täuschte, saß neben ihm sein alter Bekannter aus Neuilly, Oberst Chabert! Doch schon war der Wagen vorbei. Eine Droschke hinderte ihn am Wenden, und als er endlich die Fahrtrichtung gewechselt hatte, war von dem Opel und seinen Insassen nichts mehr zu sehen. Verärgert wendete er erneut und fuhr zurück in die Wilhelmstraße, um Nicolai zu berichten.

Mittlerweile war es halb acht Uhr abends geworden. Der Major befand sich nicht mehr in seinem Büro und Schneidmann war nach Hause gegangen. Nur der Gefreite Bolle hielt die Stellung. Wedigo übergab dem Mann den Wagen und ließ sich von ihm nach Hause fahren. Für heute glaubte er, genug erlebt und getan zu haben.

In seiner Wohnung erlebte er die nächste Überraschung, die Gräfin war aus dem Krankenhaus zurück. Melissa erwartete ihn bereits und ihrer Miene war anzusehen, dass sie nicht in guter Stimmung war. »Guten Abend, Herr Hauptmann. Einen schönen Tag gehabt?«, begrüßte sie ihn.

»Es war viel zu tun. Aber schön, dass du die Charité bereits verlassen konntest.«

»Du fühlst dich durch mein Erscheinen nicht in deinem Privatleben gestört?«

»Was meinst du damit?«

»Deine Eskapaden, mein Lieber, sind stadtbekannt. Heute Nachmittag besuchte mich Kommissar Gennat im Krankenhaus und hat mich über eine gewisse Franziska Salmonova ausgefragt. Wenn ich ihn genau verstanden habe, wollte er mein Alibi wissen, da dieses Fräulein offenbar ermordet worden ist. Ich fragte ihn, warum er damit zu mir komme, und er meinte, ich solle mich am besten bei dir erkundigen, in welcher Beziehung du zu der Toten gestanden hast. Ich habe das Krankenhaus daraufhin verlassen und mich nach Hause bringen lassen. Zufälligerweise sah ich dabei, wie ein gewisser Hauptmann mit einer bekannten Filmdiva in einen Mercedes stieg. Die Dame kenne ich, sie heißt ebenfalls Salmonova, offenbar die Schwester der Toten. Kurz und gut, ich verlange eine Erklärung, und zwar jetzt!«

»Ich habe Franziska Salmonova gestern Abend auf einem Filmfest kennengelernt …«, begann Wedigo. Die Gräfin unterbrach ihn.

»Der Herr besucht Feste, während ich im Krankenhaus liege, tanzt und amüsiert sich und tut was weiß ich noch alles. Nein, mein Lieber, nicht mit mir! Lisa hat bereits gepackt, ich gehe und du siehst mich nicht wieder!« Damit verließ Melissa die Wohnung. Die Tür knallte, und dann war sie fort.

Mist, dachte Wedigo, Mist! Da hatte er sich verflixt in die Tinte geritten. Von wegen eine Nacht der Herrlichkeit; für Franzi hatte diese mit dem Tod geendet. Und er verlor durch seine wilde Amour, wenn es denn eine solche gewesen war, Melissa! Und warum? Weil dieser Gennat seinen Mund nicht gehalten hatte. Der Mann war ein wahrer Hornochse. Natürlich hätte Wedigo alles gestanden. Aber anders und geschickter eben. Und später. Mein Gott, das fehlte ihm noch, ein Konflikt mit Melissa. Er hatte ganz andere Dinge zu klären. Am wichtigsten war im Augenblick, herauszufinden, was Chabert vorhatte. Der Oberst und nicht Hauptmann von Jacobi steckte hinter allem, was bisher geschehen war. Natürlich ging es um die Geheimpapiere, um die »Akte Verdun« – aber was war der nächste Schachzug des Franzosen, und wo konnte der Mann sich nur verbergen? Vielleicht sollte er selbst versuchen, ihm auf die Spur zu kommen. Nur sah er im Augenblick keinen Ansatz, wie er dies erreichen könnte. Wedigo zog sich in Zivil um und beschloss, noch ein wenig bummeln zu gehen. Es musste ja nicht wieder so intensiv wie am gestrigen Abend sein. Auf jeden Fall brauchte er etwas Abstand zum Tagesgeschehen.

Eine Droschke brachte ihn zum Alex, wo er im Aschinger ein Bier trank und eine Kleinigkeit zu Abend aß. Während des Essens kam ihm wieder die Begegnung mit Chabert in den Sinn. Er hatte den Wagen mit dem Mann auf der Potsdamer Straße gesehen. Er und sein Kumpan waren in Richtung Schöneberg gefahren. Was konnten sie dort wollen? Wedigo schlug sich gegen die Stirn. Dass er nicht gleich darauf gekommen war. In Schöneberg wohnte Lyda Salmonova. Ihre Schwester hatte für den Einbruch in die Wilhelmstraße sozusagen die Kulisse beziehungsweise das Schutzschild abgegeben. Und sie musste irgendetwas mitgenommen haben, was Chabert und seine Leute suchten. Möglicherweise glaubten sie, Lyda Salmonova wisse mehr und könne ihnen sagen, wo das Gesuchte sich befinde. Die Kerle schreckten garantiert vor nichts zurück und würden auch vor Gewalt nicht Halt machen. Lyda Salmonova war in Gefahr! Er musste sofort nach Schöneberg, um nach dem Fräulein zu sehen. Aber er war aktuell unbewaffnet, wie sollte er mit den Burschen, wenn sie wirklich dort waren, fertig werden? Da öffnete sich die Tür des Lokals und Kommissar Gennat trat ein. Der »Hornochse«, hier kam er wie gerufen.

»Herr Kommissar«, begrüßte ihn Wedigo. »Wir müssen sofort mit einem bewaffneten Trupp nach Schöneberg. Ich fürchte, Frau Salmonova ist in Gefahr!«

»Sie meinen die Schwester der heute Morgen Ermordeten?«

»Die bekannte Schauspielerin, aber lassen Sie uns aufbrechen, ich erkläre Ihnen alles unterwegs. Sie haben ein Fahrzeug in Bereitschaft?«

»Kommen Sie mit«, brummte Gennat, »ich hoffe nur, dass es wirklich wichtig ist. Wie Sie wissen, befinden wir uns im Krieg und müssen Treibstoff sparen.«

Das Polizeipräsidium lag zum Glück gleich nebenan, und zehn Minuten später waren Wedigo, Gennat und zwei Wachtmeister in einem alten Horch auf dem Weg zur Wohnung der Filmdiva. Der Hauptmann erklärte dem Polizisten das Nötige. Gennat räumte ein, dass Wedigo mit seinen Befürchtungen recht haben könne, schien aber dennoch von seinen Überlegungen nicht völlig überzeugt zu sein. Unterwegs berichtete der Kriminalbeamte, das Pferd in Karlshorst sei nach dem Bericht der Ballistik von einem unbekannten Dritten erschossen worden, der Täter habe offenbar einen Helfershelfer vor Ort gehabt.

Gegen halb zehn erreichten sie das Haus in der Potsdamer Straße, in der die Schauspielerin wohnte. Der Wagen hielt und die Herren stiegen aus. Das Gebäude lag völlig dunkel vor ihnen, die Bewohner schienen bereits zu schlafen. Dennoch betätigte Wedigo die Klingel. Nichts geschah, nach einer Minute läutete Gennat. Wieder warteten sie, der Kommissar wollte schon laut klopfen, da ging im Erdgeschoß Licht an. Ein Fenster öffnete sich und ein weiblicher Kopf schaute hervor.

»Wat solln der Lärm?«, fragte ein Frauenstimme, von der Sprache her offenbar das Dienstmädchen.

»Kommissar Gennat, wir möchten mit Fräulein Salmonova sprechen.«

»Das gnädge Fräulein hat sich hingelegt und empfängt heute nich mehr«, erwiderte die Stimme und das Fenster wurde geschlossen.

»Das hätten wir uns gleich denken können«, brummte Gennat, »völlig verständlich, nach dem Tag, dass das Fräulein Ruhe braucht! Die Fahrt war absolut umsonst.«

Wedigo warf einen scharfen Blick auf das Haus. Hinter einem Fenster im 1. Stock hatte er kurz zwei Schatten gesehen. Und dann war da noch etwas …

»Kommen Sie!«, sagte er leise. »Lassen Sie uns um den Block fahren und einen Zugang zum Grundstück von hinten suchen. Da stimmt etwas nicht.«

Gennat blickte skeptisch, tat aber dann, was Wedigo sagte. Sie fuhren los.

»Ich habe zwei Schatten am Fenster gesehen«, berichtete der Hauptmann.

»Das Fräulein wird privaten Besuch haben. Wahrscheinlich einen Liebhaber.«

»Heute Abend, nachdem ihre Schwester ermordet wurde?«

»Die Damen vom Film sind eben anders«, wandte Gennat ein.

»Ich hatte nicht den Eindruck, dass Fräulein Salmonova ›anders‹ sei«, sagte Wedigo, »aber mir ist noch etwas aufgefallen. Das Dienstmädchen stammt von hier, oder?«

»Der Sprache nach, ja«, bestätigte der Kommissar.

»Fräulein Salmonova erzählte mir aber heute Nachmittag, ihr Mädchen sei aus Bayern.«

»Also, bairisch sprach die Person am Fenster nicht«, meinte Gennat nachdenklich.

»Genau, das ist nicht Vroni – und deswegen glaube ich, dass sich jemand Fremdes im Haus befindet. Ich schlage vor, wir beide versuchen, von der Rückseite einen Zugang zum Haus zu finden. Ihre Männer setzen uns ab, fahren zurück, warten zehn Minuten und läuten dann erneut. So lenken wir die Aufmerksamkeit von uns ab.«

»In Ordnung, haben Sie eine Waffe?«

»Nein, Sie sehen, ich bin in Zivil.«

»Nehmen Sie diese hier«, sagte Gennat, »ich habe immer eine Waffe in Reserve«, und reichte ihm einen Revolver. »Aber nur im äußersten Notfall schießen. Vor allem, denken Sie daran, es könnte sich immer noch alles als völlig harmlos herausstellen.«

Das Fahrzeug erreichte die Straße, die hinter dem Haus entlangführte. Hier war die Bebauung weniger dicht, immer wieder gab es kleine Grünflächen, in die sich die Häuser hineinschoben und die von großen Bäume beschattet wurden. Wedigo und der Kommissar stiegen aus.

»Es ist jetzt 21:40 Uhr, um zehn vor zehn klingelt Ihr!«, schärfte Gennat seinen Leuten ein. Dann fuhr der Wagen zurück in die Potsdamer Straße.

Vor den beiden Männern befand sich ein von Ligusterhecken umgebener Garten. Gennat öffnete eine Pforte und sie traten in das Innere. Links und rechts erstreckten sich bunte Blumenbeete. Ein unbestimmter Geruch nach Gras und Blüten lag über allem. Weiter hinten sahen sie ein Becken, in das ein Triton Wasser spuckte. Der Rand war gemauert und rings um die kleine Anlage standen Bänke. Dahinter führte der Weg zu einer roten, über zwei Meter hohen Ziegelwand, die den Garten abschloss.

»Da müssen wir drüber«, stöhnte Gennat. »Das schaffe ich mit meiner Körperfülle nicht.«

»Unsinn, das klappt schon. Ich helfe Ihnen auf die andere Seite. Lassen Sie uns eine Bank holen.«

Ein wenig später hatten sie eine der Bänke vor die Wand gestellt. Der Kommissar stieg darauf und zog sich an der Mauerkante in die Höhe. Mit viel Schieben und Drücken durch Wedigo schaffte er es auch, nach oben zu kommen. Der Hauptmann schwang sich hinterher und beide ließen sich auf der anderen Seite hinab. Sie befanden sich nun in einem gepflasterten Hinterhof, von dem eine schmale Tür ins Haus führte. Gennat zündete im Schutz eines Vordachs ein Streichholz an und blickte auf seine Uhr. »Zehn vor, es geht los!«

Der Kommissar holte aus der Tasche einen Dietrich hervor und öffnete mit diesem nahezu lautlos das Schloss. Sie schlüpften ins Haus. Es zeigte sich, dass sie sich am Fuße einer kurzen Treppe befanden, die ins Hochparterre führte. Leise schlichen die Männer nach oben. Von vorn war jetzt ein schrilles Läuten zu hören und das laute Rufen der Wachtmeister: »Aufmachen, Polizei!«

»Schnell!«, raunte Wedigo dem Kriminalbeamten zu. »Wir müssen hoch, bevor dem Fräulein etwas passiert.«

»Gehen Sie nach oben, ich überprüfe die Lage hier und lasse meine Männer herein.«

Der Kommissar blieb im Erdgeschoss und Wedigo eilte die Steintreppe empor in den 1. Stock. Die Treppe mündete zunächst auf einem breiten Absatz. Alles lag im Dunkeln. Der Hauptmann blieb kurz stehen und lauschte. Unten krachte es, dann fiel ein Schuss. Im gleichen Augenblick öffnete sich links von ihm eine Tür, und zwei dunkel gekleidete Gestalten, die eine dritte Person im weißen Gewand in ihrer Mitte führten, kamen aus einem hellen Zimmer heraus auf den Flur. Voller Entsetzen erkannte Wedigo Lyda Salmonova. Man hatte ihr die Hände schmerzhaft auf den Rücken gebogen und offenbar gefesselt. Gerade versuchte einer der Kerle, der sich heftig Wehrenden einen Knebel in den Mund zu stopfen. Voller Zorn sprang der Hauptmann vor und schlug dem ersten Mann den Kolben seines Revolvers über den Schädel. Dieser schrie auf und stürzte zu Boden. Der andere aber stieß das Fräulein gegen seinen Angreifer, sodass Wedigo stolperte, und rannte ins nächsthöhere Stockwerk. Der Hauptmann wollte schon hinterher, da fielen unten erneut Schüsse.

»Bleiben Sie bei mir«, flehte Fräulein Salmonova, »die bringen mich um, wie sie meine Schwester ermordet haben!«

»Ich bleibe«, versprach der Hauptmann und knüpfte, so rasch es ging, ihre Handfesseln auf. Aus der Tiefe ertönten Schritte, die die Treppe heraufeilten.

»Gehen Sie hinter mir in Deckung«, rief Wedigo und richtete seinen Revolver in das Dunkle. Da ging elektrisches Licht an und im hellen Schein einer Deckenlampe erkannte er Gennat, der mit einem Wachtmeister im Gefolge auf sie zukam.

»Wir konnte einen Mann festnehmen, wie sieht es bei Ihnen aus?«

»Ich habe ebenfalls einen ausschalten können, der andere ist nach oben geflohen!«, rief Wedigo. »Ich hole mir den Burschen!«

»Wachtmeister Müller, Sie schützen Fräulein Salmonova!«, befahl Gennat und folgte dem in die oberen Stockwerke hastenden Hauptmann.

In der 2. Etage war es absolut dunkel, einen Lichtschalter konnte Wedigo nicht entdecken. Möglicherweise war dieser Teil des Hauses noch nicht mit Elektrizität ausgestattet. Er blieb stehen und lauschte. Hinter ihm polterte Gennat die Treppe hinauf, rechts hinten schloss sich eine Tür.

»Er ist hier«, informierte Wedigo den Kommissar, als der schwer atmend neben ihm anlangte.

»Dann haben wir den Kerl, aus dem Stock entkommt er uns nicht.«

Erneut erhob sich ein Poltern und dann – etwas knallte und ein lautes Prasseln setzte ein. Wedigo hob prüfend die Nase. »Das riecht nach Feuer, der Schuft hat einen Brand gelegt. Schnell, wir müssen löschen!«

Beide Männer stürmten in den nächsten Raum. Eine Petroleumlampe hatte hier für Licht gesorgt. Der Flüchtige musste sie auf den Boden geworfen haben, dort war sie explodiert und hatte die Vorhänge und eine Sofadecke in Brand gesetzt. »Rasch, werfen wir das Zeug aus dem Fenster, bevor noch mehr passiert!«

Gennat fand eine Balkontür, die er öffnete. Währenddessen riss der Hauptmann die Vorhänge herunter, packte die Decke und warf sie mit Schwung hinaus. Gennat goss den Inhalt einer Blumenvase über die brennende Lampe am Boden aus, und beide Männer versuchten nun, das übrige Feuer auszutreten. Doch immer wieder leckten Flammenzungen empor und gewannen neue Kraft. Sie mussten vor der Hitze mehr und mehr zurückweichen. Beinahe schien es, als wären ihre Löschversuche vergeblich, da wurden mehrere Eimer Wasser über den Brand gekippt, weitere folgten und einer Viertelstunde später waren die Flammen erstickt.

Fräulein Salmonova und Vroni sowie Wachtmeister Müller hatten es gerade noch rechtzeitig geschafft, den Feuerkämpfern zu Hilfe zu kommen. Zwei Männer, derjenige, den Wedigo niedergeschlagen hatte, und der von unten, waren festgesetzt worden. Der Dritte im Bunde, den sie verfolgt hatten, und das falsche Dienstmädchen waren jedoch entkommen.

Hustend, die Kleider nass und mit Ruß und Asche bedeckt, dazu nach Feuer riechend, zogen sich alle nach unten zurück. Der Kommissar befahl, die Gefangenen ins Auto zu verfrachten. Er bat, morgen Mittag wegen der Aussage des Fräuleins zum Ablauf des Geschehens wiederkommen zu dürfen, und verabschiedete sich. Wedigo wollte sich ihm anschließen, aber Lyda Salmonova ließ dies nicht zu.

»Ohne Sie wären wir hilflos den Schurken ausgeliefert gewesen. Ich kann Sie nicht so gehen lassen. Vroni wird Ihnen ein Bad bereiten und einen Anzug bereitlegen. Er stammt von unserem Vetter, Sie haben ihn kennengelernt. Ein herzensguter Mensch, nur darf er nichts getrunken haben.«

»Ich weiß nicht, ob ich das annehmen kann …«

»Sie müssen, Herr von Wedel«, unterbrach ihn das Fräulein sogleich. »Und nachher erzähle ich Ihnen alles, was wir heute Abend erlebt haben.«

Eine halbe Stunde später saß Wedigo im Salon der Schauspielerin. Der Anzug des Vetters war ganz passabel und auch sonst fühlte sich der Hauptmann nach der »Waschung« erfrischt. Auf ein Bad hatte er verzichtet, das wäre ihm zu privat vorgekommen. Ihm gegenüber saß die Schauspielerin. Sie trug ein einfaches, helles Hauskleid und sah reizend aus. Der Hauptmann berichtete kurz, warum sie zu der späten Stunde nochmals zum Haus des Fräuleins gefahren seien und woran er die unmittelbare Gefährdung Lyda Salmonovas erkannt habe.

»Ich kann Ihnen nicht sagen, wie dankbar ich bin, dass Sie mit dem Kommissar zurückgekommen sind. Eine Viertelstunde vorher, ich war gerade dabei, zu Bett zu gehen, stand plötzlich ein maskierter Mann mit einem Revolver im Zimmer. Er forderte mich auf, die Papiere herauszugeben. Ich sagte, dass ich von keinen Papieren wisse. Daraufhin kam ein Zweiter herein, der mich brutal fesselte. Dann begannen die beiden, alle Schränke und Schubladen zu öffnen, offenbar suchten sie nach diesen ›Papieren‹. Vroni müssen sie vorher überwältigt haben, wobei offenbar eine Frau und ein dritter Kerl mitgeholfen haben.«

»Die Frau übernahm die Rolle Ihres Mädchens«, erklärte Wedigo. »Fast wären wir darauf reingefallen, aber der Dialekt hat das falsche Mädchen verraten. Ist Ihnen an den Männern irgendetwas Besonderes aufgefallen? Ich weiß, die drei waren maskiert. Aber kamen Ihnen vielleicht die Sprache oder eine Geste oder Ähnliches bekannt vor?«

Lyda Salmonova überlegte einige Augenblicke, dann schüttelte sie den Kopf. »Ich weiß, im Film ist das ganz einfach, doch in der Wirklichkeit – ich habe mich einfach nur gefürchtet. Denn der eine bedrohte mich mit einem Messer. ›Ein Schnitt auf den Wangen‹, sagte er, ›dann ist es vorbei mit der Schauspielerei.‹ Zum Glück läuteten Sie in diesem Augenblick. Ich weiß nicht, was sonst passiert wäre.« Das Fräulein schlug die Hände vors Gesicht. »Mein Gott, in was ist Franzi da nur reingeraten?«

Wedigo warteten einen Augenblick, bis sie sich beruhigt hatte, dann erhob er sich. »Ich darf mich verabschieden, gnädiges Fräulein. Sie bedürfen nach diesem schrecklichen Tag dringend der Ruhe.«

Auch Lyda Salmonova stand auf. »Ich bringe Sie nach draußen.«

Sie führte ihn durch den Flur und öffnete eigenhändig die Haustür. Dort reichte sie ihm die Hand. »Ich danke Ihnen nochmals für alles. Ich weiß nicht, was ohne Ihre Hilfe passiert wäre. Danke!« Damit stellte sie sich auf die Zehenspitzen, legte die Arme um ihn und gab dem Überraschten einen Kuss auf den Mund. »Komm bald wieder!« Dann kehrte die Diva rasch zurück ins Haus und schloss die Tür.

Von dem Geschehen leicht verwirrt, stieg Wedigo die Stufen der Vortreppe hinab. Die Schwestern Salmonova geizten offenbar nicht mit ihren Gefühlen. Er sollte wiederkommen, was verbarg sich hinter diesen Worten? Und sie hatte ihn geduzt! Ein Motorengeräusch riss ihn aus seinen Gedanken. Auf der anderen Straßenseite startete soeben ein Automobil. Für einen kurzen Augenblick meinte er, hinter dem Steuer die Silhouette einer Frau zu erkennen, dann war der Wagen vorüber und verschwand im Dunkel der Nacht. War das die Frau von vorhin gewesen, die die Rolle des Dienstmädchens gespielt hatte? Wurde das Haus des Fräuleins beobachtet? Da sah er rechts im Schatten des gegenüberliegenden Gebäudes eine Bewegung! Wedigo eilte über die Straße auf den Schatten zu.

Aus einer Toreinfahrt trat ein Uniformierter. Wedigo atmete auf.

»Herr von Wedel?«, fragte der Polizist.

»Richtig!«

»Kommissar Gennat lässt Ihnen ausrichten, dass er für die Nacht Posten zum Schutz des Hauses eingeteilt hat.«

»Danke, Wachtmeister. Wissen Sie, wer da eben im Wagen war?«

»Komisch, dass Sie fragen. Ich habe die Dame bereits angesprochen. Gräfin Walewska sagte, sie warte auf Herrn Hauptmann, und jetzt ist die Dame ohne Sie abgefahren!«

Teufel auch, das war Melissa gewesen, und sie hatte bestimmt die Abschiedsszene und den Kuss mitbekommen. Das Eis zwischen ihnen wurde immer dicker! Ärgerlich machte sich Wedigo auf den Heimweg.

6. ES WAR IN SCHÖNEBERG, IM MONAT MAI

Auf dem westlichen Maasufer wurde ein gegen die Höhe 304 unternommener französischer Handgranatenangriff abgewiesen. Die gegenseitige Artillerietätigkeit auf beiden Maasufern war lebhaft.

Deutscher Heeresbericht vom 14. Mai 1916

Fern schlug eine Glocke, es ging auf Mitternacht zu, und er musste ein gutes Stück laufen, bis er einer Droschke begegnete, die ihn in die Adlerstraße brachte. Alles wie am gestrigen Abend – und doch ganz anders, dachte er, als er endlich die Etagentür zu seiner Wohnung öffnete. Gänzlich anders, korrigierte er sich, denn im kleinen Salon saß, eine Flasche Cognac und ein Glas vor sich, Oberst Chabert! Der Franzose richtete einen Revolver auf ihn und »lud« ihn gleichzeitig mit einer lässigen Bewegung seiner linken Hand ein, auf dem zweiten Sessel Platz zu nehmen. »So sieht man sich wieder, Herr von Wedel! Eben waren Sie noch ein britischer Waffenhändler, und schon sind Sie wieder der strebsame, junge Hauptmann, der mir mit seinem Treiben nichts als Ärger bereitet, ob in Paris oder Berlin. Das darf in dieser Form nicht weitergehen. Sie haben mit Ihrem Eingreifen bei Fräulein Salmonova erneut meine Pläne gestört. Ich könnte Sie dafür gleich eliminieren, doch erst einmal will ich das haben, was Sie und Ihre reizende Komplizin meinem Land gestohlen haben. Vielleicht, aber nur vielleicht, lasse ich die Gräfin Walewska dann am Leben. Also, wo sind die Papiere, Hauptmann?«

»Wer garantiert mir, dass Sie Wort halten und die Gräfin in Ruhe lassen?«, fragte Wedigo so ruhig, wie es ihm in der Lage möglich war.

»Niemand, und Sie haben ja gehört, ich sagte ›vielleicht‹«, erwiderte der Franzose grinsend.

»Das ist kein echtes Angebot!«

»Genau, Sie haben es erfasst, Hauptmann. Ob ich die Gräfin wirklich verschone, weiß ich tatsächlich nicht. Das wird sich ergeben. Aber es ist Ihre einzige Chance, Ihre Geliebte zu retten.«

»Und wenn ich Nein sage?«

»Halten wir uns an Maria Walewska. Meine Leute können sehr unangenehm werden, wenn ihre Fragen nicht gleich beantwortet werden. Vor allem mein guter Dupont hat große Freude daran, widerspenstige Frauen zu zähmen. Und Sie sind dann jedenfalls tot!«

Wedigo wurde bei dem Gedanken, dass diese Schufte Melissa etwas antun könnten, regelrecht übel. Ohne weiter zu überlegen, sprang er auf und versuchte, den Oberst am Kragen zu packen. Chabert rechnete offensichtlich mit einer derartigen Reaktion, denn er wich schnell zur Seite aus und drückte auf Wedigo ab. Es krachte laut, der Hauptmann spürte, wie eine Kugel seine Schulter streifte und den Stoff aufriss. Noch ehe sein Feind ein zweites Mal feuern konnte, war er über ihm und schlug mit der Faust mitten in das breite Gesicht. Die Wucht des Hiebes ließ den Franzosen nach hinten und zu Boden stürzen; er rollte sich aber ab und kam wie eine Katze sogleich wieder auf die Beine. Seine Waffe verlor er allerdings bei dem Fall – und ehe er nach dieser greifen konnte, riss Wedigo den Revolver Gennats hervor und richtete ihn auf Chabert. Da wurde hinter ihm die Salontüre aufgerissen. Er wirbelte herum, um den neuen Gegner abzuwehren. In der Tür stand zu seiner Überraschung Melissa!

Der Oberst nutzte den Augenblick der Ablenkung, hechtete zur Balkontür, öffnete und schwang sich seitlich in die Tiefe. Der Hauptmann folgte ihm sofort, doch der Franzose hatte bereits den Boden erreicht und lief zur Straße, wo ein Wagen auf ihn wartete. Wedigo zielte kurz, schoss – und verfehlte. Schon sprang der Mann in das Fahrzeug, die zweite Kugel prallte von der Karosserie ab, dann brauste das Automobil ohne Licht in die Nacht davon. Erneut war Oberst Chabert die Flucht gelungen! Langsam drehte sich der Hauptmann um und kehrte in die Wohnung zurück.

Dort erwartete ihn die Gräfin. Der Franzose hatte offenbar geblufft, Melissa hatte sich nicht in seiner Hand befunden. »Guten Abend, Herr von Wedel«, begrüßte sie ihn förmlich. »Sie scheinen ein turbulentes Leben zu führen. Jeden Abend eine andere Schauspielerin im Arm, Kasinobesuche, zwischendurch ein kleiner Mord, dann wieder ein wenig Spionage- und Agententätigkeit. Kusswillige Schönheiten in Schöneberg, ganz wie im Lied. Nicht zu vergessen meine Wenigkeit. Jetzt verstehe ich, warum dich deine Verlobte damals verlassen hat! Du bist ein Weiberheld, ein Windhund, ein wahrer Schuft!« Die Gräfin warf ihm noch einen blitzenden Blick zu und rauschte hinaus.

Was für ein Abgang, dachte Wedigo, natürlich hatte Melissa recht, die Affäre mit Franziska war unverzeihlich. Aber war das überhaupt eine Affäre gewesen und nicht vielmehr ein plötzliches Aufflammen einer wahren Amour fou? Er wusste es nicht, und er würde auch nie erfahren, was Franzi bewogen hatte, ihn mit sich zu ziehen. Aber das sollte keine Entschuldigung sein, er hätte sich nicht ziehen lassen müssen. Wenn denn wirklich etwas geschehen war, was er nicht mit hundertprozentiger Sicherheit wusste. Doch die Aufwachsituation war wohl eindeutig genug gewesen – also gut, er war ein Windhund! Doch das war sicher nicht der Grund, warum ihn Melissa mitten in der Nacht aufgesucht hatte. Eine ähnliche Szene hatte sie ihm bereits gemacht. Er würde sicher noch erfahren, was die Ursache ihres Besuches gewesen war. Wedigo gähnte, eine ungeheure Müdigkeit ergriff ihn. Er begab sich in das Schlafzimmer, um noch ein paar Stunden zu ruhen. Auf dem Bett lag ein Brief, blau, mit einer Grafenkrone verziert. »Frau Gräfin« hatte ihm eine Nachricht hinterlassen. Aber er fühlte sich einfach zu müde, um sich jetzt mit dem Schreiben auseinanderzusetzen. Morgen früh würde er lesen, was sie ihn mitzuteilen hatte. Jetzt wollte er nur noch schlafen. Er ließ sich, so wie er war, fallen und schloss die Augen.

Am nächsten Morgen weckte ihn Paulsen. »Herr Hauptmann, Sie müssen aufstehen. Der Herr Major ist im Salon und wartet bereits auf Sie! Sie sollen Zivil anziehen!«

Wedigo fuhr in die Höhe und warf einen Blick auf die Uhr. Viertel nach acht, verflixt, er hatte verschlafen!

»Paulsen, du Rindvieh, warum hast du mich nicht früher geweckt?«, herrschte er den Gefreiten an.

»Herr Hauptmann haben so schön geschlafen, da konnte ich Sie einfach nicht stören«, erwiderte dieser treuherzig. »Und es ist Sonntag.«

Sonntag! Aber der Major war da und wartete, da spielte es keine Rolle, ob Wochenende war oder nicht, die Pflicht ging vor. Wedigo sprang aus dem Bett, ließ sich rasch rasieren, wusch sich das Gesicht und den Oberkörper kurz ab und schlüpfte in den bereitgelegten bürgerlichen Anzug.

Dann eilte er in den Salon, wo Nicolai ihn, ebenfalls in Zivil, ungeduldig mit den Fingern auf der Lehne trommelnd, erwartete. »Kommen Sie, wir müssen los! Unterwegs erzählen Sie mir, warum Sie verschlafen haben.« Der Major bugsierte ihn zu dem vor dem Haus haltenden Mercedes.

Am Steuer saß Feldwebelleutnant Schneidmann in der Kleidung eines Arbeiters. Er grüßte militärisch und fuhr los.

»Wohin geht es?«, wagte Wedigo zu fragen. »Und warum tragen wir nicht Uniform?«

»Wir fahren ins rote Wedding«, erwiderte Nicolai, »das beantwortet wohl alles – und jetzt berichten Sie!«

Der Hauptmann gab einen knappen Abriss der Ereignisse des vergangenen Abends und der Nacht – natürlich ohne die Kussszene und ohne Melissas Kommentare.

»Ich verstehe Sie richtig. Die Schwester der Ermordeten wurde ebenfalls Opfer eines Überfalls, an dem vermutlich unser ›Freund‹ vom Rennplatz beteiligt war. Und später erwartete Sie Oberst Chabert. Mensch, Kamerad von Wedel, warum haben Sie mich denn nicht gleich informiert?«

»Als ich gestern Abend in die Wilhelmstraße kam«, verteidigte sich Wedigo leicht ärgerlich, »war außer dem Gefreiten Bolle niemand mehr vor Ort. Zum Glück traf ich Kommissar Gennat, der mich unterstützte, sonst hätten wir noch mehr Tote.«

»Ich habe ein Telefon und kann rund um die Uhr angerufen werden«, entgegnete Nicolai. »Und das tun Sie bitte beim nächsten Mal! Aber ansonsten danke ich Ihnen für Ihren schnellen Einsatz. Sie haben getan, was Ihnen möglich war. Trotzdem schade, dass Chabert erneut das Weite suchen konnte. Nun zu unserem Besuch in Wedding. Dort wohnt zum einen ein Kameramann, der angeblich bei dem nächtlichen Probedreh anwesend war. Zum anderen wollen wir einen Informanten aufsuchen, der möglicherweise etwas über die revolutionären Umtriebe berichten kann. Ich habe mich in der sozialistischen Szene umgehört, auch mit einigen der Damen gesprochen, die ich Ihnen bereits genannt habe. Vergeblich, besonders aus Frau Dr. Luxemburg und ihrer Mitstreiterin Zetkin war nichts herauszuholen. Allerdings stieß ich bei diesen ›Gesprächen‹ auf jenen besagten Informanten. Ich bin zwar skeptisch, ob der Kerl wirklich etwas weiß und es auch erzählt. Aber ich will nichts unversucht lassen. Im roten Wedding sollten wir jedoch besser nicht in Uniform auftreten. Die Stimmung ist aufgrund der schlechten Versorgung und der neuesten Opferzahlen von der Front angespannt.« Der Major schwieg. »Ach ja«, sprach er dann weiter. »Es sieht so aus, als habe Kamerad Steulmann recht gehabt. Der Tote in Verdun ist offenbar wirklich von Jacobi. Ein Verwandter wies auf eine Narbe hin, die man tatsächlich am Leichnam festgestellt hat. Der Doppelgänger wurde gestern Abend ebenfalls gesehen. In Wedding, das ist der dritte Grund für unseren Besuch dort. Dieser andere ist höchstwahrscheinlich der gesuchte ›Lebemann‹, die unrühmliche Doublette des echten Jacobi!«

Wedigo nickte geistesabwesend. Jetzt hatte er Melissas Brief vergessen und ihn nicht gelesen, einfach unmöglich.

»Hören Sie mir überhaupt zu, Herr von Wedel?«, fragte Nicolai mit scharfer Stimme.

»Gewiss, von Jacobi beziehungsweise sein Doppelgänger wurde in Wedding gesehen. Aber«, er blickte den Major groß an, »was sucht ein ›Lebemann‹ in Wedding?«

»Das werden wir herausfinden«, sagte Nicolai. »Sonntags ist dafür die beste Zeit.«

Sie fuhren bis zur Ackerstraße. Hier standen riesige Mietshäuser mit bis zu 500 und mehr Bewohnern. Sie glichen einer kleinen Stadt, und in ihnen wimmelte es von Menschen. Die Front des Hauptgebäudes, vor dem der Wagen hielt, hatte zwei mächtige Portale, doch von der Fassade bröckelte bereits der Putz. Hinter dem Eingang öffneten sich sechs Hinterhöfe mit jeweils vierstöckigen Quergebäuden. Wedigo und Nicolai stiegen aus, Schneidmann stellte das Automobil weiter unten am Straßenrand ab und folgte. Die Männer betraten den ersten Hof. Hier herrschte ein buntes Leben. Zahlreiche Kinder sprangen umher und spielten. Seitlich gab es Werkstätten, in denen, trotz des Sonntags, eifrig gehämmert wurde. Alte Frauen verkauften welkes Gemüse und Kartoffeln. Sie liefen weiter, in den anderen Höfen zeigten sich ähnliche Bilder. Es war laut, überall lärmte und schrie es. Die Luft stank zudem penetrant nach Kohl und Abfall. Manche der Kinder trugen nur schlechte Kittel und waren entsetzlich mager. Vor vielen Haustüren standen kränklich aussehende junge Mädchen, die Säuglinge hüteten. Sie betrachteten mit apathischen Blicken die fremden Besucher. Die drei Soldaten gingen an einem Mann vorüber, der ohne Schuhe und Hemd auf einer Kiste saß, eine Pfeife rauchte und in aller Ruhe in einer Tageszeitung las. Auf einem Handkarren neben ihm schaukelten zwei Jungen. Rechts, vor einer Pumpe, stand ein dünnes, junges Weib in einer abgetragenen Joppe und ließ Wasser in ihre Kanne strömen. In einer anderen Ecke des Hofes war zwischen zwei Stangen ein Strick gespannt, an dem Wäschestücke zum Trocknen hingen. Der Pumpenschwengel, den die Frau bediente, quietschte grässlich. Alles wirkte elend und armselig und es stank nach Unrat; den Menschen hier ging es ersichtlich schlecht.

»Ein grässliches Umfeld«, meinte Nicolai. »Mahlern, so heißt der Kameramann, wohnt im dritten Hof in der 4. Etage«, informierte er weiter. »Hier muss es sein. Wollen mal sehen, ob der Herr zu Hause ist.«

Sie stiegen in das 4. Obergeschoss des vor ihnen befindlichen Gebäudes. Drei Türen gingen oben von dem Etagenflur ab. Nicolai klopfte an die erste von ihnen. Eine Frau in einem schmierigen Morgenmantel kam und öffnete. »Nein«, antworte sie auf seine Frage nach dem Kameramann, »Herrn Mahlern wohnt hier nicht. Der Herr kann ruhig nachschauen, wenn er mir nicht glaubt!« Und um ihr Angebot zu verstärken, riss sie die Tür zu der Wohnung weit auf. Wedigo hatte den Eindruck, in eine Art von Panoptikum zu schauen. Vor ihnen lagen eine Reihe schmaler Zimmer, in denen zum Teil auch gekocht wurde. Kinder liefen ein und aus. Eine alte Frau hielt einen Säugling im Arm und arbeitete mit der freien Hand auf dem Herd. Es roch stark nach Suppe und alten Windeln. Schneidmann hatte sich inzwischen nach links gewandt. Dort öffnete sich eine Tür wie von allein, aus der dahinterliegenden Wohnung drang Marschmusik. Der Feldwebelleutnant verschwand im Innern. Nicolai wollte gerade die Klingel der dritten Wohnung betätigen, da rief Schneidmann halblaut: »Herr Major, kommen Sie!«

Nicolai und Wedigo folgten ihm in die Wohnung. Sie war schmal und in einem völlig verwahrlosten Zustand. Überall lagen Flaschen herum, Kleidungsstücke hingen auf Stühlen und der Boden stak vor Dreck. Der Feldwebelleutnant stand im größten Raum, den zwei Sessel und ein Tisch mit einem Grammophon ausfüllten. Von diesem erklang die laute Musik, auf ein Zeichen des Majors schaltete Schneidmann den Apparat aus. Das Frappierendste in dem Raum aber war die »Gruppe« auf der Fensterseite. Dort saß auf einem Sessel ein älterer Mann. Seine Augen waren weit geöffnet und mitten in der Stirn zeigte sich ein schwarzes Einschussloch. Rechts von ihm befand sich ein weiterer Toter. Er trug ein kariertes Baumwollhemd, auf dessen Brust ein breiter Fleck prangte. Der Feldwebelleutnant beugte sich über ihn. »Herzschuss«, stellte er lapidar fest und richtete sich auf. »Lange tot sind die Männer nicht. Die Körper fühlen sich noch warm an.«

»Dann könnte der Mörder noch in der Nähe sein! Schneidmann, Sie gehen nach draußen und lassen niemanden aus dem Haus!«, befahl der Major.

Die Männer durchsuchten rasch die Räume. Bis auf ein paar Stühle, eine Kommode und ein Bett waren diese leer.

»Im Treppenhaus kam uns niemand entgegen«, meinte Wedigo. »Der oder die Täter dürften sich in einer der Nachbarwohnungen aufhalten. Die laute Musik hat die Schüsse überdeckt!«

Sie eilten hinaus. Vom Feldwebelleutnant war nichts zu sehen.

»Schneidmann!«, rief Nicolai. »Schneidmann?«

»Suchen Sie Ihren Freund?« Die Tür der Wohnung, in die sie zuerst geblickt hatten, hatte sich erneut geöffnet. Anstelle der Frau im Morgenmantel stand jetzt ein bärtiger Mann vor ihnen. »Der Herr ist mit den beiden anderen dort hineingegangen!« Der Alte wies auf die dritte Eingangstür.

»Gehen Sie in Ihre Wohnung zurück«, forderte der Major den Bärtigen auf. Der Mann gehorchte. Nicolai griff in die Tasche und zog einen Revolver hervor. »Haben Sie eine Waffe?«, fragte er den Hauptmann. »Nein? Dann bleiben Sie hinter mir!« Mit einem kräftigen Tritt sprengte er die Tür auf und sprang in den Flur. Wedigo folgte. Ein lauter Knall, jemand schoss, die Kugel schlug direkt hinter ihnen in das Holz der Zarge ein. Nicolai ließ sich sofort fallen und drückte gleichzeitig ab, krachend löste sich der Schuss aus seinem Revolver. Wedigo ging ebenfalls in Deckung, da spürte er rechts eine Bewegung. Er fuhr herum. Ein Mann stand im Schutz eines Schrankes und zielte auf den Major. Wedigo schlug ihm, bevor dieser abdrücken konnte, die Waffe aus der Hand. Der Kerl fluchte und ging auf den Hauptmann los, der ein zweites Mal zuschlug. Diesmal landete er einen rechten Haken am Kinn des Angreifers. Dieser taumelte, der nächste Treffer schickte ihn zu Boden. Wedigo hob rasch die Pistole des Mannes auf und eilte dem Major nach, der inzwischen weiter ins Innere gestürmt war. Die folgenden Räume waren leer, nur im letzten Zimmer fand er den Major und Schneidmann.

Der Feldwebelleutnant stand leicht schwankend am offenen Fenster, hielt sich den Kopf und fluchte gottserbärmlich. »Beinahe hätte ich den Lumpen gehabt. Ich hatte ihn schon am Wickel, da taucht der andere hinter meinem Rücken auf und zieht mir eins über. Und jetzt sind sie beide fort!«

»Aus dem Fenster?« Nicolai schaute hinaus. »Wahrscheinlich über das Rohr und dann in ein anderes Fenster hinein. Wir sind zu wenige, um alles durchsuchen zu können. Das Haus ist der reinste Bienenkorb.« Der Major schloss das Fenster. »Die Aktion der Frau vorhin, die Tür aufzureißen, war bestimmt ein Ablenkungsmanöver, die stecken alle unter einer Decke.«

Wedigo fiel der Kerl am Eingang ein. Er drehte sich um und eilte hinaus, doch der Mann war verschwunden. Nicolai hatte recht, hier deckte jeder jeden. Sie kehrten in Mahlerns Behausung zurück. »Der mit dem karierten Hemd ist der Kameramann«, erklärte Nicolai. »Wer der zweite Tote ist, weiß ich nicht. Auf jeden Fall nicht unser Informant, der ist Anfang 20.«

»Die Schüsse müssen kurz vor unserem Eintreffen gefallen sein«, stellte Wedigo fest. »Wie sind die Täter an uns vorbei in die andere Wohnung gekommen?«

»Das dürfte nicht schwer gewesen sein«, sagte Schneidmann. Er zeigte auf einen Schrank, der ihnen zuvor nicht aufgefallen war. »Der gleiche steht an der Wand nebenan!« Er zog die Schranktür auf und schob einige Jacken beiseite. Im Holz der Rückseite zeigte sich ein Haken. Mit seiner Hilfe ließ sich die Holzplatte zur Seite schieben. Dahinter befand sich eine Öffnung, die in der Tat über den zweiten Schrank in die Nachbarwohnung führte.

»Gut gemacht, Schneidmann«, lobte der Major. »Das scheint hier eine Art Versteck zu sein, ich bin gespannt, was wir noch finden werden.«

Die Männer begannen ihre Durchsuchung, wobei sie auch die Wohnung der Frau im Schlafrock nicht aussparten. Dort herrschte entsetzliches Chaos. Es war dreckig und stank nach alten Kleidern und Fäkalien. Halbnackte Kinder liefen umher. Die alte Frau kochte immer noch. Der Bärtige war allerdings verschwunden. Waffen oder Papiere fanden sich keine. Auch in Mahlerns Wohnung entdeckten sie trotz allen Bemühens nichts. Erst als Kommissar Gennat und seine Mannschaft am Tatort eintrafen und beim Suchen mithalfen, fand sich in Mahlerns Schlafzimmer unter einem losen Dielenbrett ein Bündel Briefe, das der Major an sich nahm. Er informierte Gennat kurz über die Hintergründe der Morde und kehrte mit dem Hauptmann und dem Unteroffizier in die Wilhelmstraße zurück.

Während der Fahrt berichtete der Feldwebelleutnant, wie er einen Mann aus der Wohnung habe schauen sehen, der bei seinem Anblick sofort den Kopf zurückgezogen habe. »Also bin ich gleich hinterher, hatte den Kerl schon beim Kragen. Da tauchte der zweite auf, ich erhielt einen Schlag auf den Kopf, und als ich wieder zu mir kam, sah ich, wie gerade einer aus dem Fenster stieg und verschwand. Dann kamen der Herr Major bereits ins Zimmer gestürmt.«

»Schneidmann, Schneidmann, das hätte Ihnen als altem Hasen nicht passieren dürfen«, tadelte Nicolai. »Sie hätten auf uns warten müssen. Ohne Deckung in eine fremde Stellung eindringen zu wollen kann tödlich sein. Und was für die Front gilt, galt auch in einer solchen Situation.«

»Immerhin haben wir die Briefe«, suchte Wedigo den Major abzulenken.

»Ein Bündel Briefe und zwei Tote. Da muss jemand fürchten, dass seine Pläne auffliegen könnten, und versucht vorher, alle Zeugen auszuschalten. Aber wer ist dieser Jemand? Konnten Sie einen der Männer erkennen?«, fragte Nicolai den Feldwebelleutnant.

»Nein, Herr Major, das ging alles so schnell.«

»Schneidmann, Schneidmann«, wiederholte Nicolai. »Heute ist absolut nicht Ihr Tag! Wer ist der Drahtzieher, der Mann, der die Morde veranlasst hat?«, wandte er sich an Wedigo.

»Oberst Chabert?«, schlug der Hauptmann vor.

»Da können wir sicher sein, aber ich glaube nicht, dass er allein agiert«, meinte Nicolai. »Der Mann muss Komplizen haben, die ihm helfen. Einheimische, die sich auskennen. Wahre Lumpen, die ihr Vaterland für Geld verraten und der kämpfenden Front in den Rücken fallen wollen.«

»Sie glauben also wirklich an eine Verschwörung?«, fragte Wedigo.

»Ja, ich denke an einen Kreis von Leuten, der dem der Kommune von 1870/71 in Paris gleicht.«

»Das klingt eher nach irregeleiteten Idealisten, deren Begeisterung für neue Weltsichten durch den Feind, also durch die Franzosen, ausgenützt wird«, entgegnete der Hauptmann.

»Idealisten oder nicht. Diese Weltverbesserer wissen nicht, was sie mit ihrem Tun anrichten«, knurrte der Major. »Im Krieg müssen die Ideologien zurücktreten. Seine Majestät hat den Burgfrieden verkündet, daran haben sich auch die Damen und Herren Sozialisten zu halten!«

Wedigo, dem die Bilder des Elends, das sie gerade gesehen hatten, nicht aus dem Kopf gingen, sagte leise: »Die Menschen hungern, Männer sterben oder kehren als Krüppel zurück. Den Massen geht es immer schlechter.«

»Kein Grund, sich den Sozialisten zuzuwenden«, brummte Nicolai.

»Vielleicht doch«, warf Schneidmann ein. Die beiden Offiziere starrten ihn überrascht an. Einen Einspruch von seiner Seite hatten sie nicht erwartet.

»Wie meinen Sie das, Feldwebelleutnant?«, fragte Nicolai.

»Wir Soldaten tun unsere Pflicht: ›Fest steht und treu die Wacht am Rhein!‹«, zitierte Schneidmann. »Aber der Krieg nimmt kein Ende. Wir siegen und siegen – und dennoch, wann hört das Ganze endlich auf, Herr Major?«

Das war nicht Defätismus, dachte Wedigo, das war die bange Frage eines alten Soldaten, der an das Vaterland glaubte, aber mehr und mehr Zweifel am Sinn dieses grässlichen Schlachtens bekam.

»Der Russe ist so gut wie am Ende«, erwiderte Nicolai nach einem Moment des Überlegens. »Der Franzmann blutet sich in Verdun aus und das hochmütige Albion spürt mehr und mehr die Folgen unserer U-Boot-Waffe. Keine Sorge, im Herbst, spätesten im nächsten Frühjahr ist alles vorbei. Meine Informationen sind eindeutig. Bis dahin heißt es durchhalten!«

»Danke, Herr Major, dann bin ich beruhigt«, antwortete der Feldwebelleutnant und seiner Stimme war anzuhören, dass die Worte ihm aus tiefster Seele kamen.

Welche Informationen meint Nicolai, dachte Wedigo. So eindeutig schien ihm die aktuelle Lage nicht zu sein. Die Franzosen jedenfalls waren, wie er sie erlebt hatte, noch verdammt lebendig. Er sagte aber nichts.

In der Wilhelmstraße zogen sich der Major und Wedigo mit den Briefen ins große Arbeitszimmer zurück.

»Dieser Kameramann, Herr Major, Mahlern, scheint ziemlich tief in die Geschichte verwickelt gewesen zu sein.«

»Es sieht ganz danach aus. Durchaus möglich, dass wir einer größeren Spionagegruppe nahegekommen sind«, gab der Major zurück. »Aber lassen Sie uns erstmal sichten, was wir erbeutet haben. Schlage vor, wir teilen das Bündel. Das Zimmer nebenan ist frei, dort können Sie in Ruhe arbeiten.«

Wedigo nahm seinen Teil der Briefe und begab sich in den Nebenraum. Bis auf einen Schreibtisch, zwei Stühle und einen Aktenschrank war kein Mobiliar vorhanden, aber mehr brauchte er auch nicht. Wedigo setzte sich und begann, die Papiere akribisch zu sichten und zu lesen. Die nächsten Stunden vergingen mit dieser wenig spannenden Tätigkeit, und viel kam dabei nicht heraus. Der Inhalt der Schreiben kam dem Hauptmann ziemlich belanglos vor. Es handelte sich primär um Geschäftskorrespondenz, in der es um Filmprojekte, Abrechnungen und Warenlieferungen ging. Lediglich ein Brief fiel aus der Reihe. In ihm berichtete Mahlern einem namentlich nicht genannten »lieben Genossen«, er sei kürzlich auf einer politischen Versammlung gewesen, die sich für den Frieden, die Gleichheit und Freiheit einsetze und gegen die Unterdrückung durch das Kapital und den Militarismus kämpfe. »Wenn wir uns zusammentun, Gernot, dann wird es uns gelingen, die Fesseln unserer Knechtschaft zu sprengen«, schrieb er. »Lasst uns, um es mit Schillerworten zu sagen, ein einig Volk von Brüdern und Schwestern sein!« Weiter schrieb Mahlern, er wolle im Mai eine Reise nach Wilhelmshaven antreten, um die Genossen bei der Marine in ihrem Kampf zu unterstützen. Das klang entschieden politisch und würde Nicolai sicher interessieren. Wedigo legte den Brief zur Seite und nahm sich einen breiten Umschlag vor, den letzten Teil des Bündels. Er enthielt zu seiner Überraschung eine große Anzahl von Fotografien. Es handelte sich zumeist um Aufnahmen, die offenbar beim Filmdreh entstanden waren. Vor allem Schauspielerinnen hatte Mahlerns Kamera festgehalten, wobei die Kostüme mitunter spärlich, die Posen dafür umso gewagter waren. Auf gut 20 Bildern konnte Wedigo Lyda Salmonova erkennen, auf einem war sogar Franzi zu sehen – beide allerdings in schicklicher Kleidung. Diese Fotos entstammten zum größten Teil dem Film »Golem«, drei oder vier hatte Mahlern wohl auf einem privaten Fest aufgenommen. Das letzte zeigte vier Personen. In der Mitte saß, gekleidet in weiße Spitze, das schöne Schwesternpaar, links und rechts von ihnen standen zwei Herren in Zivil, die Wedigo gut bekannt waren: Major Queisner und Hauptmann von Jacobi! Der Hauptmann schien mit Lyda vertraut zu sein, denn seine Hand ruhte auf ihrer Schulter. Queisner hingegen wahrte Distanz zu Franzi. Im Gegensatz zu den übrigen Personen auf dem Bild lächelte er auch nicht. Sein Blick wirkte streng und unnahbar, beinahe so, als wäre ihm das ganze Drumherum zuwider. Wedigo wandte seine Aufmerksamkeit wieder von Jacobi zu, wenn es denn der echte und nicht dessen Doppelgänger war. Für seine Authentizität sprach die Anwesenheit Queisners, der Jacobi nach eigener Aussage gut gekannt hatte. Auch der wahre Jacobi sollte ein Lebemann gewesen sein, mit Vorlieben für das Spiel und Pferderennen, so hatte es Nicolai berichtet. Warum also nicht auch für den Film? Der Offizier auf dem Foto fühlte sich in der Szenerie jedenfalls sichtbar wohl, ganz im Gegensatz zu Queisner. Eine andere Frage war, wie das vorliegende Bild in den Besitz des Kameramanns geraten war? Die übrigen Fotografien deuteten auf die Vorliebe Mahlerns für hübsche Weiblichkeit hin und die abgebildeten Fräulein schienen nichts dagegen gehabt zu haben, von ihm abgelichtet zu werden. Aber das Viererporträt? War es zufällig bei dem Fotografen verblieben oder hatte dieser mit dem Bild bestimmte Absichten verbunden? Hatte Mahlern womöglich jemanden erpressen wollen?

Als Wedigos Überlegungen so weit gediehen waren, klopfte es kurz und der Major trat herein. »Viel Lärm um nichts«, rief er und schwenkte sein Briefbündel in der Hand. »Der Mann gehörte den Sozialdemokraten an und scheint ein weit verzweigtes Liebesleben genossen zu haben. Ansonsten gab es nichts, was seinen Tod und die Anwesenheit der Mörder erklärt. Nichts, keine Verbindung zu dem bisherigen Geschehen, schon gar nicht zu Chabert.«

»Doch, es gibt einen Bezug, zumindest zu Jacobi und den beiden Schauspielerinnen«, sagte Wedigo und präsentierte dem Major das Gruppenbild und den Brief an den »Genossen«.

Nicolai betrachtete zunächst das Foto. »Lyda Salmonova, wie ich sehe, und das andere Fräulein ist wohl ihre ermordete Schwester. Wirklich, ein hübsches Ding. Und Hauptmann von Jacobi – interessant, wer ist der andere?«

»Major Queisner, früher Kommandeur des Pionier-Bataillons Nr. 1, jetzt des Württembergischen Pionier-Bataillon Nr. 13.«

»Aha, das ist der Kamerad, den Sie in Mangiennes aufgesucht haben. Dass er mit Jacobi bereits in Berlin zusammengetroffen ist, haben Sie nicht berichtet.«

»Das war mir auch nicht bekannt, Herr Major.«

»Und die beiden Schwestern Salmonova haben Ihnen von ihrer Bekanntschaft mit den Herren ebenfalls nichts erzählt?«

»Kein Sterbenswörtchen!«

»Nun, Fräulein Salmonova erklärt uns das sicher, wir müssen sie nur befragen. Was meinen Sie, Wedel, warum war Mahlern im Besitz der Fotografie und was wollte er mit ihr? Ging es um Erpressung?«

»Das wäre denkbar, Herr Major.«

»Wir werden es herausfinden. Was ist mit dem Brief?« Nicolai nahm ihn zur Hand und überflog das Geschriebene. »Da scheint sich bei der Flotte etwas zusammenzubrauen«, meinte er dann. »Aber darum kümmern wir uns später. Es ist halb vier, wir könnten zum Kaffee nach Schöneberg fahren. Fräulein Salmonova freut sich gewiss über Ihren Besuch.«

»Wenn sie zu Hause ist.«

»Das ist sie, mir wurde nichts Gegenteiliges gemeldet. Also kommen Sie, Hauptmann. Es ist Ihnen doch sicher ein Vergnügen, eine Dame wie Lyda Salmonova zu besuchen. Ich werde auch kaum stören.«

»Ich verstehe nicht ganz …«, begann Wedigo.

»Ich hatte den Eindruck, Sie würden sich neuerdings sehr für den Film interessieren«, unterbrach ihn Nicolai. »Insbesondere für Schauspielerinnen. Nichts für ungut, Herr von Wedel.«

Teufel auch, dem Major schien kaum etwas verborgen zu bleiben, dachte Wedigo und verbiss sich eine Antwort.

Nicolai schien seine Zurückhaltung nicht zu bemerken und plauderte während der Fahrt nach Schöneberg weiter über die Welt des Kinos, die neuesten Filme und die beliebtesten Schauspieler. »Haben Sie ›Der Student von Prag‹ gesehen, in dem Fräulein Salmonova das Zigeunermädchen spielte? Sehr spannend, wobei mir Grete Berger als Komtesse Margit besonders gefiel. Ansonsten schätze ich Asta Nielsen«, erzählte er. »Meine Frau dagegen mag diesen Komiker, den Amerikaner, ich glaube, er heißt Charly.«

So überrascht Wedigo von der Mitteilungsfreudigkeit des Majors auch war, heute ging ihm das Ganze auf die Nerven. Es war Sonntag, und er hätte lieber die Zeit für sich gehabt, um auf irgendeine Weise mit Melissa in eine Aussprache zu kommen. Zumindest den Brief würde er gern gelesen haben. Warum war Nicolai nicht zu Hause bei seiner Familie und machte einfach mal eine Pause?

Das Automobil hielt vor dem Haus der Schauspielerin und sie stiegen aus. Aus der Toreinfahrt auf der gegenüberliegenden Straßenseite trat, wie in der Nacht, ein Mann, diesmal war es allerdings ein Soldat, ein Gefreiter. Er überquerte rasch die Straße und ging in Habachtstellung: »Melde, Herr Major, keine Vorkommnisse!«

»Danke, Gefreiter. Dann wollen wir mal«, antwortete Nicolai und wandte sich zur Haustür.

»Verzeihen, Herr Major«, ließ sich der Soldat erneut vernehmen. »Wenn Sie das Fräulein besuchen wollen, werden Sie kein Glück haben. Das Fräulein hat vor zehn Minuten eine Droschke genommen.«

»Und das sagen Sie mir erst jetzt, Kerl? Wohin ist Fräulein Salmonova gefahren?«

»Das weiß ich nicht, Herr Major!«

»Mann, Sie sind ein Riesenrindvieh!«, brüllte Nicolai. »Die Dame verlässt das Haus und fährt davon. Sie melden nichts und Sie wissen nichts. Das wird Konsequenzen haben, Gefreiter!«

Überraschenderweise ging in diesem Augenblick die Tür des Hauses auf und Vroni, das Mädchen, erschien.

»Oh, Sie sind es. Ich dachte, es wäre etwas passiert, weil so laut geschrien wurde. Wenn Sie zum Fräulein wollen: Sie ist nicht zu Hause, sie besucht eine Freundin.«

»Wen?«

»Henny Porten. Sie wohnt in Berlin-Frohnau, die genaue Adresse kenne ich aber nicht. Eine schwarze Motordroschke hat das Fräulein abgeholt. Der Fahrer brachte einen Brief. Den hat Fräulein Salmonova gelesen, und dann ist sie ganz eilig aufgebrochen.«

»Danke!«, sagte Nicolai. »Kommen Sie, Hauptmann. Wir fahren nach Frohnau.«

»Wieso das?«, wandte Wedigo ein. »Wir können doch nicht einfach unangemeldet bei Frau Porten erscheinen. Die Dame ist, so viel ich weiß, ebenfalls Schauspielerin.«

»Das ist mir bekannt. Wir können nicht nur, wir müssen. Die Angelegenheit mit dem Brief gefällt mir nicht, das sieht mir ganz nach einer Falle aus.«

»Und wenn sich das Ganze als harmlos herausstellt?«

»Dann entschuldigen wir uns, fragen aber trotzdem nach

Jacobi. Jedenfalls sollten wir überprüfen, ob Fräulein Salmonova tatsächlich eingeladen worden ist. Steigen wir ein!«

Das taten sie.

»Los jetzt, Gefreiter Schmidt, es geht nach Frohnau«, wies Nicolai den Fahrer an. »Der Ortsteil ist nicht groß, wir werden die genaue Adresse schon finden« Den Posten schien er ganz vergessen zu haben, doch Wedigo war überzeugt, dass dies nicht lang der Fall sein würde.

Sie waren eine Dreiviertelstunde unterwegs, bis sie den gerade erst in den letzten Jahren entstandenen Ortsteil erreichten. Nach kurzem Befragen wurde dem Fahrer der Weg zur neu erbauten Villa des Filmstars gewiesen. Dort läuteten die beiden Offiziere an der Tür. Ein Dienstmädchen mit weißer Schürze und Spitzenhäubchen öffnete.

»Major Nicolai und Hauptmann von Wedel«, stellte sie der Major vor und überreichte ihre Karten. »Wir hätten gern mit Frau Porten und – falls im Hause – Fräulein Salmonova gesprochen.«

Das Mädchen wirkte seltsam unschlüssig. Sie sah sich die gereichten Visitenkarten eine Weile prüfend an, bis sie schließlich die Herren hereinbat und in einen kleinen Salon führte, wo sie Nicolai und Wedigo zum Warten aufforderte.

Es dauerte nicht lange, da wurde die Tür aufgerissen und Lyda Salmonova kam, begleitet von einer dunkelblonden Schönheit, ins Zimmer geeilt. Das Fräulein stürzte auf Wedigo zu und umarmte den Verblüfften. »Gut, dass du kommst. Wir haben solche Angst ausgestanden, aber jetzt bist du ja hier und alles wird gut!« Dabei brach sie in Tränen aus.

Nicolai betrachtete irritiert das Geschehen, dann erhob er sich und stellte sich mit einem galanten Handkuss der Dunkelblonden, die er mit »Frau Porten« ansprach, vor.

»Herr Major, ich bin entzückt, Sie kennenzulernen. Ich habe schon viel von Ihnen gehört«, antwortete diese. »Lyda ist völlig außer sich, und das mit Recht. Aber kommen Sie, meine Herren, ich darf Sie in meinen Salon bitten, dort erzählt es sich leichter.«

Die Hausherrin ließ Kaffee und Gebäck servieren, dann berichteten die Damen, was sich ereignet hatte. Am frühen Nachmittag habe es an der Tür geläutet. Ihr Mädchen sei gerade unterwegs gewesen, so öffnete die Köchin. Zwei maskierte Männer hätten sich an ihr vorbei ins Haus gedrängt, während ein dritter sie gezwungen habe, das übrige Personal, Gärtner und Chauffeur, in die Küche zu holen, wo sie von dem Mann festgehalten worden seien. »Mir wurde befohlen, Lyda mit einer Kraftdroschke eine Nachricht zu übermitteln, sie solle mit dem Fahrzeug sofort zu mir kommen, es gehe um Leben und Tod.«

»Deswegen bin ich gleich zu Henny gefahren, obwohl mir das Ganze seltsam vorkam«, setzte Fräulein Salmonova den Bericht fort. »Hier wurde ich bereits erwartet. Die Männer brachten mich ins Schlafzimmer. Dort auf dem Bett lag bereits Henny, gefesselt und geknebelt. Ich befürchtete das Schlimmste, doch mir wurden lediglich Hände und Füße gebunden. Einer der Kerle, er war größer als seine Kumpane und hatte einen leicht fremden Akzent, drohte, sie würden wiederkommen und uns Schreckliches antun, wenn ich nicht bis morgen Abend geheime Papiere, die Franzi aufbewahrt hätte, einem Boten von ihnen übergeben würde. Ich sagte, ich wisse von nichts, und flehte den Mann an, mir zu glauben. Er lachte nur und meinte, ich hätte die Wahl, die Unterlagen zu finden oder … Ich bräuchte auch nicht zu denken, ich könnte ihnen entkommen. Er werde mich finden, ganz gleich, wo ich mich auch verstecken würde. Dann verschwanden die Kerle und ließen uns hilflos zurück.«

»Erst Minna befreite uns aus der misslichen Lage«, beendete Frau Porten den Bericht.

»Der zweite Versuch innerhalb von 24 Stunden, die Angelegenheit muss dringlich sein«, sagte Nicolai. »Aber warum der Umweg über Frau Porten?«

»Die Wohnung in der Potsdamer Straße ist bewacht«, meinte Wedigo.

»Mag sein«, erwiderte der Major, schien aber mit der Erklärung nicht völlig zufrieden. »Kennen Sie eigentlich Hauptmann von Jacobi?«, wandte er sich an die Damen. Zu seiner Überraschung nickten beide.

»Ernst ist ein häufiger Besucher unseres Studios, und auch privat war er einige Male zu Gast bei Lyda und bei mir«, erklärte Frau Porten. »Er liebt Schampus über alle Maßen – was ist mit ihm?«

»Das würden wir auch gern wissen«, antwortete Nicolai, bevor sich Wedigo äußern konnte. »Kennen Sie auch den anderen Herrn auf dem Foto?« Er zog das Bild hervor, das bei Mahlern entdeckt worden war.

»Diesen Herrn brachte Ernst vor drei oder vier Wochen mit. Er sagte, es handle sich um einen Kameraden«, erklärte Fräulein Salmonova. »Ein überaus strenger Mann, überaus zurückhaltend und ziemlich philisterhaft. Ich glaube, er war ein Major.«

»Ihr seid mit«, Wedigo zögerte kurz, »mit Ernst befreundet?«

»Was heißt befreundet?«, erwiderte Henny Porten lachend. »Wir haben uns einige Male getroffen, waren zusammen beim Pferderennen und natürlich auch im Metropol. Nichts, was ungewöhnlich gewesen wäre. Ernst ist sehr spendabel, genau wie sein amerikanischer Freund Charly.«

»Charly?«, fragte Nicolai. »Ein Amerikaner? Wie sah der Mann aus?«

»Vielleicht hieß er nur so ähnlich, vielleicht ist Charly auch kein Amerikaner«, räumte die Schauspielerin ein. »Jedenfalls ist er mittelgroß, besitzt eine schlanke Gestalt und hat ein wenig harte Gesichtszüge mit kühlen, grauen Augen. Er lacht selten, lädt aber, wie zum Ausgleich, ständig jeden ein und kann im Gespräch überaus charmant sein.«

»›Charly‹ gehörte aber nicht zu den Maskierten, oder?«, hakte der Major nach.

»Nein, ich denke nicht«, kam die zögerliche Antwort Henny Portens. »Andererseits, wenn Sie so fragen. Ein Mann stand abseits, beobachtete nur und sagte und tat sonst nichts. Dennoch hatte ich den Eindruck, er sei der Anführer. Und dann war da ein Geruch …«

»Ein Rasierwasser«, warf Fräulein Salmonova ein. »Keine deutsche, eine französische Marke. Der Mann roch intensiv danach, und ich glaube, Mr. Charly bevorzugt den gleichen Duft.«

»Sind Sie ganz sicher?«, fragte Nicolai skeptisch.

»In Parfümfragen irrt sich Lyda nie«, kam ihr Frau Porten zu Hilfe.

»Halten wir fest: Sie kennen beide Hauptmann Ernst von Jacobi sowie einen angeblichen Amerikaner namens Charly, der französisches Rasierwasser benutzt. Dieser Herr könnte mit einem Maskierten identisch sein, der zusammen mit zwei anderen in Ihre Villa eingedrungen ist. Die drei forderten Fräulein Salmonova auf, Unterlagen, die angeblich ihre ermordete Schwester Franziska gehabt habe, auszuhändigen und bedrohten Sie«, fasste der Major das Geschehen zusammen. »So weit richtig?«

»Ja, schon, aber ich weiß von keinen Unterlagen«, sagte das Fräulein, »vor allem auch, da ich bislang nicht die Zeit und Gelegenheit hatte, mich um Franzis Nachlass zu kümmern.«

»Hat Herr von Jacobi erzählt, was er eigentlich arbeitet?«, fragte jetzt Wedigo.

»Er ist Soldat, und du weißt doch, was Soldaten tun«, erwiderte Lyda lachend. Sie blieb offenbar bei dem »Du«.

»Ich meine, hat er mal von seinem militärischen Tun gesprochen?«, versuchte der Hauptmann zu präzisieren.

»Er kannte ein paar lustige Kasinoanekdoten«, warf Henny Porten ein. »Weißt du noch, Lyda, die Geschichte von dem Fräulein Fähnrich, der reinste Filmstoff.« Beide Frauen lachten

»Vom der Front hat er nie berichtet?«, schaltete sich der Major ein, den die Heiterkeit der Damen zu stören schien.

»Nie«, beteuerte das Fräulein, »ich habe Ernst nur einmal zu Charly sagen hören, den Kriegsdienst überlasse er seinem Vetter Klaus, was seinen Kameraden, also den Major, sehr ärgerte.«

Weiter wussten die Damen nichts mehr zu erzählen und die beiden Offiziere verabschiedeten sich schließlich. Sie machten sich auf den Rückweg ins Stadtzentrum.

»Was halten Sie von dem Ganzen, Herr Major?«, fragte Wedigo, als sie im Kraftwagen saßen.

»Auf den ersten Blick klingt alles harmlos. Jacobi scheint sich in Berlin prächtig amüsiert und sich am liebsten in Filmkreisen aufgehalten zu haben. Aber das wussten wir schon, und dass seine Wahl auf unsere attraktiven Damen fiel, ist verständlich. Dazu erzählte er gern Geschichten, wobei er sich offenbar bei gängigen Romanen bediente. Ein gewisser Freiherr von Schlicht hat vor fünf, sechs Jahren eine Humoreske mit dem Namen ›Fräulein Fähnrich‹ herausgebracht. Nein, interessanter finde ich die Bemerkung über den Vetter Klaus – was halten Sie davon, Herr von Wedel?«

»Das sieht mir danach aus, als hätte sich unser Lebemann an der Front durch seinen Cousin vertreten lassen. Das heißt, Klaus war der ›richtige‹, nun tote, Jacobi und der Lebemann der ›falsche‹.«

»So sehe ich das auch, nur welche Rolle Queisner dabei spielt, ist mir unklar. Ich werde die Angelegenheit prüfen lassen, aber nicht mehr heute. Wir kümmern uns morgen darum, insbesondere auch um diesen Amerikaner namens Charly. Ich rufe Gennat an, damit die Damen Schutz bekommen. Ansonsten bis morgen.«

Das Automobil hielt vor Wedigos Wohnung. Er stieg aus und grüßte; dann fuhr der Wagen mit dem Major davon. Der Hauptmann begab sich in seine Wohnung. Halb hoffte und halb fürchtete er, die Gräfin vorzufinden, sah sich aber in seinen Erwartungen getäuscht. Er ließ sich von Paulsen ein paar Eier zum Abendbrot braten, trank dazu ein Bier und las endlich Melissas Brief, der inhaltlich die bereits gemachten Vorwürfe wiederholte. Mein Gott, sie hatte recht, er war ein Schuft! Aber er konnte das Vergangene nicht mehr ändern. Um sich von seinen trüben Gedanken abzulenken, trank Wedigo noch ein Bier und blätterte in einem Roman von Friedrich Hackländer, den er im Salon vorfand. Doch er konnte sich auf den Inhalt nicht richtig konzentrieren. Er fühlte sich einfach müde und allein und begab sich trotz der frühen Stunde, es war gerade halb zehn, zu Bett.

Die nächsten zwei Wochen vergingen, ohne dass der Major und Wedigo in ihren Ermittlungen groß weitergekommen wären. Es zeigten sich weder Hinweise auf den Verbleib von Oberst Chabert noch auf den des falschen Jacobi oder der Mörder Franzi Salmonovas und Mahlerns, soweit diese nicht mit den ersten beiden identisch waren. Gleiches galt für die verschwundenen Unterlagen, sowohl für die »Akte Verdun« als auch für die Aufzeichnungen, die der Hauptmann und die Gräfin aus Neuilly mitgebracht hatten und die zum Teil aus der Kryptoabteilung geraubt worden waren. Es sah beinahe danach aus, als seien die Spione und Verräter erfolgreich gewesen und mit ihrer Beute ins feindliche Ausland geflüchtet. Der Major jedoch wollte so schnell nicht aufgeben. Er hatte zunächst darauf gesetzt, über den Boten, der die angeblich von der Schwester Lydas aufbewahrten und weitervererbten Geheimdokumente abholen sollte, an die Männer im Hintergrund zu gelangen. Der angekündigte Bote war jedoch trotz der Drohungen nie erschienen, und nach acht Tagen wurde die Bewachung des Hauses von Lyda Salmonova eingestellt, zumal in Franziskas Nachlass keine militärischen oder sonstwie geheimen Papiere zu finden gewesen waren. Nachforschungen Gennats in der Berliner Unterwelt und eine Recherche nach dem Amerikaner »Charly« blieben gleichfalls ohne Erfolg; niemand schien etwas zu wissen oder gehört zu haben. Wenigstens verdächtigte der Kommissar nicht mehr Wedigo, mit Franziskas Tod etwas zu tun zu haben. Ansonsten – ein Fehlschlag auf ganzer Linie! Zum Glück war die oberste Führung durch das militärische Geschehen hinreichend abgelenkt, sodass der Misserfolg der Abteilung III b nicht wahrgenommen wurde. Alle Aufmerksamkeit richtete sich aktuell auf die Westfront. Seit Mitte Mai lag Fort Douaumont unter schwerem französischen Artilleriefeuer. Es folgte in den nächsten Tagen eine wahre Angriffswelle auf die deutschen Stellungen. Am 23. Mai konnten die Franzosen bis in die westlichen Gräben und auf die Nordwestspitze Douaumonts vordringen. Da setzte der deutsche Gegenangriff ein, die eigenen Truppen gewannen in wenigen Tagen die ganze verlorengegangene Linie zurück und drängten den Gegner weit nach Süden ab. Starke Kämpfe gab es auch in den Dolomiten, zudem österreichische Bombenangriffe auf Venedig, Undine und Treviso. Ein Ende des Krieges schien erneut in weite Ferne gerückt.

Wedigo saß beim Frühstück und studierte die aktuelle Tageszeitung. Er hatte die Berichte von den verschiedenen Kriegsschauplätzen bereits überflogen und las nun die Sportmeldungen auf Seite sechs des Berliner Tagblatts. Am nächsten Donnerstag war Himmelfahrt, und an diesem 1. Juni würden sich auf dem Preußensportplatz am Mariendorfer Rathaus die Fußballvereine Viktoria und Preußen gegenüberstehen. Es ging um den Pokal der Zeitung, die das Spiel mit Spannung erwartete und akribisch anführte, welche Spieler zum Einsatz kämen. Er legte die Zeitung beiseite, trank seinen Kaffee aus und erhob sich. Nicolai erwartete ihn in einer halben Stunde. Angeblich gab es eine neue Spur. Es sei dringlich geboten, diese sogleich zu verfolgen, hatte er ihm gestern Abend durch einen Gefreiten mitteilen lassen.

Als Wedigo aus dem Haus trat, parkte der Soldat bereits auf der anderen Straßenseite. Der Hauptmann stieg in das Automobil ein, und der Wagen fuhr zur Wilhelmstraße. Wie so oft in den letzten zwei Wochen kam Wedigo auf der Fahrt Melissa in den Sinn. Sie hatte nach den Ereignissen um die Schwestern Salmonova nichts mehr von sich hören lassen. Er selbst war noch zweimal von Lyda eingeladen worden, hatte sich jedoch entschuldigt – er wollte nicht noch mehr Öl ins Feuer gießen, denn er war sicher, Melissa würde auf die eine oder andere Weise von einem Besuch erfahren. Stattdessen hatte sich Wedigo bemüht, sie zu finden, um sich mit ihr endlich auszusprechen. Doch es war ihm nicht gelungen, die Gräfin in den von ihr bevorzugten Kunst- und Theaterkreisen ausfindig zu machen. Auch Kommissar Gennat, den er aufgesucht und um Hilfe gebeten hatte, war mit seinen Recherchen ohne Erfolg geblieben. Wenn Melissa nicht gefunden werden wollte, schien dies offenbar nicht möglich zu sein. Berlin war groß, und vielleicht hatte sie auch die Stadt längst verlassen und befand sich auf einer ihrer geheimnisvollen Missionen.

»Sie erinnern sich an den Brief des Kameramanns?«, begrüßte ihn der Major. »Ich habe neue Nachrichten erhalten, die verdeutlichen, dass an der Angelegenheit mehr dran ist, als wir bisher dachten.«

»Meinen Sie das Schreiben an die Genossen?«, fragte Wedigo.

»Natürlich, was sonst?«, entgegnete Nicolai ungeduldig. »Wir fahren nach Potsdam, in die Jägervorstadt. Dort wohnt ein Verdächtiger namens Paul Wieczorek ziemlich nahe dem Volksbad. Der Mann hat eine eigenartige Biografie. Er stammt aus dem Osten, aus Bromberg, ist gelernter Metallarbeiter. Wieczorek gehört der SPD an und steht, nach einem Spitzelbericht, den mir Kommissar Gennat gestern Abend zukommen ließ, in enger Verbindung mit einer sozialistischen Marinegruppe. Und er soll sich im letzten Monat mehrmals mit einem Heeresoffizier namens Jacob oder so ähnlich getroffen haben. So weit der Informant. Ganz klar, das ist ein Hinweis auf unseren Jacobi beziehungsweise seinen Doppelgänger, die Sache ist wieder heiß! Gennat erwartet uns in Potsdam, fahren wir gleich los.«

Wedigo überraschte diese neue Spur, er war gespannt, ob sie wirklich zu »Jacobi« und vor allem zur »Akte Verdun« führen würde. Eigentlich neigte er nach den Misserfolgen der letzten Wochen eher zum Zweifeln, hütete sich aber, dies gegenüber Nicolai zu äußern, so begeistert, wie der Major war. Wieczorek hieß der Mann, den sie aufsuchen wollten. Der Name erinnerte ihn an Feldwebel Wierczoch, den früheren Tambourmajor. Den hatte er aber zuletzt in Étain gesehen, es handelte sich eindeutig um zwei völlig verschiedene Personen.

Die Fahrt dauerte eine Zeit und die beiden Offiziere unterhielten sich über die allgemeine Lage.

»Nach dem, was vor Verdun passiert, habe ich nicht den Eindruck, dass die Franzosen nähere Kenntnis über die deutsche Angriffsplanung haben«, sagte soeben Nicolai. »Das lässt hoffen, dass sich unsere gesuchte Akte noch im Reich befindet.«

»Sind die Informationen nicht langsam veraltet? Immerhin wurden die Unterlagen vor mehr als sechs Wochen entwendet«, warf Wedigo ein.

»Das stimmt, aber es geht primär um Verfahrensweisen und das militärische Vorgehen. Und natürlich um die Namen der vermutlichen Saboteure und die der Orte ihres Tuns. Die OHL will nicht, dass die Franzosen auf unsere Achillesfersen hingewiesen werden und dort ihrerseits entsprechende Maßnahmen zum Einsatz bringen können.«

»Was genau hat dieser Wieczorek mit dem Ganzen zu tun?«, fragte Wedigo nun doch. »Sie sagten, er habe höchstwahrscheinlich Jacobi getroffen. Wie kommt ein Metallarbeiter aus der Provinz Posen in Kontakt zu einem Offizier?«

»Der Mann ist nicht nur Metallarbeiter, sondern auch Techniker, fast so etwas wie ein Ingenieur. In der Kaiserlichen Marine gibt es eine große Anzahl von Ingenieuren, die gleichzeitig Seeoffiziere sind und umgekehrt«, erklärte Nicolai. »Erinnern Sie sich an Ihre Begegnung mit Kapitänleutnant Kolbe von der U 19. Kolbe hat, was keiner weiß, an der Technischen Universität Darmstadt studiert. Dieser Wieczorek nun leistete vor dem Krieg seinen Militärdienst bei der Marine ab, wo er auf dem Kleinen Kreuzer SMS Medusa fuhr. Bei Kriegsausbruch wurde er Maat auf einem Minensuchboot. Dann meldete er sich als Flugzeugmechaniker zu den Marinefliegern. Nach einer schweren Verletzung bei einem Absturz kam der Mann zum Flugplatz der Marine-Landfliegerabteilung in Johannisthal. Dort ist man auf ihn aufmerksam geworden, da er zusammen mit einem zweiten Genossen unter den Arbeitern der Johannisthaler Flugzeugwerke und den Soldaten der Flugzeugmeisterei Adlershof sozialistische

Agitation betreibt. Woher nun Wieczorek Hauptmann von Jacobi kennt, wissen wir nicht. Aber in Berlin gibt es viele Möglichkeiten, Bekanntschaften zu schließen.«

»Major Queisner war nach eigenem Bekunden häufig in Johannisthal«, meinte Wedigo. »Vielleicht ergab sich auf diesem Weg ein Kontakt, obwohl ich nicht glaube, dass Queisner mit sozialistischen Ideen liebäugelt.«

»Jedenfalls ist er mit Hauptmann von Jacobi auf einem Bild zu sehen, wahrscheinlich sogar mit dem echten, das kann aber auch Zufall sein. Dennoch, ich bin überzeugt, Queisner weiß mehr von der Angelegenheit, als er Ihnen erzählt hat.«

Sie schwiegen eine Weile, schließlich fragte Wedigo: »Glauben Sie, dass wir dort wirklich Hinweise auf die ›Akte Verdun‹ finden? Auf sozialistische Umtriebe sicher, aber auf Geheimdokumente? Wir wissen doch eigentlich immer noch nicht, nach welchem ›Jacobi‹ wir suchen?«

»Es ist zumindest eine Spur«, erwiderte Nicolai leicht ärgerlich. »Seit zwei Wochen die erste, und ich hoffe, dass wir diesmal endlich Erfolg haben. Im Ministerium wächst der Unmut darüber, dass die Abteilung bisher keine Ergebnisse vorlegen konnte. Und die Frage, welcher ›Jacobi‹ mit dem Geschehen in Verbindung steht, wird sich ganz von alleine beantworten. Den Berichten nach, die Jacobi von der Front geliefert hat, kommt er aus meiner Sicht nicht als Verräter infrage. Ich bin auch sicher, dass er mit dem Getöteten, von dem uns Kamerad Steulmann berichtete, identisch ist. Es bleibt nur zu klären, wann er und wann der andere ›Jacobi‹ in Berlin aufgetreten sind. Und natürlich, wo sich Jacobi Nummer zwei aktuell aufhält. Haben Sie etwas von der Gräfin gehört?«, lenkte der Major das Gespräch auf ein für Wedigo wenig erfreuliches Terrain.

»Nein«, antwortete dieser knapp.

»Dafür habe ich Nachrichten«, erklärte Nicolai und in seiner Stimme meinte Wedigo so etwas wie Genugtuung zu hören. »Die Gräfin Walewska befindet sich momentan in der Schweiz, genauer gesagt in Zürich, wo sie einer Spezialaufgabe nachgeht.«

»In Zürich? Die Schweiz ist neutral, was für eine Aufgabe kann das sein?«

»Gerade die Neutralität lässt die Schweiz zu einem Land werden, das ideal für den Nachrichtenaustausch aller Art ist. Zudem lebt dort eine Vielzahl von Migranten aus allen europäischen Staaten, besonders aus Russland. Die Gräfin wird sich in dieser Szenerie bestimmt prächtig unterhalten und wie immer gute Arbeit leisten, ganz gleich, warum sie vor Ort ist.«

»Versteh ich richtig, sie reist nicht in Ihrem Auftrag?«

»So ist es«, antwortete der Major kurz und schwieg. Eine Viertelstunde später erreichten sie die Potsdamer Jägerhofvorstand und das Automobil hielt unweit des Volksbades. Sie stiegen aus und begaben sich zu dem Eingang von Wieczoreks Haus.

Dort wartete bereits Gennat. »Guten Morgen, Herr Major, Morgen Herr Hauptmann!«, grüßte er sie. »Wir kommen zu spät, der Vogel ist ausgeflogen. Seine Zimmerwirtin hat Wieczorek seit drei Tagen nicht mehr gesehen. Zwei Männer haben ihn abgeholt, wohin sie wollten, weiß die Wirtin nicht.«

»Konnte die Frau sagen, wer die beiden waren, oder zumindest eine Beschreibung geben?«, fragte Nicolai.

»Frau Strudke meinte, der eine Mann habe ihren Mieter schon öfter besucht, sein Name sei Radtke – der ist uns gut bekannt. Den anderen hätten sie mit ›Dorrenbach‹ angesprochen, und der Mann, ein gut gekleideter Dreißiger, habe geklungen wie ein Rheinländer.«

»Dorrenbach«, überlegte Wedigo laut, »den Namen habe

ich schon einmal gelesen.« Aber ihm fiel im Augenblick nicht ein, in welchem Zusammenhang dies gewesen war.

»Dieser Radtke«, sprach Gennat weiter, »arbeitet in den Johannisthaler Flugzeugwerken.«

»Dann ist er der Mann, der Wieczorek bei seinen Agitationen unterstützt hat?«, fragte Wedigo.

»Richtig!«

»Wir fahren sofort nach Johannisthal«, entschied der Major.

Zum Flugplatz waren sie gut eine Stunde unterwegs. Johannisthal, Wedigo spürte, wie sich Erinnerungen an seine früheren Flüge und die Abenteuer, die mit dem Ort verbunden waren, einstellten. Und wieder kam ihm der Gedanke, ob er sich nicht doch zur Fliegertruppe melden sollte. Oben in den Wolken gab es noch den ehrlichen, ritterlichen Kampf von Mann gegen Mann.

»Ich mache mir Sorgen über die Kriegslage«, unterbrach der Major seine Gedanken. Er sprach Französisch, die nächsten Sätze erklärten die Wahl, denn worüber er redete, war nicht für die Ohren ihres Fahrers bestimmt. »Sie erinnern sich unseres Gesprächs mit Feldwebelleutnant Schneidmann vor einigen Wochen«, fuhr er fort, »als ich erklärte, der Krieg werde bis Ende des Jahres, spätestens im Frühjahr beendet sein. Doch auf der Basis meiner neuesten Informationen muss ich mich korrigieren, ja ich fürchte, der deutsche Sieg rückt in immer weitere Ferne. Das Ringen vor Verdun ist zu einem einzigen sinnlosen Blutbad geworden. Wir kommen nicht vorwärts und der Franzose weicht nicht zurück. Die wahre Knochenmühle, Sie haben es selbst erlebt. Aber das ist noch nicht alles.« Nicolai schwieg einen Augenblick, dann sprach er weiter. »Im Osten bereiten die Russen, wie ich aus sicherer Quelle weiß, unter General Brussilow eine riesige Offensive vor. Vor allem der österreichische Frontabschnitt in Galizien und in der Bukowina dürfte in ihrem Zentrum stehen. Wahrscheinlich wird es aufgrund der schlechten Moral der nichtdeutschen und nichtungarischen Divisionen und Regimenter zu starken Einbrüchen kommen, die unsere Truppen unter hohem Blutzoll ausbügeln müssen.«

»Haben Sie Ihre Informationen weitergegeben?«, wagte Wedigo zu fragen.

»Selbstverständlich, doch leider scheint man in Wien meine Warnungen in den Wind zu schreiben. Auf einen Reichsdeutschen hören die Herren dort ungern. Doch auch im Großen Hauptquartier in Charleville-Mézières bin ich bislang auf taube Ohren gestoßen. Falkenhayn hält hartnäckig an seiner unsinnigen Verdun-Strategie fest, eine Ostoffensive passt ihm nicht ins Konzept.« Wieder schwieg der Major.

Nicolais Aussagen schockierten Wedigo. Dabei war es weniger der Inhalt des Gesagten, als vielmehr, dass Nicolai sich überhaupt geäußert hatte, und vor allem auch, wie er dies tat. Noch nie hatte der Major derart kritisch über die höhere Führung gesprochen. Seine Stimme war zudem gänzlich ohne Modulation, er wirkte erschöpft, beinahe ausgelaugt und von seinem Wissen geradezu gezeichnet.

Nicolai sprach weiter. »Ich fürchte, im Westen werden die Engländer bald eine eigene Offensive beginnen, möglicherweise auch einen Angriff auf die deutsche Nordseeküste starten. Und Amerika – wenn unser U-Boot-Krieg gegen die Handelsschifffahrt weitergeht, werden die Amis intervenieren, das ist so sicher wie das Amen in der Kirche.«

»Aber die englische Blockade des deutschen Handels und der Küsten kann doch nur durch unsere U-Boote aufgebrochen werden?«

»Unsere Probleme interessieren Uncle Sam nicht«, erwiderte Nicolai. »Engländer und Franzosen stehen bei den Banken in New York derart in der Kreide, dass sie den Krieg gewinnen müssen, um ihre Schulden zu zahlen. Nur mit einem Siegfrieden können London und vor allem Paris genug Beute machen, um einigermaßen aus ihren Wirtschaftskrisen herauszukommen. Das aber geht nicht ohne die direkte militärische Hilfe Washingtons.«

»Das heißt, wir verlieren den Krieg?«, fragte Wedigo ungläubig.

»Das ist leider denkbar«, antwortete der Major nach einigem Zögern. »Wir haben allerdings noch die Chance zur Verständigung. Wenn wir Russland ausschalten und den Engländern maritim Paroli bieten, dann könnte es sein, dass gewisse Kreise in London zu Gesprächen bereit sind – vorausgesetzt, die Amis ziehen mit. Der neue Präsident Wilson könnte unter Umständen Verhandlungen beziehungsweise eine Friedensvermittlung in Erwägung ziehen, sofern die USA dadurch keine finanziellen Verluste erleiden. Ein Kriegseintritt Amerikas würde Washington einiges kosten und ist derzeit nicht populär, das könnte uns retten. Allerdings dürfte ein Friede nur für einen Preis zu haben sein, dessen Größenordnung so gewaltig ist, dass ich diese nicht einzuschätzen vermag.« Mit dieser wenig optimistischen Prognose beendete der Major seine Analyse.

Wedigo hatte das Gefühl, als ob es ihm kalt den Rücken hinunterliefe. War der Sieg wirklich in weite Ferne gerückt, ja vielleicht völlig unmöglich geworden? Was, wenn die Einschätzung Nicolais einer breiteren Öffentlichkeit bekannt wurde oder gar den sozialistischen Gruppierungen? Das konnte unter Umständen zu einer Situation führen, wie sie die Russen nach dem verlorenen Krieg gegen Japan und die Franzosen 1870/71 erlebt hatten: Das Volk, vor allem die Arbeiter und die unteren Schichten, würden auf die Barrikaden gehen, die Revolution ihr Schlangenhaupt erheben! Und die Folgen …

Die Ankunft in Johannisthal unterbrach alle weiteren Überlegungen Wedigos. Nicolai suchte direkt den Platzkommandanten und Kommandeur der Fliegerersatz-Abteilung 7, Major von Tschudi, auf. Beide Offiziere kannten sich seit Langem persönlich, auch Wedigo war dem Flugenthusiasten früher mehrmals begegnet. Der Kommandant empfing sie in seinem Stabsbüro.

Der mittelgroße Mann mit dem breiten Schnurrbart saß vor seinem Schreibtisch, auf dem sich Akten türmten, und schien sich über die Störung regelrecht zu freuen. »Tag, Walter«, begrüßte er Nicolai und gab ihm und Wedigo ganz zivil die Hand. »Ich versinke gerade in Arbeit. Wir stellen aktuell die neuen Fokker-Geschwader auf, um unsere Fliegerkräfte an der Westfront besser einzusetzen. Boelcke hatte diese Idee, und es sieht so aus, als könnten wir so unsere derzeitige Luftüberlegenheit ausbauen. Viel Papierkram, da ist eine Pause ganz gut. Was führt euch zu mir?«

Nicolai schilderte knapp, dass sie auf der Suche nach einem gewissen Metallarbeiter Wieczorek und seinem Kumpanen Radke seien, die verdächtigt würden, in den Johannisthaler Flugzeugwerken und bei den Soldaten am Platz defätistische Propaganda zu betreiben.

»Bei uns am Platz befinden sich die Rumpler-Werke, Fokker Aeroplanbau Flugzeugbau, die Ago-Fluggesellschaft, die Luftverkehrsgesellschaft sowie die Albatros-Werke. Wo genau sind die Kerle beschäftigt?«, fragte Tschudi.

Das war zu klären, und es dauerte einige Zeit, bis die beiden Offiziere in Begleitung eines Ingenieurs und eines Feldwebels alle Firmen aufgesucht hatten. Allerdings ohne Ergebnis, von den Gesuchten zeigte sich auch in Johannisthal keine Spur.

»Wir können noch zur Flugzeugmeisterei Adlershof fahren, Herr Major«, schlug der Feldwebel vor. »Vielleicht sind die Gesuchten dort aufgeschlagen.«

Sie fuhren das Stück hinüber zum Adlershof. Ein grauhaariger Unteroffizier, offenbar ein eingezogener Reservist, gab ihnen vor den Werkhallen auf ihre Fragen Auskunft.

»Sie suchen Obermaat Wieczorek, Herr Major? Der ist mit einem Gefreiten an Bord vor zwei Minuten gestartet. Dort drüben die Fokker, das muss er sein.«

Sie sahen, wie sich gerade eine Fokker D.I in den Himmel schraubte und dem nördlichen Horizont zustrebte.

»Wohin fliegt die Maschine?«, fragte Nicolai.

»Wieczorek will nach Tondern, wo er eigentlich stationiert ist. Er hat den dortigen Luftschiffhafen als Ziel angegeben.«

»Kann sich hier jeder einfach so ein Flugzeug nehmen?«, hakte der Major nach.

»Nein, Herr Major. Es handelt sich um einen geplanten Kurierflug. Der eingeteilte Pilot ist plötzlich erkrankt, und der Obermaat ist für ihn eingesprungen.«

»Ein seltsamer Zufall«, sagte Wedigo leise. »Wo ist der Kartenraum?«, fragte er laut.

Der Unteroffizier führte die Herren in einem Nebenbau zu einem kleinen Zimmer, in dem auf einem breiten Tisch eine Vielzahl von Karten lag. »Hier planen die Piloten ihre Flüge«, erklärte der Grauhhaarige. »Wer eine Karte nutzt, trägt sich in das Kartenbuch ein und nimmt sich das entsprechende Blatt mit an Bord.«

»Danke, lassen Sie uns jetzt allein«, befahl Wedigo.

Der Major und er beugten sich über den Tisch und studierten die ausgelegten Karten.

»Sehen Sie«, sagte Wedigo, »dort liegt halb verdeckt ein Blatt, das das nördliche Reichsgebiet zeigt. Warum hat Wieczorek nicht diese Karte mitgenommen, der Flugplatz Tondern befindet sich doch im äußersten Norden?«

»Das ist in der Tat augenfällig«, erwiderte der Major und sah sich um. Plötzlich bückte er sich und hob einen schmalen, zusammengeknüllten Papierfetzen vom Boden auf, den er vorsichtig glättete. »Albin Köbis und Max Reichpietsch, Wilhelmshaven«, las Nicolai laut vor. »Die Namen Sachse und Weber sind durchgestrichen. ›Wilhelmshaven‹«, wiederholte er. »Lassen Sie uns schauen, ob eine Karte vom Nordwesten des Reiches zu finden ist.«

Die entsprechende Regionalkarte fehlte im Bestand.

»Sieht so aus, als habe Wieczorek die Karte mitgenommen«, meinte Nicolai. »Fahren wir zurück, wir müssen klären, was zu tun ist. Natürlich könnten Sie gleich hinterherfliegen, Herr von Wedel, ich sehe Ihnen an, dass Sie das reizt. Aber wir sollten erst besprechen, welcher Spur wir wirklich folgen wollen. Die ganze Angelegenheit ist mir zu ungeordnet. Wir müssen Struktur hineinbringen, Effektivität führt über Planung zum Erfolg und nicht durch spontane Manöver. Denken Sie an Flandern. Mit Nachdenken und Ruhe und vor allem Besonnenheit hätte sich ein Großteil der Verluste vom August und September 1914 vermeiden lassen.«

Wedigo erwiderte nichts. Der Major mochte recht haben, und im speziellen Fall des Obermaats hatte er dies sicher. Was jedoch die Heldentaten der ersten Kriegswochen betraf … Nun, es war tatsächlich viel Blut geflossen, auch seines. Aber eine feindliche Stellung ließ sich nur im Angriff stürmen, und das gegnerische Feuer führte zu Opfern. Nicolais Bemerkung hatte auf den 10. November 1914 angespielt, als nordwestlich von Langemarck das XXXIII. Reservekorps unter dem Singen des Deutschlandliedes gegen die erste Linie der feindlichen Maschinengewehre zum Sturm angetreten war. Die Verluste waren fürchterlich gewesen …

Den ganzen Rückweg über schwiegen die beiden Offiziere und hingen ihren unterschiedlichen Gedanken nach. Was war, wenn Nicolais dunkle Prophezeiungen, die er auf der Herfahrt geäußert hatte, zutrafen und der Krieg verloren ging?

Würde es dann wirklich zur Revolution, zum Umsturz der bestehenden Ordnung oder gar zum Terreur wie 1793 kommen? Das musste unter allen Umständen verhindert werden! Er, Wedigo, würde seinen Teil dazu beitragen.

Es war vier Uhr, als sie in Nicolais Arbeitszimmer saßen und eine Bestandsaufnahme durchführten. Der Major hatte vorher einige Telefonate geführt, und Feldwebelleutnant Schneidmann hatte währenddessen eine große Tafel besorgt. Nun stand der Major vor der schwarzgrauen Fläche und hielt den bisherigen Erkenntnisstand mithilfe von farbiger Kreide fest.

Wie ein Schulmeister, dachte Wedigo, fehlt nur noch der Zeigestock.

»28. März«, begann Nicolai, »Hauptmann Jacobi meldet sich letztmalig von der Front, wo er Sabotageaktionen untersucht. 10. April, Jacobi – oder sein Doppelgänger – wird in Berlin gesehen. Gleichzeitig kommt es zum Diebstahl der sogenannten Akte Verdun. Ebenfalls anwesend in Berlin ist der französische Agent Oberst Chabert. Recherchen an der Verdun-Front ergeben, dass Jacobi mehrfach Besuch von einem namentlich nicht genannten Oberst hatte und mit diesem in Streit geriet. Richtig?«, wandte der Major sich an Wedigo.

»Das ist korrekt, wobei es keine Belege dafür gibt, dass Chabert mit diesem Oberst identisch ist. Darf ich fortfahren?«

»Tun Sie das!«

»Major Queisner berichtet am 17. April, Jacobi habe Hinweise auf die Saboteure entdeckt und die Ergebnisse seiner Recherchen per Luftkurier nach Berlin verschickt. Das Flugzeug wurde abgeschossen. Beim Bergungsversuch der Papiere wurde ich am 19. April gefangen genommen.«

»Könnte dies eine gezielte Aktion gewesen sein?«

»Dafür spricht, dass Georges Ladoux vom französischen Geheimdienst offenbar Bescheid wusste. Das jedenfalls war dem Verhör nach der Gefangennahme zu entnehmen.«

»Sie berichteten mir davon«, stellte der Major fest, »also können wir davon ausgehen, dass jemand die Franzosen informiert hat. Aber fahren wir fort. In Paris, genauer in Neuilly, gelingt es Ihnen am 6. Mai, französische Geheimunterlagen für das Reich zu gewinnen. Chabert und Co. folgen Ihnen jedoch nach Berlin. Hier kommt es am 10. Mai zum Einbruch in die Wilhelmstraße und einen Tag später zum Angriff auf die Dekodierungsabteilung. In diesem Zusammenhang ist auch der Mord an Franziska Salmonova vom 13. Mai zu erwähnen. Die Schauspielerin glaubte, sie würde an einer Filmszene mitwirken und war so, ohne es zu wissen, am Einbruch in unser Büro beteiligt. Das gefundene schwarze Haar stammte offenbar von ihr. Beim folgenden Überfall auf die Kryptoabteilung konnten die Täter einerseits Unterlagen zurückgewinnen, andererseits sind sie an für sie wichtige Papiere nicht herangekommen. Aus diesem Geschehen resultieren auch der Mord am Kameramann Mahlern und die Entführung Lyda Salmonovas. Chabert ist vermutlich direkt am Tatort gewesen, er und ein zweiter Mann wurden auch weitere Male gesehen, unter anderem von Ihnen. Beide Schwestern Salmonova waren zudem mit Hauptmann von Jacobi bekannt, Lyda S. berichtet, diesen auch in Begleitung Major Queisners getroffen zu haben. Mit dabei war ein angeblicher Amerikaner namens ›Charly‹, der ihrer Beschreibung nach Chabert sein könnte. So, jetzt ist die Tafel voll!« Nicolai trat zurück und betrachtete zufrieden sein Werk.

»Mir ist nach wie vor die Verbindung zu den Umtrieben in der Marine nicht deutlich«, sagte der Hauptmann.

»Wir haben die Unterlagen aus Paris, es gibt Briefe und Sie selbst haben mir von dem Gespräch mit Rathenau berichtet«, erwiderte Nicolai. »Dazu liegt mir ein ganzes Bündel von Spitzelberichten vor. Richtig ist, Chabert wird nirgends erwähnt, aber alles weist in seine Richtung. Sabotage und Zersetzung, das sind die Waffen des modernen Krieges, die gerne im Hinterland und an der Heimatfront zum Einsatz kommen. Ich denke, es ist das Beste, ich werde mich mit den Abgeordneten der SPD, insbesondere mit den linken Abspaltern, unterhalten. Trotz Immunität, wenn es um Sein oder Nichtsein des Reiches geht, müssen die Herren mir Rede und Antwort stehen!«

7. SEEFAHRT TUT NOT!

Vizeadmiral Hipper erhielt Befehl, am 31. Mai, 4 Uhr morgens die Jade zu verlassen und aus Sicht von Hornsriff und der dänischen Küste nach dem Skagerrak vorzustoßen, sich noch vor Dunkelwerden an der norwegischen Küste zu zeigen, damit die Engländer Kunde von dem Unternehmen erhielten.

Aus dem Bericht des deutschen Flottenchefs Vizeadmiral Scheer, 4. Juli 1916

Das Telefon auf dem Schreibtisch läutete. Der Major nahm ab: »Nicolai … Ja, berichten Sie! … Und Sie sind ganz sicher? … Gut, weiter beobachten … Nein, Sie unternehmen nichts! Ich schicke Hauptmann von Wedel!« Er legte auf. »Mein Gewährsmann in Wilhelmshaven meldet, ein Mann, auf den die Beschreibung Chaberts passt, sei heute Mittag im Hafengebiet von Wilhelmshaven gesehen worden. Aktuell besucht er ein Lokal, das hauptsächlich von Matrosen, Maaten und Bootsmännern frequentiert wird. Unser Mann ist dran, er beobachtet den mutmaßlichen Chabert. Wir müssen handeln, und zwar sofort. Herr von Wedel, Sie kennen den Oberst, seine Stärken und seine Schwächen. Sie werden umgehend nach Wilhelmshaven fahren und ihn und seine Mittelsmänner zur Strecke bringen!«

Eine Stunde später saß Wedigo von Wedel zusammen mit dem Gefreiten Paulsen im Eisenbahnabteil und war zur Nordsee unterwegs.

In den Morgenstunden des nächsten Tages, der Zug hatte einige Male wegen Truppen- und Munitionstransporten halten müssen, langten sie am Ziel an. Sie frühstückten im Bahnhofsrestaurant, dann fuhr der Hauptmann mit der Elektrischen bis zur Großen Kaserne in der Moltkestraße. Das Gebäude war im typischen Stil der Industriearchitektur aus der Gründerzeit errichtet worden, ein dunkelroter Klinkerbau, versetzt mit schmalen, braunen Steinschichten, die die Fassade horizontal durchzogen. Dazu gerundete Fensterbögen und ein burgartiger Abschluss zum Dach hin. Ansprechpartner am Ort war Hauptmann Schneider, der stellvertretende Kommandeur des II. Seebataillons, der aufgrund einer Verwundung für kurze Zeit aus Flandern zurück an den Heimatstandort zwecks Genesung versetzt worden war. Er residierte in der gegenüberliegenden Hafenkaserne, wohin Wedigo von einem Matrosen geleitet wurde.

Schneider war ein schlanker, sehr großer Mann. Er musste um die 40 sein, wirkte aber älter, der Einsatz in Flandern hatte tiefe Kerben um Nase und Mund hinterlassen. Außerdem trug er einen Arm in der Schlinge. Er bat Wedigo, Platz zu nehmen, und kam sofort auf die Lage zu sprechen. »Ich hoffe, Kamerad, dass ich Ihnen helfen kann. Ihr Chef, Major Nicolai, hat mich in Grobzügen informiert, insbesondere über das Flugzeug, das hierher geflogen sein soll. Ich muss Sie gleich enttäuschen. Von einer Fokker aus Johannisthal, die in Wilhelmshaven angekommen wäre, ist nichts bekannt. Wenn hier Maschinen ankommen, dann nutzen sie den Exerzierplatz zum Landen, der auch unser Startplatz ist. Dort wurde keine Ankunft gemeldet. Natürlich kann es sein, dass das gesuchte Flugzeug außerhalb der Stadt gelandet ist, aber darüber liegen mir keine Nachrichten vor.«

»Ohne nähere Informationen zu planen ist schwierig«, meinte Wedigo trocken. »Wie sieht es sonst mit Ihrer Unterstützung aus? Es ist Ihnen bekannt, dass wir Saboteure verfolgen?«

»Major Nicolai hat dies angedeutet«, erwiderte Schneider. »Was die Suche nach verdächtigen Personen betriff: Sie wissen sicher, dass unsere Einheit, die primär eigentlich für den Schutz der hiesigen Werftanlagen zuständig ist, zum größten Teil an die Front nach Flandern verlegt worden ist. Mit der verblieben Kompanie aus Landwehrsoldaten und Invaliden lässt sich das Gelände kaum sichern. Noch weniger ist es uns möglich, die Werftarbeiter zu überwachen. Ich kann Sie also leider nur minimal bei Ihrer Aufgabe unterstützen. Doch wenn Sie Fragen haben …«

»Wie ist denn die Stimmung unter den Matrosen und Werftarbeitern?«, hakte Wedigo gleich nach.

»Es gibt immer wieder Ärger wegen der Verpflegung«, erwiderte Schneider. »Vor allem das Dörrgemüse schmeckt den Leuten nicht. Besonders die Heizer und Matrosen, die im Zivilleben der SPD angehören, treten als Beschwerdeführer auf. Prinzipiell ist der Unmut verständlich, die Menage ist wirklich schlecht. Aber wir sind im Krieg, da haben derartige defätistische Äußerungen zu unterbleiben.«

»Sind Ihnen in diesem Zusammenhang folgende Namen schon begegnet?«, fragte von Wedel und legte die Namensliste vor, die Nicolai in Johannisthal entdeckt hatte: »Albin Köbis, Max Reichpietsch, Sachse und Weber?«

Hauptmann Schneider musste nicht lang überlegen. »Reichpietsch, Weber und Sachse sind Matrosen, Köbis ist Heizer. Sie gehören zu einer Gruppe ständig Unzufriedener, die sich aus Besatzungsmitgliedern des Panzerschiffes Prinzregent Luitpold, des Flaggschiffs Friedrich der Große und des Großlinienschiffs Westfalen speist. Die Burschen wurden schon mehrfach disziplinarisch belangt und stehen unter Beobachtung. Sie treffen sich meist in einer der Hafenkneipen in der Roonstraße, vor allem im Bavaria Krug nahe der Kaiser-Wilhelm-Brücke.«

Wedigo gab noch ein kurze Beschreibung Oberst Chaberts, doch Schneider war dem Mann nicht begegnet. Der Marineinfanterist entschuldigte sich, es sei von der Admiralität eine Besprechung angesetzt, an der er teilnehmen müsse. Unteroffizier Lehmann stehe Kamerad von Wedel aber zur Verfügung, falls der sich im Kasernenareal und vor allem auf der Werft umsehen wolle. Der Hauptmann dankte und Schneider verabschiedete sich.

Wedigo brach mit Lehmann auf, um sich das Gelände zeigen zu lassen. Das Areal rund um die Marineanlagen war der Kern der erst vor knapp 50 Jahren gegründeten Stadt, die ihren Namen durch Wilhelm I. erhalten hatte. Seit dem Regierungsantritt seines Enkels Kaiser Wilhelm II. hatte der Ort zusammen mit der Marine einen rasanten Aufschwung erlebt. Immer neue Werftanlagen und Docks waren entstanden und das Hafengelände erweitert worden. Zu Kriegsbeginn betrug die Stärke der in den Werften und im Hafen Beschäftigten etwa 11.500 Mitarbeiter, erklärte der Unteroffizier stolz, und diese Zahl sei in den letzten zwei Jahren weiterhin gewachsen.

Hier jemanden zu finden, ähnelte der Suche nach der Nadel im Heuhaufen, dachte Wedigo, während er durch das riesige Areal rund um den Bau- und Ausrüstungshafen geführt wurde. Und der Kamerad vom Seebataillon würde ihm offenbar keine große Hilfe sein.

Sie befanden sich gerade im Bereich der Ausrüstungswerft nahe dem Torpedoschießstand, als ihm eine Barkasse auffiel, die eben vom Kai ablegte und Kurs auf den Neuen Hafen nahm. Wedigo konnte nicht sagen, was ihm an dem Boot verdächtig erschien. Es handelte sich auf den ersten Blick um ein ganz normales Schiff. Es tuckerte langsam vorbei, und da sah er, was seine Aufmerksamkeit erregt hatte. Ein Mann stand lässig an der Reling gelehnt und sprach mit zwei anderen. Er trug den Blaumann des normalen Werftarbeiters, die Gestik aber und der ganze Habitus waren Wedigo nur zu gut bekannt. Am Bord der Barkasse befand sich Oberst Chabert, und diese entfernte sich immer mehr vom Ufer.

Der Hauptmann wandte sich an den Unteroffizier. »Das Schiff dort, wie können wir es einholen?«

»Herr Hauptmann meinen die Barkasse, die Trude?«

»Ja, meinetwegen die Barkasse! Schnell, Mann, geben Sie Antwort!«

»Das wird schlecht möglich sein. Die Trude bringt die Männer zur Mittagsschicht. Die Berta, die Lore und die Klara sind ebenfalls unterwegs und dürften erst in einer halben Stunde zurück sein. Sie müssten ganz außenherum fahren. Die Kaiser-Wilhelm-Brücke ist heute den ganzen Tag wegen der schweren Pötte offen.«

Gerade glitt langsam eines dieser vom Unteroffizier als »schwerer Pott« bezeichneten Schiffe vorüber. Es war der Große Kreuzer Lützow, wie der Mann erklärte.

»Ich dachte, das Schiff befände sich längst in der Jade«, fügte er überrascht hinzu. Dem Barkassenführer war es inzwischen gelungen, noch vor dem Kreuzer die Fahrrinne zu kreuzen und die mächtige, über 200 Meter lange Silhouette mit ihrer Vielzahl von Gefechtstürmen und Kanonenrohren verdeckte das kleine Boot.

Eine Verfolgung des Agenten schien sinnlos; bis der Hauptmann auf dem Landweg die andere Uferseite erreicht hatte, würde Chabert längst abgetaucht sein. Verärgert ließ sich Wedigo zurück zur Kaserne bringen, um im Offizierskasino zu Mittag zu essen. Er hoffte, dass zumindest sein geplanter Abendbesuch im Bavaria Krug zu einem Ergebnis führen würde.

Das Kasino lag in der Nähe des Bürgergartens an der Ecke Hollmannstraße und Gökerstraße. Es war aufgrund der

Bedeutung des Marinestandorts Wilhelmshaven sehr großzügig bemessen, wurde aber von dem zum Park hin gelegenen Wasserturm überschattet.

In einer Ecke des Speisessaals saßen um einen Tisch sechs Marineoffiziere, sonst war der Raum leer. Wedigo stellte sich den Kameraden vor und bat, bei ihnen Platz nehmen zu dürfen.

»Eine echte Landratte aus der Berliner Etappe«, meinte halb im Spaß, halb im Ernst einer der Seeoffiziere, ein Kapitän, der offenbar den Vorsitz führte. »Was verschlägt Sie nach Wilhelmshaven, Hauptmann? Sollten Sie nicht lieber an der Front in Flandern oder Verdun sein?«, fügte er mit laut dröhnender Stimme hinzu.

»Die Abteilung, der ich im Kriegsministerium angehöre, hat andere Aufgaben zu erledigen, als direkt in das Schlachtgeschehen einzugreifen«, erklärte Wedigo ruhig. »Im Übrigen habe ich den Eindruck, dass es den Kameraden von der Marine derzeit auch etwas an Arbeit mangelt.«

»Vorsicht, Vorsicht, Herr Hauptmann, mit dem, was Sie sagen«, erwiderte der Kapitän scharf. »Wir von der Marine wissen unsere Ehre zu verteidigen, Herr von der Etappe!«

»Ich schätze Ihre Anrede nicht, Kapitän, und ich bin gerne bereit, meinem Missfallen Taten folgen zu lassen«, gab Wedigo gelassen zurück, »zumal ich erst kürzlich direkt vor Douaumont im Feindfeuer gelegen bin.«

»Machen wir's kurz, Herr von Wedel«, sagte der Kapitän. »Treffen wir uns heute Abend im nebenan gelegenen Offizierspark, um unseren Disput zu klären. Ich bevorzuge schwere Säbel, aber wenn Sie auf Pistolen bestehen, soll es mir recht sein. Mein Name ist Redlich, mein Kamerad hier wird mit Ihrem Sekundanten alles Nähere besprechen. Und jetzt entschuldigen Sie mich.« Der Kapitän stand auf und ging.

Der angesprochene Seeoffizier erhob sich seinerseits. »Fregattenkapitän Bauer«, stellte er sich vor, »wenn Sie mir Ihren Sekundanten benennen könnten, Herr Hauptmann, damit ich mit ihm alles klären kann?«

Eine Pause trat ein, die übrigen Herren am Tisch warteten auf Wedigos Antwort. Eine peinliche Situation, er kannte niemanden in Wilhelmshaven.

»Ich werde Herrn von Wedel sekundieren«, meldete sich überraschend eine Stimme. Sie gehörte Hauptmann Schneider, dem stellvertretenden Kommandeur des II. Seebataillon, der, von Wedigo unbemerkt, hinzugekommen war und den Schluss des Gesprächs mitbekommen hatte. Der Fregattenkapitän und Schneider gingen zur Seite und beratschlagten sich. Währenddessen begann Wedigo in aller Ruhe mit der von einer Ordonnanz gebrachten Suppe. Die anderen Marineangehörigen verabschiedeten sich demonstrativ.

Schließlich kehrte Hauptmann Schneider zum Tisch zurück. »Die Kameraden von der Marine schienen mir sehr verärgert. Was haben Sie denn um Gottes willen gesagt, Herr von Wedel?«

Wedigo schilderte in knappen Worten den Wortwechsel.

»Da verstehe ich Ihre Reaktion, Herr von Wedel. Die Anspielung, Sie drückten sich in der Etappe vor der Front, ist inakzeptabel. Nur müssen Sie wissen, die Marine ist in dieser Hinsicht auch sehr empfindlich. Zwar gibt es immer wieder Flottenvorstöße, und speziell das Großlinienschiff Westfalen, das Kapitän Redlich befehligt, war an mehreren Fahrten dieser Art beteiligt. Doch an einem größeren Gefecht oder gar an einer Seeschlacht hat die Westfalen noch nicht teilgenommen. Das ärgert die Marine, denn jeder brennt darauf, den arroganten Briten endlich zu zeigen, dass unsere Flotte die beste der Welt ist.«

Wedigo, der in England von einem Gefecht auf der Doggerbank gelesen hatte, fragte nach der Schlacht.

»Gut, dass Sie das Thema nicht vorhin angesprochen haben. Die Westfalen wurde erst spät zu dem Geschehen hinbeordert und konnte daher nicht mehr in das Gefecht eingreifen. Redlich ist überzeugt, dass er den Ausgang des Kampfes zugunsten der Marine hätte beeinflussen können, und grämt sich bis heute, nicht dabei gewesen zu sein. Ich bin kein Fachmann und kann dazu nichts sagen.«

»Ja, lassen wir das Spekulieren«, sagte Wedigo, der sich endlich weiter um seine Aufgabe kümmern wollte. »Was haben Sie vereinbart?«

»Ein Pistolenduell, je zwei Schuss. Wenn dann keine Entscheidung gefallen ist, wird zum Säbel gewechselt. Das Treffen ist für morgen früh, vier Uhr angesetzt. Ein Dr. Mühsam wird ebenfalls anwesend sein.«

Pistolen und Säbel, die Herren Seeoffiziere schienen ein scharfes Rangehen zu schätzen. Wedigo war das Ganze ziemlich gleichgültig, er hatte eine ruhige Hand und war sicher, auch diesen Zweikampf, es würde sein fünfter sein, erfolgreich bestehen zu können. In Fragen der Ehre gab es kein Pardon, auch wenn das Duellieren offiziell verboten und mit schweren Strafen belegt war. Wedigo ärgerte sich aber darüber, dass er für das Treffen wertvolle Zeit opfern musste. Er war nach Wilhelmshaven geschickt worden, um Oberst Chabert und nicht um den Kommandanten eines Großlinienschiffes auszuschalten.

Wedigo bedankte sich bei Schneider für seine Unterstützung und ließ sich den Weg zum Bavaria Krug in der Roonstraße erklären. Auf Anraten des Marineinfanteristen nahm er den Gefreiten Paulsen und Unteroffizier Lehmann mit, der ihm am Vormittag das Gelände gezeigt hatte.

»Allein dorthin zu gehen ist zu gefährlich«, sagte Schneider. »Am besten, Sie tragen Zivil, für Offiziere ist der Bavaria Krug eine Sperrzone.«

Wedigo nahm den Rat an und zog sich in seiner Unterkunft um. Zum Glück hatte er einfache Kleidung sowie eine Kappe dabei und verzichtete daher auf den von Schneider angebotenen Blaumann.

Es war halb acht, als sie die Eckkneipe betraten. Trotz der frühen Abendstunde war das Lokal gut besucht. Beißender Pfeifentabaksgeruch und der Qualm von billigen Zigarren hingen in der Luft, beides konnte aber kaum den Mief nach verschüttetem Bier, Schnaps und altem Bratfett überdecken, der dem Gast beim Eintritt entgegenschlug. Der wenig einladende Raum war mit dunklem Holz getäfelt. Rechts an der Wand befand sich eine einfache Theke, dahinter ein Regal voller Flaschen und Gläser sowie seitlich eine Zapfanlage. Wedigo bestellte für die Männer und sich drei Bier. Sie setzten sich an einen Tisch in der Ecke, um aus dem Abseits in Ruhe die Gäste beobachten zu können. Es handelte sich überwiegend um Werftarbeiter aus der Morgenschicht, die nach Schichtende um 18 Uhr hier zum Essen und vor allem zum Trinken eingekehrt waren. Eine füllige, hochgeschnürte Kellnerin im Dirndl brachte Wedigo und seinen Leuten die Getränke. Sie blieb kurz stehen, um mit dem Unteroffizier, den sie kannte, ein paar Worte zu wechseln. Dann musste sie weiter.

»Ein fesches Frauenzimmer«, meinte Lehmann und zwirbelte seinen Schnurrbart.

Wedigo antwortete nicht. Er nahm einen Schluck, das Bier war gut, und blickte sich um. Neben den Arbeitern befanden sich ein gutes Dutzend Matrosen im Lokal; überwiegend Mannschaftsdienstgrade und zwei oder drei Maate. Die Seeleute waren alle von kräftiger, muskulöser Gestalt, Männer, denen man ansah, dass sie zupacken und notfalls auch zuschlagen konnten. Am Nebentisch saßen vier von ihnen, die ein lautes, hitziges Gespräch führten. Sie diskutierten immer heftiger und schienen kurz davor zu stehen, einander in die Haare zu geraten.

»Nee, Fritz«, rief gerade einer von ihnen, ein breiter, vierschrötiger Mann, dessen rote Gesichtsfarbe verriet, dass er einiges getrunken hatte, »das mit dem Elsässer war nicht gut, sag ich dir. Du kennst den Mann doch gar nicht!«

»Immer langsam, Willy«, versuchte sein Nachbar, der von ebenfalls breiter, aber untersetzter Gestalt war, ihn zu beruhigen. »Die in Berlin haben uns gebeten, den Genossen nach Wilhelmshaven zu bringen, und wenn die Zentrale das sagt, hat es seinen Grund.«

»Wer hat euch gesagt, ihr sollt den Elsässer mitnehmen, Paul?«, hakte Willy nach. »Die sitzen in Berlin, haben keine Ahnung, wie es bei uns aussieht, und geben Anweisungen.« Er schlug mit der Faust auf den Tisch. »Alles Bonzen!«

»Ihr solltet nicht so schreien«, mischte sich der vierte ein, ein schmächtiger Mann, der bislang geschwiegen hatte. »Jeder kann euch hören!« Dabei warf er einen forschenden Blick zu Wedigo.

Dieser tat, als sei er dabei, seinen Begleitern etwas zu erklären, und der Mann wandte sich wieder den eigenen Gefährten zu.

»Max hat recht«, nahm jetzt Paul das Wort. »Wir müssen leiser sein. Unser Auftrag ist jedenfalls erledigt, und morgen fliegen wir nach Johannisthal zurück.«

»Paul« und »Johannisthal«, dazu der Name Fritz und ein Elsässer. Es musste sich um Paul Wieczorek und seinen Freund Fritz Radtke handeln, die ihnen gestern davongeflogen waren, dachte Wedigo. Ein echter Zufall, und der Elsässer konnte womöglich Oberst Chabert sein – oder wer sonst? Er musste an den Kerlen dranbleiben, nur so konnte ihm Chabert doch noch ins Netz gehen.

»Du kannst sagen, was du willst«, ergriff Willy wieder das Wort, »ich traue diesem Hugo Habert nicht. Auf mich wirkt er wie ein verkappter Franzmann. Ich kämpfe gegen Unterdrückung und Ausbeutung, aber ich verrate meine Heimat nicht!«

»Unsinn, Hugo hat wie alle aus den Reichslanden einen Akzent. Deswegen ist er doch kein Franzose«, widersprach Max. »Die Genossen in Berlin vertrauen ihm, Paul hat mir das Schreiben gezeigt. Hugo fährt mit euch morgen als Heizer mit hinaus, damit er sich ein Bild von den Zustände an Bord machen und der Zentrale berichten kann. So ist es doch?«, wandte er sich an Paul Wieczorek.

Doch bevor dieser antworten konnte, krachte etwas auf ihren Tisch. Weiter drüben waren einige Heizer und Matrosen in Streit geraten und hatten damit begonnen, mit Bierkrügen zu werfen.

»Da soll doch der Düwel dreischlagen!«, grollte Willy, dessen Glas umgestoßen worden war. Schon sprang er auf und stürzte sich mitten in die Rangelei.

Fritz wollte ihm folgen, wurde aber von Paul und Max daran gehindert. Die drei warfen einige Münzen hin und eilten hinaus. Wedigo und Paulsen folgten ihrem Beispiel. Doch die Straße war leer, die Männer mussten einen ganz eigenen Weg genommen haben. Nun erschien auch Unteroffizier Lehmann, der sich offenbar noch rasch mit der Kellnerin verabredet hatte.

»Wo bleiben Sie denn, Mann? Jetzt sind die Kerle verschwunden!«, tadelte ihn der Hauptmann.

»Das macht nichts, den einen habe ich schon gesehen. Er kennt mich aber nicht. Der Mann heißt Max Weber und ist Heizer auf der Westfalen. Er hat schon ein paarmal wegen Aufsässigkeit strafexerzieren müssen. Eigentlich ein ruhiger Mensch, beschwert sich aber häufig über das Essen.«

»Und den Großen, der sich drinnen gerade prügelt, kennen Sie den auch?«

»Sie meinen Willy Sachse? Der ist häufig im Krug. Er trinkt viel, hat ein großes Maul und gerät ständig in Schlägereien. Er soll dazu ein heimlicher Sozi sein. Er dient wie Weber auf der Westfalen, ist aber Matrose. Suchen Herr Hauptmann den Elsässer, von dem die Kerle sprachen?«

»Das ist korrekt, kennen Sie den etwa auch?«

»Nein, Herr Hauptmann. Ich meine nur, wenn dieser Monsieur Habert auf die Westfalen gebracht worden ist, müssen Herr Hauptmann sich beeilen. Das Schiff läuft morgen Mittag aus.«

»Guter Hinweis, Lehmann, ich werde der Sache nachgehen«, erwiderte Wedigo. Der Mann hatte mitgedacht, offenbar besaß Lehmann Fähigkeiten, er würde ihn Hauptmann Schneider gegenüber lobend erwähnen. »Hugo Habert« klang jedenfalls ähnlich wie »Hugo Chabert«, mit seiner Tarnung gab sich der Oberst offenbar wenig Mühe, er schien sich sehr sicher zu fühlen.

Sie kehrten in die Kaserne zurück. Im Kasino wurde Hering mit Kartoffelsalat serviert. Danach trank Wedigo einen Ostfriesentee. Das Bier vorhin genügte ihm, er brauchte morgen früh eine ruhige Hand.

Es war kurz vor zehn. Zeit, sich zu Bett zu legen, um ein paar Stunden zu ruhen. Wedigo beauftragte Paulsen, ihn um halb vier zu wecken und die Felduniform zurechtzulegen. Eine Stunde musste genügen, einen Kaffee zu trinken, sich für das Duell umzuziehen und zum Austragungsort zu gelangen. Zu dumm, dass er gleich mit dem Kommandanten der Westfalen aneinandergeraten war; dessen Unterstützung und Hilfe konnte er jetzt für seine Nachforschungen eigentlich gut gebrauchen.

Während er in seine Unterkunft zurückkehrte, wanderten Wedigos Gedanken zu Melissa. Wo sie wohl gerade war? Er hoffte, ihre Abenteuer waren nicht allzu gefährlich oder gar zu galant. Natürlich hatte er durch sein Handeln ihre Abkehr bewirkt, doch er würde alles dafür geben, die Nacht mit Franzi Salmonova ungeschehen zu machen. Verdammt, was war nur in ihn gefahren, dass er so mir nichts dir nichts den Reizen dieses Fräuleins erlegen war? Zu allem Ärger konnte er sich nur noch daran erinnern, wie er mit ihr angestoßen hatte, dann war da ein großes, schwarzes Loch. Und dann war sie ermordet worden! Und er, er dachte schon wieder nur an das kleine Fräulein und nicht an Melissa, die er durch sein Tun verloren hatte. »Ah, Melissa«, seufzte er, »vielleicht werde ich dich nie wiedersehen!« Dann legte er sich hin, schloss die Augen und schlief gleich ein. Sein Schlaf war unruhig, und ihm träumte, die Gräfin und er führen auf einer Segeljacht über die Nordsee nach Schottland. Sie waren ganz allein am Bord, Melissa trug ein blendendweißes Kleid und einen breiten Sommerhut. Plötzlich tauchten am Horizont britische Schlachtschiffe auf und begannen, auf ihr Boot aus allen Rohren zu feuern. Immer stärker krachte und donnerte es. Wedigo fuhr aus dem Schlaf auf, ein lautes Klopfen war an der Tür zu hören. Er warf einen Morgenrock über und öffnete die Tür. Hauptmann Schneider trat ein.

»Ist es schon so weit? Ich hoffe, ich habe nicht verschlafen!« Wedigo warf einen Blick auf die Uhr, es war gerade zwei Uhr nachts. »Ist etwas passiert?«

»Nein, Sie haben nicht verschlafen. Ich war auf Wache, und eben erschien Fregattenkapitän Bauer. Er bat mich, in meiner Funktion als Sekundant eine heikle Mission zu übernehmen. Kapitän Redlich ersucht Sie höflichst, Herr von Wedel, das Duell zu verschieben. Er ist verhindert. Ein Befehl der Admiralität ordnet das sofortige Auslaufen der Westfalen an. Dieses Schreiben soll ich Ihnen übergeben.« Schneider reichte ihm einen Brief.

Wedigo erbrach das Siegel, öffnete den Umschlag, zog das in ihm befindliche Blatt hervor und begann zu lesen:

Sehr geehrter Herr Hauptmann von Wedel!

Ich bedauere, unser Treffen heute Morgen absagen zu müssen. Es ist mir, und dessen darf ich Sie versichern, wahrhaftig eine Last, der Pflicht der Ehre nicht genügen zu können, zumal ich nicht weiß, ob ich je noch Zeit und Gelegenheit haben werde, dieser nachzukommen. Aber eine höhere Pflicht zwingt mich dazu. Ich kann mich zu den Hintergründen nicht näher äußern und nur auf Ihr Verstehen hoffen. Wären Sie an Bord der Westfalen, würden Sie gewiss erkennen, dass die Marine ihre Pflichten tapfer erfüllt, wie auch Sie, Herr von Wedel, an der Front und in der Heimat, Kaiser und Reich mit all Ihrer Kraft sicher zu verteidigen wissen. Selbstverständlich werde ich, nach meiner Rückkehr, die ich jedoch nicht versprechen kann, Ihnen für jede nur erdenkliche Satisfaktion zur Verfügung stehen.

Unser Kaiser und das Reich leben hoch!

Kapitän zur See Johannes Redlich,
Kommandeur SMS Westfalen

Wedigo las den Brief ein zweites Mal. Das zu schreiben, musste dem Kapitän sichtlich schwergefallen sein. Letztlich hatte er sich entschuldigt und der Hintergrund war eindeutig. Es ging auf Feindfahrt! Da blieb einem deutschen Offizier nur eines zu tun. Wedigo wandte sich an Schneider. »Ist die Westfalen bereits ausgelaufen?«

»Nein, soviel ich weiß, soll dies um Punkt vier Uhr geschehen. Die Kessel stehen unter Dampf und alle Urlauber wurden zurück an Bord geordert.«

»Worauf warten wir noch? Bringen Sie mich unverzüglich zur Westfalen. Paulsen!«

Der Gefreite erschien gähnend.

»Wir packen, Paulsen. Werfen Sie alles, wie es ist, in die Koffer. Wir machen eine Seereise!« Eine schöne Umschreibung für eine mit Sicherheit anzunehmende Seeschlacht, dachte Wedigo. Es geht wohl gegen die Engländer. Aber Seeschlacht hin wie her – so erfüllte er seinen Auftrag, Chabert dingfest zu machen. Wenn der Oberst wirklich an Bord des Schlachtschiffes gegangen war, saß der Franzose in der Falle!

35 Minuten später überquerte Wedigo von Wedel im dichten Regen das Fallreep, das zum Großen Linienschiff SMS Westfalen führte, grüßte die Flagge und ließ sich von einem Maat auf die Brücke zum Kommandanten führen.

»Herr Hauptmann von Wedel«, begrüßte ihn der Kapitän überrascht. »Was suchen Sie auf der Westfalen? Haben Sie mein Schreiben nicht erhalten?«, sprach er mit deutlichem Ärger in der Stimme weiter. »Ich habe einen Auftrag auszuführen und kann mich nicht um unnütze Plänkeleien kümmern.«

»Ich habe Ihren Brief erhalten, Herr Kapitän«, erwiderte Wedigo. »Gerade wegen seines Inhalts bin ich hier. Sie haben mir mit Ihren Worten gleichsam Satisfaktion gewährt und mir verdeutlicht, dass unser Disput auf einem gegenseitigen Missverständnis beruhte. Ich sehe es daher als meine Pflicht an, Ihnen meinerseits Genugtuung zu geben, und ersuche Sie daher, an Ihrer Mission teilnehmen zu dürfen.«

Der Seeoffizier, dessen Miene sich bei Wedigos Worten zunächst verdüstert und dann entspannt hatte, überlegte einen Augenblick, dann nickte er kurz. »Gut, Herr von Wedel, Sie können an Bord bleiben und unterstehen somit ab sofort meinem Kommando. Lassen Sie sich vom Obermaat Herfurth eine leere Kajüte zeigen. Es wird eng werden, Luxuskabinen gibt es auf der Westfalen nicht. Und jetzt entschuldigen Sie mich, ich habe vor dem Ablegen einiges zu tun. Ich erwarte Sie um 4:30 Uhr in der Offiziersmesse!

Wedigo grüßte militärisch und verließ die Brücke.

Der Matrose, der ihn geführt hatte, wartete mit dem Gefreiten Paulsen draußen. Er brachte den Hauptmann mit seinem Burschen zum Obermaat, der sozusagen als Steward fungierte, und sie zu einer Unterkunft mittschiffs führte. Die Kajüte war eng und schmal, der Kapitän hatte nicht zu viel versprochen. Der gesamte Raum maß knapp zweieinhalb Meter in der Länge und anderthalb Meter in der Breite und bot Platz für ein schmales Bett und einen Metallschrank. Für den Gefreiten wurde zusätzlich eine Hängematte aufgespannt. Eine Waschgelegenheit und die Gemeinschaftstoiletten befanden sich auf dem Gang. In diesem »Luxus« sollte er also in nächster Zeit residieren, Wedigo bekam Zweifel, ob seine Idee, auf das Schiff zu gehen, wirklich durchdacht gewesen war. Aber andererseits bestand nur so die Chance, Chabert zu fassen – und vor Verdun waren die Zustände weitaus schlimmer gewesen. Und nun? Am besten sollte er jetzt den Major informieren und sich dann einen Eindruck vom Schiff verschaffen. Und natürlich musste er auch den Kapitän über den Franzosen aufklären, nur hatte sich bislang dazu keine Gelegenheit ergeben.

Es klopfte, der Obermaat meldete sich: »Ich soll Herrn Hauptmann die Westfalen zeigen.«

In der nächsten halben Stunde wurde Wedigo mit den technischen Daten des Schiffes regelrecht zugedeckt. »Länge 146,1 Meter, Breite 26,9 Meter, Tiefgang 8,6 Meter, Besatzung aktuell 40 Offiziere und 978 Unteroffiziere und Mannschaften, zwölf Marinekessel, Geschütze: 12 mal 28 Zentimeter SK L/45 in sechs Doppeltürmen, dazu 12 mal 15 Zentimeter SK L/45 in Kasematten, 14 mal 8,8 Zentimeter SK L/45 Seezielgeschütze sowie 2 mal 8,8 Zentimeter SK L/45 Flak und 6 mal

45 Zentimeter Torpedorohre. 26.200 PS und rund 20 Knoten Geschwindigkeit«, all diese Zahlen ratterte Herfurth im Eiltempo herunter. »Unser Schiff gehört wie die Schwesterschiffe SMS Nassau, SMS Rheinland und SMS Posen mit ihren drehbaren Panzertürmen zu den neuen Schlachtschiffen, die die Engländer ›Dreadnoughts‹ nennen.«

Wedigo dankte dem Obermaat für seine Auskünfte und ließ sich die wichtigsten Räumlichkeiten und das Oberdeck zeigen und erklären. Während der Führung ging plötzlich ein Stoß durch das Schiff. Vier Uhr, die Westfalen hatte abgelegt. 20 Minuten späten kehrte Wedigo zu seiner Kajüte zurück.

»Paulsen, Sie suchen den Funkraum auf und geben an Major Nicolai folgendes Kabel auf: ›*Nahe an Chabert, Erfolg zu erwarten, die nächsten Tag auf See, Wedel.*‹ Adressat ist das Telegrafenamt des Kriegsministeriums, der Funker wird wissen, wie er in Kontakt kommt. Verstanden?«

Paulsen, der auf einmal ganz blass geworden war, schüttelte den Kopf. »Herr Hauptmann, ich bitte darum, hierbleiben zu dürfen«, stieß er mühsam hervor. »Mir ist so schlecht, ich vertrage Seereisen nicht.« Mit diesen Worten stürzte der Gefreite hinaus zur Toilette.

Ganz offenbar eine Landratte, im Terminus der Marine, dachte Wedigo halb mitleidig, halb belustigt. Dann würde er sich später um das Kabel kümmern. Er selbst war zum Glück seefest.

Wedigo ließ sich von einem Matrosen zur Offiziersmesse bringen. Dort waren die leitenden Offiziere bereits versammelt. Kapitän Redlich stellte die Herren kurz vor: der I. Offizier Fregattenkapitän Ewers, der I. Artillerieoffizier Fregattenkapitän Albrecht, Chefingenieur Korvettenkapitän Lehmann, Marineoberstabsarzt Dr. Freytag und Kapitänleutnant Leef, Leiter der 1. Abteilung. Ebenfalls anwesend waren der Zahlmeister Korvettenkapitän Gischendorf und der Fähnrichsoffizier Oberleutnant zur See Hagler.

»Meine Herren, Kameraden!«, sagte der Kapitän, »Hauptmann von Wedel begleitet uns auf einer überaus wichtigen Mission, deren direkte Folgen wohl keiner von uns abzusehen vermag: Die Unternehmung unserer Hochseeflotte gegen Lowestoft am 24. und 25. April hat der Brite als Herausforderung empfunden und daher die Umgruppierung seiner Seestreitkräfte auf die verschiedenen Stützpunkte der englischen Ostküste und Aufmärsche beträchtlicher Flottenteile in der nördlichen Nordsee vorgenommen. Diese Aktivitäten wird die Admiralität mit einem erneuten Vorstoß der gesamten Flotte beantworten. Zwei Möglichkeiten kommen in Betracht, die eine in nordwestlicher Richtung gegen die englische Küste, die andere nach Norden in das Skagerrak hinein. Für den Vorstoß nach Nordwesten ist weitgehende Luftschiffaufklärung unerlässlich, da er in ein Seegebiet führt, in dem wir uns gegen unseren Willen nicht zur Schlacht stellen lassen dürfen. Bei der Unternehmung nach Norden, für die die jütische Küste im Osten eine gewisse Deckung gegen feindliche Überraschungen bietet, ist, in Anbetracht der großen Entfernungen zu den feindlichen Stützpunkten, diese Gefahr geringer. Die aktuelle Wetterlage lässt eine Luftaufklärung nicht zu. Die Westfalen hat daher den Auftrag, zusammen mit anderen Schiffen der I. und II. Aufklärungsgruppe, heute, um vier Uhr morgens die Jade zu verlassen und aus Sicht von Hornsriff und der dänischen Küste nach dem Skagerrak vorzustoßen, um uns noch vor Dunkelwerden an der norwegischen Küste zu zeigen, und während des Spätnachmittags und der folgenden Nacht vor und im Skagerrak Kreuzer- und Handelskrieg zu führen. Das Gros der Flotte, bestehend aus dem I., II. und III. Geschwader, der IV. Aufklärungsgruppe, der Rostock und dem Rest der Torpedo-

Flottillen soll um 4:30 Uhr vormittags folgen. Meine Herren, Flottenchef Vizeadmiral Scheer rechnet damit, dass wir auf starke Kräfte der Briten stoßen, es wird womöglich zur Schlacht kommen. Das soll uns nicht stören, viel Feind, viel Ehr! Bis zum erwarteten Feindkontakt dürfte es noch einige Stunden dauern. Wir fahren mit einem Drittel der Mannschaft, der Rest begibt sich in Ruhebereitschaft, Wechsel alle vier Stunden. Die Westfalen steht im ständigen Kontakt zum Flaggschiff. Noch Fragen?«

Es gab keine Fragen.

»Oberleutnant Hagler! Sorgen Sie dafür, dass ein Fähnrich Hauptmann von Wedel zur Verfügung steht, der ihn im Falle eines Gefechts in die Deckung führt. Bei uns wird nicht mehr geentert, Herr Hauptmann«, wandte er sich Wedigo zu, »daher ist im Kampf ein Aufenthalt an Deck unnötig und unsinnig. Verstanden?«

»Jawohl, Herr Kapitän, verstanden!«, Wedigo grüßte förmlich und trat ab. Wenn dieser Seebär meinte, er könne den Vorgesetzten heraushängen lassen, gut. Dann zog er sich völlig auf das Formale zurück. Zur Information über seine Suche war er allerdings wieder nicht gekommen, wobei er den Eindruck hatte, dass Kapitän Redlich zurzeit andere Probleme hatte.

Der Oberleutnant begleitete ihn hinaus. »Der Alte ist gar nicht so streng, wie er immer tut«, raunte er dem Hauptmann zu. »Vor allem ist der Kapitän ein hervorragender Seemann, der sich um sein Schiff und die Besatzung in jeder Hinsicht kümmert. Die Seefahrt geht ihm über alles; Redlich kann daher auch sehr zornig werden, wenn jemand die Marine kritisiert.«

Das stimmt, dachte Wedigo, das Geschehen im Kasino hatte dies deutlich gezeigt.

»Warum sind Sie eigentlich an Bord?«, fragte Hagler.

»Ich bin auf der Suche nach jemanden, der sich höchstwahrscheinlich auf der Westfalen versteckt«, antwortete Wedigo, ohne auf den Duellhintergrund einzugehen.

»Das scheint mir kaum möglich«, sagte der Oberleutnant. »Unsere Seeleute lassen nicht so einfach einen Fremden an Bord. Es könnte höchstens sein, dass derjenige, den Sie suchen, unter die Heizer gegangen ist – aber auch nur, wenn er jemanden aus der Besatzung kennt, der ihn auf das Schiff geschmuggelt hat«, fügte Hagler hinzu. »Fähnrich Brocksien soll sich um die Angelegenheit kümmern und Sie bei der Suche unterstützen.«

Sie gelangten zur Fähnrichsmesse. Brocksien befand sich jedoch auf Wache, und Wedigo erklärte, sich auf eigene Faust umsehen zu wollen, er werde sich schon zurechtfinden.

Er begab sich auf Deck, die Nacht war längst in einen grauverhangenen Morgen übergegangen. Bleigrau lag das Meer vor ihnen, links und rechts waren die Silhouetten der Begleitschiffe zu sehen und am Horizont wiesen Rauchfahnen auf die Anwesenheit anderer Mitglieder der Flotte hin. Die Westfalen machte gute Fahrt, der Kurs führte geradewegs nach Norden, mitten hinein in einen Tag, dessen Verlauf und Ende im Dunst des Morgens höchst ungewiss schienen.

6:30 Uhr, der Hauptmann begab sich zum Frühstück in die Messe. Der Kaffee war gut, dazu wurden Schrippen, ein Ei, Kunsthonig und etwas Streichfett serviert.

»Nicht gerade üppig«, sagte eine Stimme hinter ihm. Ein junger Leutnant tippte kurz den Finger an die Stirn. »Herr Hauptmann gestatten, dass ich mich zu Ihnen setze. Leutnant zur See Mirow.«

»Hauptmann von Wedel. Nehmen Sie Platz, Leutnant!«

Der Leutnant setzte sich, die Ordonnanz brachte ihm den Kaffee und das gleiche frugale Mahl. »Den Honig kriegen die Bienen auch einfach besser hin«, meinte Mirow. »Wird

Zeit, dass wir die englische Blockade aufbrechen. Ich bin gespannt, was der Tag in dieser Hinsicht noch bringen wird. Es sieht jedenfalls so aus, als führen wir gen Norwegen, und da sind leider keine Briten. Aber vielleicht schrecken wir den Löwen auf.«

Wedigo kommentierte die Aussagen des Leutnants nicht. Er war zwar bei der Kommandoausgabe dabei gewesen, das eigentliche Ziel des Manövers war ihm dennoch unklar, und er wusste auch nicht, inwieweit die unteren Offiziersränge informiert werden durften.

»Wir werden Jellicoe gehörig Feuer geben, wenn er es wagt, sich mit seiner Flotte zu zeigen«, schwadronierte der Leutnant munter drauflos. »Unsere Zukunft liegt auf dem Wasser, die englische dagegen wird bald den Meeresgrund erreichen!«

»Nun«, meinte Wedigo ruhig, »Admiral Jellicoe sollten wir nicht unterschätzen. 1900 nahm er während des Boxeraufstands am Angriff der Alliierten auf Peking teil. Er ist ein fähiger Mann.«

»Umso besser, da wird unser Sieg den britischen Leu noch härter treffen!«, erwiderte Mirow begeistert. »Jetzt entschuldigen Sie mich, Herr Hauptmann, ich muss zur Steuerbordwache.« Der junge Leutnant erhob sich und eilte davon.

Wedigo blickte ihn nachdenklich hinterher. Er erinnerte sich an den triumphalen Auszug seines Garderegiments 1914 und wie er sich beim siegreichen Vormarsch gefühlt hatte. Seitdem war einiges geschehen, und es schien ihm eine Ewigkeit vergangen zu sein. Inzwischen war er »gefallen« und Spion in England gewesen, wo er den Gegner zu Genüge kennengelernt hatte. Und es waren keine teuflischen Feinde, die er in London, Liverpool und Manchester angetroffen hatte, sondern ganz normale Menschen voller Hoffnungen und Wünsche, Stärken und Schwächen. Das Gleiche galt auch für die Franzosen und sicher auch für die Russen und Serben. Nach dem, was er vor Verdun erlebt hatte, kamen ihm immer mehr Zweifel am Sinn des Krieges, und Nicolais Analysen der letzten Tage hatten nicht gerade dazu beigetragen, diese zu überwinden. Aber ein Offizier tat seine Pflicht, und die seine war, Oberst Chabert und womöglich auch die mittlerweile fast mysteriöse »Akte Verdun« aufzustöbern. Jetzt aber sollte er erst einmal den Major informieren.

Er stand auf und begab sich zum Funkraum, den Weg dorthin hatte ihm Oberleutnant Hagler erklärt. Hier erwartete Wedigo eine Enttäuschung. Es war Funkstille angeordnet worden, nur die chiffrierten Kommandobefehle von und zur Admiralität durften noch gesendet beziehungsweise empfangen werden. Er kehrte zu seiner Kabine zurück, dort lag der Gefreite Paulsen in seiner Hängematte und kämpfte noch immer mit der Seekrankheit.

Wedigo fragte, ob er etwas essen wolle, aber Paulsen schüttelte nur matt den Kopf. »Wenn ich hier liegen bleiben dürfte, Herr Hauptmann …«

Wedigo nickte, der Mann brauchte Ruhe, und verließ den Raum wieder. 9:30 Uhr, er begab sich zur Fähnrichsmesse. Fähnrich Brocksien war von der Wache zurück und in der Messe eingetroffen. Oberleutnant Hagler hatte ihn bereits über Wedigos Suche nach einem Schiffsfremden informiert, und Brocksien führte den Hauptmann sogleich über verschlungene Wege ins Innere der Westfalen und dort zum Quartier der Heizer.

Das Kriegsschiff war ein wahrer Mikrokosmos für sich. Es gab jede Menge Möglichkeiten unterzutauchen und Hunderte von Winkeln, in denen man sich verstecken konnte. Aber dennoch, wie groß Kreuzer und Schlachtschiffe auch sein mochten, sie waren insgesamt geschlossen, und früher oder später musste ein Eindringling gefunden werden. Das galt auch für die Westfalen. Der größte Teil der Besatzung befand sich an den verschiedensten Stationen unter Deck, man konnte einander kaum ausweichen oder auf Dauer entkommen. Es bestand allerdings die Möglichkeit, dass Chabert einen Komplizen hatte, der ihn deckte, das heißt irgendwo versteckte. Dass dies der Fall sein musste, war bereits aus dem Gespräch der Matrosen deutlich geworden, welches Wedigo im Bavaria Krug belauscht hatte. Jetzt erinnerte er sich, Max Weber hieß der Heizer, der Chabert alias »Hugo Habert« auf die Westfalen gebracht hatte. Er nannte Fähnrich Brocksien den Namen.

»Ich kenne den Mann nicht, aber wir haben viele Heizer, die immer mal wieder wechseln«, sagte dieser. »Am besten fragen wir den Vormann, Heizer Blum, dem ist jeder hier unten bekannt.«

Der Weg zu Blum führte durch etliche Schotts und schien sich über Kilometer zu erstrecken, was eigentlich nicht möglich war. Es wurde immer heißer und lauter. Ein Geflecht aus über tausend Rohrleitungen zog sich in Bündeln an der Decke hin. Jetzt erreichten sie den Maschinenraum. Zahlreiche Kohlentrimmer schaufelten, bis die Rohre schier platzten, denn die Kessel wurden nur zum Teil mit Diesel betrieben. In ihnen wurden wahre Höllenfeuerkräfte entfesselt, deren Hitze nach außen strahlte. Die Temperaturen in unmittelbarer Nähe lagen bei mehr als 40 Grad. Überall zischte Dampf; mit 500 Grad Celsius und einem Druck von über 88 bar erreichte er die Turbinen der 26.000-PS-Verbunddampfmaschine, die die Schiffsschrauben antrieb. Ein unbegreiflicher Lärm, ein Stampfen und Stoßen lag über allem und dazu trat der beißende Geruch nach Feuer, Öl und Schmierfett.

Ein Mann in blauer Arbeitskleidung wachte über das Tun seiner Kollegen. Bedächtig gab er Anweisungen, packte aber auch selbst kräftig mit an. Der Fähnrich ging zu ihm und bat ihn höflich um Auskunft, Blum schien hier unten eine Macht darzustellen.

Der Heizer winkte einem anderen Mann, die Aufsicht zu übernehmen, und begab sich zu Wedigo. »Womit kann ich Ihnen dienen, Herr Hauptmann?«, fragte er, ohne in irgendeiner Form Überraschung über das Erscheinen eines Heeresoffiziers zu zeigen. »Kommen Sie am besten in meine Kabine, hier versteht man sein eigenes Wort nicht.«

Die Kabine, eigentlich nur eine Nische mit einer jetzt aufgerollten Hängematte, lag etwas abseits des Kesselraums. Hier war es etwas ruhiger, obwohl das Stampfen der Maschinen immer noch zu hören war. Und die Temperatur lag ebenfalls noch deutlich über 25 Grad.

»Ich habe den begründeten Verdacht«, kam Wedigo gleich auf den Kern seines Anliegens zu sprechen, »dass sich unter der Maske eines Heizers ein fremder Agent an Bord eingeschlichen hat. Meine Dienststelle ist seit Wochen hinter dem Mann her. Er ist äußerst gefährlich.«

»Das ist starker Tobak, Herr Hauptmann«, entgegnete Blum bedächtig. »Denn wenn Sie recht haben, hieße das, dass einer aus der Heizer-Crew den Fremden an Bord geschmuggelt hätte. Sind Sie da ganz sicher? Nichts für ungut, Herr Hauptmann, aber für meine Kameraden lege ich die Hand ins Feuer.«

»Ich wurde gestern Abend Zeuge eines Gesprächs …«, begann Wedigo und berichtete in Grobzügen Blum, was er im Bavaria Krug in Erfahrung gebracht hatte.

»Das is man ein echten Schittkrom«, meinte der Heizer, »und ich danke Herrn Hauptmann für die Offenheit, die meisten Offiziere sind da nicht so mitteilend, wenn ich das mal sagen darf. Willy Sachse und Max Weber«, wiederholte er die Namen, die Wedigo genannt hatte. »Der Max ist als Schläger bekannt, Willy ist eigentlich mehr ein ruhiger Arbeiter. Er gehört der SPD an, wie viele von uns. Aber deswegen sind wir keine Verräter. Da muss ihn jemand falsch informiert haben, der Willy wird niemanden an Bord schmuggeln, der ist eine ehrliche Haut.«

»Sachse wurde offenbar erzählt, der angebliche Habert sei ein elsässischer Genosse«, erläuterte der Hauptmann, »was die Situation erklärt, aber sein Verhalten nicht entschuldigt. Kann ich mich darauf verlassen, dass Sie der Sache unauffällig nachgehen?«

»Das können Sie, Herr Hauptmann«, bestätigte der Heizer und streckte ihm die mit Kohlestaub verschmierte Hand entgegen.

Wedigo zögerte nicht einzuschlagen, der Mann gefiel ihm in seiner Gradlinigkeit. »Wann können Sie mit der Nachforschung beginnen?«, fragte er. »Die Angelegenheit ist dringlich!«

»Wenn Sie wünschen, sofort«, erklärte Blum, »ich muss nur kurz meinem Stellvertreter Bescheid geben. Dann werde ich erst einmal mit Willy Sachse sprechen, der mir bestimmt sagen wird, ob er den Mann an Bord gebracht hat. Aber ich bitte darum, Herr Hauptmann, mit ihm zunächst unter vier Augen sprechen zu dürfen.«

»Versteht sich, Blum. Ich danke Ihnen. Wenn Sie etwas in Erfahrung bringen, lassen Sie mich es über Fähnrich Brocksien wissen.« Wedigo wollte sich abwenden, da kam ein anderer Heizer auf sie zugeeilt.

»Jakob, komm schnell«, rief er, »Willy hat einen Unfall gehabt! Hinten im Kohlenlager …« Er sah Wedigo und hielt inne. »Sie entschuldigen, Herr Hauptmann, aber …«

»Schon gut, Mann, bringen Sie uns zur Unfallstätte.«

Die Männer eilten an den Kesseln vorbei hin zu dem Kohlenbunker, wobei der Fähnrich sich ihnen anschloss. Kurz darauf erreichten sie den Lagerraum. Dort lag am Rande eines Kohlehaufens eine unnatürlich verkrümmte Gestalt. Blum beugte sich über sie und ließ eine Taschenlaterne aufblitzen.

»Es ist wirklich Willy«, rief Blum. Im Schein seiner Lampe zeigte sich ein blutüberströmtes Gesicht. »Er lebt«, stellte der Heizer dann fest, als er seinen Puls gefühlt hatte, »ist aber offenbar schwer verletzt. Wir müssen ihn zum Bordarzt bringen.«

»Dort drüben liegt noch ein zweiter Mann«, rief der Fähnrich und zeigte nach links. Wedigo ging näher an den Liegenden heran. Brocksien ließ ein Licht aufleuchten. Auch der Zweite war über und über mit Blut bedeckt. Er rührte sich nicht, und es gab auch sonst kein Lebenszeichen mehr. Der Mann war tot.

Die nächsten Stunden wurden hektisch. Zwei Heizer brachten Sachse zur Sanität, Blum begleitete den Transport. Auch der Tote wurde beiseitegeschafft, nachdem sich Wedigo die Verwundungen des Mannes gründlich angeschaut hatte. Es gab keinen Zweifel, das Opfer, es handelte sich bei diesem um den Heizer Jansen, war maximal eine halbe Stunde vor ihrer Entdeckung durch mehrere Hiebe mit einer Kohlenschaufel erschlagen worden. Der Hauptmann ließ einige Lampen holen und begann, zusammen mit dem Fähnrich, den er einwies, den Tatort zu untersuchen. Spuren gab es jede Menge, doch sie waren nicht aussagekräftig, da sie von allen möglichen Leuten stammen konnten. Während sie noch dabei waren, im Kohlehaufen nach der Tatwaffe zu graben, erschien plötzlich ein Maat und teilte mit, der Kapitän erwarte den Herrn Hauptmann auf der Brücke, und zwar umgehend. Wedigo klopfte die Kleidung ab, wusch sich das Gesicht und machte sich hastig auf den Weg. Zehn Minuten später meldete er sich auf der Brücke bei Redlich.

Der Kapitän beachtete ihn zunächst nicht, gab dem Offizier am Ruder einige Kursanweisungen und studierte dann in aller Ruhe mit dem Glas den grauen Horizont. Er setzte das Fernglas schließlich ab, trug etwas in das Logbuch ein und trank aus einem Becher eine dampfende Flüssigkeit, dem Geruch nach Kaffee – endlich wandte er sich Wedigo zu. »Hören Sie, Herr von Wedel. Ich will nicht auf Ihr Verhalten von gestern Mittag zu sprechen kommen, aber ich habe fast den Eindruck, als hätten Sie es darauf angelegt, durch Ihr Handeln mit mir in Kontakt zu treten, um an Bord der Westfalen zu gelangen. Nun schön, Sie sind hier, Herr Hauptmann. Und plötzlich geschieht ein Mord, und ich erfahre so nebenbei, nicht von Ihnen, wohlgemerkt, dass ein Fremder, womöglich ein feindlicher Agent, sich auf das Schiff geschlichen hat. Verdammt noch mal, was haben Sie sich dabei gedacht, mich, den Kapitän Seiner Majestät Schiff Westfalen, nicht über den wahren Grund Ihrer Anwesenheit zu informieren? Das wird Konsequenzen haben, Herr Hauptmann«, brüllte Redlich mit vor Zorn rotem Gesicht los. »Überhaupt, wer sagt mir, dass *Sie* nicht der Agent sind? Am besten, ich lasse Sie in den Arrest bringen, wo Sie bis zu unserer Heimkehr bleiben!«

Wedigo wurde blass bei diesen Worten. Zum einen berührten das Verhalten und die Drohungen des Kapitäns seine Ehre, zum anderen wurde er so daran gehindert, Chabert aufzufinden und außer Gefecht zu setzen. Widerspruch, das spürte er, würde Redlich noch mehr reizen. Und wie dieser dann reagierte – auf seinem Schiff war der Kommandant ein kleiner König! Dennoch, er nahm seinen Mut zusammen. »Herr Kapitän«, begann er.

»Wollen Sie mir etwa widersprechen?«, Redlich machte drohend einen Schritt auf ihn zu.

»Ja, das werde ich. Es war mir nicht möglich, Sie bisher zu informieren, das wissen Sie genau, Herr Kapitän. Und ja, ich habe natürlich die Gelegenheit ergriffen, an Bord der Westfalen zu gehen. Aber auch, um unseren leidigen Zwist zu beenden …«

Er kam nicht weiter, denn die Tür wurde aufgerissen und ein Maat stürzte herein. »Herr Kapitän, dringender Funkspruch der Admiralität. Östlich des Firth of Forth sind zwei britische Großkampfschiffe, zwei Kreuzer und mehrere Torpedoboote mit südöstlichem Kurs gesichtet worden. Aus Scapa Flow sind nach Meldungen unserer U-Boote weitere Verbände mit Zerstörern ausgelaufen. Unweit von Kinnaird Head wurden acht feindliche Großkampschiffe, Kleine Kreuzer und Torpedoboote mit nordöstlichem Kurs gesichtet. Innerhalb der nächsten Stunden ist mit Feindberührung zu rechnen.«

»Gut, holen Sie sofort Fregattenkapitän Ewers, Fregattenkapitän Albrecht, Korvettenkapitän Lehmann und Kapitänleutnant Leef zur Besprechung hierher! Abtreten!«

Der Unteroffizier grüßte und eilte davon.

»Sieht aus, als ginge es bald los«, sagte Redlich völlig ruhig. »Aber was jetzt geschieht, ist nicht Ihre Angelegenheit. Sie, Herr Hauptmann, fangen Ihren Agenten und den Mörder gleich mit«, fuhr er fort. »Und was das Übrige betriff: Ich habe jetzt keine Zeit für solche Kindereien.« Er wandte sich ab und trat zum Steuerrad. »Gehen Sie, wir sprechen uns später!«

Wedigo grüßte und verließ eilig die Brücke. Das war knapp gewesen, um Haaresbreite war er dem Zorn des Kapitäns entgangen, fast musste er den Engländern dankbar sein. Er kehrte zum Heizerbereich zurück. Dort summte es wie in einen Bienenhaufen, die Nachricht eines zu erwartenden Gefechtes hatte sich unter der Besatzung in Windeseile verbreitet.

Der Fähnrich war in der Zwischenzeit nicht untätig gewesen. Er hatte einzelne Heizer nach dem Toten und nach dem Schwerverletzten befragt. »Sachse und Jansen wurden zuletzt beim Frühstück gesehen, Herr Hauptmann«, meldete Brocksien. »Die Männer sind sich nicht ganz sicher, glauben aber, dass eine weitere Person bei ihnen saß. Wo der Dritte geblieben ist, vermag jedoch niemand zu sagen. Ich könnte mir vorstellen, dass der Mörder sich im Bereich der Torpedos versteckt. Besonders im Heckbereich verirrt sich im Normalfall außer zu Wartungszwecken selten jemand dorthin.« »Gute Arbeit, Fähnrich, Ihre Überlegungen sind plausibel. Lassen Sie uns die Suche im Heck beginnen.«

»Ich werde Herrn Hauptmann einen Arbeitsanzug bringen lassen, es ist dort sehr eng und ölig. Ihre Uniform ist für eine Kriechpartie, wie sie uns erwartet, nicht geeignet.«

Wenige Minuten später waren beide Männer in die blaue Arbeitskleidung geschlüpft und unterwegs zum Heck des Schiffes, um dort nach dem flüchtigen Täter zu fahnden. Wedigo hatte seine Dienstpistole und sein Taschenmesser eingesteckt. Es konnte durchaus sein, dass sie in eine bedrohliche Situation gerieten, wo er die Waffe einsetzen musste. Mühsam kamen sie vorwärts, dieser Teil des Schiffes schien als Lager zu dienen. Überall standen Metallkisten herum, halbhohe Schränke zwangen zum Ausweichen und Säcke und Munitionsbehälter erschwerten zusätzlich das Durchkommen. Zudem wurde der Weg aufgrund der Schiffskrümmung immer enger und mühsamer.

Wedigo wollte schon umkehren, als er links von sich in einem Gewirr von Rohren einen Schatten bemerkte. Der Fähnrich war auf der anderen Seite gerade damit beschäftigt, einen Werkzeugschrank zu überprüfen, also wandte er sich allein dem Objekt zu. Ein hängendes Kabel oder Seil zwang Wedigo, sich zu bücken, um durchschlüpfen zu können. Als er sich wieder aufrichten wollte, traf ein fürchterlicher Hieb seinen Kopf, dass dieser fast zu platzen schien – und dann fiel er in eine schmerzhafte Dunkelheit.

Nach einem Zeitraum, der ihm nicht deutlich war, erwachte der Hauptmann wieder. Er versuchte sich aufzurichten, doch es war ihm nicht möglich, jemand, wohl der Angreifer, hatte ihm die Arme und Beine gefesselt. Etwas hielt ihn zudem am Boden fest, offenbar waren die Stricke zusätzlich mit einem Rohr oder einem anderen Schiffsteil verbunden worden. Das Stampfen der Maschinen schien ihm lauter geworden zu sein und die Bewegung der See und des Schlachtschiffs selbst waren weitaus stärker als am Mittag fühlbar. Die Westfalen befand sich offenbar in voller Fahrt und führte dazu verschiedene Manöver durch. Womöglich war es bereits zur Begegnung mit dem Feind gekommen und Schiff und Besatzung standen mitten im Gefecht. Und er lag hier unten gefesselt in der Dunkelheit! Verdammt, warum war er nur so unachtsam gewesen, schalt sich Wedigo. »Hallo«, rief er, »hört mich jemand?« Keine Antwort. Er rief noch ein paarmal, doch er hatte eigentlich wenig Hoffnung, dass sich jemand in diese Region des Schiffes verirren würde. Selbst wenn die Torpedos zum Einsatz kämen, würden eher die seitlichen oder der Bugtorpedo verwendet werden als der im Heckbereich. Seine Pistole hatte man ihm abgenommen, mit der hätte er im Augenblick auch wenig anfangen können. Das Messer in der hinteren Tasche des Arbeitszeuges war allerdings nicht entdeckt worden. Mit ihm bestand die Möglichkeit, die Fesseln zu zerschneiden. Nur kam er mit seinen gefesselten Händen nicht an das Messer heran. Da hörte er unmittelbar neben sich ein Stöhnen. War das der Fähnrich? »Sind Sie das, Brocksien?«

»Jawohl, Herr Hauptmann. Man hat mich niedergeschlagen und gefesselt.«

»Geht mir ähnlich«, erwiderte Wedigo mit einem gewissen Galgenhumor. »Wir sollten aber versuchen, hier loszukommen. Können Sie sich bewegen, ich meine, von der Stelle hierher rollen oder so?«

»Ich weiß nicht, ich kann mich kaum konzentrieren, mein Kopf …«

»Reißen Sie sich zusammen, Mann! Also, versuchen Sie es!«

Mit viel Stöhnen und Ächzen gelang es dem Fähnrich tatsächlich, näher an Wedigo zu robben.

»Greifen Sie in meine Gesäßtasche, dort befindet sich ein Messer!«, befahl der Hauptmann Brocksien. »Sie öffnen es und versuchen, meine Fesseln zu zerschneiden!«

Nur unter großen Schwierigkeiten glückte es dem Fähnrich, das Taschenmesser zu öffnen. Mehrfach entglitt ihm das kleine Teil, und er musste es mühsam suchen. Während der ganzen Zeit war ein Grollen und Donnern zu hören, das immer stärker anschwoll. Wedigos Vermutung, die Westfalen befände sich im Gefecht, wurde zur Gewissheit. Er trieb den Fähnrich an, sich zu eilen, aber er sah bald ein, dass dieser davon nur nervöser wurde, und wappnete sich, so gut es ihm möglich war, mit Geduld. Mehrere weitere vergebliche Versuche folgten. Endlich aber waren Wedigos Handfesseln durchschnitten, und er befreite rasch seine Füße und den Fähnrich. Vorsichtig tastete Wedigo den schmerzenden Hinterkopf ab, außer einer großen Beule schien ihm nichts passiert zu sein. Brocksien hatte es übler getroffen. Quer über seine Stirn zog sich eine breite Platzwunde, und er war auch sonst ziemlich mitgenommen. Besonders die Beine waren gefühllos, sie mussten recht lange gefesselt gewesen sein. Zwei Stunden oder drei, vielleicht auch vier? Wedigo hatte keine Ahnung, seit seinem Wiedererwachen war mindesten eine Stunde vergangen. Sie mussten hier weg und die anderen warnen, bevor der Mörder weitere Opfer fand. Obwohl dieser sich in einer Schlacht wohl eher zurückhielt, aber vielleicht war das auch nicht der Fall. Sicher schien das dem Hauptmann nicht. Zudem fragte er sich, warum Chabert sie nicht ebenfalls umgebracht hatte? Vielleicht war er gestört worden?

Dem Fähnrich war es in der Zwischenzeit gelungen, Licht zu machen, und im matten Schein einiger Lampen eilten sie, so rasch es ging, nach mittschiffs. Sie waren kurz vor dem Kesselbereich, da ertönte eine ungeheure Detonation. Für einen gespenstischen Augenblick schien das ganze Schiff zu wanken und ein scharfer Geruch nach Karbid und Salpeter wehte ihnen entgegen.

»Das ist ein Treffer!«, rief der Fähnrich. Das Licht erlosch, gleich darauf setzte die Notbeleuchtung ein. Sie passierten ein Schott, Schreie und Lärm schlugen über ihnen zusammen, rechts brannte es und irgendwo brüllte ein Mensch, als ob er bei lebendigem Leib geschlachtet würde.

Jemand lief auf sie zu, es war Oberleutnant Hagler. »Da sind Sie ja, Herr Hauptmann, ich habe Sie seit Stunden gesucht!« Jetzt erst nahm er den Fähnrich wahr. »Mein Gott, Brocksien, wie sehen Sie aus? Ist Ihnen beiden ein Unfall zugestoßen?«

»Das kann man so sagen«, erwiderte Wedigo. »Aber was ist hier los?«

»Das wissen Sie nicht? Unsere Hochseeflotte befindet sich seit den frühen Abendstunden im Gefecht mit der Grand Fleet! Und eben haben wir mittschiffs einen Treffer abbekommen. Vielleicht ziehen Sie sich rasch um, Herr Hauptmann, der Kapitän hat mehrfach nach Ihnen gefragt.«

»Dann will ich ihn nicht warten lassen. Kümmern Sie sich bitte um den Fähnrich, er ist ziemlich mitgenommen.«

Wieder krachte es ohrenbetäubend, und etwas musste explodiert sein, denn es stank nach brennendem Diesel und verbranntem Gummi.

Wedigo eilte in seine Kajüte. Paulsen lag noch immer totenbleich und wimmernd in der Hängematte und es roch nach Erbrochenem. Der Mann tat ihm leid, aber helfen konnte er dem Gefreiten jetzt nicht, zumal es anderen an Bord sicher weitaus schlechter ging. Der Hauptmann zog sich rasch um, verließ den Raum und eilte zur Brücke.

»Endlich, Herr von Wedel!«, begrüßte ihn der Kapitän fast fröhlich. »Beinahe haben Sie eine der größten Seeschlachten der Geschichte verschlafen. Wir zeigen gerade den Engländern, dass mit unserer Marine nicht zu spaßen ist. Bisher haben die Unsrigen mehrere feindliche Panzerkreuzer, die Indefatigable, die Queen Mary, den Black Prince, die Defence und den Schlachtkreuzer Invincible sowie zahlreiche andere Schiffe versenkt. Der Feind hat sich inzwischen scheinbar nach Norden entfernt. Aber das ist offenbar eine Finte. Wir gehen davon aus, dass er versuchen wird, uns während der Nacht durch Zerstörerangriffe nach Westen abzudrängen, um uns bei Hellwerden mit seiner gesamten, uns zahlenmäßig immer noch weit überlegenen Flotte zu umfassen und zur Schlacht zu stellen. Wir müssen daher unbedingt die feindliche Umfassung zum Stehen bringen und Hornsriff vor dem Feinde erreichen. Daher werden alle Flottillen für die Nacht zum Angriff angesetzt. Die Linienschiffsgeschwader haben für die Rückendeckung der Flotte zu sorgen, die Führung der Linie wurde der Westfalen übertragen«, endete er stolz. Kaum hatte der Kapitän diese kurze Lageerklärung abgegeben, krachte es wieder und wieder, eine wahre Kette von Detonationen folgte. »Verdammt, das sind erneut die Briten! Diesmal aus dem Osten, die wollen mit allen Mitteln unsere Durchfahrt verhindern. Dann feuern wir mal aus unseren Rohren zurück! Setzt die Suchscheinwerfer ein!«, befahl er. »Funkspruch an die Nassau und die Rheinland, sie mögen uns unterstützen!«

In der Schwärze der Nacht flammten jetzt riesige Scheinwerfer auf und warfen Lichtspeere in die Dunkelheit. In ihrem gleißenden Licht zeigte sich ein gespenstisches Bild. Vor ihnen waren in knapp 1.000 Metern Entfernung die drohenden Silhouetten dreier Schiffe zu sehen, Briten! Feuer blitzte von ihnen auf, der Feind griff an. Donnernd entluden sich nun die eigenen Geschütze, rote Flammen brachen beim Gegner hervor und dicker Qualm stieg auf. Immer wieder schlugen die Granaten des deutschen Geschwaders auf den Engländern ein. Die Treffer mussten verheerend sein, denn die Geschütze des Feindes verstummten plötzlich, der Widerstand war gebrochen. Mehrere Einschläge hatten offenbar unter der Wasserlinie gelegen und die Gegner zusätzlich leckgeschossen. Langsam sackten erst das Heck des einen und dann der Bug des anderen Zerstörers steil nach unten. Das dritte Schiff drehte sich schräg auf die Seite und kenterte. Menschen suchten sich zu retten und kletterten auf den Kiel oder sprangen ins gurgelnde Wasser. Minutenlang vollzog sich das grässliche Schauspiel, dann waren die feindlichen Schiffe mit Mann und Maus in der kalten Tiefe der Nordsee verschwunden. Hilfe war nicht möglich gewesen.

»Das müssen die Tipperary und die Zerstörer Ardent und Fortune gewesen sein«, erklärte der Kapitän. »Wir schaffen den Durchbruch! Tapfere Kerle!« Er nahm kurz die Mütze ab. Dann wandte sich Redlich zum I. Offizier, um mit dem den weiteren Kurs zu besprechen.

Wedigo sah sich entlassen und wollte gerade gehen, als Oberleutnant Hagler auf ihn zukam. »Ich glaube, wir haben Ihren Agenten gefunden, Herr Hauptmann. Der Mann ist tot, er befand sich mittschiffs, als die Westfalen eine volle Ladung abbekommen hat. Ein Granatsplitter hat ihm den halbe Hals aufgerissen und der Kerl ist binnen kurzer Zeit verblutet.«

Chabert hatte es erwischt, der Spion und Mörder hatte seine gerechte Strafe erhalten. Ein Triumph, dennoch fühlte Wedigo sich unzufrieden. Das war zu glatt gelaufen, und eigentlich hatte er den Franzosen nach Berlin zum Verhör bringen wollen. Das ganze Ausmaß seiner Aktivitäten war längst nicht bekannt, vor allem was seinen »Flottenbesuch« betraf. »Wurde der Tote bereits durchsucht?«, fragte er Hagler.

»Nein, damit haben wir gewartet«, erwiderte der Oberleutnant.

»Gut, dann führen Sie mich zu dem Leichnam. Möglicherweise hat der Mann wichtige Papiere mit sich geführt.«

Hagler brachte Wedigo zum Heck, wo, unweit der Stelle, an der er und der Fähnrich kurzzeitig gefangen gewesen waren, die drei Toten des Angriffs aufgebahrt worden waren. Ein Matrose, der Wache stand, zog das die Körper verhüllende Leinentuch zur Seite. Neben den beiden Matrosen lag ein dritter, übel aussehender Leichnam.

Wedigo beugte sich vor und stutzte. »Geben Sie mir Ihre Lampe, Matrose!«, befahl er. Der Hauptmann richtete den Strahl auf das Gesicht des Toten und betrachtete dieses. Dann erhob er sich wieder. »Ich brauche Willy Sachse hier, ganz egal, wie es ihm geht. Und zwar unverzüglich!«

Hagler blickte ihn erstaunt an, gab aber gleich dem Matrosen eine entsprechende Anweisung. Schweigend warteten die beiden Offiziere, bis der Matrose in Begleitung des Heizers und eines ihn stützenden Sanitäters zurückkehrte. Sachses Kopf war verbunden und er schwankte, schien jedoch fieberfrei.

»Kennen Sie diesen Mann?«, fragte Wedigo scharf. »Schauen Sie sich ihn genau an!«

Sachse beugte sich vor, dann nickte er. »Das ist der Elsässer Genosse, der direkt aus Berlin zu uns gekommen ist«, bestätigte er, »Karl Schmidt«, und wandte sich rasch ab.

Damit war alles klar. Der Tote, der hier lag, war der Mann, der aus Mahlerns Wohnung geflohen war und in der Schlacht seine gerechte Strafe erhalten hatte. »Schmidt«, wenn er so hieß, war der Mörder des Heizers und der Mann, der Wedigo und den Fähnrich niedergeschlagen hatte – nicht Chabert! Der Oberst war nie an Bord der Westfalen gewesen, er hatte Wedigo im Hafen offenbar getäuscht und war erneut abgetaucht! Die Suche nach dem Franzosen nahm ihren Fortgang.

8. VON DER SPREE ZUR SOMME

Am 1. Juli 1916 morgens fünf Uhr schwoll auf der ganzen Front von Gommecourt bis Vermandovillers, am meisten aber unmittelbar nördlich und südlich der Somme das Trommelfeuer zu unerhörter Heftigkeit an. Verderbendrohend wälzten sich Gaswolken ihm nach. Von neun Uhr an ward es deutlich, daß der Sturm unmittelbar bevorstand: das Feuer prasselte hauptsächlich auf die vorderen Gräben.

Berichte aus dem deutschen Großen Hauptquartier vom 22., 24. und 25. August 1916

Am Freitag, dem 2. Juni, saß Hauptmann von Wedel wieder im Zug nach Berlin. Die siegreiche Rückkehr gestern am Himmelfahrtstag nach Wilhelmshaven war triumphal gewesen. Die Menschen standen im Hafen Spalier, junge Mädchen in weißen Gewändern warfen Blumen, alles feierte die Helden und jubelte. Deutschland hatte allen Grund dazu. Die junge deutsche Flotte, bestehend aus 16 Schlachtschiffen, fünf Großen und elf Kleinen Kreuzern, sechs Linienschiffen und 61 Torpedoboote, hatte der Grand Fleet und ihren 28 Schlachtschiffen, acht Panzerkreuzern, 26 Leichten Kreuzern und 78 Zerstörern in offener Schlacht getrotzt. Mehr noch, 14 feindliche Schiffe mit geschätzten 5.000 bis 6.000 Mann an Bord waren versenkt worden. Doch auch die eigenen Verluste waren hoch: Die Marine beklagte 2.551 Tote und elf Schiffe. So war die Freude über den Sieg bei allem Jubel insgesamt gedämpft gewesen, und vor allem die einfachen Matrosen machten den Eindruck, als ob sie am liebsten nie wieder in den Kampf fahren wollten.

Das berichtete der Gefreite Paulsen, der viele aus der Mannschaft gesprochen hatte und auch selbst froh war, dem tödlichen Gemetzel entronnen zu sein.

Aber das alles nahm Wedigo nur nebenbei wahr. Primär beschäftigte ihn die Frage, wo Chabert abgeblieben war und was der Franzose wirklich in Wilhelmshaven gesucht hatte. Auf der Westfalen war er jedenfalls nicht gewesen, Wedigo hatte das Schiff zur Sicherheit noch einmal durchsuchen lassen, obwohl ihm klar war, dass der Mann sich nicht an Bord befand. Chabert hatte ihn reingelegt, und möglicherweise war es bei der ganzen Reise dem Franzosen nur darum gegangen, eine falsche Spur zu legen, um unauffällig über die nahe holländische Grenze entkommen zu können. Wenn dem so war, dann waren der Oberst und die »Akte Verdun« längst in Paris. Doch Wedigo hatte seine Zweifel, irgendwie war in ihm das Gefühl, als sei die Auseinandersetzung mit dem Agenten Chabert noch nicht zu Ende.

Das Gespräch der beiden Damen, die in seinem Abteil am Fenster saßen, Paulsen befand sich in der 3. Klasse, unterbrach seine Gedanken. Sie waren offenbar Mutter und Tochter, beide ansprechend gekleidet und scheinbar auf dem Weg zu einem Familienfest.

»Du weißt, liebste Mama«, sagte soeben die Jüngere, deutlich im Backfischalter, »ich tanze für mein Leben gern. Und Hugo von Prittwitz ist so ein hervorragender Tänzer! Ich könnte ewig mit ihm durch den Saal schweben!«

Wedigo musste unwillkürlich lächeln. Er dachte an Melissa und wie oft sie miteinander getanzt hatten und »durch den Saal geschwebt« waren. Und wieder einmal fragte er sich, wo sie sich gerade befinden mochte und in welche Abenteuer sie verstrickt war.

»Herr von Prittwitz hat gute Manieren und ist von uraltem Adel. Geld hat die Familie freilich nicht«, erwiderte die

Mutter, was die Tochter mit einem schmollenden »Ist mir gleich!« kommentierte. Der Zug hielt, Lüneburg war erreicht, und die beiden Damen stiegen aus. Nach einem kurzen Aufenthalt ging die Fahrt weiter.

Wedigo blieb allein im Abteil. Auf einmal überkam ihn das Bedürfnis nach einer Zigarette. Damen waren nicht mehr anwesend, also brauchte er keine Rücksicht zu nehmen und konnte rauchen. Wedigo holte sein Etui aus dem Koffer und entnahm ihm eine Juno. Er zündete die Zigarette an, zog zwei-, dreimal, dann öffnete er das Fenster und warf sie hinaus. Strohig, die Juno schmeckte nicht. Er hatte die Zigaretten viel zu lange mit sich herumgetragen, er musste sie bei Gelegenheit austauschen – oder gleich mit dem Rauchen aufhören. Wedigo steckte das Etui in die Brusttasche der Uniform und schloss das Fenster. Er fröstelte, der Morgen war für einen Frühsommertag sehr frisch. Er beschloss, einen Kaffee trinken zu gehen. Wahrscheinlich gab es hier nur Ersatz aus Zichorien, aber wenigstens war das Gebräu warm.

Der Hauptmann erhob sich und verließ das Abteil. Der Speisewagen befand sich weiter vorn. Er betrat gerade den nächsten Waggon, als er gleich im ersten Abteil den Mann sitzen sah, der ihn seit Wochen beschäftigte: Oberst Chabert! Ohne weiter zu überlegen, riss er die Türe auf und drängte hinein. Der Franzose sah ihn, griff in seine Jackentasche, riss einen Revolver hervor und drückte ab. Der Schlag traf Wedigo mitten in die Brust und warf ihn zurück an die Tür. Chabert sprang auf und zwängte sich an dem Getroffenen vorbei auf den Gang. Wedigo sank auf den Sitz, ein scharfer, brennender Schmerz füllte den Brustkorb, ihm schwindelte kurz – und dann verwandelte sich das Brennen in ein heftiges Druckgefühl. Der Hauptmann griff zur Brust. Ein Loch im Stoff markierte die Stelle, in der das Geschoss eingedrungen war. Aber er blutete nicht, etwas hatte die Kugel aufgehalten. Ganz egal, was es gewesen war, er lebte! Er lebte, trotz des Druckes, den er im Brustbereich verspürte.

Wedigo schob den Schmerz zur Seite und eilte, etwas schwankend, dem Franzosen nach. Dessen Gestalt war am Ende des Ganges zu sehen, der Mann lief hinüber zum nächsten Waggon. Der Hauptmann folgte, ohne zu zögern, und dachte nicht daran, dass der andere erneut schießen könne. Denn irgendwie war in ihm ein Gefühl, als sei er kugelfest. Er wusste selbst, dass dies Unsinn war, doch die Euphorie, die ihn erfüllte, verdrängte alle anderen Gedanken. Beide rannten durch den Zug, vorbei an anderen Reisenden, die sich über die Eile empörten.

Schon drei Waggons lang dauerte die Jagd und führte schließlich quer durch den Speisewagen. Kellner und Passagiere wurden von Chabert brutal zur Seite gestoßen, Geschirr fiel zu Boden. Ein Dienstmann wollte ihn stoppen, er beförderte ihn mit einem Fausthieb zu Boden. Doch war er für einen kurzen Moment aufgehalten worden, und im folgenden Wagen kam Wedigo, trotz des stärker werdenden Stechens in seiner Brust, Chabert näher und näher. Schließlich befand er sich nur noch fünf, sechs Meter hinter ihm. Da, als er über die offene Verbindungsbrücke zum nächsten Waggon wechselte, wechseln wollte, endete abrupt die Verfolgung. Vor ihm war die geschlossene Tür des Postwagens – und von Chabert war nichts zu sehen.

Wo war der Franzose? Abgesprungen sein konnte er nicht, dafür fuhr der Zug zu schnell. Er konnte nur nach oben, hoch auf das Dach geflüchtet sein. Der Hauptmann zögerte nicht und zog sich ebenfalls an einer Metallstrebe hinauf. Einige Meter vor sich sah er tatsächlich Chabert, der sich gebückt vorwärtsbewegte. Er schien den Verfolger nicht zu bemerken.

Wedigo setzte ihm auf der schwankenden Fläche nach. Das gewölbte Dach machte das Laufen schwierig, und er rutschte auf dem metallenen Boden mehrfach aus, fing sich aber mit viel Glück wieder. Der Fahrtwind schlug ihm ins Gesicht und trieb den Dampf der Lokomotive auf die beiden Männer zu. Für einige Augenblicke war Chabert im weißen Nebel verschwunden und tauchte dann überraschend direkt vor Wedigo wieder auf.

Der Hauptmann wollte gerade nach dem Mann greifen, da stolperte Chabert und stürzte auf den schwankenden Grund. Er rutschte ab, hielt sich aber gerade noch an einem schmalen Lüftungsrohr fest. Langsam richtete der Oberst sich wieder auf. Dabei fiel sein Blick nach hinten, er sah seinen Verfolger und griff erneut zur Waffe. Da schlingerte der Zug jäh, der Franzose glitt erneut aus. Die Pistole fiel ihm aus der Hand, krampfhaft versuchte er, sich an einer Kante zu halten. Wieder ruckte der Waggon, Chaberts Griff lockerte sich, und er stürzte in die Tiefe hinab. Im Fall prallte er auf ein Außenrohr und sein Körper wurde seitlich aufs Gleisbett geschleudert. Wedigo, der sich selbst kaum zu halten vermochte, hörte Chaberts gellenden Angstschrei – und dann nur noch das eintönige Rattern der Wagenräder. Diesmal hatte es seinen Gegner wirklich erwischt, endgültig und für immer!

Unendlich langsam robbte Wedigo auf dem Bauch zurück. Mit äußerster Vorsicht und großer Mühe gelang es ihm, sich wieder auf die Wagenaußenplattform hinabzulassen. Unten lehnte er sich erschöpft eine Weile an die Wand. Dann klopfte er sich, so gut es ging, den Schmutz von der Uniform. Er war vorhin »erschossen« worden, fiel ihm wieder ein. Wedigo griff zur jetzt stärker schmerzenden Brust. Da war das Einschussloch und dahinter – dahinter befand sich in der Brusttasche das gefüllte Zigarettenetui. Das Metall war aufgerissen und im Innern steckte das Projektil! Er knöpfte Jacke und Hemd auf. Ein breiter, schmerzhafter Bluterguss »zierte« seine Brust, sonst war ihm nichts passiert. Seine Rauchlust hatte ihn gerettet. Die Rauchlust und das Etui. Vor zwei Jahren hatte die Gräfin ihm die silberne Dose und damit heute das Leben geschenkt. Kurz bevor er zum Etui griff, hatte er an Melissa gedacht. Das war ein Zeichen, eindeutig – doch wofür?

Nachdenklich kehrte der Hauptmann langsam in seinen Waggon zurück. Beim Abteil des Toten machte er kurz halt. Auch Chabert war allein gereist, und so konnte er ungestört das Gepäck des Franzosen untersuchen. Der Oberst hatte außer einem schmalen Handkoffer, in dem sich Leibwäsche und Toilettenartikel befanden, lediglich eine Aktenmappe mitgeführt. Sie enthielt zwei falsche Pässe auf den Namen Dr. Kurt Müller und Friedrich von Hagen sowie einige französische Briefe. Dazu ein Adressbüchlein mit Anschriften aus Paris, Lyon und Berlin. Eine Berliner Adresse am Kurfürstendamm war rot markiert worden. Der zu ihr gehörige Name lautete Klaus von Jacobi, der Vetter des gesuchten und höchstwahrscheinlich toten Hauptmanns Ernst von Jacobi! Ein deutliches Indiz für die Verbindung des Franzosen zu dem mutmaßlichen Dieb der »Akte Verdun«. Allmählich schien sich so etwas wie eine reale Spur abzuzeichnen und Licht in die Angelegenheit zu kommen. Wenn Chabert extra noch einmal nach Berlin gefahren und nicht über die Grenze nach Holland geflohen war, konnte es dafür nur einen triftigen Grund gegeben haben: Die wie immer geartete Übergabe des Geheimdokuments war gescheitert und die Akte befand sich noch immer in Berlin.

Am frühen Nachmittag erreichte Hauptmann von Wedel Berlin. Er fuhr rasch in seine Wohnung, zog sich um, aß eine Kleinigkeit und begab sich anschließend in die Wilhelmstraße. Der Major schien beinahe auf ihn gewartet zu haben, denn er begrüßte ihn, als seien sie verabredet. Auch Wedigos Bericht und seine Mutmaßungen erstaunten ihn kaum.

»Ihr Fund und Ihre Schlussfolgerungen bestätigen andere Erkenntnisse, zu denen wir in der Zwischenzeit gekommen sind«, sagte er nur, »Wenn Sie mir bitte folgen würden, 16 Uhr ist ideale Teezeit!« Er geleitete Wedigo in den Nebenraum. Dort wartete eine echte Überraschung auf ihn. Der Major hatte mehrere Sessel und eine Art Couchtisch ins Zimmer bringen lassen. Auf dem Tisch standen eine dampfende Teekanne und eine Schale mit Gebäck sowie drei Tassen und Teller. Und in einem der Sessel saß eine in Cremeweiß gekleidete Gestalt, die Wedigo mit einem strahlenden Lächeln ansah.

»Melissa!«, rief er.

Die Gräfin Maria Walewska war aus der Schweiz zurückgekehrt! Sie nickte ihm zu, sagte aber sonst nichts. Sie sah einfach hinreißend aus, fand Wedigo. Die blauen Augen leuchteten, ihr Gesicht wirkte bronziert und ihre Lippen schienen heute besonders rot zu sein. Er konnte kaum den Blick von ihr wenden, obwohl sie ihn jetzt wieder eher finster ansah. Ach ja, die Geschichte mit Franzi, Melissa vergaß und vergab nie etwas …

»Melissa«, wiederholte er unwillkürlich.

Wieder blieb eine Antwort aus.

»Sie können sich später begrüßen«, sagte Nicolai in das Schweigen hinein und schenkte den Tee ein. »Jetzt lassen Sie uns erst einmal die aktuelle Lage betrachten. Aber greifen Sie zu!«, bot er das Gebäck an, nahm selbst auch davon, dann sprach er weiter. »Zunächst möchte ich auf einige interessante Tatsachen hinweisen, die auf den ersten Blick nur ein Randphänomen zu betreffen scheinen, im Weiteren aber zum Kern unserer Ermittlung führen. Ich habe heute Morgen den Bericht über die Analyse des Inhalts der Flasche aus Franziska Salmonovas Wohnung erhalten. Die Labors sind derzeit mit anderen, militärischen Aufgaben nahezu völlig ausgelastet, sodass die Untersuchung länger gedauert hat«, erklärte er ergänzend. »Jedenfalls liegt das Ergebnis endlich vor, und es hat sich herausgestellt, dass der Champagner, den Herr Wedel und das spätere Opfer getrunken haben, mit einem starken, geruchs- und geschmacksneutralen Narkotikum versetzt worden ist.«

»So, so«, meinte die Gräfin, nahm einen Schluck Tee und sagte sonst nichts.

»Es stimmt, ich bin plötzlich müde geworden«, rief Wedigo mit einem Blick auf Melissa, »und bin gleich auf dem Sofa eingeschlafen. Aber die Flasche war ungeöffnet. Wie ist das Betäubungsmittel hineingekommen?«

»Es gibt die Möglichkeit, mit einer Nadel eine Kanüle durch den Pfropfen zu bohren, um das Gift zu injizieren«, erläuterte der Major. »Anschließend wird das Ganze mit Wachs verschlossen, und niemand kann die Manipulation mit bloßem Auge erkennen. Der Korken wurde in der Wohnung nicht gefunden, offenbar hat der Täter, wahrscheinlich Oberst Chabert oder Jacobi oder jener dritte Mann aus Mahlerns Wohnung, ihn sicherheitshalber mitgenommen. Ein Fehler, denn dadurch wurde ich auf die Flasche aufmerksam.«

»Aber warum hat der Täter uns nicht gleich vergiftet?«, fragte Wedigo. »Das verstehe ich nicht, und ich glaube auch nicht, dass Chabert für den Tod des Fräuleins verantwortlich ist.«

»Gernot Kunkel«, ließ sich überraschend die Gräfin hören. »Dieser ominöse dritte Mann heißt Gernot Kunkel. Er war der Mann auf der Rennbahn, den Herr von Wedel verfolgt hat, und er muss der Mörder des Kameramanns sein. Die Ergebnisse meiner Recherchen sind in dieser Hinsicht eindeutig.«

»Ich dachte, du wärest in der Schweiz gewesen«, sagte Wedigo.

»Das ist richtig, aber zuvor habe ich mich ein wenig im Filmmilieu umgehört. Ich habe in diesen Kreisen, wie die

Herren wissen, einige Bekannte, die gern über alles und jeden reden und viel erzählen. Dort ist auch dieser Herr Kunkel bekannt. Er hat einen schlechten Ruf, denn er scheint des Öfteren junge Fräulein, die sich um Filmrollen bemühten, unter der Vorspiegelung, er könne ihnen dabei behilflich sein, eingeladen und unter Alkohol gesetzt zu haben. Eine derartige Betäubungsaktion wäre ihm durchaus zuzutrauen gewesen. Er befand sich, wie ich erfuhr, auch mit dem ermordeten Kameramann Mahlern im näheren Kontakt.«

»Mahlern hat ihm geschrieben«, rief Wedigo. »Der Name Gernot tauchte in einem Brief auf! Der angebliche Schmidt von der Westfalen hieß also Kunkel.«

»Mahlern und Kunkel standen in Kontakt«, sprach die Gräfin weiter, ohne auf Wedigos Bemerkung einzugehen. »Beide gehören beziehungsweise gehörten einem radikalen Flügel der Sozialdemokraten an, der sich gerade von der Partei abspaltet und mit ihren russischen Genossen zusammenarbeitet. Die Fäden laufen in der Schweiz bei einem Exilrussen namens Wladimir Iljitsch Uljanow zusammen.«

»Kommissar Gennat hat die Angaben über Kunkel bestätigt«, nahm Nicolai wieder das Wort. »Ein Fräulein hat ihn im März wegen unsittlicher Belästigung angezeigt, Kunkel hat aber alles bestritten.«

»Das ist alles schön und gut, und ich bin sicher, dass der Kerl ein Schuft war«, sagte Wedigo. »Aber was hat er mit der Betäubungsaktion bezweckt? Und ist er wirklich der Mörder? Auch die Verbindung zu diesem Exilrussen scheint mir etwas weit hergeholt!«

»Das eben sollen Sie beide«, der Major verbeugte sich kurz in Richtung der Gräfin, »Herr von Wedel, gemeinsam klären. Wir hatten bislang keine konkrete Spur zum Verbleib des falschen Jacobis. Jetzt wissen wir wenigstens von der Adresse am Kurfürstendamm, die Sie im Notizbuch des toten Chaberts entdeckt haben. Sie fahren dorthin, Schneidmann wird Sie begleiten, und schauen sich intensiv in der Wohnung um. Ich selbst folge aktuell einer anderen Spur. Denn das Kriegsministerium sucht noch immer verzweifelt nach der ›Akte Verdun‹. Und unter uns, mittlerweile glaube ich, dass der Inhalt viel brisanter ist, als mir mitgeteilt wurde.«

»Von welcher Spur sprechen Sie, Herr Major?«, fragte die Gräfin.

»Es ist die, der ich schon länger nachspüre«, antwortete Nicolai. »Sie führt in den Reichstag, und ich glaube, sie ist heißer, als ich bislang dachte. Aber genug geplaudert. Brechen Sie auf, die Zeit drängt!«

Es war gegen sieben Uhr abends, als der Hauptmann, die Gräfin und Feldwebelleutnant Schneidmann das Haus am Kurfürstendamm erreichten, in dem Jacobi wohnen sollte. Es befand sich an der Ecke Georg-Wilhelm-Straße. Wedigo stellte den Daimler ab, den ihnen Nicolai zur Verfügung gestellt hatte, und blickte sich kurz um. Für einen Augenblick hatte er während der Fahrt das Gefühl gehabt, dass ihnen ein anderes Fahrzeug folge. Aber die Straße war leer, kein Automobil war zu sehen, lediglich eine alte Pferdedroschke, die langsam vorbeizuckelte. Er wandte sich dem Haus zu. Das Gebäude wies zur Straße hin übereinanderliegende Balkone auf, schräg gegenüber residierte die Berliner Morgenpost. Wedigo und Schneidmann erkannten zu ihrer Überraschung das Haus wieder, in dem vor Jahren der im Dienst ermordete Oberst Brose gewohnt hatte. Nur hatte Brose in einer geräumigen Fünfzimmerwohnung in der Beletage gelebt, Klaus von Jacobi wohnte dagegen zwei Stockwerke höher. Der Portier war immer noch der ehemalige Unteroffizier Schulze, der sie auch diesmal problemlos zur Wohnung führte und aufschloss. Jacobi hatte er, wie Schulze erklärte, zuletzt vor zwei Wochen gesehen. Schneidmann machte sich auf, die übrigen Bewohner nach Jacobi auszuforschen, und Wedigo und Melissa betraten allein den breiten Flur.

Er führte zu einem sparsam möblierten Wohnzimmer, daneben lag ein Esszimmer und weiter hinten das Schlafgemach. Ferner gab es eine Küche und eine schmale Kammer. Es roch muffig, so, als sei schon lange nicht gelüftet worden. Und überall lag Staub. Nach einem Rundgang begaben sie sich ins Wohnzimmer, um dort mit ihrer Suche nach etwaigen Unterlagen und Papieren zu beginnen. Doch weder in dem an der Wand stehenden Sekretär noch anderswo fand sich irgendwas, obwohl sie alles durchwühlten und sogar die Wände abklopften. Vergeblich war die Suche im Esszimmer und in der Küche sowie in der Kammer. Nur das Schlafzimmer stand noch aus.

»Vielleicht hat Jacobi etwas in oder unter der Wäsche verborgen«, meinte Wedigo. »Es gibt schlechtere Verstecke.«

Die Gräfin nickte nur. Sie hatte während der Fahrt und der ganzen Suche nichts gesagt und schien gewillt, ihr Schweigen beizubehalten.

»Hast du ein Gelübde abgelegt oder hat es dir die Rede verschlagen?«, fragte Wedigo verärgert. »Man kann nicht gemeinsam arbeiten, wenn man nicht miteinander spricht.«

»Erzähl mir nichts von Gemeinsamkeit, du Windhund!«, fuhr ihn Melissa an und schlug plötzlich mit den Fäusten auf seine Brust ein. »Mit einer kleinen Schauspielerin hast du mich betrogen, oder du hättest mich betrogen, wenn du gekonnt hättest!«

»Aber ich wurde doch narkotisiert!«, verteidigte sich Wedigo und griff nach ihren Händen, um ihre Hiebe, die durchaus schmerzten, abzuwehren.

»Lass mich sofort los, ich hasse dich!«, schrie sie ihn an

und brach dann in Tränen aus. »Du gemeiner Kerl, mich so zu enttäuschen!«

Statt einer weiteren Antwort zog er sie an sich und küsste sie trotz ihres Widerstrebens. Melissa wich zurück, sie stolperte, riss ihn mit sich und beide fielen auf das breite Bett, das mitten im Zimmer stand. »Lass mich …«, sie zog ihn an sich.

Ein lautes Klopfen und Klingeln war von draußen zu hören, Schneidmann! Sie lösten sich voneinander. Rasch ordnete Melissa ihr Kleid. Wedigo erhob sich, fuhr mit der Hand übers Haar, ging durch den Flur zur Tür und öffnete. Über Schneidmanns Gesicht zuckte es kurz, dann meldete er in dem ihm eigenen knappen Tonfall. »Jacobi wurde zuletzt am 16. Mai gesehen. Der Zeuge, ein älterer Herr, ist sich da ganz sicher, da dies der Geburtstag seiner verstorbenen Frau ist und er dem Herrn am Eingang zum Friedhof begegnete.«

»Welcher Friedhof war das?«

»Die Toteninsel, Richtung Grunewald.«

»Vielleicht ein Zufall, aber wir sollten jedenfalls auf dem Friedhof vorbeischauen«, befand Wedigo.

»Kommst du, ich habe etwas entdeckt«, rief Melissa aus dem Schlafzimmer.

Die beiden Männer eilten in den Raum. Beim Eintreten bot sich ihn ein reizvolles Bild. Die Gräfin war halb unter dem Bett verschwunden und nur ihr hinteres Ende sah wippend hervor. Schneidmann grinste, wurde aber sofort wieder ernst, als er Wedigos Blick sah, und verschwand in die Küche. Der Hauptmann beugte sich vor und gab Melissa einen leichten Klaps aufs Hinterteil.

Daraufhin kroch sie in schlängelnden Bewegungen zurück, erhob sich – und lachte laut auf. »Hast du dem braven Schneidmann so die Tür geöffnet? Mein Güte, was wird der Mann von uns denken, komm!« Sie führte ihn zu dem Spiegel über der Wäschekommode. Er blickte hinein und stutzte. Sein Gesicht war auf der Wange durch einen roten Lippenstiftabdruck verziert.

»Färbst du ab?«, fragte Wedigo erstaunt.

»Manchmal schon«, sagte Melissa lachend. »Warte, ich entferne meine Spuren!« Sie zog ein Spitzentuch hervor, mit dem sie die Lippenstiftfarbe beseitigte. »Aber kommen wir zu meinem Fund. Das habe ich unter dem Bett entdeckt!« Melissa präsentierte ein zerknülltes Blatt Papier, legte es auf die Kommode und strich es glatt: »Abt. II, Erb. 58. Grb. Wieck«, las sie vor.

Wedigo wiederholte nachdenklich die Angaben. »Besonders hilfreich ist das nicht«, meinte er dann. »Vielleicht kann Schneidmann damit etwas anfangen.« Er rief nach dem Feldwebelleutnant und zeigte ihm das Blatt.

»Das ist eine Angabe gemäß des städtischen Friedhofsbelegungsplans«, erklärte Schneidmann.

»Die Toteninsel!«, sagte der Hauptmann. »Wir müssen sofort dorthin. So wird der Friedhof in Richtung Grunewald genannt«, erläuterte er Melissa. »Die Angaben könnten sich auf eine dortige Grabstätte beziehen.«

»Ich weiß, dass wir nicht dem Herrn Böcklin einen Besuch abstatten wollen, aber um diese Zeit, es geht auf halb elf, wird der Friedhof geschlossen sein.«

»Dann müssen wir den Wärter oder Schließer oder wie immer der Mann heißt, der die Tore öffnet, herbeiholen. Ich habe das Gefühl, die Angelegenheit ist ziemlich dringlich. Wir sollten umgehend zum Friedhof fahren!«

Es wurde viertel nach elf, bis endlich der Friedhofswärter gefunden und herbeigeschafft worden war und er ihnen die Eingangspforte aufschloss. Der ältere Mann erklärte bereitwillig den Weg zum gesuchten Grab, weigerte sich aber strikt, sie zu begleiten. Um diese Zeit sei es ihm auf dem Friedhof nicht geheuer, war alles, was sie aus ihm herausbekommen konnten.

»Lass den Hasenfuß, Wedigo«, kommentierte die Gräfin das Verhalten. »Mit einer Laterne bewaffnet finden wir den Weg allein und sind sicher auch sonst Manns genug, es mit allen lebendigen und toten Bewohner des Friedhofs, mit Gespenstern und Geister jeglicher Provenienz aufzunehmen.«

Die drei erhielten vom Wärter Licht sowie einen Plan und marschierten los. Sie durchquerten das gewölbte Eingangstor, hinter ihnen schloss sich quietschend die Pforte. Das Licht war bitter nötig, vor Kurzem war Neumond gewesen und am Himmel lediglich eine schmale Sichel zu erahnen. Vor ihnen öffneten sich breite Allee mit dunklen Kreuzen und moosigen Grabsteine zu beiden Seiten. Der Weg wirkte düster, Bäume warfen schwarze Schatten und ließen ihre Zweige tief auf den Pfad herabhängen, dem sie folgten. Dieser führte quer durch den Friedhof auf ein entferntes Gebäude zu, die Grabkapelle der Toteninsel. Dort befand sich ein Platz und es schien heller zu sein als im übrigen Gelände. Ansonsten herrschte ringsum tiefe Stille, und ihre Schritte hallten unpassend laut. Nun kam ein leichter Wind auf und bewegte die Blätter. Es raschelte und allerlei Geräusche waren plötzlich zu hören, als ob diese bis jetzt gewartet hätten. Ein Nachtvogel auf der Jagd stieß einen kehligen Ruf aus, der Melissa, die nahe Wedigo ging, zusammenzucken ließ. Irgendwo schlug fern eine Kirchturmuhr halb zwölf. Dann war das Rattern von Zügen zu hören, die Toteninsel lag in einem Gleisdreieck.

Der Hauptmann blieb stehen, zog den Plan des Wärters hervor und studierte ihn ausführlich. »Wir müssen nach rechts«, sagte er dann. »Das betreffende Grab gehört einem vor ein paar Jahren verstorbenen Gemeindevorsteher namens Wieck.«

Sie wandten sich in die angegebene Richtung. Verschiedene Grabstätten wurden passiert, ein paarmal dachten sie, an Ort und Stelle zu sein, aber es handelte sich um andere Gräber.

Wedigo zog die Luft ein. Von den Steinen und den Blumen auf den Gräbern ging ein eigentümlicher Geruch aus, der an Herbst und an Vergänglichkeit erinnerte. Immer wieder prüfte er die Richtung, und endlich standen die drei vor dem gesuchten Grabmal. »Bernhard Wieck, geboren 8. Mai 1845, verstorben am 26. August 1913«, stand auf einer Tafel. Die Anlage selbst war in Form einer grauen Grabwand gestaltet und ahmte ein tempelartiges, antikes Gebäude nach.

»Wo sollen wir mit der Suche beginnen?«, fragte die Gräfin. »Und nach was suchen wir eigentlich?«

»Wenn unsere Vermutung stimmt, hat Jacobi hier etwas versteckt, und dieses Etwas kann alles sein. Ein Hinweis auf die geraubte Akte, die Akte selbst oder etwas gänzlich anderes oder gar nichts«, antwortete der Hauptmann. »Fangen wir einfach an.«

Links und rechts fand sich nichts, auch die Bodenplatten wirkten solide. Wo konnte sonst etwas verborgen sein? Wedigo fiel eine Nische im Grabmal auf, die von quadratischen Blöcke und einem flachen Giebel umrahmt wurde. In ihr befanden sich zwei dorische Säulen mit einem Abakus. Hinter ihnen zeigte sich ein schmaler Hohlraum. Er griff hinein, tastete umher und zog vorsichtig eine schmale Mappe hervor, die in Wachstuch gehüllt war. Der Offizier drehte sich triumphierend zu seinen Begleiter um. »Wir haben es«, rief er und verstummte.

Hinter dem Feldwebelleutnant und der Gräfin waren aus dem Schatten zwei Gestalten getreten, die Pistolen auf sie richteten. »Die Hände hoch, Hauptmann!«, kommandierte die rechte Person, die einen Verband um den Kopf trug. Sie trat zu Melissa und drückte ihr den Revolver an die Kehle. »Sonst zerfetzt meine Kugel diesen schönen Hals!«

Wedigo hörte die Stimme, und ihm lief ein kalter Schauder über den Rücken. Das war Oberst Chabert! Doch das konnte nicht sein, er war tot!

Der Mann schien sein Erschrecken zu spüren. Er stieß Melissa zur Seite, sodass sie stürzte, und entriss Schneidmann die Laterne. Er hob diese in die Höhe und hielt sie so, dass sein Gesicht beleuchtet wurde. Im unsteten Licht zeigte sich tatsächlich das totenbleiche Antlitz Oberst Chaberts. Er war es wirklich, der Franzose hatte den Sturz vom Dach des Eisenbahnwagens überlebt! Aber nicht nur das, es war ihm gelungen, trotz seiner Verletzung nach Berlin zu kommen und Wedigo sogar zu folgen.

»Da staunen Sie, Herr von Wedel!«, sagte Chabert und lachte höhnisch auf. »Sie dachten wohl, Sie seien mich für immer losgeworden. Aber wir Franzosen sind zäh, und wenn ich je zur Hölle fahren sollte, nehme ich Sie und Ihre schöne Gräfin mit, oder besser noch, ich schicke Sie beide als Avantgarde voraus. Unten bleiben!«, fuhr er Melissa an, die aufzustehen versuchte, und jagte eine Kugel in ihre Richtung, die als Querschläger jaulend an einem Grabstein abprallte.

»Die nächste sitzt!«, drohte Chabert. »Was meinen Sie, Jacobi«, wandte er sich an seinen Mitstreiter. »Sollen wir die Herrschaften vor Ort liquidieren? Ein Friedhof ist doch ein idealer Platz, um sich unliebsamer Personen zu erledigen!«

Das war also Jacobi, der Spion und Verräter, hinter dem sie seit Monaten her gewesen waren. Dummerweise standen er und der Franzose auf der falschen Seite der Pistolen.

»Könnte etwas laut werden, aber ich bin sicher, kein Mensch wird die Schüsse hören. Ringherum ist alles unbewohnt. Schade, dass es so schnell gehen muss. Ich würde mich gern ein wenig näher mit der Gräfin beschäftigen«, sagte Jacobi. »Das Weibsbild hat etwas, das mich reizt.«

»Keine Zeit für derartige Spiele«, meinte Chabert kalt. »Los, bringen wir's hinter uns.« Er beugte sich zur Gräfin und richtete die Waffe auf ihren Kopf.

In rasender Wut und Verzweiflung sprang Wedigo vor, um Chabert zu packen. Er war zu weit entfernt, und der Schuss krachte, bevor er den Mann erreichte. Doch Melissa warf sich im gleichen Moment zur Seite, ein Tritt von ihr gegen das Bein des Franzosen ließ den Mann taumeln. Jetzt war Wedigo über ihm und schlug mit aller Kraft zu. Die Laterne fiel zu Boden und erlosch, es wurde rabenfinster.

Ein fürchterliches Ringen begann, auch von links kamen Kampfgeräusche. Der brave Schneidmann schien sich mit Jacobi zu beschäftigen. Und Melissa? Aber er hatte keine Zeit, sich um sie zu kümmern. Ein Knie bohrte sich schmerhaft in Wedigos Leib, er bekam einen Arm zu fassen und drehte ihn hart um; ein Stöhnen Chaberts zeigte den Erfolg. Da knallte es erneut, der Schuss, wohl aus Jacobis Waffe, wurde unmittelbar neben dem Hauptmann abgegeben. Wie eine Nadel stach es in seinen Arm, und ein scharfer Schmerz schoss hoch in die Schulter. Unwillkürlich ließ er den Gegner los. Dieser nutzte den Augenblick und sprang auf. Wieder ertönte ein Schuss, und kurz danach erklang ein grässlicher Schrei. Dann hasteten Schritte davon und verklangen in der Ferne. Die Feinde hatten offenbar den Kampfplatz verlassen.

»Licht!«, rief Wedigo, »Schnell, Schneidmann!«

Allein, es dauerte einige Augenblicke, bis es dem Feldwebelleutnant gelang, die Laterne zu finden und wieder zu entzünden. Er hob die Lampe in die Höhe. Das Licht beleuchtete eine gespenstische Szenerie. Schneidmann hielt sich an einem Grabstein fest. Sein Gesicht war rotverschmiert, und er blutete stark am Kopf. Die Gräfin kauerte, umhüllt von ihrem zerfetzten Gewand, im Schatten eines Kreuzes zusammengesunken am Boden.

»Melissa!« Der Hauptmann eilte zu ihr. »Bist du verletzt?«

»Nein, nur etwas derangiert, im Gegensatz zu dem da!« Sie zeigte auf einen Körper, der sich rechts neben dem Kreuz befand. Rasch wandte sich Wedigo der sich in Krämpfen windenden Gestalt zu. Es war der Franzose, er lag gekrümmt da, zuckte hin und her und hielt sich wimmernd mit den Händen den Leib; ein Bauchschuss! Plötzlich bäumte er sich auf, ein Blutstrahl quoll über die Lippen. Der Mann sackte zurück, ein letztes Zucken, dann rührte er sich nicht mehr.

Wedigo beugte sich vorsichtig über den Franzosen und prüfte den Puls. Nichts war zu spüren, auch kein Atem – im Licht der Laterne starrten ihn die weit geöffneten Augen blicklos an. Oberst Chabert hatte hier und jetzt im Angesicht der Kreuze und Gräber endgültig sein Leben ausgehaucht, getötet von der Kugel seines eigenen Helfers. Jacobi dagegen war in das Dunkel des Friedhofs eingetaucht und verschwunden.

Während seiner Untersuchung des Sterbenden hatte sich die Gräfin um Schneidmann gekümmert. Der behauptete zwar, es handele sich bei seiner Verletzung nur um einen Streifschuss, schwankte aber und schien unter seinem verschmierten Blut sehr blass. Melissa, der außer einigen blauen Flecken und ihrer zerrissenen und beschmutzten Kleidung nichts passiert war, legte ihm einen Notverband aus einem Kleiderstofffetzen an. Zudem verband sie Wedigos Wunde an der linken Schulter und fertigte eine Schlinge für seinen Arm, der sich nicht mehr richtig bewegen ließ.

Anschließend sah sich der Hauptmann im Laternenlicht noch einmal um. Die Wachstuchmappe, die er vor dem Zwischenfall entdeckt hatte, lag zum Glück noch zu Füßen der Wieck'schen Grabsäule. Ansonsten gab es keine Auffälligkeiten. »Wenigstens war unser Blutzoll nicht umsonst«, meinte er zu den anderen. »Der Angriff zeigt, der Inhalt der Mappe ist für den Gegner von großer Wichtigkeit. Ärgerlich, dass uns Jacobi entkommen ist.«

»Dafür hat Chabert endlich bezahlt, und ich hoffe, der Kerl ist direkt in die Hölle gefahren«, sagte Melissa mit einer geradezu hasserfüllten Stimme, die Wedigo von ihr noch nie gehört hatte.

»Es dürfte jedenfalls seine letzte Auferstehung gewesen sein, ungeachtet des Jüngsten Tages«, gab der Hauptmann zurück. Er wandte sich nochmals zum Leichnam des Obersts und durchsuchte seine Taschen. Außer einer gut gefüllten Börse fand er lediglich etwas Tabak, eine Pfeife und einen auf Französisch geschriebenen Brief. Er steckte alles zu sich und legte das Jackett des Franzosen über das Gesicht des Toten. Die ferne Kirchturmuhr schlug Mitternacht.

»Lasst uns ein Krankenhaus aufsuchen, Schneidmann und du brauchen ärztliche Versorgung«, sagte Melissa, »und danach möchte ich nur noch schlafen.«

Wedigo nahm die Mappe, ohne ihren Inhalt weiter zu prüfen, und die drei machten sich auf zum Ausgang der Toteninsel, um in die Charité zu fahren.

Es dauerte einige Zeit, bis beide Männer fachgerecht verarztet waren. Dann brachten sie Schneidmann in seine Unterkunft und Melissa chauffierte den Hauptmann in die Adlerstraße. Die Uhr zeigte halb drei, als sie endlich im Bett lagen und erschöpft in den Schlaf sanken.

Kurz vor halb zehn wurde Wedigo von einem beharrlichen Klingeln an der Wohnungstür geweckt. Er fuhr auf und sprang aus dem Bett. Neben seinem Kissen sah er die lang vermissten blonden Locken Melissas. Schade, Zeit, ihre Versöhnung zu feiern, hatten sie nicht gehabt. Hastig schlüpfte er in die Uniform, das Läuten ließ nicht nach, und öffnete unrasiert und ungekämmt die Etagentür.

»Na endlich, dachte schon, Sie würden nie öffnen!« Major Nicolai trat herein. »Dienstbeginn ist halb acht, auch sonnabends! Ich habe Ihre Meldung erwartet, Sie haben doch die Akte gefunden, oder? Aber Herr Hauptmann musste schlafen!« Der Major ging ins Wohnzimmer und setzte sich unaufgefordert. »Unrasiert sind Sie auch noch! Ist etwas mit Ihrem Arm passiert?« Er deutete auf die Schlinge.

»Was ist das hier für ein Lärm?« Die Gräfin stand in der Tür. Sie bot ein reizvolles Bild. Melissa hatte einen Morgenmantel des Hauptmanns übergeworfen und ihre Locken flossen links und rechts die Schultern hinab. Ihre Augen blitzten aber voller Zorn. »Schämen Sie sich nicht?«, fuhr sie den Major an, der sie wie eine Erscheinung aus einer anderen Welt anstarrte. Mit ihrer Anwesenheit schien er nicht gerechnet zu haben. »Wir sind die ganze Nacht für Sie unterwegs, lassen uns zu Boden stoßen, beschießen und verwunden und Sie führen sich auf wie ein Dorfpolizist und Philister und nörgeln nur rum. Haben Sie schon einmal darüber nachgedacht, was Herr von Wedels Fund heute Nacht bedeutet und was er alles für Sie und Ihre Dienststelle in den letzten Jahren geleistet hat?«

Melissa hielt kurz inne, das nutzte Nicolai, um selbst zu Wort zu kommen. »Verehrte Gräfin, ich bitte Sie, echauffieren Sie sich nicht. Das weiß ich doch alles. Nur habe ich heute früh nichts von Ihnen beiden gehört und … Jedenfalls schlage ich vor, Hauptmann von Wedel macht sich erst einmal präsentabel, und Sie übergeben mir die gefundenen Unterlagen, damit ich prüfen kann, was es mit der ›Akte Verdun‹ auf sich hat. Schneidmann hat mir in Umrissen geschildert, was passiert ist. Und vielleicht haben Sie auch einen Kaffee für uns?«

»Sie gestatten, Herr Major, dass ich mich ebenfalls richte«, erwiderte die Gräfin, nur leicht besänftigt. »Die Gerätschaften für eine Kaffeeherstellung finden Sie in der Küche«, fügte sie kühl hinzu und rauschte hinaus.

Wedigo bemühte sich, ernst zu bleiben. Er übergab Nicolai die Akten und bat dann, sich entschuldigen zu dürfen.

»Tun Sie das!«, knurrte der Major und schlug demonstrativ die Mappe auf.

Als der Hauptmann eine Viertelstunde später zurückkehrte, fand er eine dampfende Kaffeekanne nebst Tassen auf den Tisch, der Major war offenbar tätig gewesen. Jetzt aber war er in die Akte vertieft, deren Inhalt ihn völlig zu fesseln schien.

»Das ist absolut brisant«, rief er, »jetzt verstehe ich, warum man höheren Ortes das Verschwinden geheim gehalten und den Inhalt zudem völlig falsch deklariert hat. Sie wissen, was hier steht?«

Wedigo antwortete nicht, sondern setzte sich stattdessen und goss sich eine Tasse Kaffee ein.

»Wahrscheinlich nicht«, beantwortete der Major seine Frage selbst, »Sie werden heute Nacht kaum zur Lektüre gekommen sein. Aber das ist egal, in der OHL wird man davon ausgehen, dass die Finder Bescheid wissen. Und ich weiß nicht, wie man dort mit diesem Wissen umgehen wird.«

»Was steht in der ›Akte Verdun‹?«, fragte die Gräfin, die jetzt ins Zimmer trat und sich ebenfalls setzte. »Ich dachte, dort befänden sich verschiedene Angriffspläne und Namensverzeichnisse von Saboteuren.«

»Dies waren auch meine Informationen«, antwortete Nicolai. »Doch diese Angaben dienten offenbar nur der Tarnung. Hier haben wir den absolut geheimen Entwurf eines möglichen Friedensvertrages mit Frankreich und Italien sowie England. Südtirol soll an Italien gehen, die Franzosen erhalten

Lothringen und Teile des Elsass zurück. Belgien wird wieder hergestellt und England bekommt, außer Deutsch-Südwest und Ostafrika, alle Kolonien übereignet. Der amerikanische Präsident Wilson soll nach dem Text die Verhandlungen leiten. Von unserer Seite zeichnen für den Entwurf Prinz Eitel Friedrich von Preußen, der Zentrumspolitiker Erzberger und der Großneffe Kaiser Franz Josephs, Erzherzog Karl, verantwortlich.«

»Der Sohn des Kaisers will den Krieg auf diese Weise beenden?«, fragte Wedigo ungläubig. »Ohne Sieg und unter Preisgabe deutscher Gebiete?«

Prinz Eitel Friedrich gehörte wie er dem 1. Garde-Regiment zu Fuß an, dessen Kommandeur er 1914 geworden war. Eine solche Handlung schien Wedigo unmöglich zu sein.

»So sieht es aus«, bestätigte der Major.

»Wenn das bekannt wird, hört die Truppe auf zu kämpfen«, sagte Wedigo. »Und man kann es den Männern nicht verdenken, denn wenn schon Prinzen und Erzherzöge am Sieg zweifeln, warum soll der einfache Soldat da noch länger seine Knochen hinhalten?«

»Es ist ein Entwurf«, sagte Nicolai, »und die Genannten werden lediglich als Verantwortliche genannt. Ihre Signaturen sind nirgends zu finden.«

»Also ist das Ganze ein Werk der Feindpropaganda?«, mutmaßte die Gräfin.

»Das glaube ich nicht, denn einige Seiten tragen Bearbeitungsvermerke von ranghohen Ministerialbeamten.«

»Aber dann sind die Papiere nicht geheim«, hielt Melissa dagegen.

»Die betreffenden Abteilungs- und Ressortleiter wurden sicher zur Geheimhaltung verpflichtet. Staatssekretär von Jagow aus dem Auswärtigen Amt ist einer Notiz nach jedenfalls in die Überlegungen eingeweiht worden.«

»Das heißt«, sagte die Gräfin, »dieser Plan ist absolut geheim, läuft allen gegenwärtigen Militärplanungen und Offensiven zuwider und steht gegen den Willen der Obersten Heeresleitung und gegen den des Kaisers.«

»Das ist korrekt.«

»Wie kann es aber sein, dass das Preußische Kriegsministerium davon erfahren hat?«

»Das ist mir selbst ein Rätsel«, gestand Nicolai ein, »und ich weiß auch ehrlich gesagt nicht, wie wir weiter vorgehen sollen.«

»Das scheint mir völlig klar zu sein«, widersprach Wedigo. »Seine Majestät muss umgehend über dem Inhalt der Akte informiert werden, damit er als Kaiser und oberster Feldherr geeignete Maßnahmen ergreifen kann.«

»Alles schön und gut«, sagte Nicolai. »Aber was wären diese geeigneten Maßnahmen? Und dann gibt es noch etwas, was diese Friedensinitiative oder was dieser Plan sein soll, obsolet werden lässt.«

»Und was wäre das?«, fragten Wedigo und die Gräfin wie aus einem Munde.

»Es könnte bei den Alliierten zu einer Erhebung der Truppen oder sogar zu einer Revolution kommen, und zwar nicht in Frankreich oder Italien, obwohl die Stimmung unter den Soldaten in beiden Ländern schlecht ist und die Kriegsmüdigkeit immer stärker wird. Auch nicht in England, sondern …«

»In Russland«, vervollständigte die Gräfin den Satz, »weswegen ich auch in der Schweiz war und mit den Exilrevolutionären gesprochen habe. Aber was meinen Sie mit Ihrem Hinweis, Herr Major?«

»Ich meine, es kann noch alles ganz anders kommen und schlage vor, die Akte zu vernichten und alle Spuren von ihr zu tilgen. Wenn die betreffenden Herren wieder aktiv werden und mit dem Feind verhandeln wollen, dann sollen sie das tun. Ich selbst habe, wie Sie wissen, für den Herbst oder Winter einen Verhandlungsfrieden prognostiziert. Nur müssen wir bis dahin unsere Verhandlungsposition stärken. Ein Zusammenbruch Russlands wäre eine solche Stärkung.«

»Und die geplanten Offensiven der Russen sowie der Engländer?«, fragte Wedigo. »Sie selbst sagten, dass Sie befürchten, diese Angriffe würden das Reich in die Niederlage treiben?«

»Ich nehme die Aussage nicht zurück. Wir stehen militärisch mit dem Rücken zur Wand oder nahe am Abgrund. Der Erfolg im Skagerrak verzögert lediglich den denkbaren Untergang. Wir haben nur eine Chance. Den Angriffen Brussilows im Osten und denen der Engländer und Franzosen im Westen, so gut es geht, standzuhalten und auf die Revolution in Russland zu setzen. Wenn nicht, kommt die Revolution zu uns.«

»Wir haben verstanden«, sagte die Gräfin leise. »Und was können wir tun?«

»Die Akte wird vernichtet, und Sie müssen Jacobi auftreiben und zum Schweigen bringen. Der Mann darf nichts über den Inhalt der Akte ausplaudern. Ob er weitere Hintermänner hat, weiß ich nicht. Notfalls müssen die ebenfalls ausgeschaltet werden.«

»Und die Sozis?«

»Die Sozialdemokraten werden zu einem Stillhalten verpflichtet. Ich stehe bereits mit führenden Funktionären in Kontakt. Die Herren Noske und Ebert zeigen Verständnis für unsere Lage.«

»Was ist mit der Front? Da und dort scheint es bereits zu gären!«

»Wir greifen hart durch. Die revolutionären Kräfte und Saboteure, von denen uns der echte Jacobi berichtete, werden aus dem Verkehr gezogen. Aber Falkenhayns Blutpumpe hat die Lage sehr verschärft.«

»Ihnen liegen Berichte des wahren Hauptmanns von Jacobi vor?«, fragte Wedigo verwundert.

»Ja, er, ich bezeichne ihn zur Unterscheidung von seinem Vetter als Jacobi eins, hat offenbar mehrere Kanäle zur Weitergabe seiner Informationen benutzt, nicht nur die Kuriermaschine, und unter anderem ein Doublette seiner Schreiben an die Heimatadresse seines Freundes Queisner per Post versandt. Die Adresse war unkorrekt, sodass die Zustellung verspätet erfolgte. Major Queisner hat gestern alles an unsere Abteilung weitergeleitet. Diese Informationen sind demnach brandneu und müssen noch exakt ausgewertet werden. Also, Ihr neuer Auftrag, Herr von Wedel! Schalten Sie Jacobi aus. Gräfin Walewska wird Sie unterstützen!« Major Nicolai trank seinen Kaffee aus, nahm die Akte und erhob sich. »Ich sehe Frau Gräfin und Herrn von Wedel um zwei zur Besprechung. Bis dahin haben Sie frei, Herr Hauptmann!« Damit ging er.

»Bis zwei Uhr frei«, wiederholte Melissa, »das ist erst in zwei Stunden. Sehr großzügig, der Herr Major. Aber jedenfalls können wir noch in Ruhe frühstücken, und du erzählst mir dabei deine Erlebnisse mit diesem kleinen Filmfräulein!«

Wedigo seufzte, er hätte sich denken können, dass das Thema Franzi Salmonova für Melissa so schnell nicht erledigt war.

Zu Beginn der Besprechung am Mittag eröffnete Nicolai der Gräfin, dass sie in der nächsten Woche, am besten bereits am Montag, wieder in die Schweiz reisen solle. Es bestehe zwar kein Grund zur Panik, aber die Zeit dränge dennoch: »Wir müssen die russischen Exilanten in Zürich, Bern und Basel zum Handeln bewegen!« Dann legte er dar, welche Maßnahmen im Fall Jacobi zwei und im Hinblick auf die von Jacobi eins aufgedeckten Sabotage- und Infiltrationsgruppen getroffen worden waren. Er hatte inzwischen die Kriminalpolizei über die Flucht Jacobis informiert. Die Bahnhöfe und wichtigsten Ausfallstraßen wurden, soweit es personalmäßig machbar war, kontrolliert. Des Weiteren hatten verschiedene militärische Stellen damit begonnen, potenzielle revolutionäre Gruppen in der Truppe unter Beobachtung zu stellen, um sie bei Gefahr ausheben zu können. »Es sind dies Vorkehrungen zur Prävention«, erklärte der Major. »Ich fürchte aber, wenn es ernsthaft zu Unruhen in der Truppe kommt, werden unsere Kräfte nicht ausreichen, um mit diesen fertig zu werden.«

»Ist davon auszugehen, dass Jacobi zwei mit einer solchen revolutionären Zelle in Verbindung tritt?«, fragte Wedigo.

»Das halte ich für wenig wahrscheinlich, ihm fehlen die Kontaktadressen. Nein, ich denke, der Mann wird versuchen, sich nach Frankreich abzusetzen.«

Es klopfte an der Tür und auf Nicolais »Herein« trat ein Gefreiter ein, salutierte und überreichte eine Nachricht.

Der Major entließ den Soldaten und überflog das Papier. »Nachricht von Kommissar Gennat. Ein Mann, auf dem die Beschreibung des falschen Jacobis passt, ist in einem Militärtransporter gestiegen, der vom Bahnhof Friedrichsstraße zur Westfront, genauer nach Bapaume, abgeht. Im Zug wird der Mann zu finden sein, wir werden ihn bald haben.«

»Geht von dem Mann überhaupt noch Gefahr aus?«, fragte Wedigo. »Ohne beweiskräftige Papiere kann der Kerl behaupten, was er will, wer wird ihm glauben?«

»Im Prinzip haben Sie recht, Hauptmann«, antwortete Nicolai. »Dennoch wäre es mir lieber, wir hätten den Kerl hinter Schloss und Riegel. Aber etwas anderes ist wichtiger. Ich habe hin und her überlegt, und ich glaube, Seine Majestät sollte doch über die Friedenspläne informiert werden. Ich werde versuchen, ob es möglich ist, im Großen Hauptquartier in Charleville-Mézières zum Kaiser vorzudringen. Nicht leicht für einen Major, aber vielleicht weniger schwer für den Leiter der Abteilung III b. Jedenfalls werden wir es gemeinsam versuchen, Hauptmann. So, und jetzt, gnädigste Frau Gräfin und Kamerad von Wedel, zum angenehmen Teil. Sie haben die ›Akte Verdun‹ gefunden und wir haben den Fall weitgehend gelöst. Wenn Sie wollen, leisten Sie mir heute Abend um halb neun im Adlon Gesellschaft. Es würde mich freuen, Sie beide zum Dinner einladen zu dürfen.«

»Ich bin entzückt, Herr Major«, antwortete Melissa, »Herr von Wedel und ich werden gerne kommen, zumal wir auch noch anderes zu feiern haben. Bis heute Abend!« Sie hakte sich bei dem verblüfften Wedigo ein und verließ zusammen mit dem Hauptmann den Raum.

»Was haben wir zu feiern, wenn ich das fragen darf, Melissa?«

»Das ist eine Überraschung, mein Lieber, zu der du gewiss nicht Nein sagen wirst. Bringe mich ins Bristol, wo ich zurzeit wohne. Ich muss schon einmal mit dem Packen für die Schweizer Reise beginnen beziehungsweise Luise Anweisungen geben.«

Sie fuhren mit einer Droschke zum Hotel.

»Ich hatte schon befürchtet, Nicolai würde mich dem falschen Jacobi hinterherjagen lassen«, sagte Wedigo, »mit meinem Arm in der Schlinge hätte ich mich ungern auf neue Zweikämpfe eingelassen.«

»Das hätte ihm ähnlich gesehen, dich zu einem neuen Suchspiel an die Westfront zu schicken, aber da wäre ich mitgefahren. Vielleicht komme ich auch in das Große Hauptquartier nach Charleville-Mézières mit.«

»An der Front wäre es viel zu gefährlich gewesen und in Charleville-Mézières sind lauter Militärs, außerdem musst du in die Schweiz!«

»Die Herren Generale in den Stäben sind meist sehr charmant«, gab Melissa zurück. »Sie freuen sich gewiss über weibliche Gesellschaft. Für einen bestimmten Zeitraum könnte ich dich schon begleiten. Und in die Schweiz kann ich von Lüttich oder Koblenz reisen«, ließ sie die Situation offen. Der Wagen erreichte das Bristol.

»Soll ich dich später abholen?«

»Nein, wir sehen uns erst im Adlon. Bis dann!«

Wedigo von Wedel saß im Salon des Adlon und wartete. Seine Taschenuhr zeigte zehn nach halb neun. Dass Melissa zu spät kam, war nichts Neues, aber was war mit Nicolai? Wahrscheinlich hatte ihn etwas aufgehalten, der Mann war eben immer im Dienst. Wedigo sah sich gelangweilt um. Das Publikum in den Ledersesseln unterschied sich kaum von dem, welches er vor zwei Monaten hier angetroffen hatte. Gut gekleidete Damen mit ihren Töchtern, zumeist Backfischen, viele ältere Herren in Frack oder Anzug und einige höhere Offiziere, die mit einer gewissen Missbilligung auf den jungen Hauptmann schauten, der es wagte, seine Verwundung so offen zu zeigen. In ihren arroganten Gesichtern lag die Blasiertheit der Generalstabsoffiziere, die in der Etappe, weit entfernt von der Front, auf ihren Karten das Millionenheer der einfachen Soldaten kreuz und quer verschoben und ins Feuer schickten, ohne dabei eine Miene zu verziehen. »Gentlemen«, die bei ihren Offensiven Verluste von Hunderttausenden einkalkulierten und dies als militärische Notwendigkeit empfanden. Ihm fiel Nicolais Hinweis auf Falkenhayn und sein böses Wort von der »Blutpumpe« ein. Die Offensive von Verdun hatte die Franzosen in den Untergang treiben sollen. Doch die »Knochenmühle« zermalmte zusehends beide Armeen, die deutsche wie die französische.

Das Erscheinen der Gräfin lenkte ihn von seinen trüben Gedanken ab. Ihr Auftritt hatte geradezu etwas Magisches. Sie trug ein raffiniert geschnittenes, helles Abendkleid in sommerlicher Seide, dessen Pariser Herkunft für die eine oder andere der anwesenden Damen, ihren Blicken nach, offensichtlich war. Manch Lorgnon richtete sich auf das reizende Bild, und einige der Offiziere strafften sich unwillkürlich.

Wedigo erhob sich, und Melissa umarmte ihn unbekümmert. »Lass uns gleich zu Tisch gehen«, schlug sie vor, »die Atmosphäre hier gefällt mir nicht. Zu viele alte Männer!«

»Was ist mit dem Major? Sollten wir nicht auf ihn warten?«

»Nicolai kommt nicht, er ließ mir eine Nachricht zukommen, er habe kurzfristig nach Warschau reisen müssen«, antwortete Melissa leichthin. »Er lässt dich grüßen, und du würdest am Montag in der Abteilung genauere Instruktionen vorfinden.«

Wedigo erwiderte nichts, sondern führte die Gräfin in den Speisesaal, wo sie ein vorzüglich zubereitetes Wildragout zu sich nahmen. Den krönenden Abschluss des Essens bildete ein Nachtisch aus frischen Erdbeeren mit Schlagsahne und Vanilleeis.

Später machten beide noch eine Tour durch das nächtliche Berlin. Trotz Krieg und Not pulsierte noch immer ein buntes Leben in den Lokalen, Künstlertreffs und Varietés. Dazu schien Melissa die halbe Stadt zu kennen. Zuletzt landeten sie in der Augustenstraße, wo sie weitertranken und bis in den Sonntagmorgen hinein tanzten.

»Jetzt, mein kriegerischer Held, bring mich nach Hause!«, forderte Melissa ihn gegen vier Uhr morgens auf.

»Und die Überraschung, von der du gegenüber Nicolai sprachst?«

»Die verschieben wir«, erwiderte sie leichthin. »Ohne den Major ergibt sie keinen Sinn.« Zu weiteren Auskünften war sie nicht bereit, und Wedigo drängte auch nicht weiter.

Er winkte einer Droschke und sie fuhren in die Adlerstraße, wo sie endgültig Versöhnung feierten.

Den Sonntag verbrachten sie bei herrlichstem Sonnenschein im Grunewald und mit einer Bootsfahrt auf dem Wannsee. Der See öffnete sich weit und blinkte herrlich blau in der Sonne. Segelschiffe waren draußen zu sehen, weiße Segel im Wind. Andere lagen angepflockt an den Bojen. Die Luft war warm, fern verloren sich Kladow und Schwanenwerder im Duft des klaren, ungetrübten Himmels. Der Tag klang aus in einem kleinen Schöneberger Gasthaus.

Am Montagmorgen, das Kalenderblatt zeigte den 5. Juni, begab sich Wedigo um halb acht in die Wilhelmstraße. Auf Nicolais Schreibtisch fand er das angekündigte Schreiben des Majors vor. Diesem entnahm der Hauptmann, er solle bis auf Weiteres die Geschäfte der Abteilung führen und sich vor allem um die aktuelle Presse und etwaige Antikriegsaktionen der Sozialisten kümmern. Verhandlungen mit SPD-Abgeordneten sollten aber vorerst unterbleiben, die behielte Nicolai sich selbst vor. Die Schweizer Reise der Gräfin sei zunächst aufzuschieben, da der Major noch in Warschau einige Gespräche mit Vertretern der russischen Liberalen und der Menschewiki zu führen habe und so auf wichtige Nachrichten zur inneren Lage im Zarenreich hoffe. Dies auch, weil drei der Gesprächspartner an der Revolution von 1905 mitgewirkt hätten. Im Anschluss an seine Rückkehr wolle er mit dem Hauptmann nach Charleville-Mézières reisen, um die OHL für seine »revolutionären« Aktivitäten zu gewinnen und Seine Majestät über die »Akte Verdun« zu informieren. Wann Nicolai zurückkehren werde, ließ er offen.

In den nächsten zwei Wochen war Wedigo mit den Alltäglichkeiten des Krieges beschäftigt. Nachrichtenweitergabe, Ermittlungen wegen angeblicher Spionage, das Aufdecken eines inoffiziellen Handels mit kriegswichtigen Stoffen, Zeitungslektüre und Zeitungszensur. Viel Routine, aber die Auswertung der ausländischen Blätter fand der Hauptmann durchaus faszinierend. Vor allem interessierte ihn, wie das aktuelle Kriegsgeschehen beurteilt wurde. Le Figaro vom 9. Juni meldete Erfolge der Russen und ihrer neuen Offensive mit angeblich 11.000 österreichischen und deutschen Gefangenen. Le Petit Parisien sprach am gleichen Tag von einem Durchbruch der Zarenarmee auf der ganzen Frontlinie. Das Berliner Tagblatt schrieb dagegen, die Angriffe seien unter schweren russischen Verlusten abgeschlagen worden. Das Deutsche Volksblatt Wien behauptete ebenfalls, die Russen seien abgewiesen worden und berichtet stolz von 12.400 an der Südfront gefangen genommenen Italienern. Auch Schweizer Blätter unterstützten die Sicht, die Ostoffensive sei zum Halten gekommen, während die Times überwiegend britische Seeerfolge bekanntgab, über die Ostfront und den U-Boot-Krieg sich jedoch ausschwieg. Propaganda, wohin man sah. Kurz überflog Wedigo noch die Namensliste der neuen Träger des Eisernen Kreuzes I. Klasse, darunter zwei ihm persönlich bekannte Flieger. Dann erhob er sich, um den Dienst zu beenden. Am Abend wollte er mit Melissa in das Singspiel »Blondinchen« von Gilbert gehen; das Lied »Die kleinen Mädchen, die müßt ihr fragen« erklang überall in der Stadt.

Ein verregnetes Wochenende folgte. Am Montag, dem 11. Juni ging die Arbeitsroutine weiter. Wedigo recherchierte, wertete Zeitungen und Berichte aus dem Feindesgebiet aus und gab seine Ergebnisse an die höheren Stabsstellen weiter. Außerdem kümmerte er sich um den falschen Jacobi, doch fand sich von ihm keine Spur, auch in Bapaume, wohin er nach vielen vergeblichen Versuchen endlich eine Telefonverbindung bekam, war von dem Mann nichts bekannt.

An der Ostfront ging es weiterhin hoch her. Erst bei Baranowitschi konnte die aktuelle russische Offensive durch die Verlegung reichsdeutscher Truppen nach Wolhynien und Galizien zum Halten gebracht werden, wie er aus internen Quellen erfuhr. Und auch an der Südfront intensivierten sich die Angriffe. Trotz allem erklärte Griechenland nochmals seine Neutralität, während die Haltung Rumäniens immer schwankender wurde. So vergingen weitere zwei Wochen.

Am Sonntag, dem 24. Juni kam schließlich ein Telegramm von Major Nicolai aus Lemberg. Er forderte die Gräfin auf, sofort in die Schweiz zu reisen und ihre exilrussischen Verbindungen zu kontaktieren. An der Ostfront sehe es schlimm aus, teilte er Wedigo mit, die Russen würden im Süden immer noch weiter vorstoßen. Doch ihre Verluste seien riesig, schon jetzt habe die Armee mehr als eine halbe Million Mann verloren. Die Stimmung unter den einfachen Soldaten sei äußerst angespannt, wie Überläufer und Gefangene berichteten. Andererseits seien die eigenen Kräfte bis aufs Äußerste gefordert worden, und die Truppe könne kaum mehr die Stellung halten, es müsse also umgehend gehandelt werden.

Der Ton des Schreibens klang so dringlich, dass Melissa die Koffer packen ließ und bereits am Abend mit dem Zug in Richtung Schweizer Grenze fuhr.

»Komm, wenn du beim Kaiser warst, nach, Wedigo!«, bat sie, »Nicolai soll dich gehen lassen. Und sei vorsichtig, ich brauche dich lebendig, keinen toten Helden!«

Am gleichen Tag begann an der Somme ein verheerendes Trommelfeuer der britischen und französischen Artillerie auf die deutschen Stellungen, eine neue Offensive kündigte sich an. Überall drängte der Feind auf das Reich zu und erstmalig kamen auch in der Wilhelmstraße Zweifel auf, ob der

Krieg nicht verloren sei. Da endlich, am 26. Juni, kehrte Major Nicolai von seinem Einsatz im Osten nach Berlin zurück.

»Wir müssen sofort ins Große Hauptquartier«, verkündete er, fast noch in der Tür. »Neben allen anderen Übeln sieht es so aus, als würde die Intrige der Briten, auch die Amerikaner in den Krieg zu ziehen, gelingen. In Paris konferierten vom 15. bis zum 17. Vertreter der Entente. Offiziell ging es um Maßnahmen zur Sicherung des Handels nach der Beendigung des Krieges, aber das sollte nur den wahren Grund des Treffens kaschieren. Denn parallel zur Konferenz trafen sich im Geheimen hohe Regierungsbeamte Großbritanniens und Frankreichs mit Mitarbeitern aus dem US Foreign Office, um über einen eventuellen Kriegseintritt des Landes zu verhandeln. Es gibt jetzt nur zwei Möglichkeiten. Seine Majestät muss die Friedensinitiative seines Sohnes aufgreifen und auf der Basis der ›Akte Verdun‹ in direkte Verhandlungen mit Georg V. treten. Der englische König soll sich an seine Herkunft erinnern. Nur das Haus Sachsen-Coburg und Gotha kann in Einvernehmen mit den Hohenzollern den Krieg beenden. Oder wir setzen gänzlich auf die Karte ›Revolution in Russland‹, wofür die Chancen gut stehen. Aber auch darüber muss der Kaiser informiert werden. Wir fahren noch heute zur Front.«

Das Große Hauptquartier, das sich bei Kriegsbeginn zunächst in Berlin, dann in Koblenz und in Luxemburg befunden hatte, hatte nach weiteren Zwischenstationen seit Februar seine Zelte im nordfranzösischen Charleville-Mézières aufgeschlagen. Die Stadt lag an der Maas, die an dieser Stelle vor dem Eintritt in die Ardennen mehrere gut zu verteidigende Flussschleifen bildete. Im Quartier hielten sich neben Kaiser Wilhelm II. Reichskanzler von Bethmann Hollweg, Kriegsminister von Falkenhayn, der Chef des Generalstabes des

Feldheeres sowie der Chef des Admiralstabes der Marine, die Militärbevollmächtigten der Königreiche Bayern, Württemberg und Sachsen und eine weitere, große Anzahl von hohen Militärs auf. Geschützt war das Hauptquartier durch Stabswachen der drei Heeresbereiche nebst Luftabwehreinheiten. Zum Kaiser selbst gelangte man nur über den Generaloberst von Plessen, den Kommandanten des Kaiserlichen Hauptquartiers und diensttuenden Generaladjutanten. Und genau an diesem scheiterten die Bemühungen des Majors um eine Audienz.

Am 27. Juni waren sie im Quartier eingetroffen. Seit über einer Woche versuchte Nicolai nun, einen Termin beim Kaiser zu bekommen; vergeblich, Plessen ließ sich durch nichts bewegen, einem einfachen Major den Zutritt ins Allerheiligste zu gestatten.

»Es ist, als wäre um Seine Majestät eine undurchdringliche Mauer errichtet worden«, klagte Nicolai. »Leutnant von Pressenthin von der Stabswache, den ich von früher kenne und ebenfalls ansprach, behauptet stocksteif, er könne nichts machen. Der Kaiser sei erkrankt und brauche daher absolute Ruhe. Dabei hat Seine Majestät erst vor drei Tagen Herrn Dernburg vom Kolonialamt getroffen. Mir reicht es langsam. Wenn wir bis übermorgen nicht vorgelassen werden, muss ich abbrechen. Meine Anwesenheit in Berlin ist dringend notwendig. Das Kommandanturgericht Berlin hat vor Kurzem den Sozialisten Karl Liebknecht wegen Verrats, Ungehorsams und Widerstands gegen die Staatsgewalt zu Zuchthaus verurteilt. Daraufhin kam es in der Hauptstadt und in Norddeutschland zu Massenstreiks, auch in Munitionsfabriken. Wir müssen handeln! Ich fahre nach Berlin und Sie, Herr von Wedel, folgen Gräfin Walewska nach Zürich.«

»Ich soll auch in die Schweiz reisen?«, fragte Wedigo. Melissa Wunsch schien in Erfüllung zu gehen.

»Exakt, notfalls fahren Sie unautorisiert«, entgegnete Nicolai. »Das nehme ich auf mich. Vielleicht sollten wir schon morgen aufbrechen. Das Warten hier, alles vertane Zeit!«

Die Abreise war für den 5. Juli geplant. Der Major wollte noch einen Versuch wagen und begab sich am Morgen noch vor dem Frühstück zu Herrn von Plessen. Wedigo hingegen nutzte die Zeit, um einen Ausflug zu unternehmen. Nach einigen Regentagen schien warm die Sonne und er hatte von der Gegend bislang kaum etwas gesehen. Er ließ sich ein Pferd satteln und ritt los. Der gewählte Weg führte zunächst an der Maas entlang, dann in ein schmales Waldstück. Gerade überquerte der Hauptmann eine Lichtung, da kam ihm von rechts ein einsamer Reiter entgegen, in dem er zu seiner Überraschung den Kaiser erkannte. Der oberste Kriegsherr ohne Begleiteskorte! Wedigo hielt an und grüßte militärisch.

Auch Wilhelm zügelte sein Pferd und lenkte das Tier dicht an den Offizier heran, wobei er ihn scharf musterte. Dann ging ein Erkennen über seine bleichen Züge. »Sind Sie nicht dieser Hauptmann, der mit dem Wagen in die Spree gefahren ist und mir in Böhmen die Tänzerin ausgespannt hat?«, fragte er. »Herr von Wedel, nicht wahr? War ein nettes Ding«, verfolgte er den letzten Gedanken weiter, wobei er seltsam abwesend und verträumt wirkte, »hätte bestimmt ein paar schöne Stunden mit der Kleinen verbringen können. Na ja, Schwamm drüber, bin nicht nachtragend. Ging auch nicht, Franz Ferdinand war ja ebenfalls da. Der ist jetzt auch tot! Vielleicht besser so.« Der Kaiser blickte einen Moment starr in die Ferne und lachte plötzlich laut. »Wie finden Sie den Krieg?«, fuhr er fort, ohne seine Heiterkeit zu erklären. »Eigentlich ist das Ganze eine famose Sache, auch wenn die Engländer an der Somme gerade ein wenig in Rage sind. Aber im Kampf bewährt sich das deutsche Schwert und mit ihm der Mann. Und, glauben Sie mir, die Front ist gut für Ihren Aufstieg. Müssen sich aber sputen, Hauptmann, sonst ist alles schnell vorbei. Habe erst gestern Abend beim Skatspiel zu Lynker gesagt, dass wir bald in Versailles speisen werden. Frankreich wird fallen und meine Flotte wird das hochmütige Britannien zerschmettern!«

Aus dem Wald galoppierte ein Trupp Reiter hervor und hielt auf sie zu.

»Da kommen meine Begleiter. Ich muss weiter, brauche Bewegung, war ein paar Tage im Bett. Die Nerven, Hauptmann, die Nerven. Hat mich gefreut, werde Sie lobend bei Ihren Vorgesetzten zu erwähnen wissen.« Damit gab seine Majestät, Kaiser Wilhelm II. von Preußen, seinem Tier die Sporen und ritt seiner Leibwache entgegen. Gemeinsam galoppierte die Gruppe davon.

Starr vor Verblüffung schaute Wedigo den sich rasch entfernenden Silhouetten hinterher. Diese merkwürdige, unpassende Heiterkeit, die frivole Art, über den Krieg zu scherzen und über den ermordeten österreichischen Thronfolger. Und dann das Schwadronieren des Kaisers, bald sei der Krieg gewonnen! Die Nerven, hatte er gesagt! Konnte es sein, dass der Kaiser mit der ungeheuren Verantwortung, die er trug, nicht mehr fertig wurde? Seiner Majestät hatte auf ihn sehr eigenartig gewirkt. Wedigo kehrte gedankenvoll in ihr Quartier zurück, wo er den Major beim Frühstück vorfand.

Der Versuch, vorgelassen zu werden, sei erneut gescheitert, meinte Nicolai verärgert. Er nickte, als der Hauptmann von seiner seltsamen Begegnung berichtete. »Ihre Aussagen über das sonderbare Verhalten des Kaisers decken sich mit den Informationen, die mir in diesen Tagen über meine Spezialquellen zugetragen worden sind. Seit Kriegsbeginn leidet Seine Majestät offenbar an Depressionen und regelrechten Angstzuständen. Tagelang flüchtet er sich ins Bett, behauptet, krank zu sein, und entzieht sich jeder Entscheidung. Seine Umgebung einschließlich des Kronprinzen zweifelt an seinem Geisteszustand und es wird überlegt, ihn regelrecht zu entmachten. Andere, vor allem die Kaiserin, versuchen, dies zu verhindern, und bemühen sich, Seine Majestät zu stützen. Aber sein Narzissmus, seine Launenhaftigkeit, sein fehlendes Gespür für die Situation zeigen sich immer wieder. Tja, es sieht so aus, als hätte ich auf das falsche Pferd gesetzt. Der Kaiser entscheidet und klärt nichts mehr. Falkenhayn auch nicht, mit Verdun hat er seine Reputation verspielt. Der neue Mann soll angeblich Hindenburg sein. Der Feldmarschall und sein Assistent Ludendorf, Sie haben ihn, glaube ich, einmal getroffen, werden künftig, so sagt man, die Zügel in die Hand nehmen und die OHL führen. Vielleicht kann Hindenburg das Ruder noch rumreißen, wie im August 14 bei Tannenberg. Wir fahren jedenfalls, hier ist aus meiner Sicht nichts mehr zu machen. Am besten, ich vernichte die geheimen Unterlagen, im Ministerium scheint man die ›Akte Verdun‹ ohnehin vergessen zu haben, jedenfalls kamen schon länger keine Rückfragen, die Prioritäten liegen eindeutig woanders. Also Plan B: Sie fahren mit mir nach Berlin, erhalten neue Instruktionen und die notwendigen Papiere und reisen von dort, sobald es geht, in die Schweiz. In Zürich werden Sie die Gräfin treffen. Sie weiß, was zu tun ist.« Der Major endete.

Noch am Mittag brachen die beiden Männer auf.

EPILOG

Am 7. Juli traten die Alliierten an der Somme erneut zum Sturm an, diesmal im Raum um Peronne. Doch die Reste der deutschen Infanterie stemmten sich mit letzter Kraft gegen den von der Anzahl her weit überlegenen Feind. Ein Ringen um jeden Meter Boden begann, Dörfer wechselten binnen weniger Stunden mehrfach den Besitzer – Stoß folgte auf Gegenstoß. Ein Höllenlärm erfüllte die Luft, Geschosse heulten, Rauch lag über dem Schlachtfeld und rote Feuer loderten auf. Hauptmann Klaus von Jacobi presste sich an die Erde seines Unterstands und verfluchte zum wiederholten Male seine Idee, ausgerechnet an dieser Stelle der Front auf die andere Seite wechseln zu wollen. Was hatte ihn nur getrieben, sich zur 12. Infanterie Division zu begeben? Diese kämpfte wie der Teufel gegen alle Versuche der Engländer, hier in die deutschen Stellungen einzudringen und die Front zu durchstoßen.

Plötzlich herrschte Stille, Jacobi hob verwundert den Kopf und spähte vorsichtig zur anderen Seite. Brachen die Engländer den Angriff etwa ab? Fast schien es so, und Jacobi wollte schon aufbrechen und das Niemandsland durchqueren, da begann der Höllentanz erneut. Der Divisionskommandeur Oberstleutnant von der Burg ließ durch die Geschütze des Feldartillerie-Regiments 57 und der sich anschließenden 3. Gardeinfanterie-Division Sperrfeuer vor die Front legen. In diesem Dauerfeuer hatte Jacobi keine Chance. Aber verdammt, er musste zur anderen Seite, ein Zurück gab es nicht mehr. Von der Burg hatte am Morgen einige seltsame Fragen nach seinem Stammregiment und nach Offizierskameraden, die er angeblich kennen sollte, gestellt. Jacobi schalt sich einen Narren, er hätte sich besser informieren müssen. Doch dafür war bei seiner Flucht aus Berlin keine Zeit gewesen. Zum Glück hatte während des Gesprächs mit von der Burg der Angriff begonnen und alle hatten losgemusst.

Ein ungeheurer Schlag, knapp neben ihm spritzte die Erde auseinander. Das war höllisch knapp gewesen. Manchmal fragte er sich, ob es das Ganze wert gewesen war. Zunächst war es ganz lustig gewesen, in die Rolle des Vetters zu schlüpfen, die dieser in der Wilhelmstraße spielte, während Ernst sich auf Reisen oder an der Front befand. Das galt insbesondere für dessen Kontakte zum Film. Die Schauspielerinnen waren überaus reizend und offen gewesen und sehr empfänglich für seine Großzügigkeit, die ihm dank des Franzosen möglich war. Dass er nicht Ernst war, schienen sie nicht gemerkt zu haben, möglicherweise aber Major Queisner, der ihm zunehmend Misstrauen entgegengebracht hatte. Ganz schwierig aber war es geworden, als Chabert immer mehr gewollt hatte. Vor allem hinter dieser Akte war der Mann her gewesen wie der Teufel hinter der Seele. Dabei hatte er dem Oberst die Papiere bereits besorgt gehabt. Wie diese in den Besitz von Ernst kommen konnten, war ihm schleierhaft geblieben. Irgendwie hatte auch Major Queisner damit zu tun gehabt. Ob Chabert die Liquidierung Ernsts befohlen hatte? Wer war wohl sein Mörder gewesen? Kunkel? Das konnte sein, der Kerl war vor Verdun desertiert. Absolut unnötig, der Mord an dem Vetter. Dennoch, alles hätte gut gehen können, wenn der Franzose ihm nicht diesen Kunkel oder auch Schmidt, wie er sich nannte, später in Berlin als Helfer aufgedrängt hätte. Zunächst war der Bursche ganz nützlich gewesen. Der Mann hatte sich vor dem Krieg wie dieser Kameramann Mahlern im Filmmilieu aufgehalten und war auch bei dem nächtlichen Dreh in der Wilhelmstraße dabei gewesen, unter dessen Schutz sie Nicolais Büro nach weiteren Akten durchsucht hatten. Doch Kunkel hatte sich auch bei den Sozialisten herumgetrieben, Flugblätter verteilt und zu Streiks und Sabotagen aufgerufen. Mit so etwas gab man sich eigentlich nicht ab, das befand sich weit unter dem Niveau eines von Jacobi. Doch das ließ sich nicht mehr ändern. Alles in allem konnte er eigentlich zufrieden sein. Zwar hatte er keine Ahnung, um was es in dieser Akte, um die sich alles drehte, gegangen war. Irgendwie war er nie dazu gekommen, den Inhalt näher zu studieren. Aber sein Geld befand sich auf einer Bank im Ausland, das war das Wichtigste. Und alle Mitwisser waren tot. Und er, er war gleichsam im Stahlgewitter untergetaucht. Aber aktuell war hier kein Durchkommen. Das Beste wäre, er setzte sich ab und versuchte, über die Schweiz ins sichere Ausland zu gelangen. Vielleicht nach Paris. Dort waren sie gewiss an weiteren Informationen interessiert. Zum Glück war es ihm gelungen, zusätzlich einige brisante Unterlagen über die Versorgung der Fronttruppe mit Nahrung und Munition an sich zu bringen. Er würde sie an Chaberts Nachfolger ausliefern – gegen ein angemessenes Honorar natürlich. Er hatte genug von Schlamm und Dreck.

Das Feuer steigerte sich wieder und wurde mehr und mehr zum Trommelfeuer. Die Luft war voll widerlichem Gestank und angefüllt mit dem Heulen und Brausen der Granaten und der Artillerieschüsse. Jacobi spähte erneut über die Deckung. Vom Feind war nichts zu sehen, die Gelegenheit, zurückzugehen. Gebückt eilte er nach hinten. Da ließ eine gewaltige Detonation alles erzittern – eine Granate, eher eine Luftmine musste direkt vor ihm explodiert sein. Der gewaltige Luftdruck warf Jacobi in den grünlichen Schlamm, während gleichzeitig ein Schauer harter Lehmklumpen auf ihn herabstürzte. Der Hauptmann blieb einen Augenblick liegen. Wartete kurz, ob eine weitere Ladung käme, und, als nichts weiter passierte, erhob er sich wieder und lief weiter. Vor ihm lagen die Trümmer eines Gehöfts. Verrußte Mauern, ein Durcheinander von Balken, für die Soldaten eine willkommene Ruhestation ohne direkten Feindbeschuss. Von hier führte ein schmaler Transportweg nach hinten durch einen Hohlweg. Er richtete sich auf – und stutzte.

Vor ihm zeigte sich die dunkle Silhouette eines Soldaten. Der Mann lehnte an einer der Mauern und hielt in der Hand ein Gewehr, dessen Lauf auf den Hauptmann zeigte, offenbar ein Posten.

»Nehmen Sie das Gewehr runter, ich bin Hauptmann von Jacobi«, befahl der Offizier. Der fremde Soldat reagierte nicht. Er ließ die Waffe nicht sinken, sondern riss sie hoch und schoss. Der Offizier fühlte einen brennenden Schmerz in der linken Brust und stürzte zu Boden. Er sah noch, wie der andere sich vorbeugte, verdammt, er war einem Franzosen in die Arme gelaufen. Dunkelheit überschwemmte ihn, der Schmerz wurde stärker und brennender – und erlosch.

Am 7. Juli gab der deutsche Heeresbericht den Abschuss von 37 feindlichen Flugzeugen bei sieben eigenen Verlusten bekannt. Auch von Verdun wurden neue Erfolge gemeldet. Eine deutsche Offensive, mit 40.000 Mann durchgeführt, drang am 11. Juli über Fleury hinaus westlich in die Weinberg-Schlucht und östlich bis an den Rand von Fort Souville. Doch die Weiterführung der Offensive, kurz vor dem Durchbruch in die Ebene von Verdun, war aufgrund fehlender Reserven und der nahezu übermenschlichen französischen Abwehrleistung unmöglich. Am gleichen Tag befahl Falkenhayn die Einstellung jeglicher Offensivbemühungen, die Akte Verdun wurde geschlossen, aber der Krieg und das Töten gingen ohne Unterbrechung weiter.

Am gleichen Tag traf Wedigo von Wedel in Zürich ein.

Es war ein herrlicher Sommertag, in der Schweiz herrschten Ordnung und Frieden, und er wurde bereits am Bahnhof von der Gräfin erwartet. Sie nahmen eine Droschke, die sie zu ihrer Wohnung am Rindermarkt brachte. Sie lag unweit der Spiegelgasse 14, wo ein gewisser Wladimir Iljitsch Uljanow Quartier genommen hatte, ihr neuer russischer Verbindungsmann.

DANKSAGUNG

Ich bedanke mich bei allen Unterstützern des Projektes, insbesondere beim Bundesarchiv-Militärarchiv Freiburg, in dem ich während meiner dortigen Tätigkeit als Abteilungsleiter in der Amtszeit von Oberst Dr. Manfred Kehrig wertvolle Quellenmaterialien erschließen konnte. Dank auch an den Gmeiner-Verlag und an Frau Dominika Sobecki für ihr sorgfältiges, kritisch begleitendes Lektorat.

HEIGER OSTERTAG
Abgründe der Macht
Ein Bismarck-Roman
GMEINER SPANNUNG